Ellen Berg

Manche mögen's steil

(K)ein
Liebes-Roman

atb aufbau taschenbuch

MIX
Papier aus verantwortungsvollen Quellen
FSC® C083411
www.fsc.org

ISBN 978-3-7466-3352-7

Aufbau Taschenbuch ist eine Marke
der Aufbau Verlag GmbH & Co. KG

1. Auflage 2017

Umschlaggestaltung U1berlin, Patrizia Di Stefano
unter Verwendung einer Illustration von © Gerhard Glück
Gesetzt aus der Garamond Pro
durch die LVD GmbH, Berlin
Druck und Binden CPI books GmbH, Leck, Germany
Printed in Germany

www.aufbau-verlag.de

Kapitel 1

Ein neues Katzenvideo? Himmel, wie süß ist das denn? Vicky warf einen raschen Blick auf ihre ausnahmslos männlichen Kollegen, mit denen sie das Büro teilte. Das coole Penthouse des IT-Unternehmens MediSolutions, genauer gesagt, bevölkert von smarten Hipstern in modischen, absurd engen Anzügen, die nahezu identische Vollbärte trugen. Alle starrten konzentriert auf ihre Monitore. Glücklicherweise.

Verstohlen tippte Vicky das Display ihres Smartphones an. Obwohl sie schon mindestens achthundertsiebenundneunzig Katzenvideos gesehen hatte, eines herziger als das andere, konnte sie einfach nicht genug davon bekommen. Ja, es war kindisch. Nein, es passte nicht zu der Frau, die man als toughe Teamleiterin kannte. MediSolutions war auf Software für Kliniken spezialisiert und warb mit dem Slogan *Intelligente Lösungen für die Medizin von morgen*. Knallharter Durchblick war gefragt, keine Sentimentalitäten. Deshalb musste Vicky auf der Hut sein. Einmal beim Anschauen niedlicher Videos erwischt, und schon konnte man sich auf wochenlanges Ablästern gefasst machen. *Krass, die zieht sich so einen Kitsch rein? Nee jetzt, ernsthaft? Und dann noch während der Arbeitszeit? Sag mal, wie alt ist die? Dreizehn?*

Aber bei Katzenvideos wurde Vicky nun mal schwach. Und dies war ein Babykatzenvideo!

Verzückt beobachtete sie die beiden winzigen Fellknäuel, ein schwarzes und ein weißes, die um einen rosa Gummiball balgten. Allerliebst. Nur zu gern hätte Vicky eine eigene Katze gehabt. Ein lebendiges Wesen, das sich freute, wenn sie abends in die leere

Wohnung kam, das sich schnurrend an sie schmiegte und gekrault werden wollte. Ihr butterweiches Herz schmolz bei dem Gedanken, wie sehr sie ihr Kätzchen lieben würde. Sie hätte sogar schon einen Namen: Mimi. Leider wurde nichts daraus, wegen ihrer Katzenallergie, die mit Juckreiz und Atemnot daherkam. Nur dem digitalen Zeitalter sei Dank, durfte sie das Schauspiel possierlicher Katzenbalgereien aus nächster Nähe genießen.

Sie seufzte tief. Warum konnten nicht auch sämtliche zwischenmenschlichen Kontakte mit digitalem Sicherheitsabstand ablaufen? Schließlich reagierte Vicky auf etwa neunzig Prozent der Menschheit ebenfalls allergisch. Zwar nicht mit Juckreiz und Atemnot, aber mit einer sehr unangenehmen Mischung aus Schüchternheit und Spontanverspannung. Tja, es war nicht zu leugnen: Viktoria Elsässer, Single, Software-Entwicklerin und trotz ihrer gerade mal zweiunddreißig Jahre auf dem Sprung in die Chefetage ihrer Firma, hatte es nicht so mit Face-to-face-Kommunikation.

»Vic? Ist das nicht unfassbar süß? Hast du es schon gesehen?«, fragte eine vergnügte Frauenstimme.

Schnell klickte Vicky das Video weg.

»Oh, äh …«

Vor ihr stand Catherine, Cat genannt, die Assistentin des Personalchefs. Genau, Cat wie Katze, ein äußerst sinniger Name, denn sie war es, die Vicky regelmäßig neue Katzenvideos schickte – um etwas Wärme in die kalte Welt der Algorithmen zu bringen, wie sie beteuerte.

»So was könnte ich mir stundenlang anschauen«, schwärmte sie. »Weißt du, was ich neulich gelesen habe? *Ein Hund mag wundervolle Prosa sein, aber Katzen sind pure Poesie.*«

»Was du nicht sagst.« Herrje, wie peinlich. Vicky beschloss, so zu tun, als gehe es um etwas Berufliches. »Also ich finde das clever konzipiert, sehr professionell.«

Catherine blinzelte irritiert. Sie war so ziemlich der einzige Mensch, mit dem sich Vicky auch ohne digitalen Filter gern unterhielt. Über den Job, über Männer, über Katzen. Nur nicht jetzt, in Gegenwart neugieriger Kollegen, die alles gegen sie verwenden würden, was sie nebenbei aufschnappten.

»Ich wollte etwas für deine emotionale Balance tun«, erklärte Catherine. »Schließlich weiß ich doch, wie viel Stress du hast.«

»Genau, die neue Globalisierungsstrategie«, redete Vicky hektisch drauflos. »Veränderungsprozesse der strategischen Grundorientierung auf der Ebene der Gesamtunternehmung sind definitiv der Schritt in die richtige Richtung.«

»Strategische Grundorientierung.« Catherines Mundwinkel wechselten die Richtung und zeigten nun nach unten. »Komisch, bei dir geht's mir immer wie mit diesen Software-Aktualisierungen, die von Zeit zu Zeit aufpoppen – ich verstehe kein Wort, aber vorsichtshalber stimme ich zu. Hm. Eigentlich sprach ich von einem Katzenvideo.«

Vicky bemühte sich um einen undurchdringlichen Gesichtsausdruck.

»Wie heißt es doch so schön? Ich bin nur verantwortlich für das, was ich sage, nicht für das, was du verstehst. Wie geht's den Kindern?«

Los, Themenwechsel! Sonst werden die Kollegen hellhörig!

»Prächtig. Finn hält mich nachts allerdings ganz schön auf Trab, er bekommt Zähne. Glaub mir: Ein Baby ist das gewagteste Schlafentzugsexperiment, das jemals erfunden wurde.«

Themenwechsel gelungen. O Mann, das war knapp!

Erleichtert strich Vicky ihren schwarzen Anzug glatt, die passende Uniform, um in dieser Männerdomäne zu bestehen. Kein Schmuck, kein Make-up lenkte ab, ihren Nägeln gönnte sie lediglich eine dezente French Manicure. Auch die haselnussbraune Kurzhaarfrisur und eine große Nerdbrille mit schwarzem Gestell entsprachen diesem tiefstapelnden Look. Von weitem hätte man sie glatt für einen bemerkenswert gutaussehenden Mann halten können. Aber sie war nun einmal in einer Szene gestrandet, in der sie sowohl ihre Weiblichkeit als auch ihr weiches Herz verstecken musste, um ernst genommen zu werden. Das einzige Zugeständnis an ihre Geschlechtszugehörigkeit bestand in hochhackigen Pumps, aber auch nur, weil sie damit etwas größer erschien.

Catherine hatte es einfacher. Von einer Mitarbeiterin der Personalabteilung erwartete man geradezu Eigenschaften, die immer noch als typisch weiblich galten. Einfühlungsvermögen zum Beispiel, emotionale Intelligenz, sogar Gefühle. Da durfte man sich auch feminin anziehen. Heute trug sie ein knappes Kostüm, dessen Brombeerton perfekt mit ihrer bordeauxfarbenen Handtasche und den mahagoniroten Locken harmonierte. Sie schenkte Vicky ein zuckriges Lächeln, das zwei Grübchen rechts und links neben ihre üppigen Lippen malte.

»Sag mal, hast du Lust, mit mir mittagessen zu gehen? Ganz in der Nähe hat ein neues Lokal aufgemacht. Die Schnitzel sollen sensationell lecker sein und groß wie Frisbeescheiben.«

»Entschuldige«, winkte Vicky ab, »du vergisst anscheinend, dass ich nichts esse, was Augen hatte.«

Einer ihrer Kollegen, Kai Wanner, der schlaksige Blonde gegenüber, lachte hüstelnd.

»Einmal Vegetarierin, immer Vegetarierin. Wisst ihr, was Frau Elsässer mit einem Grillhähnchen anstellen würde? Zum Tierarzt gehen und fragen, ob noch was zu retten ist.«

Immer diese blöden Kommentare. Als Fleischverächterin machte sich Vicky in diesem Testosteron-Reservat natürlich so beliebt wie eine Motte im Kaschmirpullover. Erwartungsgemäß feuerten nun auch die anderen Kollegen aus der sicheren Deckung ihrer Monitore die üblichen Sprüche ab.

»Füllt eure Wasserpistolen mit Wurstwasser, wir jagen Veganer!«

»Ich kaufe Salat nur, um damit was Essbares anzulocken!«

»Preisfrage: Dürfen Vegetarier Fleischtomaten essen?«

Catherine kicherte, Vicky tat so, als habe sie nichts gehört. Als einzige Frau in dem sechsköpfigen Entwickler-Team musste sie ohnehin einiges einstecken. Wer hatte eigentlich behauptet, die Pubertät sei mit zwanzig abgeschlossen? Manchmal fühlte sie sich wie auf einem Schulhof, wo halbgare Jungs mit der Erkenntnis glänzten, dass Mädchen entweder scharfe Torten oder irgendwie doof seien. Sie gehörte hier eindeutig in die zweite Kategorie. Egal. Stirnrunzelnd zeigte sie auf ihre Herrenarmbanduhr.

»Tut mir wirklich leid, Cat, ich habe sowieso keine Zeit für eine Mittagspause. Ich muss meine Präsentation für die Chefs vorbereiten, das A-Projekt.«

»Wow. Du hast also den Mega-Auftrag ergattert«, stellte Catherine mit deutlich hörbarem Respekt in der Stimme fest.

»Ja, es geht um eine hocheffiziente Software, mit der Kliniken künftig die Behandlungserfolge von Patienten vergleichen können. Ich trage die Verantwortung für das gesamte Projekt und arbeitete im Moment quasi vierundzwanzig Stunden täglich daran.«

So leicht ließ sich Catherine allerdings nicht ins Bockshorn jagen. Unternehmungslustig schlenkerte sie mit ihrer Handtasche herum.

»Komm schon, wenn wir den Business Lunch bestellen, geht das ratzfatz.«

»Nee, nee, lass mal, ich …«

»Du gehst jetzt mit mir essen, Schatz«, wurde sie von Catherine resolut unterbrochen. »Wir müssen unbedingt reden.«

Prompt schossen die Köpfe der Kollegen hinter den Monitoren hervor. Eine vibrierende Stille senkte sich über den Raum, und einmal mehr empfand Vicky es als Zumutung, in einem Großraumbüro arbeiten zu müssen. Sicher, es war ein hyperstylishes Penthouse, das man jederzeit für ein Designmagazin hätte fotografieren können – kreidig gewischte hellgraue Wände, graugebeiztes Parkett, Schreibtische aus gebürstetem Stahl. Sogar eine Chill-out-Ecke mit niedrigen Couchen und einem Kicker gab es, für die kreativen Pausen zwischendurch. Aber Diskretion? Fehlanzeige.

»Reden«, wiederholte sie lahm.

»Ja, Buchstaben, Wörter, ganze Sätze«, bestätigte Catherine. »In echt, nicht als Textmessage, wohlgemerkt.«

»Also schön.« Vicky stand auf und dehnte ihre vom langen Sitzen steifen Glieder. »Wenn du darauf bestehst …«

Wissende Blicke flogen hin und her. Dass Vicky ausgerechnet mit der Assistentin des Personalchefs essen ging, würde schneller die Runde in der Firma machen als ein Magen-Darm-Virus in einem Kindergarten. Seit Wochen wurde hinter ihrem Rücken darüber diskutiert, ob sie tatsächlich für den Aufstieg in die Chefetage geeignet sei, das wusste sie. Neider gab es genug, einen Konkurrenten neuerdings auch. Man hatte ihn Vicky direkt vor die Nase gesetzt: Konstantin Lenzendorf, einen Harvard-Absolventen, dem der Ruf des Wo-ich-bin-ist-oben-Überfliegers vorauseilte. Er trug nur Maßanzüge und war auf einschüchternde Weise attraktiv – feingeschnittene Gesichtszüge, dunkles gegeltes Haar, perfekt gestutzter Bart, schmale, auffallend gepflegte Hände. Und intensivgrüne Augen wie die eines Panthers. Jetzt fixierte er Vicky aufmerksam, woraufhin sie bis unter die Haarwurzeln errötete.

»Gehen Sie ruhig schlemmen, Frau Teamleiterin, das Fußvolk arbeitet gern für Sie«, sagte er süffisant. »Möglicherweise bringen Sie uns einen Kaffee, pardon, einen veganen Soja Latte mit einem kleinen Quinoasalat mit?«

Kai Wanner, der neben ihm saß, klatschte ihn lachend ab.

»Durchsage an unsere vegetarische Allergikerin: Vorsicht! Konstantins Texte können Spuren von Ironie und Sarkasmus enthalten!«

Und hallo, da war sie wieder, die Schockstarre, die Vicky unweigerlich befiel, wenn man eine schlagfertige Antwort von ihr erwartete. Falls ihr überhaupt mal was Originelles einfiel, dann spätabends, wenn sie beim Auftragen ihrer Algengesichtsmaske Grimassen im Badezimmerspiegel schnitt.

»Ich glaube, Sie haben da was verwechselt«, flötete Catherine. »Es sind nämlich die Herren, die die Damen verwöhnen sollten. Nur mal als Tipp: Männer, die ihren Frauen den Kaffee ans Bett bringen, werden seltener anonym bestattet.«

Es dauerte eine Weile, bis alle den Witz verstanden hatten. Höfliches Gelächter sprang zögernd an wie ein stotternder Motor, während Vicky ihre Tasche nahm und Catherine auf den Flur folgte. Im Hinausgehen hörte sie noch, wie Kai Wanner tönte, echte Kerle brächten Frauen keinen Kaffee, sondern den Abwasch ans Bett.

Nicht. Witzig.

Kapitel 2

»Künstliche Intelligenz ist mir lieber als natürliche Dummheit«, schnaubte Vicky, als sie in den Aufzug traten. »Hast du gemerkt, wie sich der Lenzendorf aufspult? So ’n Zäpfchen!«

»Die Chefs sind ganz vernarrt in ihn und sämtliche weiblichen Mitarbeiter auch«, erwiderte Catherine schmunzelnd. »Was ist mit dir?«

Ertappt zuckte Vicky zusammen. Noch am Morgen war ihr durch den Kopf gegangen, dass Konstantin Lenzendorf und sie im Grunde ganz gut zueinander passen würden. Beide waren sie zielstrebig, arbeiteten äußerst strukturiert und galten als die Wunderkinder der Firma. Dummerweise waren sie Konkurrenten. Außerdem erschien Vicky der Gedanke einfach nur abwegig, ein derartiges Sahneschnittchen könnte sich für sie interessieren. Dafür fehlte es ihr an allem, worauf solche Supermänner standen: spritziger Humor, weibliche Formen, hammermäßige Erotik. Nichts von alldem hatte sie aufzuweisen. Nur ihren Verstand und einen Arbeitseifer, der an Selbstausbeutung grenzte.

»Lenzendorf? Finde ihn so lala«, winkte sie ab.

Der Aufzug hielt im Erdgeschoss. Catherine streifte Vicky mit einem amüsierten Seitenblick, der darauf schließen ließ, dass sie ihr kein Wort glaubte. Nacheinander durchquerten sie den Empfangsbereich, der ganz in hellgrünem Marmor gehalten war, und passierten eine gläserne Schwingtür, die ins Freie führte. Auf eine belebte Straße, wo nach Vickys Geschmack viel zu viele Menschen unterwegs waren. Catherine hakte sie unter, bevor sie den Bürgersteig entlangschlenderten.

»Und sonst so? Was macht dein Liebesleben?«

»Alles bestens«, versicherte Vicky. »Das mit Manuel ist jetzt was richtig Festes, aber Robin und Viktor sind auch noch am Start.«

Abrupt blieb Catherine stehen.

»Schatz, wir sind uns doch wohl darüber einig, dass du diese drei Herren noch nie in deinem Leben gesehen hast.«

»Wir tauschen uns auf Messenger aus.« Trotzig schob Vicky ihr Kinn vor. »Das ist letztlich viel intimer, als in einer überfüllten Bar rumzustehen und sich gegenseitig irgendeinen beschwipsten Unsinn in die Ohren zu brüllen.«

»Herrje, Vic …«

Jetzt bitte keinen Vortrag über das wahre Leben, dachte Vicky. Warum verstand Catherine nicht, dass manche Leute lieber elektronisch kommunizierten? Neben ihren drei Messenger-Beziehungen hatte Vicky über tausend Freunde auf Facebook, wurde rund um die Uhr mit lustigen Videos auf WhatsApp beglückt, pflegte berufliche Beziehungen auf LinkedIn und ließ die Welt anhand von Instagram-Fotos wissen, was für ein formidables Leben sie führte. Das sollte doch wohl reichen.

»War es das, worüber du mit mir reden wolltest?«, erkundigte sie sich vorsichtig. »Mein Liebesleben?«

»Das interessiert mich erst wieder, wenn du über Hautkontakt berichten kannst.« Catherine lachte. Ihr ganzer Körper bebte vor Erheiterung. »Aber Vorsicht. Wenn die Prinzessin zu lange auf der Erbse rumsitzt, wird sie mürbe und nimmt den erstbesten Frosch. Na ja. Pass wenigstens auf, dass er ein paar Kröten hat.« Ihr Lachen verebbte. »Es geht um die Incentive-Reise. Ich hoffe doch, du bist dabei? Warte, hier ist es.«

Sie zeigte auf ein winziges Lokal zwischen zwei seelenlosen Bürogebäuden. Eine blühende Oase in einer Steinwüste. An der verglasten Front hingen üppige Blumenampeln, davor standen drei Tischchen nebst Gartenstühlen auf dem Bürgersteig, von den vorbeihastenden Passanten durch Terrakottatöpfe mit pinkfarbenen Oleanderbüschen abgeschirmt.

»Entzückend, nicht wahr?«

»Ja – ganz hübsch«, erwiderte Vicky zerstreut.

Seit Catherine das Wort *Incentive* ausgesprochen hatte, war sie nicht mehr ganz bei der Sache. Normalerweise verstand man darunter Belohnungen wie Reisen, Dienstwagen oder bezahlte Fortbildungen für besonders verdiente Mitarbeiter. So weit die Definition. Doch was sich die Chefetage diesmal als Extra ausgedacht hatte, bedeutete das pure Grauen für Vicky: eine Klettertour in den Alpen.

»Draußen oder drinnen?«, fragte Catherine. Als Vicky nicht reagierte, weil sie auf ihrem Handy eine eingegangene Mail checkte, fügte sie hinzu: »Ach, ich vergaß – du musst ja erst auf deiner Wetter-App nachgucken, ob es warm oder kalt ist, bevor du Entscheidungen triffst. Okay. Lass uns reingehen. Dann können wir in Ruhe reden.«

Abwesend schaute Vicky vom Handy auf.

»Wie du meinst.«

Ein gefühlt schuhkartongroßer Raum empfing die beiden Frauen, mit pfirsichfarbenen Wänden, charmant verwitterten Möbeln im Vintagestil und antiken Milchkannen voller Wiesenblumen auf den Tischen. Stimmengewirr und Lachen erfüllte das Lokal, alle Tische bis auf einen waren besetzt. Vicky hatte sich kaum daran niedergelassen und ihr Handy neben sich gelegt, als sie zu niesen begann.

»Wohl bekomm's«, wandte sich ein junger Kellner in Jeans und T-Shirt an sie. »Was zu trinken oder lieber ein Taschentuch?«

»Blütenstauballergie«, schniefte Vicky. »Könnten Sie so freundlich sein und das Grünzeug entfernen?«

Fast panisch suchte sie in ihrer Handtasche nach den Antihistamin-Tabletten, was ein bisschen dauerte, weil sie immer überdimensionale Lederbeutel mit sich herumschleppte. Darin befand sich alles, was man so brauchte, von Mineralwasser über Heftpflaster bis zum Pfefferspray. Vicky war nicht der Typ, der irgendetwas dem Zufall überließ. *Be prepared* lautete ihr Lebensmotto.

»Kann ich behilflich sein?«, grinste der Kellner, während er den Blumenstrauß vom Tisch nahm.

»Lassen Sie mal, meine Freundin hat noch nie etwas in ihrem Beutel gefunden.« Catherine reichte Vicky ein Papiertaschentuch. »Bringen Sie uns bitte ein stilles Wasser. Und die Karte.«

»Das Tagesgericht ist Wiener Schnitzel mit hausgemachten Süßkartoffelpommes«, erläuterte der Kellner, der Vickys Niesen nonchalant ignorierte. »Auch das Backhendl ist superlecker. Oder Sie nehmen die gebackenen Zucchini-Sticks mit Cranberry-Mango-Chutney.«

»Gibt's hier auch irgendwas, was nicht frittiert ist?«, keuchte Vicky.

»Ja, die Servietten.« Der Kellner tauschte einen Blick mit Catherine. »Möchte Ihre Freundin vielleicht lieber einen Salat?«

»Erraten«, antwortete Cat mit dem Gesichtsausdruck einer Mutter, die ihr verhaltensauffälliges Kind über alles liebt, auch wenn es einige Anstrengung kostet.

»Dann hätten wir einen Wildkräutersalat mit Feigen, Nüssen, Honigtomaten und Minze. Dazu Balsamicodressing.«

»Geht in Ordnung«, meldete sich Vicky schniefend zu Wort. »Aber bitte keine Nüsse, keine Minze und kein Dressing, nur separat ein wenig Olivenöl, falls es kaltgepresst ist.«

»Sie können den Salat auch ohne Salat haben«, sagte der Kellner, ohne eine Miene zu verziehen.

»Passt schon. Für mich bitteschön das Schnitzel und die Süßkartoffelpommes«, ergänzte Catherine die Bestellung. Nachdem der Kellner verschwunden war, beugte sie sich über den Tisch. »Siehst du, war doch gar nicht so schwer.«

Von wegen. Vicky zog einen Flunsch. Derartige Ausflüge in die unberechenbare Realität waren ihr nun mal suspekt. Sie mochte es planbar, übersichtlich, berechenbar. Zu Hause in ihrer Küche hingen die Speisekarten von exakt fünf Lieferservices, die sich kulinarisch bewährt hatten und deren Angebot man bequem im Internet bestellen konnte. Wobei ihr einfiel, dass sie noch eine dringende Mail an den Seniorchef schreiben musste. Mit geisterhafter Geschwindigkeit flogen ihre Finger über das Handydisplay.

»Schatz?« Catherine legte den Kopf schräg. »Entspann dich bitte. Auch du brauchst Auszeiten. Und nicht vergessen: Essen hält Leib und Seele zusammen.«

»Hmja«, brummte Vicky, ohne vom Handy aufzusehen.

Ausgedehnte Mittagspausen waren in ihrem streng getakteten Arbeitstag nicht vorgesehen, so wenig wie das Wohlgefühl eines vollen Magens, das man am nächsten Tag mit Schuldgefühlen auf der Waage bezahlte. Normalerweise gab sie ihrem drahtigen Körper nur genau das zu essen, was er für den bewegungsarmen Schreibtischjob brauchte. Ihre Seele hatte sie irgendwo außer Sichtweite geparkt, da, wo sie nicht störte. Was konkret bedeutete, dass Power Smoothies, Müsliriegel und dann und wann ein Katzenvideo reichen mussten, um Leib und Seele bei Laune zu halten.

Catherine dagegen war das wandelnde Bekenntnis zur weiblichen Kurve. Mit drei Kindern, so bekannte sie, könne sie sich nicht mit Hüftfettproblemen herumschlagen, da gebe es andere Herausforderungen.

»Um auf die Incentive-Reise zurückzukommen«, setzte sie aufs Neue an, »die solltest du unbedingt mitmachen.«

Vicky beendete die Mail. Danach schnäuzte sie sich ausgiebig, setzte sich kerzengerade hin und legte die gefalteten Hände auf die Tischplatte. Wo anfangen? Wo aufhören? Es gab tausend Gründe, warum sie auf keinen Fall mit von der Partie sein wollte.

»Cat, du bist eine wundervolle Freundin und meinst es gut, das weiß ich. Aber ich und ein Betriebsausflug in die Berge? Mit Wanderschuhen und Gruppenbespaßung? Das ist doch wohl ein schlechter Witz.«

»Warte, bis du die Pointe erfährst.« Verschwörerisch senkte Catherine die Stimme. »Das ist keine Belohnungsreise, es ist ein Test.«

Verblüfft kniff Vicky die Augenbrauen zusammen.

»Ein Test? Wofür?«

»Wie dir bestens bekannt sein dürfte, bist du in der engeren Wahl für den Posten des Head of IT und Chief Information Officer. Jedoch nur in der engeren Wahl. Neben Konstantin Lenzendorf ist auch noch Kai Wanner im Rennen. Dreimal darfst du raten, warum: Die Chefs zweifeln an deiner sozialen Kompetenz.« Sie lächelte süßsäuerlich. »In der neuen Funktion würdest du ein achtzigköpfiges Team leiten, und zwar nicht nur fachlich, sondern auch disziplinarisch – dafür braucht man Führungsqualitäten. Du müsstest für deine Mitarbeiter eine motivierende Ansprechpartnerin sein, proaktiv die Herren von der Geschäftsführung beraten, eigenständig internationale Projekte anleiern.«

Vicky rieb ihre juckende Nase, die anschwoll, als sei sie in einen Ventilator geraten. Das Anforderungsprofil der Ausschreibung kannte sie in- und auswendig. Unauffällig linste sie zum Handydisplay, das drei frisch eingetroffene WhatsApp-Nachrichten anzeigte.

»Danke, Liebes, das weiß ich. Oder habe ich etwas übersehen?«

»Sehr gern erzähle ich dir mehr, sofern du mit mir in echt kommunizierst.« Catherine wartete, bis Vicky das Smartphone umgedreht hatte, so dass das Display zur Tischplatte zeigte. »Auf der Kletterreise soll sich erweisen, ob du genügend Teamgeist hast. Ob du transparente Kommunikation hinbekommst. Ob du delegieren kannst. Und nicht zuletzt, ob du unter Stressbedingungen konstruktiv und integrativ agierst.«

Mit offenem Mund saß Vicky da. O Gott. Ogottogottogott. Transparente Kommunikation? Integratives Handeln? Was war das für eine verrückte Welt? Mehr als einmal hatte man ihr bescheinigt, dass ihre Fähigkeiten fast an Genialität grenzten – was sie heillos übertrieben fand, auch wenn ihr kaum jemand das Wasser reichen konnte, sofern es um ungewöhnlich effiziente Software-Lösungen ging. Von ihrer extrem hohen Motivation ganz zu schweigen.

»Ich verstehe das nicht«, stöhnte sie. »Seit vier Jahren arbeite ich in der Firma, hab einen Auftrag nach dem anderen zum Erfolg geführt, so gut wie keinen Urlaub genommen, war nie krank. Ich habe ein Problem nach dem anderen gelöst, an dem sich andere die Zähne ausgebissen haben. Meist arbeite ich sogar am Wochenende, um alles zu schaffen. Und jetzt werden auf einmal meine Fähigkeiten in Zweifel gezogen?«

Sie hätte noch viel mehr anführen können, was für ihre Beförderung sprach, wenn nicht der Kellner mit der Mineralwasserflasche und zwei Gläsern gekommen wäre, woraufhin sie verstummte. Schweigend goss sie die Gläser voll und nahm eine Antihistamin-Tablette, die sie mit einem Schluck Wasser hinunterspülte. Auch Catherine schwieg. Erst als der Kellner außer Hörweite war, holte sie tief Luft.

»In deiner jetzigen Position bist du eine großartige One-Woman-Show, Vic. Doch für einen so hochrangigen leitenden Job ist Teamfähigkeit eine unverzichtbare Kernkompetenz. Wenn du Karriere machen willst, gehört mehr dazu als ein heller Kopf und Fleiß bis zum Umfallen. Man erwartet von dir, dass du Teambuilding beherrschst, die Kollegen einbeziehst, ein Wir-Gefühl erzeugen kannst.«

Vicky starrte in das wohlwollend lächelnde Gesicht ihrer Freundin, deren meerblaue Augen sie erwartungsvoll musterten. Natürlich hatte sie von alldem schon gehört, theoretisch zumindest, aber es war nun mal nicht ihr Ding. So wenig wie die Aussicht, ein ganzes Wochenende mit ihren Kollegen zu verbringen, noch dazu in freier Wildbahn. Sie war ein Stadtmensch, durch und durch, und zog klimatisierte Luft dem berühmten frischen Wind um die Nase vor. Am wohlsten fühlte sie sich in geschlossenen Räumen. Catherine schien ihre Gedanken zu lesen.

»Auch wenn du es grässlich findest, Schatz, es führt kein Weg an dieser Klettertour vorbei. Mein Chef Felix von Mahlzahn will sich persönlich davon überzeugen, dass du die Richtige bist.« Sie hielt inne. »Ob du die Richtige bist«, korrigierte sie sich. »Auch Lenzendorf und Wanner sind dabei, außerdem sechs Mitarbeiter, die von alldem nichts ahnen. Spring über deinen Schatten. Es sind doch nur drei Tage. Du gibst alles, kraxelst auf die Berge, delegierst, integrierst – und startest anschließend durch.«

Das klang plausibel. Und nach der schlimmsten Folter, die sich ein besonders perfider Sadist für Vicky hätte ausdenken können.

Ihr wurde mulmig zumute, was sie mit einer Prise Humor zu überspielen versuchte.

»Ein weiser Mann hat mal gesagt: Wenn der Berg ruft, sollte man schnell weglaufen, sonst wird man vom Echo erschlagen. Was hat denn Klettern mit Software zu tun?«

»Es ist ein Manager-Training«, erwiderte Catherine. »Durch besondere Erlebniswelten und die Notwendigkeit von Live-Kommunikation entsteht ein spezieller Flow, in dem man seine strategischen und integrativen Kompetenzen beweisen muss.«

»Auf den Flow kann ich verzichten. Höchstens fliege ich auf die Nase, weil ich mich bei sportlichen Betätigungen offen gestanden ziemlich blöd anstelle.«

»Haha.« Mit dem Zeigefinger malte Catherine unsichtbare Kringel auf die hölzerne Tischplatte. »Wer weiß, vielleicht tut dir ein bisschen frische Luft sogar ganz gut. Seien wir ehrlich: Du arbeitest zu viel. Du hast kein Privatleben – und jetzt sag bitte nicht, dass ein Facebook-Account, jede Menge Follower auf Instagram und drei popelige Messenger-Heinis ein Privatleben sind. Ich mache mir Sorgen um dich. Am Ende schlitterst du in einen Burnout. Und dann?«

Vicky knabberte auf ihrer Unterlippe herum. So sprachen Leute, die noch nicht in der digitalen Welt angekommen waren. Leute wie Catherine, die einen Mann und drei Kinder hatte, was ihre Social-Media-Aktivitäten auf ein Minimum reduzierte.

»Danke, ich weiß es wirklich zu schätzen, dass du um mich besorgt bist. Doch ich kann dich beruhigen: Für einen Burn-out habe ich absolut keine Zeit.«

Kapitel 3

Vicky wäre nicht Vicky gewesen, wenn das Gespräch mit Catherine nicht heftig an ihr genagt hätte. Auch noch am Samstag darauf, als sie mit ihrem treuesten Begleiter, dem Smartphone, daheim in der Küche saß. Seit Jahren arbeitete sie wie besessen auf den großen Karriereschritt hin, und sie hatte keineswegs vor, so kurz vor dem Ziel aufzugeben. Dafür hatte sie zu viel geopfert. Allein die Bilanz ihrer Partnersuche konnte man nur niederschmetternd nennen.

Nachdenklich versenkte sie einen Teebeutel – Sencha grün, nicht aromatisiert – in einer Tasse mit heißem Wasser. Zwei Fast-Beziehungen waren an ihrem immensen Arbeitspensum gescheitert, an die ebenso spärlichen wie desaströsen Dates aus dem Internet wollte sie lieber erst gar nicht denken. Auf den Partnerportalen wurde geflunkert, dass die Server glühten. Vermeintliche Temperamentsbolzen, die sich als humorvoll und gesellig anpriesen, entpuppten sich als wortkarge Spaßbremsen. Wer wiederum behauptete, er könne gut zuhören, erwies sich garantiert als nervtötender Alleinunterhalter. Kein Problem, solange man die Kerle nicht leibhaftig kennenlernen und bei der Gelegenheit feststellen musste, dass sie auch gleich am ersten Abend schwuppdiwupp in die Kiste wollten. Aber Männerkontakte in echt?

Vicky schüttelte sich unwillkürlich. Sie wollte nicht mehr benutzt werden. Nach einem katastrophalen One-Night-Stand ein Jahr zuvor lag das Thema Männer vorerst auf Eis. So wie das Thema Familie. Das einzige Blind Date, bei dem du die Liebe deines Lebens triffst, ist die Geburt deines Kindes, sagte Catherine immer. Irgendwann würde Vicky das Thema Kinder angehen, ganz bestimmt, aber zunächst wollte sie etwas erreichen. Eins nach dem anderen.

»Familie«, murmelte sie vor sich hin, ein Wort, das rücksichtsloserweise eine unbestimmte Sehnsucht in ihr weckte.

Sie sah aus dem Fenster. Es war ein trüber, nieseliger Morgen, das ideale Wetter, um daheim weiter am A-Projekt zu arbeiten. Hatte ja auch in aller Frühe auf ihrem Facebook-Account gestanden: *Guten Morgen, Viktoria, heute bleibst du besser zu Hause, es wird den ganzen Tag regnen.* Danach war sie über eine Stunde lang damit beschäftigt gewesen, die Posts ihrer Facebook-Freunde zu sichten, ein paar Likes zu verteilen und ihren drei Messenger-Beziehungen einen schönen Tag zu wünschen. Nun stand die neue Software auf der Agenda, mit der sie den Chefs beweisen würde, was sie draufhatte. Das A-Projekt würde ihr persönlicher Triumph werden, basierend auf der Erfahrung jahrelanger, geradezu manischer Tüftelei am Computer.

Ein feines Pling riss sie aus ihren Überlegungen. Eine WhatsApp-Nachricht war eingegangen, von – sie schaute zweimal hin – Konstantin Lenzendorf! Elektrisiert starrte sie auf die Buchstaben, die seinen Namen formten. In ihrem Magen kribbelte es, als sie die Nachricht öffnete.

Wenn ein Vegetarier eine Hochspannungsleitung anfasst, durch die Ökostrom fließt, stirbt er dann eines natürlichen Todes?

So was Dämliches. Einen winzigen Augenblick lang hatte Vicky für möglich gehalten, dass – ja, was eigentlich? Dass er ihr etwas Nettes schrieb? Oder sogar eine Einladung in ein Restaurant aussprach?

Gehirn an Vicky: Geht’s noch? Vergiss diesen Lenzendorf, und zwar schnell!

Sie atmete schwer. Kaum zu glauben, wie lange es her war, dass sie mit einem Mann zum Abendessen ausgegangen war. Dunkel erinnerte sie sich an ein veganes Restaurant, wo der Chai Latte in ausgehöhlten Avocadohälften serviert wurde, an einen Möhrensalat mit Granatapfelkernen und das enttäuschte Gesicht eines Kandidaten, der vergeblich die Steaks auf der Karte gesucht hatte. Zu einem zweiten Date war es nie gekommen.

Pling.

Ich wünsche dir ein tolles Wochenende, meine Traumfrau. xxx, Manu

Ein Lächeln stahl sich in ihre Züge. Der Süße. Sie mochte Manuel schon allein dafür, dass er sie mit abgeschmackten Sprüchen verschonte, einfach nur an sie dachte, was Liebes schrieb, für sie da war. Ganz im Gegensatz zu diesem Lenzendorf, der nichts Besseres zu tun hatte, als ihr auch noch am Samstag irgendeinen gequirlten Quark zu servieren. Und das Beste war: Manuel drängte keineswegs auf ein Date, sondern schien genauso wenig wie sie scharf darauf zu sein, gute Gefühle durch ein missglücktes Treffen aufs Spiel zu setzen.

Danke, Manu, wie lieb von dir, schrieb sie zurück, *du bist mein Traummann und mein Lichtblick!*

Sie beendete die Message mit drei X. Ja, so zärtlich gingen sie inzwischen miteinander um: drei Küsschen! Da sollte noch mal einer von seelenloser Technik reden.

Ihr Blick schweifte durch die kleine Küche, über die schneeweißen Fronten, den schwarz-weiß gekachelten Boden. Alles war blitzsauber. Seit Menschengedenken hatte sie hier nichts zubereitet, nur Fertiggerichte aufgewärmt oder die Alufolie von geliefertem Essen aufgerissen.

Beim Gedanken daran, wie wunderbar ihre Mutter einst kochen

konnte, lief ihr das Wasser im Mund zusammen. Eleonore Elsässer war für ihre Königsberger Klopse berühmt gewesen, für sahniges Paprikagulasch und Schmorbraten mit traumhaften Rotweinsaucen.

Vorbei. Vicky befand sich mittlerweile an einer ethisch korrekten Position der Nahrungskette, ihre Mutter dämmerte in einem Altenheim vor sich hin. Seit sie schwere Rheumamedikamente nehmen musste, verwirrte sich ihr Geist immer mehr, ein Drama auf leisen Sohlen. Vicky rief sie täglich an und besuchte sie jeden Sonntag, manchmal auch unter der Woche. Dennoch, das Verhältnis war eher kühl. Kein Wunder. Als alleinerziehende Mutter hatte es Eleonore Elsässer für richtig gehalten, ihre Tochter früh in ein Internat zu geben – mit dem Resultat, dass Vicky eine Einserschülerin, danach eine Musterstudentin und schließlich eine topqualifizierte Softwarespezialistin geworden war, jedoch kaum eine emotionale Bindung zu ihrer Mutter verspürte.

Sie hat mich immer Vicky genannt. Bin ich je von ihr geliebt worden? Mit Haut und Haar? Schwer zu sagen. Jedenfalls habe ich schon lange kein Zuhause mehr, dachte sie in einer Aufwallung von Trauer, nur eine Wohnung. Das ist nicht dasselbe.

Pling.

Hallo, Schnecke, nicht zu viel arbeiten, ja? YOLO. Big hug, V

So war Viktor, immer aufmerksam, immer fürsorglich. Das Profilbild zeigte einen schmächtigen jungen Mann mit seinem kleinen Sohn auf dem Arm. Das hatte Vicky sofort für ihn eingenommen. Manchmal berichtete Viktor, der von der Kindsmutter getrennt lebte, über die neuesten Kapriolen des kleinen Jungen. Dann fühlte sich Vicky wie eine Tante. Auch Catherines Kinder nannten sie Tante. In gewissem Sinn hatte sie also durchaus eine Familie.

Grüß den Kleinen von mir, antwortete sie, *leider habe ich ein wichtiges Projekt, an dem ich feilen muss, aber das wird schon. X, Vic*

Es folgte der tägliche Anruf bei ihrer Mutter, die jedoch Schwierigkeiten hatte, die Stimme ihrer Tochter zu erkennen. Ein Stich ins Herz. Vicky kündigte an, am Sonntagabend vorbeizukommen, was Eleonore Elsässer mit dem typischen Gleichmut hinnahm. Dennoch versuchte Vicky, fröhlich und zuversichtlich zu klingen. Sie wollte wenigstens eine gute Tochter sein, wenn ihre Mutter schon nicht die alles verstehende, alles verzeihende, vorbehaltlos liebende Mama war.

Mit dem Smartphone in der Hand wechselte sie ins Wohnzimmer und fläzte sich auf die Couch. Selbst sie musste zugeben, dass ihr winziges Appartement in etwa so persönlich wie die Lobby eines Mittelklassekettenhotels wirkte. Sämtliche Möbel hatte sie nach streng rationalen Erwägungen im Internet bestellt, und das Ergebnis sprach für sich: Wohnen ohne größeren Gemütlichkeitsfaktor, dafür mit praktischem Mehrwert. Die beigefarbene Ledercouch war abwischbar, der buntgemusterte Teppich verzieh Tee- und Rotweinattacken. An den Wänden hingen gerahmte Fotos idyllischer Landschaften, weil Vicky gelesen hatte, der Anblick von Natur wirke sich harmonisierend auf die Stimmung aus.

Pling. Catherine. Zusammen mit dem obligatorischen Katzenvideo schickte sie eine Nachricht:

Hi, Vic, falls du wider Erwarten in der realen Welt unterwegs warst, mit dem falschen Kater aufgewacht bist und ihn ASAP, also schnellstens, aus der Wohnung vertreiben willst, habe ich einen Supertipp für dich: Sei einfach du selbst. LOL. War nur Spaß. Arbeite nicht zu viel, ja? Kiss, Cat

Verrücktes Huhn. Aber Vicky wurde das Gefühl nicht los, dass sich Catherine ernsthafte Sorgen um sie machte. Deshalb bemühte sie sich bei ihrer Antwort um einen lockeren Ton.

Ich wache nur mit einem Kater auf, wenn ich mit dir ausgehe und du mir mal wieder ein Glas Wein zu viel reinschraubst. LOL. Genieße dein Wochenende! Love, Vic

Wie machte es Catherine nur, einen Mann und drei Kinder mit ihrem Job zu vereinbaren? Und dabei stets fröhlich und gelassen zu bleiben?

Hey, Vic, aufwachen, du darfst keine Zeit vertrödeln, flüsterte ihre innere Stimme. Der Weg zur Karriere führt durchs Gebirge. Falls du also wirklich in einer Woche auf diese blöde Klettertour gehst, gibt's nur eins: *Be prepared!*

Sie gab sich einen Ruck und huschte durch den Wohnbereich zum Schlafzimmer. Im dem weißgetünchten Raum hatte sie auf jede Deko verzichtet. Das Bett war dreifach verstellbar, damit sie nachts bequem lesen konnte, der verspiegelte Kleiderschrank diente zugleich der Überprüfung ihrer Outfits. Von der Decke baumelte eine nackte Glühbirne – Vicky war nie dazu gekommen, eine Lampe fürs Schlafzimmer auszusuchen.

Eine Weile stand sie vor dem geöffneten Kleiderschrank. Elegante dunkle Hosenanzüge und weiße Hemdblusen hingen ordentlich gebügelt nebeneinander. Im oberen Fach lagen Jeans, Pullover und T-Shirts, allesamt in Schwarz, Weiß oder gedecktem Grau, ganz unten standen fünf Paar schwarze hochhackige Pumps. Na super. Falls – vor ihrem inneren Auge baute sich das Wort mittlerweile in Großbuchstaben auf –, FALLS sie tatsächlich diese Klettertour mitmachte, waren hochhackige Schuhe so hilfreich wie Essstäbchen beim Verzehr einer Kürbiscremesuppe.

Missmutig schloss sie den Schrank.

Der sensationelle Konstantin Lenzendorf trumpfte bestimmt

mit der oberperfekten Ausrüstung auf, Kai Wanner ebenfalls – und sie?

Zurück in der Küche, setzte sie sich an den Tisch und aktivierte ihr Tablet. Als Erstes appellierte sie an die Schwarmintelligenz, indem sie auf Facebook die Frage postete: *Hi, Leute, was braucht man fürs Wandern und Klettern?* Nach einem Schluck Tee googelte sie zusätzlich alles, was sie zu dieser Frage finden konnte.

Zwei Stunden später hatte sie eine erschreckend lange Liste beisammen, abgesehen davon, dass sie kein Wort von dem irrwitzigen Fachchinesisch verstand. Was, bitte schön, sollte denn eine Loopingleiter sein? Eine Cliphilfe? Ein Zlagboard? Ganz eindeutig bestand akuter Beratungsbedarf, doch die einschlägigen Websites verwirrten sie nur noch mehr. Schöne Bescherung. Sie kam wohl nicht drum herum, ihre Wohnung zu verlassen und sich in den Einkaufstrubel eines feuchtkalten Samstags zu stürzen.

Pling.

Hi, Vic, was geht? Alles okay? Denk an dich, Rob

Der gute alte Rob. *Schön, dass es dich gibt, miss U*, antwortete sie ungewöhnlich gefühlvoll. Eine gefahrlose Sache, denn kurz nachdem sie Robin auf Facebook kennengelernt hatte, war er für seine Firma nach Hongkong gegangen. Doppelter Sicherheitsabstand also.

Weiter im Projekt Klettertour, ermahnte sie sich. Ihre Recherchen ergaben, dass *Outdoor for fun* als bestsortierter Laden der Stadt galt. Jedenfalls für arme Irre, die freiwillig den lieben langen Tag durch die Gegend stapften. Vicky verstand es einfach nicht. Schon Spazierengehen hielt sie für Zeitverschwendung, und die Vorstellung, demnächst an einer Felswand zu hängen, unter den hämischen Blicken ihrer Konkurrenten, skeptisch beäugt vom Personalchef, trieb ihr den Angstschweiß auf die Stirn. Zwar verbrachte sie eine Stunde täglich auf ihrem Hometrainer, dehnte sich mit Power Yoga und stählte ihre Arme mit Eisenhanteln, trotzdem traf auf sie wohl immer noch das fiese Etikett zu, das man ihr als Kind verpasst hatte: Bewegungskasper.

Seit sie denken konnte, war sie absurd ungeschickt und tapsig gewesen – vermutlich deshalb, weil ihre überbehütende Mutter sie als Kleinkind immer ausgebremst hatte, wenn sie rennen, klettern oder herumspringen wollte. Einen Stubenhocker hatte Eleonore Elsässer aus ihrer Tochter gemacht, mit besten Absichten und beklagenswerten Folgen. Es fehlte ganz einfach an der geschmeidigen Koordination.

Unliebsame Erinnerungen an den Schulsport stiegen in Vicky hoch, eine schier endlose Abfolge von Qualen. Am meisten hatte sie sich vor dem Schwebebalken gefürchtet. Balancieren, das Gleichgewicht halten, graziös die Arme bewegen? Vicky hatte sich damals so viele blaue Flecken geholt, dass sie mit dem herzerwärmenden Spottnamen Schlumpfine bedacht worden war. Und wenn Mannschaften für Handball oder Basketball gewählt wurden, hatte sie immer bis zuletzt auf der Bank gehockt. Vic, die Niete mit den zwei linken Händen, die über ihre eigenen Füße stolperte.

So was war diesem Lenzendorf bestimmt nie passiert. Der hatte hundertpro alle Beliebtheitsrekorde gebrochen, weil er in jedweder sportlichen Disziplin mit Höchstleistungen glänzte. Das spürte man sofort. Man konnte es förmlich riechen, obwohl er sicherlich nie schwitzte. Als ahnte er, dass sie an ihn dachte, ging eine weitere Message von ihm ein.

Keine Antwort? Dabei meinte ich, einen gewissen Sinn für Humor bei Ihnen ausgemacht zu haben.

Verärgert löschte Vicky die Nachricht. Es gehörte zu den Gepflogenheiten von MediSolutions, unter den Kollegen die Handynummern auszutauschen, damit in dringenden Fällen jeder für jeden erreichbar sein konnte. Dies war jedoch alles andere als dringend. Was bildete sich der Typ eigentlich ein? Dass sie seinen hirnlosen Schwachsinn für die adäquate Freizeitgestaltung hielt?

Es erschien verlockend, mit einer geharnischten Antwort zu kontern, doch Vicky zog es vor, sich in Schweigen zu hüllen. Sollte der doch schreiben, bis er schwarz wurde. Sie würde sich nicht provozieren lassen. Nur ein bisschen öfter von Manuel erzählen und diese Beziehung mit ein paar erfundenen Details ausschmücken. Nimm das, Konstantin Lenzendorf: Ich hab einen festen Freund, und er ist phantastisch!

Sie hatte bereits ihren grauen Regenmantel angezogen, war in ein Paar zierliche schwarze Pumps geschlüpft und öffnete gerade die Haustür, als das nächste Pling ertönte.

Frauen Komplimente zu machen ist wie Topfschlagen im Minenfeld: Zwischen tot und lebendig liegen nur Millimeter. Na ja, das Leben ist kein Ponyschlecken. Freu mich sehr auf Montag, habe soeben das Go bekommen, mit Ihnen am A-Projekt zu arbeiten. LG KL

Wie dreist war das denn? Vicky bebte vor Wut. Das durfte doch nicht wahr sein! Sie hasste es, wenn jemand auf den fahrenden Zug sprang. Völlig außer sich las sie die Nachricht ein zweites Mal. Tatsächlich. Man zwang sie, gemeinsam mit Lenzendorf das A-Projekt weiterzuentwickeln. Das Programm, dessen Konzeption ganz allein ihr Werk war. Ihr Baby!

In höchster Erregung umklammerte sie das Handy. Sah diesem Lackaffen ähnlich, dass er den Ruhm absahnen wollte, der ihr zustand. Die Masche kannte sie nämlich schon: Es wäre nicht das erste Mal, dass sich ein Quereinsteiger in eines ihrer Projekte einklinkte und hinterher die unverdienten Lorbeeren einheimste, während man ihr nachträglich die Rolle einer zufällig anwesenden Hilfskraft unterstellte – weil sie eine Frau war und Frauen immer noch gern als der dienende Part betrachtet wurden. Selbst im einundzwanzigsten Jahrhundert.

Sie haben wohl beim Studium ein bisschen zu lang aus dem Fenster geträumt, tippte sie. *Die Zusammenarbeit können Sie sich gepflegt von der Backe putzen. VE*

Bevor Vicky die Nachricht abschickte, hielt sie kurz inne. Lenzendorf abzublocken war ihr ein innerer Vorbeimarsch, doch taktisch äußerst unklug. Ein gefundenes Fressen für all die Meckerer, die ihr mangelnden Teamgeist attestierten. Zähneknirschend löschte sie Buchstabe für Buchstabe. Danach schlug sie die Haustür so heftig von außen zu, dass das aufgeklebte Namensschild herunterfiel und auf der Fußmatte landete. So, jetzt hatte sie es amtlich: Viktoria Elsässer war soeben auf die Matte gegangen.

Kapitel 4

Angeblich gab es Frauen, die Shopping auf Krankenschein für eine vernünftige Idee hielten, als stimmungsaufhellende Maßnahme gegen seelische Verschattungen sozusagen. Vicky gehörte nachweislich nicht zu diesen Frauen. Sie kaufte das meiste online und ohne größere emotionale Turbulenzen, denn nur ungern vergeudete sie ihre freie Zeit mit dem Besuch analoger Läden. Als sie nach einer geschlagenen halben Stunde Fahrt in einem überfüllten Bus die Welt von Outdoor for fun betrat, wurde ihr schockhaft bewusst, dass sie obendrein in einer Hölle des schlechten Geschmacks gelandet war.

Uff. Gleich am Eingang, auf einem Ständer mit Regenjacken, überfielen sie Farbtöne, die definitiv nicht fürs menschliche Auge geeignet waren. Magenta. Giftgrün. Neongelb. Schreipink. Oder dienten solche Signalfarben dem Zweck, dass Rettungshubschrauber verunglückte Kletterer schneller fanden? Ratternd sprang ihr Kopfkino an und führte ihr den Katastrophenfilm ihres Absturzes vor – von Schürfwunden bis zu Knochenbrüchen war alles dabei. Schock. Das Spektakulärste, was sie in den letzten zehn Jahren erlebt hatte, war Nasenbluten gewesen. Sie fühlte sich außerstande, mehr zu ertragen.

Vicky schluckte. Ich kann das nicht. Ich will das nicht. Ich will hier weg.

Schwer atmend versuchte sie, den inneren Film zu löschen. Zusätzlich musste sie allerdings den textilen Wahnsinn verkraften, der einem hier zugemutet wurde. Es waren ja nicht nur die Farben. Die Verkaufsflächen quollen über von allen erdenklichen Modesünden. Grellbunte Fleeceshirts wetteiferten mit geblümten Bermudashorts um den ersten Preis imaginärer Bad-Taste-Partys, gruselige Safarihütchen und mehrfarbig bedruckte Basecaps verhießen lachhafte Entstellungen.

Halloween war nichts dagegen. Wer machte bloß so einen Unsinn mit? Eine Frage, die sich auf der Stelle beantwortete, als Vicky sich umsah: Zwischen den Regalen drängten sich lauter kräftig gebaute und offenbar chronisch gutgelaunte Menschen, die alle so aussahen, als würden sie schon vor dem Frühstück einen Halbmarathon laufen.

»Willkommen bei Outdoor for fun«, begrüßte sie ein junger Verkäufer, dessen Oberkörpermuskulatur sein knappes weißes T-Shirt nahezu sprengte. »Kann ich helfen?«

Der Reflex, schleunigst zu flüchten, wurde fast übermächtig. Nein, nein, nicht schlappmachen, korrigierte sie sich. Wer wollte noch mal Head of IT und Chief Information Officer werden? Du stehst das jetzt gefälligst durch, also beiß die Zähne zusammen. Umständlich kramte sie ihr Tablet aus dem Lederbeutel und rief die Liste auf.

»Ich hätte gern eine Funktionsjacke, scheuerarme Unterwäsche, Bergstiefel, Fußpuder gegen Blasen, Travellunches in Plastiktütchen und einen Teleskopwanderstock. Außerdem eine Cliphilfe, ein Zlagboard …«

»Wow. Zwei Monate Trekking im Himalaja?«, fragte der Verkäufer anerkennend.

»Ein Wochenende Klettern in den Alpen.« Vicky hielt ihm das Tablet hin. »Das ist meine Liste.«

»Hm.« Während er die Aufstellung überflog, meinte sie, die Andeutung eines amüsierten Lächelns in seinen Mundwinkeln zu entdecken. »Da fehlt dann aber so einiges. Expeditionsrucksack,

Gürteltasche, Seile, Seilsack, Expresssets, Karabiner, Klettergurt, Trittschlingen, Hartschalenhelm, Protektoren für Knie und Schienbeine, atmungsaktive Softshell-Halbfinger-Handschuhe, ergonomische Socken, Schrittzähler, Herzfrequenzmonitor-Gurt, ultraleichte Notfalldecke, Chalkbag mit Erste-Hilfe-Set.«

Vicky war sprachlos. Wollte der Typ sie verladen? Oder bekam er Prozente, wenn er ihr lauter überflüssiges Zeug andrehte? Ungehalten blitzte sie ihn an.

»Ich glaube kaum, dass ich das alles brauche.«

»Und ich glaube, dass Sie sich sehnlichst wünschen werden, all das dabeizuhaben, wenn Sie das erste Mal in einer Felsspalte festsitzen«, konterte er vollkommen ruhig.

In einer Felsspalte ... Grundgütiger! Vicky war starr vor Schreck. Klar, dieser geschäftstüchtige junge Mann wollte ihr Angst einjagen. Andererseits wusste niemand besser als Vicky, dass sie gewisse motorische Defizite hatte. Insofern tendierte die Wahrscheinlichkeit, dass sie stolperte, stürzte oder am Ende tatsächlich in einer Felsspalte festklemmte, gegen neunzig Prozent. Vorsichtig geschätzt.

»Kommen Sie, wir fangen bei der Bekleidung an«, schlug der Verkäufer vor, als Vicky keine sichtbare Reaktion zeigte.

Stoisch folgte sie ihm in den hinteren Bereich des Ladens, wo er auf einen Stapel scheußlicher grasgrüner Langarmshirts zeigte, eine Beleidigung selbst für Menschen mit zweifelhaftem Geschmack.

»Wir haben hier sehr schöne atmungsaktive Merino-Unterwäsche«, spulte er seinen Text herunter. »Sie können diese Qualität auch als praktischen Einteiler haben, natürlich power dry und mit Reißverschluss bis zum, äh ...«, unversehens geriet er ins Stocken, »... äh, bis ... na ja, falls Sie mal, Sie wissen schon.«

Im selben Moment ging Vicky auf, dass es in der alpinen Pampa keine Toiletten gab. Also erledigte man das hinter einem Baum? Einem Gebüsch? Und die Kollegen sahen zu? *Konstantin Lenzendorf sah zu?* Herr im Himmel!

»Ich, ich – hab's nicht so mit, ähem, quietschbunt«, stotterte sie. »Gibt's das auch in Schwarz?«

»Nein. Gemeinhin werden fröhliche Farben bevorzugt, was wir in unserem Sortiment berücksichtigen.«

Fröhlich. Der reine Hohn. Unsicher strich sie mit den Fingerspitzen über den Einteiler, den der Verkäufer ihr hinhielt. Fühlte sich wenigstens flauschig an. Und der hellblau abgesetzte Reißverschluss reichte tatsächlich bis – o mein Gott, es würde ein Abgrund der Peinlichkeit werden!

Der Verkäufer wippte ungeduldig mit dem Fuß. Langsam schien er zu begreifen, dass er eine schwierige Kundin vor sich hatte.

»Gebongt?«

»Größe sechsunddreißig, bitte«, hauchte sie.

Als Nächstes bekam Vicky ergonomische, insektenabweisende Socken, gut belüftet und in der furchtbaren Farbkombination Grün-Blau-Ocker. Protest zwecklos, das seien die besten, insistierte der junge Mann. Dass der ultimative Expeditionsrucksack einen schauderhaften Lilaton hatte, war fast schon zu erwarten. Und die mit Abstand empfehlenswerteste, weil wasser- und kälteabweisende Hybrid-Kapuzenjacke mit Dauneneinlage wartete mit einem Orange auf, das jedem Müllmann zur Ehre gereicht hätte. Nur bei der Hose streikte Vicky. Schwarz. Nichts anderes! Dennoch: Als sie am Ende alles anzog, um das Outfit am Körper auszuprobieren, sah sie aus wie ein farbenblinder Clown.

»Zünftig«, sagte der Verkäufer.

Vicky verkniff sich die Bemerkung, dass sie schon jetzt jedes einzelne Stück hasste. Mit ihrem Ärger fand sie auch ihre Sprache wieder.

»Soeben habe ich mir in den sogenannten Softshell-Handschuhen einen Fingernagel abgebrochen, und ich nehme nicht an, dass Outdoor for fun meine Maniküre zahlt«, brummelte sie. »Außerdem – türkisfarbene Handschuhe zu oranger Jacke und lila Rucksack? Geht gar nicht.«

»Die Sachen sind high-end«, beteuerte der Verkäufer.

Männer hatten einfach keinen Sinn für Farben. Vicky hingegen wurde regelrecht übel von den Klamotten.

»Ja, die Sachen sind einmalig. Sogar mein Essen kommt extra hoch, um sie zu sehen.«

Der junge Mann verdrehte die Augen zur Decke.

»Das sind funktionale Kleidungsstücke, kein Boutiquen-Schnickschnack. Am besten erläutere ich Ihnen jetzt erst mal, wie Sie damit umgehen und welche Ausrüstungsgegenstände Sie dazu kombinieren sollten.«

»Besten Dank, ich denke, die Teile sind selbsterklärend«, entgegnete sie schnippisch. »Den Rest meiner Liste arbeite ich allein ab.«

Für einen Moment sah ihr Gegenüber aus, als gerate seine professionelle Contenance ins Wanken. Er presste die Zähne so fest aufeinander, dass seine Kiefermuskeln hervortraten. Doch dann entspannten sich seine Gesichtszüge, und er grinste belustigt.

»Sie gehören zu diesen neunmalklugen, obertoughen Frauen, die immer denken, sie checken alles auf Anhieb, stimmt's?«

Vicky fiel die Kinnlade runter.

»Wie bitte?«

Sein Grinsen wurde breiter.

»Kenn ich. Eine wie Sie schmeißt Gebrauchsanweisungen sofort weg und rast dann fünfmal zum Mülleimer, um vorsichtshalber noch mal nachzugucken.«

Einige Sekunden lang schnappte Vicky nach Luft.

»Jetzt werden Sie auch noch unverschämt?«

»Nee, nee, wenn ich unverschämt werde, hört sich das ganz anders an.« Unvermittelt brach er in jungenhaftes Gelächter aus. »Nichts für ungut. Mache ich nämlich genauso, bei Tiefkühlgerichten. Schmeiße die Verpackung in den Müll und hole sie mindestens dreimal wieder raus, weil ich dauernd vergesse, wie lange das Essen in die Mikrowelle muss.«

Nervös ruckelte Vicky an ihrer schwarzen Brille herum. Das nannte man im wahren Leben wohl einen Scherz. Zu dumm aber auch, dass sie völlig aus der Übung war, was ungeplante Begegnungen mit dem anderen Geschlecht betraf. Aus der Übung? Nun ja, im Grunde hatte sie noch nie begriffen, wie so was ablief. Daran hatte auch der dreiwöchige Online-Flirtkurs nichts geändert. Mit Mühe und Not bekam sie ein schiefes Lächeln hin.

»So, und jetzt regen Sie sich mal ab«, lenkte der Verkäufer begütigend ein. »Wenn Sie Ihre Klettertour unfallfrei überleben wollen, ist es wichtig, dass Sie die richtige Ausrüstung dabeihaben. Zum Beispiel dieser Helm«, er langte in ein Regal und förderte ein tomatenrotes, topfartiges Etwas zutage, »der hat ein Kinnband, das sich bei Stürzen selbsttätig öffnet, um Strangulationen zu verhindern. Für Ihre Pläne vollkommen ungeeignet.« Er legte den Helm zurück und zauberte ein knallblaues Exemplar hervor. »Der hier ist ideal. Bei Gebirgstouren darf sich das Kinnband nämlich nicht öffnen, da man mit ziemlichen Fallhöhen rechnen muss.«

»Fallhöhen«, echote Vicky entsetzt.

»Und dann die Karabiner«, fuhr der Verkäufer fort, dem es sichtlich Spaß machte, eine blutige Anfängerin mit seinem umfangreichen Wissen zu schocken. »Es gibt Schraub-, Sicherheits-, Drei-Wege-, Spinball-, Ballock- und Twistlock-Verschlüsse. Von der richtigen Wahl kann Ihr Leben abhängen. Buchstäblich.«

Eine Pause trat ein.

»Okay, okay, hab's geschnallt«, gab Vicky klein bei. »Sie stellen mir was zusammen, und ich kaufe den ganzen Krempel. Aber keinen blauen Helm, ja?«

»Sie können auch einen gelben haben.«

Wieder ein Scherz? Vicky war sich nicht so sicher. Dieser Einkauf entwickelte sich allmählich zu einer Kletterpartie über die Abgründe zwischenmenschlicher Kommunikation. Nicht gut. Gar nicht gut. Wie sollte sie bloß das sozial kompetente Teamsprech hinkriegen, wenn sie schon an der Konversation mit einem Verkäufer für Outdoor-Artikel scheiterte? Na ja, immerhin hatte sie etwas delegiert, nämlich das Aussuchen der Ausrüstung. War doch ein Anfang.

Geduldig ließ sie die nächste halbe Stunde über sich ergehen. Möglich, dass sie es ein klein wenig übertrieb mit der Ausrüstung, doch sie verließ sich ungern darauf, dass die Organisatoren der Kletterreise wirklich an alles gedacht hatten. Lieber nahm sie die Dinge selbst in die Hand. Sie lernte, dass Seilklemmen vor allem der Rücklaufsicherung dienten, wobei man zwischen hebelgesteuerten und klemmbelasteten Mechanismen unterschied. Auch in die Geheimnisse von Schulterträgern und Trittschlingen wurde sie eingeweiht. Erst bei der Looping-Trittleiter erlahmte ihre Konzentration. Es handelte sich dabei um einen filigranen Metallstab mit vier Nylonschlaufen für den Aufstieg an schrägen Felswänden. In ihrer Phantasie sah sich Vicky schon in luftigen Höhen zappeln, die Füße in den Schlaufen verheddert, das spöttische Gelächter ihrer Kollegen im Ohr und den sicheren Tod vor Augen.

»Sagen Sie mal«, sie räusperte sich, weil sie einen gefühlt fußballgroßen Kloß im Hals hatte, »glauben Sie ernsthaft, dass ich das schaffe? Klettern und so?«

Nur ungern, wie es schien, löste sich der Verkäufer von dem faszinierenden Anblick der Looping-Leiter.

»Warum nicht? Die gute Nachricht ist, dass es in den Alpen ein hervorragendes Netz von Rettungsstationen gibt, im Gegensatz etwa zum Himalaja.«

»Das ist die gute Nachricht? Was ist dann die schlechte?«

Jovial klopfte er ihr mit einer seiner Riesenhände auf die Schulter, was sie kurz taumeln ließ.

»Nur Mut. Mit dem, was ich für Sie zusammengestellt habe, sind Sie wirklich für jede Eventualität gewappnet.«

Das mochte stimmen, aber schon allein die Existenz von Eventualitäten jagte Vicky einen Schauer nach dem anderen über den Rücken. Sie trat einen Schritt zurück. Mittlerweile hatte sich im Einkaufswagen ein stattlicher Haufen von Kleidungsstücken und Kletterutensilien angesammelt. Leider sah das Ganze auch nach einer kapitalen Geldverbrennungsaktion aus, dämmerte es Vicky, die bislang so gut wie gar nicht auf die Preisschilder geschaut hatte.

»Und was kostet das? Ich meine, alles zusammen?«

Nachdem er endlose Minuten auf seinen Taschenrechner eingehämmert hatte, nannte der Verkäufer eine schwindelerregend hohe Summe. So schwindelerregend, dass Vickys Magen auf die Größe einer Kinderfaust schrumpfte.

»Ach du liebes bisschen! Hören Sie, ich bin eine ganz normale Angestellte! Große Sprünge sind nicht drin!«

»Mit *den* Schuhen sowieso nicht.« Vorwurfsvoll deutete er auf Vickys hochhackige Pumps. »Womit ich Sie herzlich in unsere bestens sortierte Abteilung für Bergstiefel einladen möchte.«

Kapitel 5

Eine knappe Woche war vergangen. Fünf Tage voller Selbstzweifel, Frust und unterdrücktem Zorn. Nicht nur, dass sich ihr Konkurrent Konstantin Lenzendorf dreist in das A-Projekt gedrängelt hatte, erbitterte Vicky, obendrauf musste sie auch noch dem Unvermeidlichen ins Auge blicken: Klettern für die Karriere. Ein Alptraum.

Mit Lenzendorf hatte sie kaum ein Wort gewechselt, lediglich Mails und WhatsApp-Nachrichten ausgetauscht. Die Stimmung im Team war seither komplett im Eimer. Alle misstrauten einander, schotteten sich ab und taten so, als arbeiteten sie in einer geheimen Kommandozentrale, wo es von Spionen wimmelte. Wunderbare Voraussetzungen für eine Reise, bei der sie ihre sozialen Kompetenzen unter Beweis stellen sollte.

Wenn nicht Catherine gewesen wäre, die ihr täglich Katzenvideos schickte und sie nach Kräften unterstützte, hätte sich Vicky an diesem Freitagmorgen tot gestellt. Stattdessen stand sie bibbernd vor Aufregung in der Abflughalle des Flughafens. Viel zu früh, natürlich. Verloren drückte sie sich an eine Säule, darauf bedacht, nicht angerempelt zu werden. Die vielen Menschen machten sie nervös, die halligen Durchsagen, das Gewusel Hunderter Reisender, beladen mit Koffern, Tüten und Taschen, die nur darauf warteten, sich in ihre Kniekehlen zu bohren.

Auch Vicky hatte einen kleinen Koffer dabei. Kurz erwog sie, den bleischweren Expeditionsrucksack abzustellen – es fühlte sich an, als sei ihr ein riesiges kopfloses Monster auf den Nacken gesprungen, um sie unter sich zu begraben. Doch sie kam zu dem

Schluss, sie sollte sich besser gleich an das Gewicht gewöhnen, damit sie im Gebirge nicht schlappmachte. Dabei hatte sie zu allem Überfluss auch noch Muskelkater in den Armen, weil sie ihr Hanteltraining auf das Doppelte ausgeweitet hatte. Tapfer tat sie so, als sei es ganz normal, an einem warmen Sommermorgen in voller Bergsteigermontur auf dem Flughafen herumzustehen und vor lauter Angst fast zu kollabieren.

Den Blick unverwandt aufs Handy geheftet, gestand sie ihren Messenger-Freunden, wie sehr sie sich vor der Kletterreise fürchtete. Manuel schrieb daraufhin, ein Abenteuer sei das beste Rezept gegen Lebenshunger, weshalb sie ruhig in die Berge fahren solle, und im Notfall sei er ja auch noch da. Robin und Viktor drückten ihr die Daumen in Nachrichten, die sie mit unzähligen Smileys verzierten.

Der tägliche Anruf bei ihrer Mutter fiel knapp aus. Vicky berichtete von einer »ganz, ganz großartigen« Reise, die bevorstehe. Eleonore Elsässer fragte nicht weiter, sondern erzählte, das Essen werde von Tag zu Tag schlechter und es gebe einen neuen Pfleger mit vielen lustigen Tattoos. Danach verschickte Vicky ein paar geschäftliche Mails. Als auch das erledigt war, durchforstete sie einige Möbelportale nach Schlafzimmerlampen. Gottlob gab es immer etwas Sinnvolles zu tun.

Nach einer halben Stunde, mittlerweile spürte sie jeden Rückenwirbel einzeln, trudelte zunächst der Personalchef ein. Felix von Mahlzahn, Anfang vierzig und gertenschlank, war ein echter Hingucker. Mit seinem extravaganten Totenkopfschal und dem spiegelglatt rasierten Schädel, auf dem eine getigerte Sonnenbrille klemmte, hätte er auch als Hip-Hop-Star durchgehen können. Wie immer trug er zerfetzte Designer-Jeans und schneeweiße Sneakers. Das einzige Zugeständnis an die Reise bestand aus einer edlen cognacbraunen Lederjacke. Ein klein wenig belustigt, wie es schien, nickte er Vicky zu.

»Alle Achtung, Frau Elsässer. Hoffentlich übernehmen Sie sich nicht.«

Wie jetzt? Meinte er den Rucksack oder die Beförderung? Vickys Nerven drehten wackelige Pirouetten. So ähnlich musste sich ein Goldfisch in einem Piranhabecken fühlen.

Nach und nach trafen nun auch die anderen Kollegen ein. Neben dem Personalchef waren insgesamt neun Spitzenkräfte mit von der Partie, die sagenhafte Top-Elite der Firma, von der Aura des Erfolgs umweht und bis auf Vicky alle männlichen Geschlechts. Zwar hatte man auch bei MediSolutions schon von der Frauenquote gehört und schwor auf gemischte Teams, doch aus unerklärlichen Gründen zählten fast ausnahmslos Männer zu den Aufsteigern, die sich jetzt als Gipfelstürmer betätigen durften. Die meisten kannte Vicky nur vom Sehen, denn jedes Team bildete einen in sich abgeschlossenen Zirkel.

Als Letztes schnürten Konstantin Lenzendorf und Kai Wanner in die Abflughalle. Vicky merkte, wie sie sich verspannte. Beide trumpften mit sündteuren Designerreisetaschen auf, ihre eleganten dunkelblauen Blazermäntel und die handgenähten italienischen Schuhe gaben ihr den Rest. Heiße Schamesröte überzog ihr Gesicht. Verdammt. Wieso hatte sie in ihrem Übereifer bereits die scheußliche orangefarbene Jacke angezogen und diesen dämlichen Expeditionsrucksack auf dem Rücken? Auch für ihre klobigen Bergstiefel, deren Profilsohlen an LKW-Reifen erinnerten, schämte sie sich.

»Schönen guten Morgen«, sagte sie so freundlich wie möglich.

Kai Wanner verzog nur den Mund, Konstantin Lenzendorf musterte sie abschätzig von oben bis unten.

»Da will aber jemand hoch hinaus«, frotzelte er, und diesmal bezog sich die Bemerkung garantiert auf die Beförderung. »Was steht denn auf Ihrem kleidsamen Superrucksack? Bitte nicht schubsen?«

»Man munkelt, dass diese Tour ein Demolition Derby wird«, schob Kai Wanner nach. »Für manche Teilnehmer könnte das mit einem Totalschaden enden.«

Demolition Derby, ha! Der verglich die Reise also mit einem Autorennen, dessen Teilnehmer sich gegenseitig rammten, bis nur noch Schrotthaufen übrigblieben? Nervten die noch, oder mobbten die schon? Gut, freche Sprüche gehörten zum normalen Umgangston ihres Teams, doch die mit Sarkasmus getarnten Kampfansagen ließen keinen Zweifel daran, dass die beiden ihre Ellenbogen ausfuhren, bevor die Reise überhaupt begonnen hatte.

»Ich habe mich angemessen vorbereitet«, erklärte Vicky kühl.

»Bei dieser Farbkombination könnte man durchaus von einem ästhetischen Totalschaden sprechen«, ätzte Konstantin Lenzendorf. »Gab's die schwarze Jacke nur in Orange? Na, wenigstens können Sie damit in den Bergen den Müll wegräumen.«

»Also, ich …«

Das war's. Vicky brachte kein weiteres Wort heraus. Starrte nur in die grinsenden Gesichter ihrer Konkurrenten, die offenbar beide davon ausgingen, den Job bereits in der schicken Designertasche zu haben. Vergeblich versuchte sie, das Hämmern in ihrer Brust zu ignorieren. Im Büro genoss sie wenigstens den Hauch einer natürlichen Autorität, doch hier, in der überfüllten Abflughalle, wirkte sie offensichtlich nur noch lächerlich. Jeder Depp sah, dass sie weder die Kondition noch das Geschick besaß, wie eine Gämse durchs Gebirge zu springen, mal ganz abgesehen von ihrem zweifelhaften Look. Krampfhaft bemühte sie sich, trotz des absurd schweren Rucksacks gerade zu stehen, konnte aber nicht verhindern, dass sich ihr Gesicht dabei verzerrte.

»Wo ist denn Ihre Sänfte, gnädige Frau?«, witzelte Kai Wanner. »Mit dem lila Ungetüm haben Sie's bald am Rücken.«

»Sportklettern ist eine äußerst gesunde Methode, Schmerzen durch Unfälle zu ersetzen«, griente Konstantin Lenzendorf. »Wollen Sie wirklich mitfliegen, Frau Elsässer?«

Es gab Tage, an denen ein Mittelfinger alle Fragen beantwortete, hatte Vicky mal gelesen. Ein Satz, der ihr, wohlerzogen, wie sie war, allerdings nie über die Lippen gekommen wäre. Wie ein begossener Pudel sah sie den beiden Männern hinterher, die, ohne sich umzudrehen, zur Abfertigung marschierten. Dann wühlte sie ihr Handy aus der Jackentasche. Ein Klick nur, und ihre Herzfrequenz verlangsamte sich. Es war ein verlässliches Ritual: Sobald sie sich auf ihren Facebook-Account flüchtete, fühlte sie sich wieder wohl – vertraute Gesichter, verlässliche Gesprächspartner, überschaubare Kommunikation.

Während sie einige Posts überflog, überlegte sie fieberhaft, ob und wie sie sich last minute aus der Affäre ziehen sollte, um diese Horrorreise abzusagen. Eine Grippe vortäuschen? Durchfall? Todesfall? Fliegen oder nicht fliegen, das war hier die Frage.

Unschlüssig hob sie den Blick, um auf dem Infomonitor nach der Abflugzeit zu suchen. Eine gute Stunde noch, bis es losging. Los, Vic, entscheide dich! Selten genug räumte ihr Verstand ihren Gefühlen eine eigene Meinung ein, aber der Leidensdruck steigerte sich von Minute zu Minute. Drei Tage als Witzfigur? Drei Tage als Bewegungskasper, über den sich alle scheckiglachten? Und volle drei Tage, in denen sie ihre komplette Unfähigkeit bewies, einen leitenden Job zu wuppen?

Just in diesem Moment tauchte Catherine aus der Menge auf, in einem offenen sandfarbenen Trenchcoat, der beim Laufen hochflog wie ein geblähtes Segel. Winkend bahnte sie sich einen Weg durch die Menschentrauben vor der Gepäckabgabe. Und da Catherine ihre Freundin lange genug kannte, ahnte sie natürlich, was Vicky durch den Kopf schoss wie eine verrückt gewordene Flipperkugel.

»Nein, nein, nein, nicht aufgeben«, hechelte sie außer Atem. »Du kannst das, Vic. Ich glaub an dich!«

»Dann glaub lieber an den Weihnachtsmann, das ist realistischer.« Voller Verzweiflung hob Vicky die Arme. »Die Kollegen haben mir schon jede Menge unterirdischer Sprüche reingedrückt. Wegen des Rucksacks und so. Nie im Leben stehe ich diese Reise durch.«

Einige Sekunden verstrichen, in denen Catherine mit sichtlicher Verwunderung Vickys Aufzug begutachtete, von der Jacke über den Rucksack bis zu den geschnürten Bergstiefeln.

»Hast du etwa Angst, dass du wegen deines«, mit den Zeigefingern malte sie Gänsefüßchen in die Luft, »*Outfits* nicht mehr ernst genommen werden könntest?«

Vicky blies die Backen auf.

»Also, in dieser Hinsicht ist das Outfit mein kleinstes Problem. Eine sportliche Null in einem Rudel durchtrainierter, auf Krawall gebürsteter Alphamännchen, das ist mein Problem.«

»Aha.«

Fürsorglich legte Catherine einen Arm um Vicky, und ein zartblumiger Parfumduft hüllte beide ein. Mit geschlossenen Augen inhalierte Vicky diesen irgendwie tröstlichen Duft. Obwohl Catherine nur wenige Jahre älter war, wirkte ihre mütterliche Art auf der Stelle beruhigend.

»Danke, dass du gekommen bist, Cat.«

»Ja, aber nicht, um dich wieder nach Hause zu bringen. Man muss auch mal was wagen, was Besonderes ausprobieren – sonst kannst du dich ja gleich mit einer Kerze in den Keller setzen.«

Reflexhaft schaute Vicky auf ihr vibrierendes Handy. Manuel hatte geschrieben und wünschte ihr Glück für die Reise.

Melde mich später, schrieb sie zurück, bevor sie wieder das Wort an Catherine richtete.

»Vielleicht gibt es ganz, ganz wundervolle Dinge, die man aber trotzdem nicht ausprobieren sollte«, philosophierte sie. »Soeben ist mir klargeworden, dass meine lieben Kollegen alles tun werden, um mich fertigzumachen. Lenzendorf hat die Reise als Demolition Derby bezeichnet. Die sind jetzt schon im Kampfmodus.«

»Konflikte löst man nicht mit Feenstaub«, erwiderte Catherine kopfschüttelnd. »Wenn du die Jungs nicht überzeugen kannst, verwirre sie. Zeig ihnen Seiten von dir, die sie noch nicht kennen – zum Beispiel deine weiche Seite. Es ist keine Schande, Schwächen einzugestehen. Das ist sogar die Voraussetzung für ein gutgeführtes Team. Des einen Schwäche ist des anderen Stärke, so entstehen Synergien.«

Vicky hätte es nur zu gern geglaubt, wenn nicht ihre Erfahrung dagegen gesprochen hätte. Alles, was sie sich aufgebaut hatte, beruhte auf demonstrativer Stärke. Keine Aufgabe zu schwierig, kein Projekt zu groß, kein Arbeitstag zu lang, nach dieser Devise war ihr der Aufstieg zur Teamleiterin gelungen.

»Sorry, Cat«, sagte sie leise, »Schwäche kann ich mir nicht leisten.«

»Und ob du das kannst!« Catherines Augen funkelten angriffslustig. »Herrgott, ich habe so viele Bewerbungsgespräche miterlebt, dass ich ziemlich genau weiß, wie die Chefs ticken. Die wollen authentische Mitarbeiter mit Ecken und Kanten, keine seelenlosen Roboter.«

»Bist du sicher?«

»Nein, ich sitze den ganzen Tag rum, bohre in der Nase und denk mir irgendeinen Quatsch aus.«

Zeitgleich erschütterte sie erlösendes Gelächter. Ohne lange zu fragen, nahm Cat Vickys Hand und zog sie zu einer Kaffeebar neben den Abfertigungsschaltern, wo ein paar Tische und Stühle aus silberglänzendem Metall standen. Im Handumdrehen hatte sie zwei Tassen Espresso organisiert.

»Ich weiß, ich weiß, du trinkst nur grünen Tee, aber betrachte das als medizinische Maßnahme.«

Während sich Catherine einen Spender mit Zuckertütchen vom Nebentisch angelte, sank Vicky auf einen Stuhl. Der Rucksack nahm fast die gesamte Sitzfläche ein, so dass sie mehr schwebte als saß. Geistesabwesend betrachtete sie die glänzende Tischplatte, die mit leeren Pappbechern übersät war.

»Warum tust du das alles für mich?«, fragte sie leise.

Catherine rührte zwei Portionen Zucker in ihren Espresso, bevor sie antwortete.

»Weil du meine Freundin bist?«

Mit brennenden Augen schaute Vicky auf.

»Deine Freundin? Oder dein Problemfall? Ganz ehrlich – das mit uns läuft schon länger asymmetrisch. Du bist für mich da, aber ich kann dir nichts geben, ich bin doch nur ...«

»Bevor du weitersprichst, sag ich dir mal was.« Catherine leerte ihren Espresso auf einen Zug, klirrend setzte sie die Tasse ab. »Du bist eine tolle Frau. Und absolut nicht die Gestörte mit dem Tunnelblick, als die du dich siehst. Erinnerst du dich noch daran, wie du mir mit dem neuen Betriebssystem geholfen hast, weil ich nicht klarkam? Weißt du noch, wie du geheult hast, als du Finn, meinen Jüngsten, nach der Geburt im Arm gehalten hast? Wie du mir im Mutterschaftsurlaub Weizensmoothies vorbeigebracht hast? Wie unfassbar nett du über meine dämlichen Witze lachst?«

Entgeistert hörte Vicky zu. Sie hatte es vergessen. Verdrängt. Was auch immer. Es war, als redete Catherine von einer Fremden, und doch entsprach jede Einzelheit der Wahrheit.

»So.« Catherine stand auf und knöpfte ihren Trench zu. »Du gehst jetzt da raus und zeigst den Blödmännern, was für ein Mensch du bist – gefühlvoll, hilfsbereit, sozial kompetent. Verstanden?«

Schweigen.

»Äh«, Vicky verzog das Gesicht, »ist das eigentlich normal, dass ich nicht mehr aufstehen kann?«

Sie versuchte es bereits seit der Erwähnung der Blödmänner. Vergeblich. Zwischenzeitlich hatte sich der Rucksack mit der Schwerkraft verbündet und sie auf dem Stuhl festgetackert. Es bedurfte der tatkräftigen Unterstützung von Catherine, bis sie wieder in die Senkrechte kam – auf gefühlt handbreithohen Profilsohlen, die jeden Schritt zu einem Balanceakt machten.

»Das werte ich dann mal als ein Ja«, sagte Catherine ungerührt. Sie wirkte wie eine Frau, die ihrer Sache sehr sicher war. »Ich würde dich niemals losfliegen lassen, wenn ich den Eindruck hätte, dass du für die Beförderung nicht geeignet wärst. Du hast das Zeug für die Position. Pfeif auf die Kerle. Ganz gleich, wie die sich aufspielen, keiner von denen hat einen Büffel getötet oder war barfuß am Südpol. Steh zu dem, was du bist – eine Frau mit Gefühl und Verstand.«

»Ich … ich weiß gar nicht, wie ich dir danken soll«, stammelte Vicky vollkommen durcheinander.

»Indem du aufhörst, darüber nachzudenken. Denk lieber an

das, was ich dir gesagt habe: Erlebniswelten. Flow. Grenzen überschreiten. Also los jetzt.«

Wie einen Rollwagen schob Catherine ihre Freundin vor sich her, bis sie die Schlange vor der Abfertigung erreichten. Mittlerweile spürte Vicky ihre Füße nicht mehr. Ihr Rücken war eine einzige Schmerzzone, in ihrem Kopf herrschte eine Art Schneegestöber. Sie brauchte etwa fünf Minuten, um herauszufinden, dass ihr Smartphone, auf dem sie die Bordkarte gespeichert hatte, immer noch neben der unberührten Espressotasse lag. Das war ihr seit Jahren nicht passiert.

»Mein Handy!«, japste sie.

Meine Nabelschnur, meine Kontaktfläche, mein Leben!, fügte sie innerlich hinzu.

»Du bewegst dich nicht vom Fleck!«, kommandierte Catherine knapp und flitzte los. Nach quälend langen Sekunden kehrte sie außer Atem mit dem Smartphone zurück. »Hast Glück gehabt, dass es noch da war! Das heißt, warte mal«, sie versteckte das Handy hinter dem Rücken, »wäre diese Bergwanderung nicht eine perfekte Gelegenheit, offline zu entstressen?«

»Wie jetzt – offline?«, fragte Vicky wie vom Donner gerührt.

»Noch nie von digitalem Detox gehört? Man nennt es auch mediale Entgiftung. Kein Handy, kein Tablet, kein Laptop.«

Gähnende Abgründe taten sich vor Vicky auf, gefüllt mit ohrenbetäubender Stille.

»Das wäre mein Ende«, sagte sie mit Grabesstimme. »Was soll ich denn ohne dich und meine Facebook-Freunde machen?«

Catherine lachte in sich hinein, dann umarmte sie Vicky zum Abschied.

»Ciao, Vic. Und nur mal so als Anmerkung: Viele Freunde auf Facebook zu haben, das ist so wie reich sein bei Monopoly.«

Kapitel 6

Eine unwirklich helle Mittagssonne bestrahlte die imposanten Gebirgszüge rings um das karge Hochplateau, auf dem der Kabinenlift die Teilnehmer der Klettergruppe ausgespuckt hatte. Alle machten lange Gesichter. Nicht dass sie einen Empfang mit Volkstanz und Blaskapelle erwartet hätten, aber doch zumindest eine rustikale Jausenstation, wo man einen Kaffee oder ein Bier hätte zischen können, bevor es losging. Stattdessen gab es nur einen Haufen Steine, zwischen denen mickrige Büsche ums Überleben kämpften. Ein trostloser Ort. Daran änderte auch der zugegeben eindrucksvolle Ausblick nichts, genauso wenig wie die mit weißen Schneekappen bemützten Gipfel, die grünen Täler oder der kobaltblaue Himmel, der sich darüberspannte.

Da standen sie nun, zehn Großstädter, die etwas deplatziert wirkten in dem grandiosen Bergpanorama. Schneidend kalter Wind pfiff ihnen um die Ohren, binnen Sekunden legte sich die Gebirgskälte wie eine eisige Maske auf die Gesichter. Die meisten trugen zwar wattierte Jacken, doch für die unfreundlichen Temperaturen, die hier oben herrschten, waren alle eindeutig zu dünn angezogen.

Alle außer Vicky. Wenig mehr als ein schwacher Trost, denn nach der Fahrt mit dem schwankenden Lift kämpfte sie gegen ein übles Würgen an. Toll. Ging ja gut los.

Mit gemischten Gefühlen nahm sie den Mann in Augenschein, der sich vor der kleinen Gruppe aufpflanzte. Ein Hüne mit Schultern wie Bergmassiven und Händen wie Baggerschaufeln. Er trug eine hirschlederne Kniebundhose, die seine grobbestrumpften

Waden frei ließ, muskulös wie aufgepumpte Ballons. Eine gelbe Funktionsjacke hob seine tiefe Bräune hervor, das kantige Kinn und die wirren dunkelblonden Locken verliehen ihm etwas Kerniges. Ein Naturbursche wie aus dem Outdoor-Katalog.

»Willkommen in den schönen Alpen!«, rief er volltönend. »Ich heiße Johannes Beck, für euch einfach Joe, ich bin der Bergführer, und um es gleich vorweg zu sagen: Auf Kletterwanderungen duzen wir uns alle.«

Betretene Blicke. Bei MediSolutions duzten sich nur die Teams untereinander. Teamleiter und Angehörige der Chefetage wurden gesiezt, so sah es die firmeninterne Anweisung vor. Flache Hierarchien, das hatte der Personalchef mehrfach betont, seien eine Illusion, wahre Führung gehe mit Abgrenzung einher. Doch hier galten andere Regeln, wie das unmerkliche Nicken Felix von Mahlzahns signalisierte.

Nacheinander schüttelte Joe nun jedem die Hand und ließ sich die Vornamen sagen. Es hatte ein bisschen was von Tanzstunde.

»Das wird übrigens kein Spaziergang, deshalb hören ab jetzt alle auf mein Kommando«, setzte er die allgemeine Begrüßung fort. »Wir müssen es heute bis zur ersten Hütte schaffen, in gemäßigtem Marschtempo durchaus realistisch. Keiner rennt, keiner pennt. Noch Fragen?«

Niemand sagte etwas. Nur Vicky hob einen Finger, wie in der Schule.

»Ja, würden Sie – äh, du – bitte darauf achten, dass wir Funklöcher vermeiden? Ich muss kontinuierlich Internetzugang haben.«

Der Heiterkeitsausbruch des Bergführers verhieß nichts Gutes. Lachend schüttelte er den Kopf.

»Kannste in die Tonne kloppen, Mädel.« Mit großer Geste zeigte er auf das Geröllfeld, die steilen Hänge, die Berggipfel. »Hier ist nur Gegend, sonst nix.«

Das war ja wohl die Höhe. Naturbursche? Naturkatastrophe! Vicky konnte sich nicht erinnern, wann sie in den letzten Jahren über längere Zeit ohne Internet gewesen wäre, Flüge ausgenommen.

»Aber …«, wollte sie protestieren, doch Joe schnitt ihr das Wort ab.

»Vorschlag: Es ist guter Brauch, dass alle vor dem Start ihre Handys abgeben, um den Kopf frei zu bekommen. Und glaubt mir, ihr braucht euren Kopf. Bergwandern erfordert maximale Geistesgegenwart, beim Klettern ist das Hirn der wichtigste Muskel. Also her mit den Handys.«

Das war ja wohl ein schlechter Scherz. Vicky versteinerte. Ernsthaft? Sie sollte ihr Handy abgeben? Mit all ihren Facebook-Freunden und Instagram-Followern, die auf Posts und Fotos warteten? Mit Manuel, Viktor und Robin, ihren engsten Freunden? Mit Catherine, ohne deren freundschaftliche Wärme sie nicht leben konnte? Krass. Megakrass. Genauso gut hätte man ihr empfehlen können, sie solle mit Anlauf gegen eine Betonwand rennen, damit sie einen freien Kopf bekam.

Auch ihre Kollegen schienen wenig begeistert zu sein. Erregtes Gemurmel erhob sich in der Gruppe, das genauso rasch erstarb, wie es begonnen hatte, als Felix von Mahlzahn erneut nickte. Ach du Elend! Das war's dann mit dem World Wide Web und den Segnungen unbegrenzter Telefonie. Wenn selbst der Personalchef diesen Wahnsinn unterstützte, erledigte sich jeder Diskussionsbedarf.

Fassungslos sah Vicky zu, wie alle folgsam ihre Handys abgaben. Joe packte sie wie Jagdtrophäen in seinen Rucksack, ein monströses Ding in Knallrot, das selbst Vickys riesiges Exemplar übertrumpfte. Als sie an der Reihe war, hob sie abwehrend die Hände.

»Spitzenidee, aber, hm, nein, lieber nicht.«

»Du unterschätzt den Befehlscharakter meiner Vorschläge«, raunzte Joe. Fordernd streckte er ihr die Hand entgegen. »Ich kann keinen in der Gruppe brauchen, der lang hinschlägt, weil er dauernd aufs Display guckt, ob nicht doch irgendwo ein Netz um die Ecke guckt. Einfach mal runterkommen ist die Devise. Los, gib schon her.«

Was war denn das für ein Feldwebel? Von wegen runterkommen und freier Kopf. Der führte sich ja auf, als sei das hier ein Bootcamp für schwererziehbare Jugendliche! Abweisend verschränkte Vicky die Arme. Nicht ohne mein Handy!

Der Bergführer wurde langsam unruhig. Seine stahlblauen Augen bohrten sich förmlich durch Vickys Nerdbrille, breitbeinig und mit ausgestreckter Hand wartete er auf ihren Sinneswandel. Na, der konnte lange warten. Erst der vorwurfsvolle Blick des Personalchefs bewirkte, dass Vicky sich im Namen des heiligen Teamgeists geschlagen gab. Felix von Mahlzahn verstand keinen Spaß, wenn es um Anordnungen ging, die für alle galten. Extrawürste waren nicht drin. Also ließ sie schweren Herzens ihr Smartphone in die schwielige Pranke der Naturkatastrophe fallen.

»Geht doch«, grinste Joe.

Ein einfaches Dankeschön hätte es auch getan, fand Vicky, die krampfhaft lächelte, um nicht wie jemand auszusehen, dem gerade die rechte Hand amputiert wurde.

»Kein Problem«, nuschelte sie.

Dabei hatte sie ein Riesenproblem. Wer würde ihr jetzt beistehen? Wie sollte sie das überleben, ganz allein in dieser Truppe, wo jeder darauf lauerte, dass sie sich unmöglich machte? Noch unmöglicher, als sie sich in dieser Situation sowieso schon fühlte?

Aus dem Augenwinkel gewahrte sie, wie ihre Kollegen schadenfroh feixten. Am meisten amüsierte sich natürlich Konstantin Lenzendorf, der Spack. Vickys Ärger verflog ein wenig, als sie registrierte, dass er die bei weitem eleganteste, allerdings auch dünnste Jacke trug, ein dunkelblaues seidiges Nichts mit aufwendigen hellen Ziernähten. Er fror erbärmlich, das war nicht zu übersehen. Und nein, es war nicht nett, ihn darauf anzusprechen. Aber genau deshalb überwand Vicky ihre notorische Scheu. Einmal im Leben hatte sie einen passenden Satz auf der Zunge und keineswegs vor, ihn ungesagt runterzuschlucken.

»Herr Lenzendorf, Sie zittern ja! Haben Sie etwa Ihre atmungsaktive Power-dry-Merino-Unterwäsche vergessen?«

Er stutzte. Runzelte die von der Kälte gerötete Stirn. Dann schleuderte er ihr einen vernichtenden Blick entgegen.

»Verkneifen Sie sich Ihre Bemerkungen, ja? Echte Männer zittern nicht, sie beben vor Zorn.«

Ein lauer Spruch, wie Vicky mit klammheimlicher Freude feststellte.

»Warum siezt ihr beiden Turteltauben euch?«, fragte Kai Wanner scheinheilig. »Habt ihr euch nicht mehr lieb?«

»Ruhe, jetzt verteile ich die Ausrüstungen!« Joe zeigte auf einen großen grauen Plastikbehälter, der neben der Liftstation im Geröll stand. »Eure Koffer sind schon auf der Hütte, aber was wir zum Klettern brauchen, müsst ihr selbst tragen. Jeder nimmt sich einen gepackten Rucksack. Darin findet ihr Seile, Klemmen und so weiter. Auch Helme liegen dabei, grüne für kleinere Köpfe, blaue für

Quadratschädel. Und Kletterschuhe. Achtet darauf, dass Ihr genügend Expressschlingen habt, auch Exen genannt, etwa zehn, die sind …«

»… überlebenswichtig«, vollendete Vicky den Satz. Dieses Stichwort schrie einfach danach, fachmännisch erörtert zu werden, wenn sie schon nicht mit Muskelkraft glänzen konnte. Wozu hatte sie sich schließlich akribisch vorbereitet? »Benutzen Sie – benutzt du – eigentlich Schraub-, Sicherheits-, Drei-Wege-, Spinball-, Ballock- oder Twistlock-Verschlüsse?«

Wenn sie offenbart hätte, ihre Nächte in einem Dominastudio zu verbringen, hätte die Reaktion nicht verblüffter sein können. Auch Konstantin Lenzendorf starrte sie verdutzt an. Als Erstes fing sich Joe. Ganz dicht trat er an Vicky heran, so dicht, dass sie einen leichten Duft nach Pfefferminze wahrnahm.

»Ach nee. Kontrollfreak, was?«

Das ist der Mann, der mir mein Handy weggenommen hat, war alles, was Vicky denken konnte. Sie verabscheute ihn. Sie hasste ihn! Am liebsten hätte sie ihn mit seinen Kletterseilen gefesselt, mitsamt seinen markigen Sprüchen in den Lift gesteckt und zackig zurück ins Tal befördert.

»Ich, äh, heiße Viktoria, wie du ja schon weißt, und ich habe meine eigene Ausrüstung dabei. Im Übrigen bevorzuge ich Spinball-Verschlüsse.«

Wieder erntete sie verblüffte Blicke, was sie mit unendlicher Genugtuung erfüllte. Ja, sie war vorbereitet. Viktoria Elsässer hatte sich vollinhaltlich mit der Materie Wandern und Klettern beschäftigt. Nur Joe schien von so viel Eigeninitiative überhaupt nichts zu halten. Entrüstet stemmte er die Hände in die Hüften.

»Um das mal klarzustellen, Vik-to-ri-a.« Er spie ihren Namen förmlich aus. »Ich trage hier die Verantwortung, und die übernehme ich nur, wenn jeder mit der Ausrüstung klettert, die ich persönlich zusammengestellt und überprüft habe.«

Für atemlose Sekunden hörte man nur das Pfeifen des Windes und das ferne Rumpeln des Lifts. Was die Dynamik von Konflikten betraf, war hier jeder durch einschlägige Fortbildungen auf dem neuesten Stand. Deshalb begriff auch jeder, dass es sich bei diesem verbalen Scharmützel um einen Machtkampf handelte. Joe machte den King im Ring, Vicky weigerte sich, seine Autorität anzuerkennen. Sie war selbst erstaunt, dass sie sich das getraut hatte. Doch sie durfte den Bogen nicht überspannen. Teamgeist ist gefragt, schärfte sie sich ein, keine Alleingänge. Sie betete, dass sie die richtigen Worte fand.

»Ein gutes Argument, Joe.« Na los, Vic, säusel ihn zu. Denk an das, was Catherine gesagt hat. »Unter Stressbedingungen konstruktiv und integrativ handeln, darin besteht der Sinn dieser Klettertour. Ich freue mich, dass du deine Aufgabe ernst nimmst und deiner Verantwortung gerecht werden möchtest. Danke für die äußerst transparente Kommunikation. So werden wir im Sinne des Teambuilding harmonisch interagieren, da bin ich mir sicher.«

Mit einem flauen Gefühl schaute Vicky in die Runde. Sie hätte sich nicht gewundert, wenn schallendes Gelächter ausgebrochen wäre, schließlich waren es nichts weiter als hohle Phrasen, auf denen sie ungeniert rumgedroschen hatte. Wer fiel denn auf solche wahllos zusammengeschusterten Floskeln rein?

»Bravo.« Mit langsamen, bedächtigen Bewegungen fing Felix von Mahlzahn an zu applaudieren. »Frau – ich meine, Viktoria – hat die Essenz der Situation hervorragend auf den Punkt gebracht.«

Vicky fiel eine ganze Wagenladung Steine vom Herzen. Sie hatte eine positive Bewertung eingeheimst! Welch ein Hochgenuss, zu sehen, wie sich die arrogante Miene von Konstantin Lenzendorf in einen Ausdruck puren dunkelgelben Neids verwandelte. Er wollte sie scheitern sehen – und wurde nun Zeuge, dass sie gelobt wurde. Hach, es gab Momente im Leben, die einen für so einiges entschädigten. Seltene Momente, aber sie existierten. Gab es vielleicht doch eine höhere Gerechtigkeit?

»Abmarsch«, befahl Joe, der sowohl Vickys kleiner Rede als auch der Belobigung durch den Personalchef ausdruckslos gelauscht hatte. »Ich gehe vorneweg. Viktoria hält sich hinter mir, die anderen folgen in beliebiger Reihenfolge. Die Nachhut bildet Felix. Und vergesst nicht, den grandiosen Ausblick zu würdigen.«

Fehlte nur noch, dass er anordnete, sie sollten *Das Wandern ist des Müllers Lust* schmettern. Den Hinweis auf den Ausblick hätte er sich wirklich schenken können, fand Vicky. Bedauernd schaute sie zu den schneebedeckten Gebirgszügen, die majestätisch in der klaren Luft aufragten. Was nutzte das schönste Postkartenidyll, wenn man es nicht abfotografieren und posten konnte? Ohne Handy rauschten solche Eindrücke doch vollkommen sinnlos an einem vorbei. Erst wenn man sie festhielt und teilte, wurden sie real.

»Viktoria?«, hakte Joe nach. »Bist du bereit?«

»Jederzeit.«

Ächzend hob Vicky ihren Rucksack auf und quälte ihn sich auf den Rücken. Mannomann. Hoffentlich war es nicht allzu weit bis zu der Hütte.

Nachdem alle Aufstellung genommen hatten, ging es im Gänsemarsch los, mitten durch das Geröllfeld, in unbekannte, unbewohnte Fernen. Trotz der Kälte brach Vicky schon nach wenigen Metern der Schweiß aus. Auf handbreithohen Profilsohlen und mit einem tonnenschweren Rucksack beladen einigermaßen gerade zu gehen, war schon im Flachland eine zirkusreife Leistung gewesen. Hier oben, wo es keine vernünftigen Wege gab, nur steinige Erdhubbel, bedeutete es Schwerstarbeit. Dauernd rutschte sie seitlich weg und musste mit den Armen rudern, um die Balance zu halten. Die Augen starr auf Joes gelbe Jacke vor sich geheftet, versuchte sie, die Erinnerung an den Schwebebalken zu verdrängen, die mit aller Macht zurückkehrte. Und doch erging es ihr genauso wie damals beim Schulsport: Obwohl sie erbittert mit der Schwerkraft rang, wusste sie, dass sie nur verlieren konnte. Es war lediglich eine Frage der Zeit, wann sie nähere Bekanntschaft mit dem scharfkantigen Geröll machte.

Ihre Panik steigerte sich, als das Gelände steiler anstieg. Vorsichtig setzte sie einen Fuß vor den anderen, so vorsichtig, dass sie immer langsamer und der Abstand zur gelben Jacke immer größer wurde.

»Hey, Viktoria, du wanderst, als wolltest du Eichhörnchen hypnotisieren«, knurrte Konstantin Lenzendorf hinter ihr.

»Hier gibt's keine Eichhörnchen«, presste sie hervor, während sie schwankend über einen grünlich bemoosten Felsbrocken stieg. »In den Alpen leben allenfalls Schneehasen und Murmeltiere.«

»Murmeltiere, das passt. Du denkst wohl, das ist hier ein Schlaflabor, was? Wenn du noch lahmer gehst, kannst du auch gleich stehen bleiben.«

Das wollte Vicky nicht auf sich sitzen lassen. Beherzt erklomm sie einen kleinen Felsvorsprung, überwuchert von rötlich blühendem Zeug. Ein riskantes Manöver. Auch deshalb, weil sie auf einmal niesen musste. Mit wild fuchtelnden Armen taumelte sie zunächst nach vorn, dann nach hinten, was sie endgültig das Gleichgewicht kostete. Der Rucksack zog sie so blitzartig zu Boden, dass sie den Aufprall erst bemerkte, als sie plötzlich den Himmel sah und ein Gesicht, das sich über sie beugte.

Aua. Irgendwas stimmte nicht mit ihrem rechten Fuß.

»Wie ist das denn passiert?«, fragte das Gesicht.

»Mein Fuß«, wimmerte sie und nieste erneut.

Weitere Gesichter tauchten über ihr auf. Hilflos wie ein Käfer lag sie auf dem Rücken, unfähig, sich zu erheben. Sie spürte nur, dass sich jemand an ihren Bergstiefeln zu schaffen machte, vermutlich Joe. Etwas Kaltes traf auf ihre Haut. Eiswürfel? Der Typ hatte hoch oben auf den Bergen Eiswürfel dabei? Nein, es waren Coolpacks, wie sie sich mit einem Blick vergewisserte. Behutsam legte Joe sie rund um den Knöchel und fixierte sie mit Klebeband, das er mit seinen Zähnen in Stücke riss.

»Nur eine kleine Verstauchung«, beruhigte er sie, »ich kühl das mal. Schön stillhalten. Und? Geht's schon besser?«

»Ja, wenn es der richtige Fuß wäre.« Vicky lächelte angestrengt. »Ich habe mir den rechten verstaucht, nicht den linken.«

Kapitel 7

»Viktoria, hörst du mich?«

Zögernd öffnete sie die Augen. Wie in Zeitlupe kreiste ein Adler hoch oben am Himmel. Die Alpen. Die Klettertour. Ihr Sturz. Jetzt fiel ihr alles wieder ein. Offenbar war sie ohnmächtig geworden. Ruppige Windböen strichen über ihr Gesicht und kitzelten ihre Nase mit dem aromatischen Geruch irgendwelcher Kräuter, was eine längere Niesattacke nach sich zog. Neben ihr auf dem Boden hockte Joe, der vorbereitend eine bläuliche Salbe auf seinem Handrücken parkte, um sie wohldosiert auf dem Fußknöchel zu verteilen. Diesmal auf dem richtigen.

»Höre dich«, murmelte sie.

»Hast du noch Schmerzen?«

»Schmerzen.«

Sie nieste donnernd, woraufhin Joe ihr ein Papiertaschentuch reichte. Er wartete, bis sie sich geschnäuzt hatte, was einige Zeit in Anspruch nahm.

»Ich lege dir gleich eine Bandage an, dann probierst du aufzustehen, okay?«

»Bandage. Okay.«

Ein merkwürdiges Gespräch. Vicky befand sich in einem geistigen Aggregatzustand, der wenig mehr zuließ als die Wiederholung einzelner Wörter. Fahrig fingerte sie eine Antihistamin-Tablette aus der Jackentasche, die sie mit einem Schluck aus ihrer Wasserflasche runterspülte. Ja, sie hatte ihr eigenes Wasser dabei. Und natürlich Trittschlingen, Hartschalenhelm, Protektoren für Knie und Schienbeine, atmungsaktive Softshell-Handschuhe, ergonomische

Socken, Schrittzähler, Herzfrequenzmonitor-Gurt. Alles Dinge, die ihr gerade absolut gar nichts nützten.

Sie schaute zur Seite. Ein paar Meter entfernt saßen die Kollegen im Halbkreis auf dem steinigen Boden, aßen Kekse und debattierten halblaut über etwas, was Vicky lieber nicht so genau wissen wollte. Gut auf sie zu sprechen war bestimmt keiner. Wie damals in der Schule war sie wieder die Niete mit den zwei linken Händen, die über ihre eigenen Füße stolperte und die keiner in seiner Mannschaft haben wollte. Das reine Fiasko. Sie war und blieb eben der jämmerliche Bewegungskasper.

»Es ist meine Schuld«, sagte Joe zu ihrem größten Erstaunen. »Ich hätte voraussehen müssen, dass du mit dem schweren Rucksack und den unbequemen Stiefeln keinen Kilometer durchhältst. Mensch, Viktoria, du schleppst mindestens drei Ausrüstungen mit dir rum! Und die extremen Profilsohlen deiner Stiefel sind vielleicht für arktische Eiswüsten geeignet, aber keinesfalls für eine Wanderung in unwegsamem Gelände.«

»Oh.« Sie dachte angestrengt nach. Besten Dank auch, Outdoor-for-fun-Verkäufer. Warst eine echte Hilfe. »Ich – ich habe mich informiert, sogar sehr gut informiert.«

Hingebungsvoll massierte Joe ihren rechten Fußknöchel. Mit kreisenden Bewegungen strich er über die zarte Haut, was seltsam angenehme Gefühle bei Vicky auslöste. Das mit der Massage hatte er drauf, das musste man ihm lassen.

»Ja, du bist ein schlaues Mädchen«, lächelte er. »Aber wie wäre es mal zur Abwechslung mit patent statt intelligent?«

Wenn er so lächelt, sieht er richtig sympathisch aus, stellte Vicky wider Willen fest. Ziemlich attraktiv sogar. Nur was er von sich gibt, ist der reine Schrott. Patent. Was sollte das denn nun wieder heißen? Sprach er etwa von Frauen, die kochen konnten, eigenhändig Spülmaschinen reparierten und nebenbei Nägel in die Wände hauten? Dann würde sie nie patent sein.

In diesem Moment erhob sich Felix von Mahlzahn aus der Gruppe und kam herübergeschlendert. Ehrliche Besorgnis malte sich in seinem Gesicht. Leider galt sie nicht Vicky.

»Können wir endlich weiter, Joe? Die Jungs bekommen allmählich Hunger. In der Hütte soll es ja Jumbo-Burger mit Spiegelei und Rippchen in halber Unterarmlänge geben, wie auf der Website zu lesen war.«

So viel zum Thema soziale Kompetenz, dachte Vicky verdrossen. Der macht sich Sorgen ums Essen – und mich würdigt er keines Blicks? Gerade noch hochgelobt, bin ich auf einmal nur noch Sand im Getriebe? Hey, ich kann binnen zehn Minuten eine komplexe Funktionsanalyse durchführen und innerhalb von vier Wochen eine völlig neue Software entwickeln! Zählt das denn gar nicht mehr? Und was ist mit mir als Mensch? Aber so war es eben manchmal: Sie hatte die Hand voller Asse, und das Leben spielte Schach.

»Pass mal auf, Felix, wir sind hier ein Team«, fuhr Joe den Personalchef gereizt an. »Es gab einen Unfall, falls du das noch nicht bemerkt haben solltest. Solange Viktoria Schmerzen hat, richten wir uns in Tempo und Rhythmus nach ihr. Klar so weit?«

»K-klar«, stotterte Felix von Mahlzahn, der diesen scharfen Ton nicht gewohnt war. »Ich meinte ja nur …«

»Mach dich lieber nützlich«, unterbrach ihn Joe. »Der Inhalt von Viktorias Rucksack muss auf die anderen Rucksäcke verteilt werden, ohne Gewicht kann sie besser weiterlaufen.«

Aha. Nun bekam sie also doch noch eine Extrawurst, ein Vorgang, der dem Personalchef deutlich missfiel. Aus Prinzip sozusagen, denn letztlich klang Joes Vorschlag – der selbstverständlich ein Befehl war – absolut vernünftig. Vicky bewunderte ihn ein klein wenig dafür, wie unbeirrt er die Situation managte und seine Entscheidungen traf. Es hatte etwas ziemlich Männliches, aber ohne machomäßig rüberzukommen.

Gehirn an Vicky: Du änderst doch wohl nicht deine Meinung über diesen Primaten?

Während Felix von Mahlzahn mit finsterer Miene Vickys Rucksack ausräumte, wickelte Joe eine elastische Binde um ihren Knöchel und zog ihr die Stiefel an. Ein Schauer überlief ihren Rücken, als er ohne Vorwarnung seine Arme um sie legte, sie mit einem Ruck hochzog und auf die Füße stellte. Für den Bruchteil einer Sekunde gerieten ihre Gesichter so nah aneinander, dass sie jedes Lachfältchen rund um seine Augen einzeln erkennen konnte. Winzige goldene Pünktchen leuchteten in der hellblauen Iris. Mit ihrem ganzen Körper spürte sie plötzlich seine vibrierende Ausstrahlung. Ihr Atem kam stoßweise. Ihr Herzschlag setzte aus.

»Ach, das ging aber schnell, ihr kuschelt schon?«, spottete Konstantin Lenzendorf, der sich unbemerkt herangeschlichen hatte.

Wie von einer kalten Dusche überspült, machte sich Vicky von ihrem Retter los. Verlegen klopfte sie einige Erdkrümel von ihrer orangen Jacke. So was Abgeschmacktes konnte auch nur Konstantin-ich-hab-immer-einen-saublöden-Spruch-in-petto-Lenzendorf von sich geben.

»Eifersüchtig?«, fragte Joe vollkommen ruhig.

Der doch nicht, wollte Vicky gerade sagen, als ihr plötzlich heiß wurde. Einen Wimpernschlag lang war etwas in Konstantins Blick aufgeflackert, etwas, was sie nicht einordnen konnte: Leidenschaft. Aber wofür? War es leidenschaftlicher Hass? Leidenschaftliche Verachtung? Oder …

»Du bist wohl nicht richtig eingepegelt! So ’n Bullshit!« Mit der

Kappe seines Wanderschuhs kickte Konstantin Lenzendorf einen Steinbrocken beiseite. »Ich wollte nur darauf hinweisen, dass ich keine Lust habe, unter freiem Himmel zu übernachten und mir den Arsch abzufrieren. Von mir aus könnt ihr knutschen bis zum Erstickungstod, Hauptsache, ihr treibt es irgendwo, wo ihr nicht den Verkehr aufhaltet.«

»Wer drinsteckt, blickt schwerer durch«, erwiderte Joe trocken. Seelenruhig packte er das Verbandszeug zusammen und verstaute es in seinem Rucksack. Sehr langsam, sehr konzentriert, auffallend wortlos. Dann richtete er sich auf und half Vicky, ihren mittlerweile leeren Rucksack anzulegen. Sie war vollkommen durch den Wind. Wer *wo* drinsteckt? Und was sollte die Bemerkung über Eifersucht? Mit einem mulmigen Gefühl bemerkte sie, dass Konstantin Lenzendorf die Fäuste ballte und zu einer Entgegnung ansetzte.

»Spar dir den Atem«, kam Joe ihm zuvor. »Ich dachte, du bist hier der Spaßexperte. Aber offensichtlich hast du jetzt schon dein emotionales Limit erreicht. Sollte da etwa jemand überfordert sein?«

»Das ist die mieseste Bergtour aller Zeiten!«, schrie Konstantin Lenzendorf.

»Ja, und sie hat noch nicht mal angefangen.« Joe lachte leise in sich hinein. »Auf geht's. Viktoria, du bleibst neben mir, bitte sehr«, er überreichte ihr den ausgefahrenen Teleskopstock, der sich in ihrem Rucksack befunden hatte, »den Stock nimmst du in die rechte Hand, mit der linken Hand kannst du dich an mir festhalten, wenn du unsicher wirst.«

Konstantin Lenzendorf ließ er einfach stehen wie einen dummen Jungen. Vicky sah, dass ihr Kollege nach Luft schnappte. Diese Abfuhr musste er erst einmal verdauen. Eine Majestätsbeleidigung für seine Verhältnisse. Sichtlich verstört drehte er sich um und setzte sich ein paar Meter weiter auf einen Felsblock.

»Herrschaften, wir starten!«, rief Joe.

Nach und nach kam Leben in die Gruppe, die während des Streits fasziniert verstummt war. Alle standen nun auf, manche mit betretenen, andere mit albern grimassierenden Gesichtern. In der Firma kannte man Konstantin Lenzendorf als weltgewandten, leicht überheblichen Kollegen mit makellosen Manieren, der sich stets zu beherrschen wusste. Doch soeben hatte er sich zum Deppen gemacht. Total. Schlimmer noch: Nicht etwa ein ranghöherer Vorgesetzter hatte ihn auflaufen lassen, sondern ein kerniger Naturbursche. Was es aber am schlimmsten machte: Ganz offensichtlich war es dabei um eine Frau gegangen. Wie uncool.

Reflexhaft suchte Vicky ihr Handy. Sie musste unbedingt Catherine schreiben, was vorgefallen war. Sofort! Manuel natürlich auch. Ebenso brennend würde Viktor und Robin interessieren, was hier abging. Doch ihre Finger griffen ins Leere. Weder in ihren Hosentaschen noch in der Innentasche ihrer Jacke fand sie das Smartphone. Sie erstarrte. Verdammt! Wie konnte sie das vergessen! Man hatte sie ihrer Kontaktmöglichkeiten beraubt! Nein, Joe hatte es getan. Derselbe Joe, der sie umsichtig, fast liebevoll verarztet und vor ihrem Personalchef in Schutz genommen hatte.

Grrrr. Was denn nun? Ist er einer von den Guten oder ein rücksichtsloser Despot? Das ließ sich leicht herausfinden.

»Sag mal, Joe«, sie stupste ihn an der Schulter, »dürfte ich vielleicht ganz kurz mein Handy haben? Nur eine Miniminute, ja? Es ist wichtig.«

»Wie bitte?«

»Mein, äh – Smartphone?«

Ärgerlich presste er die Lippen aufeinander. Die goldenen Pünktchen erloschen.

»Du hast es wohl immer noch nicht kapiert«, zischte er. »Wir fokussieren hier. Wir blenden den Alltag aus. Nur auf diese Weise können wir zum Wesentlichen kommen. Also verschon mich bitte mit deiner Handysucht.«

Seine Antwort kam einer Ohrfeige gleich. Er war wie ausgewechselt. Eben noch der Kümmerer, jetzt wieder der strenge Kerkermeister, der seine Insassen maßregelte. Und was faselte der überhaupt von Handysucht? Der hatte ja wohl einen Sockenschuss! Glücklicherweise hatten die Kollegen nichts davon bemerkt. Etwas abseits schulterten sie ihre Rucksäcke, während sie sich flüsternd unterhielten.

Entmutigt ließ Vicky den Kopf hängen. Kein Handy. Keine Nachrichten. Jetzt gab es niemanden mehr, der sie aufmunterte, ihr den Rücken stärkte, sie vor Weinkrämpfen bewahrte. Ihre Tränen saßen schon ganz schön locker. Der Fußknöchel pochte, ihr Rücken schmerzte, sie war mutterseelenallein. Aber wenn sie jetzt heulte, hatte sie diese Reise endgültig vergeigt. Also schluckte sie die Tränen hinunter und hob das Kinn. Durchhalten, Vicky. Du kriegst das hin.

»Wie weit ist es denn noch?«, erkundigte sich Felix von Mahlzahn, der marschfertig herangestapft kam.

Seine getigerte Sonnenbrille hatte er auf den blauen Helm geschoben. Mit einer hochgezogenen Braue begaffte er Vicky, die vor lauter Schuldbewusstsein gar nicht wusste, wohin sie schauen sollte. Schließlich war sie es, die den Anlass für den Hahnenkampf zwischen Konstantin und Joe geliefert hatte. Teamgeist ging anders.

»Schluss mit Schnacken!«, rief Joe. »Los, los, bald ist die Sonne weg!«

Die selbstgewisse Art, mit der er Felix von Mahlzahns Frage überging, konnte man mit Fug und Recht rüpelhaft nennen. Nur ungern gestand sich Vicky ein, dass sie Joe allerdings auch ein bisschen beneidete. Die Kollegen scharwenzelten seit dem frühen Morgen um den Personalchef herum und schleimten ihn voll bis zur Halskrause. Joe dagegen musste sich nicht um Bewertungen scheren, sondern haute die Sachen einfach raus, wie sie ihm gerade in den Kram passten. Bestimmt hatte er sich nie in die Hierarchie einer Firma einfügen müssen, wo stets beobachtet wurde, ob man *teamfähig* war. Er war ein Freigeist, durch und durch.

Und Felix von Mahlzahn schien das wundersamerweise zu akzeptieren. Mit verkniffenem Mund wandte er sich ab und nahm wieder die Position des Schlusslichts ein. Auch die anderen stellten sich wie gehabt auf. Schweigend ging es den steinigen Hang hoch.

Eine Viertelstunde mochte vergangen sein, als Vicky eine neue Erfahrung machte: Ihr Körper hatte auf Autopilot gestellt. Zwar war es immer noch anstrengend, in ihren bekloppten Bergstiefeln über Geröllfelder zu wandern, und auch ihr Knöchel meldete sich alle zwei Sekunden mit einem feinen Stechen zurück, dennoch war es, als hätte jemand einen Schalter umgelegt. Schritt um Schritt eroberte sie sich das Terrain, fand Halt durch den Stock, meisterte den Hindernisparcours aus Steinen, Felsbrocken und Gestrüpp. Nur Joes Angebot, sich an ihm festzuhalten, schlug sie aus. Dieser unausstehliche Neandertaler sollte bloß nicht denken, sie sei auf ihn angewiesen. Sie würde keine Schwäche mehr zeigen.

Nach einer Stunde dachte Vicky gar nichts mehr. Offenbar befand sich ihr Hirn im Stand-by-Modus, denn sie nahm nur noch wahr, dass die Sonne scharfe bläuliche Schatten warf, wie stürmisch ihr der Wind ins Gesicht blies, wie sich die Vegetation veränderte.

Mal wanderten sie durch moosige Abschnitte, dann wieder durch blühende Gebirgswiesen oder über nackte Felsen. Deshalb erschrak sie fast, als Joe wie aus heiterem Himmel das Wort an sie richtete.

»Hast du was?«

Vicky sah starr geradeaus. Immer schön weiterlaufen.

»Nein.«

Aus dem Augenwinkel bemerkte sie, dass er sie argwöhnisch betrachtete.

»Und schon steht man als Mann dumm da, weil man herausfinden muss, was ein Nein so alles bedeuten könnte.«

»Ich finde, dass Frauen allmählich unsere Sprache lernen sollten«, knurrte Konstantin Lenzendorf, der bisher wie alle anderen still geblieben war.

»Dich habe ich nicht gefragt«, wies Joe ihn zurecht. »Gleich kommt der erste Kletterabschnitt, nur ein paar Meter, eine erste Kostprobe sozusagen, dennoch ist es wichtig, dass wir alle mental und emotional im grünen Bereich sind.«

Vicky schluckte schwer. Sie hatte sehnlichst gehofft, dass sie nicht gleich am ersten Tag irgendwelche waghalsigen Kletteraktionen vollführen musste. Die elende Wanderei war schon erschöpfend genug, zumal mit einem verstauchten Knöchel. Aber nichts da. Hätte sie sich ja denken können, dass dieser Feldwebel unerbittlich sein Programm durchzog.

»Da drüben beginnt die Route.« Joe zeigte auf eine grau-weiß gesprenkelte Felswand, an der waagerecht ein viel zu schmaler Pfad verlief. »Wir legen jetzt die Ausrüstung an, bitte nicht die Kletterschuhe vergessen, ich weihe euch in die Basics ein, danach bezwingen wir die erste Route.«

Ach du liebes bisschen! Vickys Augen weiteten sich vor Schreck.

Über dem Pfad ragte die Felswand mindestens fünf Meter in die Höhe, darunter fiel sie senkrecht ins Tal ab. Ein Anblick, der panische Angst in ihr auslöste. Ihre Zähne klapperten so heftig, dass es in ihrem Kopf knirschte. Nie im Leben würde sie das schaffen!

Ihr wurde immer elender zumute. Tagelang hatte sie sich die Texte ihrer beiden Konkurrenten Konstantin Lenzendorf und Kai Wanner anhören müssen. Die selbsternannten Sportskanonen stemmten angeblich zentnerschwere Gewichte mit links, konnten stundenlang auf dem Laufband spurten und vollführten selbstverständlich mü-he-los Hunderte von Liegestützen. Wenn auch nur die Hälfte davon stimmte, würden sie die Könige der Kletterwand sein. Und wenn sie, Vicky, jetzt offen zugab, dass sie sich vor lauter Furcht fast in ihre dämliche Funktionshose machte, konnte sie sich genauso gut als Mitglied der Seniorensportgruppe *Turne bis zur Urne* outen. Aber worin bestand die Alternative? Als Wrack auf der Intensivstation zu enden?

»Äh, könnte ich vorher bitte – also, mal, äh, verschwinden?«, fragte sie zitternd, um Zeit zu gewinnen.

»Wohin denn?«, lachte Joe. »Falls du denkst, ich hätte extra für dich ein Dixi-Klo aufgestellt, muss ich dich enttäuschen. Aber wenn du drauf bestehst – bitte, tu dir keinen Zwang an.«

»Ähm, na ja, dann warte ich eben noch ein bisschen«, erwiderte sie kleinlaut.

»Oben auf dem Felsen gibt es ein Gebüsch. Damit hast du doch ein schönes Ziel vor Augen.«

Verzweifelt hielt sie Ausschau, ob möglicherweise ein anderer Weg dorthin führte. Nein, keine Chance. Eine Exit-Strategie gab es hier nicht. Sie saß in der Falle. Und niemand, absolut niemand aus dem Kreise ihrer Vertrauten konnte ihr jetzt mehr helfen. Catherine, Manuel, Viktor, Robin – alle weg. Sie zappelte im kommunikativen Nirwana. Sie war am Ende. Es schien ganz so, als breche jetzt die Stunde der Wahrheit an.

»Ich glaube, Joe«, Vicky brachte nur ein Krächzen zustande, »ich glaube, ich, äh, bin noch nicht so weit.«

»Man muss das Unmögliche versuchen, um das Mögliche zu erreichen«, verlautbarte er im enthusiastischen Tonfall eines durchgeknallten Wanderpredigers. »Also raus aus der Komfortzone und rein ins Vergnügen!«

»Die Leiter des Erfolgs kletterst du nicht mit den Händen in den Hosentaschen hoch«, gab Felix von Mahlzahn seinen Senf dazu.

Vicky schickte ein Stoßgebet zum Himmel. Leider versagte der Auftragskiller, den sie im Stillen beim Universum bestellte. Putzmunter und erschreckend lebendig klopfte Joe ihr auf den Rücken.

»Umarme den Berg! Oder, wie wir Kletterer sagen: Rock the mountain!«

»Wow!«, rief Felix von Mahlzahn. »MediSolutions rockt die Berge! Was für ein Abenteuer! Jetzt ist sogar eine Frau dabei, das hat es noch nie gegeben!«

Genau, und dafür gibt es garantiert sehr, sehr gute Gründe, dachte Vicky, während sie innerlich ihren Nachlass regelte.

Kapitel 8

Falls Joe Vickys Ausnahmezustand überhaupt zur Kenntnis nahm, ließ er sich jedenfalls nichts davon anmerken. Fröhlich pfeifend führte er die Gruppe zum Felsen und weiter auf den schmalen Pfad. Der erwies sich immerhin als breit genug für zehn Personen, und ein Metallgeländer schirmte ihn gegen die Tiefe ab. Dennoch, als Vicky hinunter ins Tal schaute, vollführte ihr Magen eine Bewegung wie eine Waschmaschinentrommel im Schleudergang. Mikroskopisch klein drängten sich die Hausdächer eines Dorfs aneinander, dazwischen schlängelte sich der silbrige Seidenfaden eines Flusses. Und über ihr? Eine Felswand ohne Netz und Haltegriffe, an der sie sich hochhangeln sollte.

Grundgütiger! Wie dusselig musste man sein, dieses Himmelfahrtskommando als Abenteuer zu feiern!

Unter den männlichen Teilnehmern der Klettergruppe machte sich hingegen eine aufgekratzte Stimmung breit. Zweifellos pulsierte eine Überdosis Adrenalin in den Adern, weil es nun, nach der eher eintönigen Wanderung, endlich ans Klettern ging. Echte Gefahren für echte Männer, das schien für diese Schreibtisch-Cowboys der ultimative Kick zu sein.

»Boah, voll die Challenge!«, verkündete Kai Wanner, der sich gefährlich weit über das Geländer lehnte, um seine Unerschrockenheit unter Beweis zu stellen. »Dachte schon, wir sind in einem Kaffeekränzchen gelandet und als Nächstes gibt's Prosecco.«

»Gebongt«, pflichtete ein blasser Rothaariger ihm bei, Sven Reuter aus der Vertriebsabteilung. »Männer brauchen den Nervenkitzel. Alles andere ist Pipifax.«

»Frauen werden nie verstehen, warum Männer gern am Limit surfen«, fiel Konstantin Lenzendorf in das großspurige Gerede ein, was natürlich als Seitenhieb auf Vicky zu verstehen war. »Ich sag immer: Spür die Angst, und mach es trotzdem!«

Was für ein erbärmliches Testosterongeschwafel. Wenn man diesen Typen zuhörte, würden sie jeden tollkühnen Unsinn mitmachen. Betrunken eine rote Ampel überfahren zum Beispiel. Erlebniswelten, Flow, Grenzen überschreiten, hallte Catherines Stimme in Vickys Ohren. Alles Schwindel!

Vicky hegte keinerlei Interesse an Grenzüberschreitungen. Sie hatte sich einen strukturierten Alltag zurechtgebogen, so überschaubar wie ihr Kosmetikvorrat. Was andere als ereignislos und gähnend langweilig abgetan hätten, bedeutete für sie Lebensqualität: ein vorhersehbarer Ablauf ohne unvorhergesehene Risiken. Deshalb war das, was sie hier erlebte, ein wahres Horrorszenario. Mehr noch, sie musste sich so vielen Ängsten gleichzeitig stellen, dass sie allmählich den Überblick verlor. Eins kam zum anderen. Die Angst vor Menschen *in echt*. Die Angst, ausgelacht zu werden. Die Angst, den beruflichen Aufstieg zu verspielen. Und nun obendrein die ganz konkrete Angst, in die Tiefe zu stürzen.

Unterdessen hatte Joe seinen Rucksack abgenommen und holte ein langes zusammengerolltes Seil heraus. Nachdem er Vicky – warum ausgerechnet ihr, verdammt? – das Seil in die Hand gedrückt hatte, hob er theatralisch die Arme.

»Alle mal herhören! Jede außergewöhnliche Leistung beginnt mit der Entscheidung, es zu probieren. Ihr habt nichts zu befürchten, aber viel zu gewinnen.« Er legte eine Kunstpause ein, um die erhebende Wirkung seiner Worte auszukosten. »Beim gesicherten Klettern bringt der Vorsteiger, in diesem Fall meine Wenigkeit, das Seil Stück für Stück nach oben, wo es in einen besonderen Karabinerhaken eingehängt wird, der oben an der Felskante verankert ist.«

Alle schauten hoch, konnten jedoch nichts erkennen.

»Verstehe nur Bahnhof«, murrte Konstantin Lenzendorf, wofür er sich einen strafenden Blick von Joe einfing.

»Viktoria wird mich sichern. Dafür klinke ich einen sogenannten Halbautomaten an ihren Klettergürtel – ein Blockiersystem für das Seil, an dem ich gleich hänge.« Mit Hilfe eines Karabiners befestigte er ein kleines Gerät aus Metall an Vickys Gürtel und führte das Seil hindurch. »Viktoria hält das Seil straff in einem bestimmten Winkel, wobei sie mir nach und nach Spiel gibt. Sobald ich falle, wird das Seil belastet, der Winkel verändert sich, und der Halbautomat blockiert das Seil.« Er führte vor, wie das Gerät das Durchrutschen des Seils verhinderte. »Auf diese Weise kann ich nicht runterfallen, falls ich den Halt verlieren sollte. Zum Ablassen, also wenn ich wieder runterwill, löst du diese Blockade – aber wirklich langsam und sehr kontrolliert, sonst falle ich ungebremst zu Boden! Seht ihr?«

Während sich alle um Vicky drängten und das kleine Ding begutachteten, ging Joe zu einem Kunststoffbehälter neben der Kletterwand. Er klappte ihn auf und holte einen schweren Sack heraus, den er in Vickys Gürtel einklinkte. Es war ein sehr, sehr schwerer Sack. Sie kippte fast um.

»Das ist ein Sandsack, damit Viktoria nicht hochgerissen wird, falls ich abstürze. Mit der einen Hand gibt sie mir Seil aus, mit ihrer starken Hand hält sie den unteren Teil des Seils – du bist Rechtshänderin?«

»Linkshänderin«, flüsterte Vicky, der allmählich der Popo auf Grundeis ging.

»Also hältst du das Seil hier unten mit links. Schau, das ist der richtige Winkel.« Er demonstrierte es ihr. »Keine Angst, der Halbautomat macht das Sichern zu einer relativ ungefährlichen Sache.«

Und wie relativ ist relativ?, hätte Vicky gern gefragt, doch ihr Mund war so trocken, dass die Artikulation von Wörtern gerade außerhalb ihrer Möglichkeiten lag.

»Eigentlich bin ich Freeclimber, klettere Wände dieser Art also immer ohne Sicherung, deshalb kann letztlich nicht viel passieren«, schloss Joe die Einweisung ab. »Dennoch trägt Viktoria große Verantwortung, gerade beim Ablassen. Okay. Bereit?«

Sie nickte, obwohl sie vor lauter Aufregung kaum gerade stehen konnte.

»Ja? Schön. Geht los.«

Als sei die Erdanziehungskraft eine zu vernachlässigende Größe, kletterte Joe mit der Behändigkeit eines Äffchens die Wand hoch – genauso schnell, genauso mühelos, genauso angstfrei. Wie er das machte, blieb ein Rätsel. Zwischendurch hielt er ein paarmal inne, um Expressschlingen in die an der Wand angebrachten Bohrhaken einzuklinken. Darin klinkte er dann wiederum das Seil ein, das an seinem Klettergurt festgebunden war, so dass er stets gesichert war. Mit bloßem Auge konnte man all die kleinen Scharten und Felsvorsprünge, an denen er auf seinem Weg nach oben offenbar problemlos Halt fand, nicht ausmachen. Was man jedoch sah, waren seine rhythmisch anschwellenden Ballonwaden unter der hirschledernen Kniebundhose. Immer schneller arbeitete er sich an der Felswand empor, bis er etwa fünf Meter über den Köpfen seiner sprachlosen Zuschauer die Kante erreichte. Im Nu saß er darauf und ließ die Beine baumeln.

»O Gott«, stöhnte Felix von Mahlzahn.

Die anderen hatten auf einmal bleiche bis grünliche Gesichter.

Wortlos starrten sie nach oben, wo Joe das Seil nun durch eine unsichtbare Vorrichtung gefädelt hatte.

»Viktoria, halte das Seil straff!«, rief er ihr zu. »Ich häng mich jetzt rein, und du lässt mich langsam wieder ab, wie ich es dir gezeigt habe. Dabei bekommst du mein Gewicht zu spüren, also nicht erschrecken, der Sandsack hilft dir.«

Als Joe sich mit den Füßen von der Wand abstieß, schwitzte Vicky Blut und Wasser. Auf der Stelle hatte sie begriffen, dass er sein Schicksal in ihre Hände legte. Konzentriert ließ sie das Seil langsam durch das Sicherungsgerät gleiten. Das Ganze war eine Mordsherausforderung für sie, denn Joe war alles andere als ein Leichtgewicht. Genau in dem Moment, als sie fürchtete, ihn nicht mehr halten zu können, landete er mit einem eleganten Schlusssprung vor ihren Füßen.

»Gut gemacht, Viktoria, alle Achtung!«

»Ohne meine atmungsaktiven Softshell-Handschuhe hätte ich jetzt keine Finger mehr«, grollte sie.

»Irre«, murmelte Felix von Mahlzahn, der Joe wie eine Erscheinung aus einer anderen Welt anstarrte. »Komplett irre.«

»Ja, ganz nett, unser Klettermaxe«, befand Konstantin Lenzendorf, um eine gleichmütige Miene bemüht. Gönnerhaft schlug er Joe auf die Schulter. »Gute Nummer. Nie daran gedacht, ein echtes Business daraus zu machen?«

»Kein Interesse. Geld verändert die Menschen«, antwortete Joe atemlos.

»Na, das wäre doch *die* Chance für dich.«

Das kam einer gezielten Beleidigung gleich. Die Spannung zwischen den beiden war mit Händen zu greifen. Und ich habe den ganzen Schlamassel ausgelöst, dachte Vicky schuldbewusst. Konstantin Lenzendorf war zwar nicht gerade für den Sanftmut eines

Dalai Lama bekannt, doch dass er eine derartige Aggressivität rausließ, hatte irgendwie mit Joes Vorwurf zu tun, er sei eifersüchtig. Junge, Junge, wenn das so weiterging, flogen bald die Fäuste!

»Leg deinen Gürtel an«, schnarrte Joe. Während Konstantin die Aufforderung befolgte, wandte sich Joe an den Rest der Gruppe. »So, Leute, wie unschwer zu sehen war, werden wir uns in der Vertikalen bewegen. Von unten nach oben, wohlgemerkt.«

»Der gibt ganz schön an«, brummte Kai Wanner, andere aus der Gruppe stimmten ihm beifällig nickend zu.

Joe grinste nur. Mit geübten Bewegungen löste er das Seil von seinem Gürtel und band es mit einem komplizierten Knoten an Konstantins Klettergurt fest.

»Also, Konstantin, du weißt jetzt, wie es läuft: Du kletterst, ich halte das Seil straff, für den Fall, dass du danebengreifst oder abrutschst. Klar so weit?«

»Mit anderen Worten: Wenn du nicht aufpasst, stürze ich ab.«

»Falsch, wenn du nicht aufpasst, bewahre ich dich vor dem Fallen.« Joe zwinkerte Felix von Mahlzahn zu. »Morgen bilden wir Zweierteams, die sich gegenseitig sichern, sogenannte Seilschaften, heute übernehme ich diese Aufgabe.«

»Wir müssen morgen alle sichern?«, hüstelte der Personalchef.

»Ja, und eins kann ich dir verraten: Der, der unten steht, muss manchmal die größere Herausforderung bewältigen. Er darf den Kletterer nicht aus den Augen lassen, muss sich voll und ganz auf ihn konzentrieren, was psychisch wie physisch sehr anspruchsvoll ist.«

»Und warum hast du diese Aufgabe dann als Erstes ausgerechnet Viktoria übertragen?«

Mit dem Handrücken wischte sich Joe einen Schweißtropfen von der Oberlippe. Joe, der Bezwinger der Berge und widerwärtigste Handydieb unter der Sonne. Vicky fragte sich langsam, warum sie ihn eigentlich nicht hatte fallen lassen.

»Ich glaube, ihr unterschätzt eure Kollegin«, sagte er mit Nachdruck. »Sie ist eine Kämpferin, das habe ich gleich gesehen. Was ihr an Kraft fehlt, macht sie mit Zähigkeit wett. Und mit Motivation.«

Wie war das? Vicky meinte, sich verhört zu haben. Das vermonsterte Scheusal pries ihre vermeintlichen Fähigkeiten?

»Du hast das intuitiv richtig gemacht – das Seil immer im richtigen Moment straff gehalten oder mir Spiel gegeben«, wandte er sich an sie. »Es hilft dem Kletterer sehr, wenn der Sichernde merkt, was sein Partner gerade braucht.«

»Ich …«, sie spürte die neugierigen Blicke ihrer Kollegen auf sich und wurde rot, »… ja, ich – na ja, äh, gern geschehen.«

»Von Frauen wie Viktoria könnt ihr alle was lernen.« Joe strahlte, vielleicht auch deshalb, weil er nur zu gern diese restlos von sich überzeugten Männer mit seiner Lobeshymne auf Vicky ärgerte. »Klettern ist keine Frage der Kraft, sondern der Technik. Frauen kapieren das meist schneller, weil sie sich gar nicht erst auf ihre Muskeln verlassen. Also los. Freut euch drauf! Von blauen Flecken bis Knochenbruch ist alles drin. Viel Spaß!«

Die letzten Sätze hatten Konstantin Lenzendorf ein wenig einknicken lassen. Sein Lächeln wirkte gequält, als Joe noch einmal den Knoten am Seil überprüfte und das Sicherungsgerät in seinen eigenen Klettergurt einhängte.

»Ich wusste gar nicht, dass das Verletzungsrisiko so hoch ist«, druckste Konstantin herum.

»Längst nicht so hoch wie beim alpinen Freeclimbing«, sagte Joe. »An dieser Anfängerwand kannst du dir höchstens ein paar Schrammen holen. Erst mit der Zeit kommt es noch zu ganz anderen Risiken, denn für die Sehnen und Ringbänder ergeben sich teils extreme Bedingungen. Ihr wisst alle, was Ringbänder sind?«

Geschockte Stille.

»Es handelt sich dabei um ringförmige Verstärkungen der Sehnenscheiden …«

Vicky sah, wie sich Joes Lippen bewegten, doch längst hatte sich ihr Kopfkino gemeldet, mit einer privaten Sondervorstellung inklusive quietschender Soundeffekte, die die Abschürfungen sämtlicher Körperteile und diverse Sturzszenarien untermalten. Ihr frisch aufgeblühtes Selbstbewusstsein welkte im Nu dahin. Herr im Himmel. Da hatte sie noch nicht einmal geahnt, was Ringbänder waren, und schon sollten sie lädiert werden?

Wie alle anderen, hatte auch Konstantin den Ausführungen des Bergführers eingeschüchtert gelauscht. Jetzt fand er seine Sprache wieder.

»Ich fasse noch einmal zusammen. Du hältst mich, falls ich stürze.«

Joe spielte lässig mit dem Kletterseil wie mit einem Lasso.

»Jepp.«

»Und wenn du mich aus irgendwelchen Gründen nicht magst«, Konstantin warf Vicky einen flammenden Blick zu, »liegt es in deiner Hand, dass ich voll auf die Fresse fliege.«

»Jepp.«

Niemand hatte erwartet, dass Joe derart unverblümt antworten würde. Vor allem aber hatte niemand erwartet, wie unverblümt Konstantin Lenzendorf die heikle Situation auf den Punkt brachte. Sowohl der Inhalt als auch die Form dieses Redebeitrags widersprachen dem Teamspirit von MediSolutions. Vertrauen war Ehrensache, Misstrauen gehörte zu den No-Gos.

»Du verfügst über eine lebhafte Phantasie und eine eigenwillige

Ausdrucksweise«, lächelte Joe. »Nur so viel: Negative Emotionen sind in Kletterteams unerwünscht. Wir ziehen hier an einem Strang, und zwar buchstäblich. Kameradschaft geht über alles, das ist oberstes Gebot. Überleg dir, ob du zum Team gehören möchtest. Andernfalls ist die Reise an dieser Stelle für dich zu Ende.«

Diese Anmerkung trug nicht wirklich zur Glättung der Wogen bei. In der Gruppe regte sich Unmut.

»Gottchen, wozu die Aufregung?«, flötete Felix von Mahlzahn. »Fang einfach an, Konstantin, ich brauche wirklich bald was auf die Rippchen, äh, Rippen.«

Er wiegelt ab, dachte Vicky bitter. Konstantin ist offensichtlich sein Favorit. Mit Fairness hat das Ganze hier absolut nichts zu tun. Ist diese Kletterreise etwa eine einzige Farce?

»Konstantin hat drei Möglichkeiten: Nachgeben, aufgeben – oder alles geben«, erwiderte Joe. »Falls er aufgibt, werden wir ihn geschlossen zum Lift zurückbegleiten.«

»Nein!«, schrien sämtliche Kollegen außer Vicky wie aus einem Mund.

»Aber nachgeben reicht nicht. Ich brauche Teamplayer.«

»Ich bin ein super Teamplayer«, behauptete Konstantin Lenzendorf. »Und mir ist vollkommen bewusst, dass Klettern den optimalen Teamgeist verlangt, solidarisch und motiviert.«

Es klang halbherzig, irgendwie auswendig gelernt.

»Wäre das Einrennen offener Türen eine olympische Disziplin, du würdest ganz oben auf dem Siegertreppchen stehen«, blaffte Joe. »Dann zeig mal, was du draufhast.«

Mit gestrafften Schultern stellte sich Konstantin an den Fuß der Kletterwand. Vicky bemerkte, dass seine Beine bebten, was nicht daran liegen konnte, dass er fror, denn seine Stirn war von Schweißperlen übersät. Moment mal, hatte das Sport-Ass etwa Angst? Unsicher klammerte er sich mit den Händen an einen winzigen Spalt über seinem Kopf und stieg auf einen ebenso winzigen Vorsprung. Dann zögerte er und sah hilfesuchend zur Seite.

»Eine Kletterwand ist keine Treppe«, rief Joe. »Stufen gibt's hier nicht! Becken näher an die Wand, mehr Körperspannung, und nimm mal die Beine etwas auseinander, damit du mehr Trittmöglichkeiten findest! Profis machen das natürlich anders, die gehen fast in den Spagat. Deshalb lautet ein alter Climberspruch: Wenn du nicht mehr weiterweißt, spreizen, bis die Hose reißt!«

Halblaut vor sich hin fluchend hangelte sich Konstantin im Schneckentempo höher. Nach einer Weile hatte er etwa einen halben Meter geschafft, mit zitternden Gliedmaßen, als stehe er unter Strom, stets begleitet von den mehr oder weniger gutgemeinten Hinweisen Joes. Für Vicky war der Tag ohnehin gelaufen. In ihrem Knöchel puckerte es, und ihr Herz klopfte so laut, als wolle es energisch darauf hinweisen, dass es etwas zu sagen habe. Bang horchte sie in sich hinein. Was sie hörte, waren irritierende Fragen. Konstantin Lenzendorf liefert sich ein Duell mit Joe – weil ihm etwas an dir liegt? Johannes Beck traktiert dich mit Zuckerbrot und Peitsche, mal barsch, mal zugewandt – weil er sich für dich interessiert? Antworten hatte sie nicht darauf. Wie auch.

Instinktiv schaute sie zu Joe, der ihr komplizenhaft zulächelte.

»Du hast Feuer gefangen, was?«

Vicky wusste nicht, was sie mit dieser verwirrend vieldeutigen Aussage anfangen sollte.

»Klettern ist nichts für Flachlandtiroler«, fügte Joe mit einem Blick auf Konstantin hinzu. »Ich bevorzuge jedenfalls das ehrliche Kräftemessen in der Senkrechten. Klar so weit?«

»Hmja«, nuschelte Vicky. »Manche mögen's steil.«

Kapitel 9

Die heiße Dusche war ein Labsal für Vickys erschöpften Körper. Mit geschlossenen Augen stand sie unter dem heißen Wasserstrahl und dehnte ihre schmerzenden Glieder. Gemessen an ihrem alltäglichen Leben, hatte sich heute so viel ereignet wie sonst in einem ganzen Jahr nicht. Und die ganze Zeit über hatte sie das Gefühl gehabt, auf glühenden Kohlen zu laufen. Wem gefiel es schon, rund um die Uhr unter Beobachtung zu stehen, noch dazu dem Sperrfeuer unkalkulierbarer Emotionen ausgesetzt?

Immerhin war ihr die Kletterpartie erspart geblieben. Nachdem Konstantin eine Ewigkeit an der Wand geklebt hatte, ohne nennenswert vom Fleck zu kommen, hatte Joe entschieden, das Experiment abzubrechen und die Hütte wandernd über einen Umweg anzusteuern. Während des gesamten Wegs über hatte Konstantin gezetert, diese Reise sei eine Frechheit und Joe eine Zumutung. Das stimmte zwar, wie Vicky zugeben musste, doch auch Konstantin hatte sich nicht gerade mit Ruhm bekleckert. Die tollsten Menschen zweifeln immer an sich selbst, sagte Catherine, aber die schlechten strotzen nur so vor Selbstbewusstsein. Wie treffend.

Vicky drehte das Wasser ab und stieg aus der Dusche. Ihre Uhr zeigte halb sieben. Um sieben sollten sich alle unten im Schankraum der Hütte versammeln, zum gemeinsamen Abendessen. Viel lieber hätte Vicky eines der eingeschweißten Tofuwürstchen verdrückt, die in ihrem Koffer warteten, und sich danach schlafen gelegt. Doch der vielbeschworene Teamgeist erzeugte einen deutlich spürbaren Gruppendruck. Wenn sie auch nur halbwegs erfolgreich wieder nach Hause fahren wollte, musste sie gute Miene zum blöden Spiel machen.

Aus dem Koffer fischte sie ihr Tablet. Ihren geheimen Plan B. Ein kleines bisschen schuldbewusst aktivierte sie es und stellte alarmiert fest, dass sich der Akku während des Transports fast vollständig entleert hatte. Wow. Akku bei einem Prozent und in letzter Sekunde das Ladekabel anschließen, das ist das Bombenentschärfen des digitalen Zeitalters, dachte sie, als sie fast panisch nach einer Steckdose fahndete. Gottlob fand sie sofort eine und tippte auf *Netz suchen*.

Ein Katzenvideo wäre jetzt wunderbar gewesen, zusammen mit einem herzwärmenden Spruch von Catherine. Sie vermisste Cat mehr, als sie jemals für möglich gehalten hätte. So wie Manuel, Viktor und Robin. Ihre Familie. Vicky wollte den Abend mit ihren Lieben verbringen und in der Gewissheit einschlafen, dass sie am nächsten Morgen von Nachrichten überschwemmt wurde wie von einer warmen Welle.

Bitte, ich brauche Internetzugang, flehte sie die Götter des World Wide Web an. Bitte! Es gibt so viel zu besprechen! Doch genauso gut hätte sie hier oben im Gebirge auf Einhörner hoffen können. Ihr Flehen wurde nicht erhört. So innig sie auch auf *Netz suchen* tippte, nichts geschah. Und in ihrer Lage fühlte sich ein Nichts nach viel weniger als gar nichts an.

Als es an der Tür klopfte, schrak sie zusammen. O Gott, niemand durfte wissen, dass sie versucht hatte, das Internetverbot zu umgehen! Hastig versteckte sie das Tablet samt Ladekabel im Koffer und warf den roten Frotteebademantel über, der im Badezimmer hing. Dann tapste sie auf nackten Füßen zur Tür und öffnete sie einen Spaltbreit.

»Viktoria? Darf ich Sie – dich kurz sprechen?«

Schockschwerenot. Es war Felix von Mahlzahn. Er trug einen schwarzen Designer-Jogginganzug, sein rasierter Schädel glänzte wie frisch eingecremt.

»Sorry, ich bin noch nicht fertig, deshalb …«

»Kein Problem.«

Resolut schob er die Tür auf und schloss sie von innen. Neugierig sah er sich in dem holzgetäfelten Raum um, der ganz im bayerisch-rustikalen Stil gehalten war, mit rot-weiß karierten Vorhängen, geschnitzten Möbeln aus Kiefernholz und einer schmiedeeisernen Deckenlampe. Sie setzten sich auf die buntgeblümte Couch, die unter dem Fenster stand. Felix von Mahlzahn verlor keine Zeit mit Small Talk.

»Wie würdest du Herrn Lenzendorf, also – Konstantin charakterisieren?«

Brechmittel, Kotzbrocken, Pestzecke, Vicky hätte eine Menge Begriffe aufzählen können. Seit er sich nach all dem präpotenten Gehabe mit jeder Menge Gejammer an der Kletterwand blamiert hatte, waren noch Angeber und Sprücheklopfer dazugekommen. Sicher, auch sie würde sich am nächsten Tag blamieren, aber im Gegensatz zu Konstantin hatte sie vorher niemanden mit erfundenen sportlichen Ausnahmeleistungen angeödet.

»Na ja, ganz kompetent so weit«, antwortete sie.

»So weit.« Felix von Mahlzahn räusperte sich. »Das klingt so, als ob es nicht ganz reicht.«

Vorsicht, Fußangel! Sprich nie schlecht über Kollegen! Merke: Wer andere runtermacht, gesteht ein, dass sie über ihm stehen.

»Ich habe absolut nichts gegen Herrn Lenzendorf einzuwenden«, schwindelte sie drauflos. »Er ist eine Bereicherung für unser Team.«

»Konstantin«, verbesserte der Personalchef.

In seinem rechten Ohrläppchen blinkte ein winziger Diamant. Gut möglich, dass er Vickys smarten Kollegen nicht nur seiner hervorragenden Referenzen wegen bevorzugte. Sie schwieg vorsichtshalber. Jedes Wort konnte schon zu viel sein, ein Fädchen womöglich, aus dem er ihr einen Strick drehen würde.

»Mir liegt genauso wie Joe an einer harmonischen Atmosphäre«, erklärte Felix. »Konstantin ist ein High Potential, ein Top-Mitarbeiter. Es war schwer, ihn für die Firma zu gewinnen, und ich möchte ihn nicht verlieren, weil er sich über negative Erfahrungen auf einer Kletterreise ärgert. Also halte dich bitte ein wenig zurück, ja?«

Als ob sie sich jemals in den Vordergrund gedrängt hätte. Sie begriff nicht im Geringsten, worauf Felix anspielte.

»Ja, klar, natürlich«, versicherte sie dennoch.

Er erhob sich. Lauernd sah er sich noch einmal um, als ob er nach etwas suchte. Was denn? Vermutete er einen Lover im Kleiderschrank?

»Das war's. Wir sehen uns gleich unten.«

Damit ließ er Vicky allein. Und tschö mit ö. Worauf hatte sie sich bloß eingelassen? Nicht nur das Klettern war eine riskante Sache, nein, die schräge Gruppendynamik dieser Reise übertraf die Gefahren halsbrecherischer Bergpartien bei weitem.

»Zu Risiken und Nebenwirkungen verbrennen Sie die Packungsbeilage, und sagen Sie Ihrem Arzt: Das war der Apotheker«, murmelte Vicky in einem Anfall von Galgenhumor.

Wenn es doch nur so einfach wäre. Konstantin. Felix. Joe. Eine explosive Kombination. Irgendwie wurde sie das Gefühl nicht los, dass hier Gefühle im Spiel waren, die ihr gefährlich werden könnten. Ihr Verstand sagte ihr, dass sie sich vor Felix in Acht nehmen musste. Ihre Teamloyalität sagte ihr, sie müsse auf Konstantins Seite stehen, auch wenn er ein ausgewiesener Stinkstiefel war. Ihr Instinkt plädierte für Joe. Und ihr Herz? Hatte nichts Besseres zu tun, als Purzelbäume mit goldenen Funken zu schlagen.

Eine halbe Stunde später betrat Vicky den Schankraum im Erdgeschoss, holzgetäfelt natürlich und mit geschnitztem Mobiliar, Bauernblumengestecken sowie den unvermeidlichen rot-weiß karierten Gardinen ausgestattet. Die Blumengestecke bestanden aus Trockenblumen, wie sie aufatmend feststellte. Sämtliche Wände schmückten buntfarbige Landschaftsgemälde – Berge in allen Variationen, im Sommer, im Winter, im Herbst, bei Sonnenaufgang und in geheimnisvollen Nebel gehüllt. So sah er also aus, der berühmte Hüttenzauber. Widerstrebend stellte sie fest, dass ihr diese rustikale Gemütlichkeit gefiel. Der Raum umarmte einen. Das konnte ihre Wohnung daheim nicht.

In der Hütte ging es bereits hoch her. An den gutgefüllten Tischen saßen Wanderer in farbenfrohen Outdoor-Scheußlichkeiten, verzehrten gigantische Schweinshaxen und ließen sich das Bier aus irdenen Krügen schmecken. Vickys Kollegen lehnten vollzählig am grobgezimmerten Tresen, der von einer silberglänzenden Zapfanlage dominiert wurde. Alle tranken gelblich trübes Weißbier aus überdimensionierten Gläsern. Den Gesprächsfetzen nach zu schließen, die bei Vicky ankamen, übertrafen sie sich gegenseitig mit Anekdoten über ihre beruflichen Heldentaten.

Im hinteren Bereich hatten Felix und Joe an einer langen gedeckten Tafel Platz genommen. Sie schienen eine ernste Unterhaltung zu führen, denn ihre Mienen wirkten angespannt. Was führte Felix im Schilde? Und welche Rolle spielte Joe?

»Grüß Gott, einen wunderschönen Abend, die Dame«, wurde Vicky von einer hübschen blonden Kellnerin im roten Dirndl angesprochen. Sie hielt ein Tablett voller kleiner Gläser hoch. »Einen Schnaps zum Aufwärmen?«

»Nein, danke. Keinen Alkohol«, winkte Vicky ab.

»Die trinkt nicht, die zieht sich Powersmoothies rein«, rief Kai Wanner von der Bar herüber. »Frauenpower, trotzdem sauer, haha.«

»Und wir sind nur Alkoholiker, weil wir nicht genug verdienen, um ein Drogenproblem zu haben«, fügte Sven Reuter, der Rothaarige vom Vertrieb, launig hinzu. »Prost!«

Unwillkürlich zog Vicky den Kopf ein. Dass sie am heutigen Abend als Zielscheibe ausersehen war, verstand sich von selbst.

»Bestimmt hat die in ihrem Zimmer erst mal eine Kerze für all die Tiere angezündet, die wir heute Abend essen«, lachte Kai Wanner. »Und dabei Yoga gemacht.«

»Meine Lieblingsyogaübung ist der aufgehende Mittelfinger im Morgenrot«, brüllte jemand.

Alle brachen in Gelächter aus. Erwachsen werden zu wollen war ohne Frage die dümmste Idee, die diese Typen jemals gehabt hatten. Nur Konstantin beteiligte sich überraschenderweise nicht an dem Sprüchegeklopfe, doch das änderte auch nichts mehr. Plötzlich sah Vicky die Situation so glasklar, dass sie sich ärgerte, warum sie nicht eher darauf gekommen war: Es hatte keinen Zweck, in diesem Irrsinn aus Männlichkeitswahn noch punkten zu wollen. Ja, diese Reise war eine Farce. Felix würde sich für Konstantin entscheiden. Der Drops war gelutscht.

Gehirn an Vicky: Sobald ich einen Hubschrauber mit WLAN finde, bin ich so was von weg hier. Sonst nehmen wir zwei Hübschen halt den Berglift.

Sie war schon drauf und dran, in ihr Zimmer zurückzukehren, um den Koffer zu packen, als Joe ihr den Weg versperrte. Ohne den Kletterhelm wirkten seine dunkelblonden Locken noch wilder. So unbezähmbar wie sein Charakter, schoss es ihr durch den Kopf. Die lederne Kniebundhose hatte er mit Jeans vertauscht, dazu trug er braune Cowboystiefel und ein rot-blau kariertes Holzfällerhemd. Wie fesch. Vicky hatte sich für ein puristisches Ensemble aus schwarzer Jeans, schwarzem V-Pullover und schwarzen halbhohen Pumps entschieden.

»Hallo, Viktoria.« Er berührte sie leicht an der Schulter, was ihr Rücken wieder mit einem Schauer beantwortete. »Wie geht's dir?«

»Soll das eine Frage sein? Du hörst doch, was hier los ist.«

Mit hochgezogenen Augenbrauen warf Joe einen Blick auf die Kollegen an der Bar, die Vicky mit unverhohlenem Amüsement aufs Korn nahmen. Felix hatte sich mittlerweile zu ihnen gesellt.

»Lass die lästern, komm, wir setzen uns an den Tisch.«

»Nein, Joe, ich hab's eilig, ich …«

Doch er nahm einfach ihre kalte Hand in seine warme Pranke und führte sie zum Kopfende der Tafel, wo sie ungeduldig auf einen Stuhl sank. Sie wollte nur noch weg. Der letzte Lift ging um neun Uhr, er würde sie schnurstracks ins Tal befördern, und dann war das unrühmliche Kapitel Viktoria-Elsässer-ist-voll-abgeschmiert beendet.

»Mach's bitte kurz, ich werde noch heute Abend abreisen«, platzte sie mit der Neuigkeit heraus, sobald sie saßen.

»Nicht so schnell. Ich habe dich noch gar nicht richtig kennengelernt, erzähl mir was über dich«, forderte er sie auf.

Der Typ hatte vielleicht Nerven. Ihre Finger spielten nervös mit einer Serviette. Na schön, phasenweise war Joe ganz okay gewesen, also hatte er ein Abschiedsgespräch verdient.

»Da gibt es nicht viel zu erzählen. Ich entwickele Softwareprogramme, bin Teamleiterin bei MediSolutions und war in der engeren Wahl für die Beförderung zum Head of IT und Chief Information Officer. Bitte beachte das *war.*«

»Soso. Geht das auch auf Deutsch?«

Vicky hatte sich längst an das gängige englische Fachkauderwelsch gewöhnt, deshalb musste sie kurz überlegen.

»Hm. Das bedeutet die Leitung aller Entwicklungsabteilungen mit insgesamt achtzig Mitarbeitern. Ich wäre die Ansprechpartnerin für sämtliche laufenden Projekte gewesen, hätte inhaltliche und strategische Konzepte entwickelt, direkt an die Geschäftsführung berichtet und eigenständig internationale Aufträge an Land gezogen.«

»Hammerjob.« Joe hob anerkennend einen Daumen. »Und sonst so?«

»Wie – sonst? Du meinst mein, äh, Privatleben?«

Er nickte, und wenn sie sich nicht täuschte, kräuselten sich die Lachfältchen um seine Augen, als ahnte er, dass da nicht viel kommen würde. Genau dafür schämte sich Vicky ein wenig, und mit jedem weiteren Geburtstag, den sie feierte, ein wenig mehr. Zweiunddreißig, auf dem Beziehungsmarkt hörte sich das schon leicht ranzig an. Ach, was soll's, dachte sie, ich werde Joe nie wiedersehen, also ziehe ich mal blank.

»Beziehungsstatus: Die Route wird neu berechnet«, antwortete sie mit ihrem Standardspruch.

Sie hätte auch sagen können: Ich rede mit meinem Kopfkissen, flirte mit meinem Smartphone und frühstücke mit meinem Tablet. Die Gegenfrage über Privates vermied sie, um Joe bloß nicht glauben zu lassen, sie würde sich näher für ihn interessieren. Bestimmt konnte er sich vor lauter weiblichen Nachstellungen gar nicht retten. Bergführer, Skilehrer, war doch alles eine Sauce. Touristinnen anbaggern galt bei denen als obligatorische Nebenbeschäftigung, das war selbst Vicky bekannt. Wer hatte das noch erwähnt? Manuel? Bei dem Gedanken an ihn hellte sich ihre Miene auf.

»Also, ich habe selbstverständlich einen festen Freund, er heißt Manuel, wir kennen uns seit einem Jahr«, schob sie rasch nach.

»Das freut mich. Wohnt ihr zusammen?«

»Sozusagen«, umschiffte sie diese Klippe, und irgendwie entsprach das ja auch der Wahrheit. Sie schrieben einander beim Aufstehen, tagsüber, abends und in der Nacht. Mehr Zusammenleben ging gar nicht. »Es ist was Festes, abgesehen davon, dass ich deine Frage ziemlich indiskret finde.« So. Mehr würde sie nicht preisgeben. Demonstrativ schaute sie auf ihre Armbanduhr. »Entschuldige, ich muss jetzt packen.«

»Kannst du gern tun, wäre aber sinnlos, weil der Lift defekt ist«, erwiderte er. »Oder willst du im Dunkeln mit vollem Gepäck den Berg runterklettern?«

»Das mit dem Lift hast du erfunden«, schnaubte sie wütend.

»Frag Rosi.« Er winkte die Kellnerin in dem roten Dirndl heran. »Viktoria möchte wissen, wann der nächste Lift geht.«

»Ach, Herrschaftszeiten, der Lift«, seufzte die Kellnerin. »Es tut mir unendlich leid, wir hatten einen Kurzschluss im Antriebsmotor, und der kann erst morgen Vormittag repariert werden. Die Techniker müssen ja zu Fuß den Berg hinauf, gell?«

Vickys Aufbruchsstimmung fiel in sich zusammen wie eine Skulptur aus Streichhölzchen, die jemand brutal umgepustet hatte. Dennoch stand sie auf. Immerhin hatte sie alles beantwortet, was Joe wissen wollte.

»Danke, Joe, war echt eine tolle Erfahrung, Wandern und so. Ich gehe jetzt ins Bett.«

»Hiergeblieben.« Er erwischte ihren Arm und zog sie auf den

Stuhl zurück. »Was geht hier eigentlich ab? Du scheinst eine Spitzenmitarbeiterin zu sein, aber Felix bevorzugt diesen Schwachmaten Konstantin. Ich arbeite schon länger mit MediSolutions zusammen, doch so verquer lagen die Dinge noch nie. Nun, es war auch noch nie eine Frau im Rennen, wenn ich mich recht erinnere.«

Vicky rubbelte mit einem Finger auf der hölzernen Tischplatte herum. Durfte sie sagen, was sie wirklich dachte? Warum nicht? Zu verlieren gab es schließlich nichts mehr.

»Männer haben bei MediSolutions einen unschätzbaren Vorteil: Es gibt so viele.« Nahezu manisch rieb sie nun über das gebeizte Holz, als könnte sie den Frust von Jahren ausradieren. »Die wollen schön unter sich bleiben. Die Frauenquote erfüllen sie nur in der Geschäftsführung und im Vorstand. Auf der operativen Leitungsebene sind Frauen unerwünscht. Mich haben sie nur pro forma nominiert, in Wirklichkeit …«

»Schon gut.« Beruhigend legte Joe seine Hand auf ihre, so dass die Hibbelei ein Ende fand. »Du bist eine tolle Frau. Die machen einen großen Fehler, wenn sie dich übergehen.«

Vicky starrte auf seine gebräunte, kräftige Hand, die ihre Finger bedeckte, dann wagte sie einen Blick in seine Augen. Oha. Die goldenen Pünktchen veranstalteten ein veritables Feuerwerk. Ihr wurde ganz schwindelig davon. Als hätte sie sich verbrannt, zog sie die Hand weg.

»Nett, dass du das sagst. Andererseits …«

»Viktoria? Können wir mal kurz rausgehen und reden?«, grätschte Konstantin dazwischen.

Hochaufgerichtet stand er plötzlich neben dem Tisch, in Jeans und edlem blauen Leinenjackett zum ebenfalls blauen Rollkragenpullover, die Arme vor der Brust verschränkt, das bärtige Gesicht eigentümlich verzerrt.

»Reden?« Sie schüttelte den Kopf. »Ich wüsste nicht, was wir zu besprechen hätten.«

»Bitte. Es ist wichtig. Sehr wichtig.«

»Geh ruhig«, sagte Joe, die Gelassenheit in Person. »Im Namen der transparenten Kommunikation.«

Bedauernd gab Vicky nach. Stimmte ja. Dies war kein Urlaub, sondern eine Firmenreise. Wenngleich sie ihre Beförderung in die Tonne treten konnte, blieb Konstantin ein Kollege, mit dem sie auch künftig arbeiten musste. Deshalb folgte sie ihm nach draußen vor die Hütte, wo man ein Weinfass als Tisch und einen rotglühenden Wärmepilz aufgebaut hatte, für etwaige Raucher unter den Gästen, wie der Aschenbecher auf dem Fass verriet.

»Was gibt's denn?«, erkundigte sie sich abweisend.

»Ich habe mir Gedanken gemacht, wegen dir.«

Ja, ja, Sportsfreund, du hast mich nach Strich und Faden weggemobbt. Bitte sehr, genieß es und lass mich gefälligst in Ruhe. Frierend schlang Vicky ihre Arme um den Oberkörper. Gegen die arktischen Temperaturen konnte ein schlapper Heizpilz wenig ausrichten.

»Es ist kalt, Konstantin. Würdest du freundlicherweise auf den springenden Punkt kommen? Ist es wegen des A-Projekts?«

»Ja, das heißt – nein. Wie gesagt, es geht um dich.«

Verlegen schaute er in den schwarzsamtenen Himmel. Vicky folgte seinem Blick. Milliarden kleiner goldener Pünktchen schimmerten in der nächtlichen Schwärze und erinnerten sie daran, dass in der Hütte ein Mann saß, der bei weitem nicht so unausstehlich war wie angenommen.

»Und wie lautet das Ergebnis deiner Analyse? Dass Frauen im Allgemeinen für Führungsaufgaben ungeeignet sind und ich im Speziellen schon gar nicht in Frage komme?«

»Ich möchte mich bei dir entschuldigen. Na ja, ich bin nicht gerade als Chef-Feminist unterwegs, wie du weißt. Im Grunde habe ich mich benommen wie der letzte Arsch. Eigentlich ist das unverzeihlich, doch …« Geistesabwesend rieb er sich über die Stirn. »Heute habe ich etwas gemerkt. Ein Gefühl. Ein, ach Mist, ich kann das nicht.« Treuherzig blickte er Vicky ins Gesicht. »Können wir nicht noch mal von vorn anfangen und – Freunde werden?«

»Wie bitte? Du meinst, Freunde wie – äh, Freunde?«

Vicky vergaß die Kälte, die eisig an ihr hochkroch, vergaß, dass die Kollegen mit dem Essen warteten und ihr Koffer aufs Packen. Freunde. So etwas Hirnverbranntes wäre ihr nie in den Sinn gekommen. Ja, eine Zeitlang hatte sie heimlich für Konstantin geschwärmt, aber diese Phase war unwiderruflich vorbei. Sie hätte ihn nicht einmal als Freund haben wollen, wenn eine Lawine jegliches Leben rund um die Hütte ausgelöscht hätte und sie beide als einzige menschliche Wesen übrig geblieben wären. Lieber allein am Berg erfrieren, als mit diesem Volltrottel dieselbe Luft atmen.

»Viktoria, Vic«, auf einmal schaute er sie an wie ein streunender Hund, der nach Tagen zum ersten Mal wieder an einer Wurst schnupperte. »Ich glaube … nein, ich denke … nein, ich – ich habe mich verliebt.«

Kapitel 10

Sagte man nicht, es gebe so etwas wie einen Höhenkoller? Vicky meinte, dergleichen irgendwann mal in einem Facebook-Post gelesen zu haben. Akute Veränderungen der Hirnchemie durch Sauerstoffmangel und Adrenalinschübe. Blankliegende Nerven. Unvorhergesehene emotionale Ausbrüche. Und noch etwas hatte sie gelesen: dass sich Menschen in Gefahrensituationen schneller verliebten als unter Normalbedingungen. Auf hohen Brücken beispielsweise, in tosenden Gewitterstürmen, auf kenternden Schiffen. Schockverliebt, lautete deshalb ihre erste Diagnose, als sie wie von Sinnen zurück in die Hütte rannte und der verdutzten Kellnerin einen Schnaps vom Tablett stibitzte.

»Wohlsein«, murmelte sie, bevor sie das scharfe Zeugs in einem Zug hinunterstürzte.

Noch immer konnte sie es nicht fassen. Konstantin Lenzendorf, seines Zeichens ihr persönlicher Gewinner des Prädikats *Arrogantester Schnösel der Firma MediSolutions*, hatte ihr eine Liebeserklärung gemacht! Das war in etwa so wahrscheinlich wie das spontane Abschmelzen des Nordpols mit Hilfe eines Feuerzeugs. Oder war sie es, die einen Höhenkoller hatte? Halluzinierte sie schon?

»Gab es eine Auseinandersetzung?«, fragte Joe, der besorgt zu ihr trat.

»Keine Ahnung, was das war.« Ein zweiter Schnaps musste dran glauben. »Oder wie würdest du es nennen, wenn ein eher verkehrsberuhigter Typ auf einmal gefühlsmäßig austickt?«

»Er mag dich«, sagte Joe mit seinem entwaffnendsten Lächeln.

»Er hackt auf mir rum! Dauernd diese pseudolustigen frauenfeindlichen Sprüche!«

»Damals, in der analogen Zeit, als man sich noch traf, statt einander Smileys und Herzchen zu schicken, gab es einen schönen Satz: Was sich neckt, das liebt sich.«

Vicky verzog das Gesicht.

»Amen. Glaub mir, was Konstantin betrifft, handelt es sich um eine irrige Annahme.«

»Doch, er mag dich«, bekräftigte Joe. »Das ist mir sofort aufgefallen, auch wenn er es nie zugegeben hätte. Wäre nicht das erste Mal, dass ein scheinbar emotional entkernter Mann seine Gefühle verleugnet. Möglicherweise ist er durch seine Eifersucht aufgewacht. Die Extremsituation an der Kletterwand hat dann noch die letzten Mauern eingerissen.«

Für psychologischen Tiefsinn war es viel zu früh. Vicky musste erst einmal ihre Gedanken sortieren. Und flüchten, auf jeden Fall flüchten. Joe schien ihren Impuls zu spüren.

»Atme es aus. Wir gehen jetzt zu den anderen, genießen ein hervorragendes original bayerisches Abendessen mit den Erzeugnissen regionaler Anbieter, und morgen sehen wir weiter.«

Wir? Wieso sprach er von *wir?*

»Falls du glaubst, ich ziehe mir jetzt eine Schweinshaxe rein ...«

»Stopp.« Joe ruderte mit den Armen wie ein Fluglotse, der einen Jumbojet einweisen musste. »Mir ist keineswegs entgangen, dass du Vegetarierin bist. Bestimmt findet sich etwas Fleischloses auf der Karte.«

Wenn Vicky nach den beiden Schnäpsen – und der vorhergehenden Liebeserklärung – nicht ein derart schwummriges Gewaber im Bauch gespürt hätte, wäre sie jetzt einfach ausgebüxt. Ihr Körper befahl ihr jedoch, feste Nahrung zu sich zu nehmen, und ihr Verstand sagte ihr, dass ein Rückzug mangelnden Teamgeist signalisiert hätte. Nicht genug, dass sie bei der Beförderung leer ausgehen würde: Eine Teamleiterin, die sang- und klanglos das gemeinsame Abendessen sausen ließ, machte eine denkbar schlechte Figur. Deshalb trottete sie lustlos, aber ohne weiteren Widerspruch hinter Joe her.

Sie wurden mit großem Hallo empfangen, was zweifellos dem fortgeschrittenen Alkoholkonsum geschuldet war. Auf der gedeckten Tafel standen jede Menge halbleerer Gläser, die von Strömen von Bier, Wein und Schnaps zeugten. Dazwischen standen Aufschnittplatten mit Schinken, Salami und Brezeln, garniert mit großen weißen Radi-Scheiben. Drei Stühle waren noch frei: zwei nebeneinander und ein einzelner. Vicky schaltete schnell. Den Abend neben Konstantin zu verbringen, überstieg ihre Vorstellungskraft.

»Sieh mal, Joe, zwei Plätze, wie gemacht für uns«, flötete sie.

Joe hatte augenscheinlich nichts dagegen, neben ihr zu sitzen. Erfreut rückte er ihr den Stuhl zurecht, ganz der Kavalier alter Schule und eigenartig wohlerzogen für solch einen ungehobelten Naturburschen. Er nahm den linken Stuhl, sie den rechten. Auf der anderen Seite saß Felix, nicht gerade Vickys Traumtischnachbar, aber immer noch besser als einer der ewig Witze reißenden Kollegen.

»Wo bleibt nur Konstantin?«, fragte Felix in die Runde. »Hat ihn jemand gesehen?«

Kai Wanner formte mit Daumen und Zeigefingern ein Herz.

»War mit Viktoria draußen. Liegt jetzt vermutlich liebeskrank und mit Lungenentzündung im Bett, weil sie ihm die kalte Schulter gezeigt hat.«

Alle atmeten synchron ein und hielten die Luft an. Woher auch immer Kai von Vickys Reaktion wusste: Jetzt war die Katze aus dem Sack. Langsam, ganz langsam drehte sich Felix zu Vicky. Ein kleiner Nerv auf seiner Nasenwurzel zuckte, sein Mund war nur noch ein bleistiftdünner Strich.

»Ich verlange eine Erklärung.«

»Es ist gar nichts weiter vorgefallen«, verteidigte sie sich. Warum nur beschlich sie das Gefühl, auf einmal das schwarze Schaf zu sein? »Wir hatten eine Unterredung vor der Tür, das ist alles.«

»Er steht auf Viktoria. Immer schon«, petzte Kai Wanner, dessen Zunge sich durch den Alkohol gelockert hatte. »Ich habe sein Handy gecheckt. Neuerdings schickt er ihr sogar Nachrichten. Und in der Arbeitszeit habe ich ihn mehrfach erwischt, wie er auf Viktorias Facebook-Account rumschnüffelte.«

Das grenzte an Stalking. Vicky deaktivierte in Gedanken ihre Facebook-Seite und nahm sich vor, so schnell wie möglich eine neue Handynummer zu beantragen. Doch erst als sie die waidwunde Miene des Personalchefs bemerkte, verstand sie schlagartig das ganze Ausmaß des Dramas. Ja, Konstantin stand auf sie, aber eine andere Vermutung erreichte soeben das Stadium der Gewissheit: Felix stand auf Konstantin. Dass sie ihm dazwischenfunkte, war definitiv nicht ihre Schuld, aber auch Männer konnten unzurechnungsfähig sein, wenn sie verletzt wurden. Bestimmt schickte Felix sie jetzt durch die Hölle, und zwar ohne VIP-Bändchen und Freigetränk. Als Personalchef musste er sich zwar der obersten Etage gegenüber verantworten, doch auch ein Felix von Mahlzahn war nur ein Mensch. Es gab einen Haufen Schikanen, mit denen er sich an ihr rächen konnte.

»Hättest den Quark besser für dich behalten«, raunte Sven vom Vertrieb Kai Wanner zu.

»Ich bin, wie ich bin.« Mit dem Mute des Angetrunkenen warf

sich Kai in Positur. »Die einen kennen mich, die anderen können mich.«

Felix schaute angewidert an ihm vorbei. Spätestens jetzt wusste Vicky, warum sie sich prinzipiell nie auf firmeninternen Geburtstagsfeiern, Weihnachtsfeiern oder anderen Festivitäten hatte blicken lassen. Der Entgleisungsfaktor lag hoch, zu hoch. Mit dem Standing in der Firma verhielt es sich wie mit einem Blatt Papier: War es erst einmal zerknüllt, würde es nie wieder perfekt sein, egal, wie lange man es glättete. Kai Wanner hatte sich endgültig für jede Beförderung disqualifiziert.

»Jungs, Mädels!« Stuhlbeine schrammten über den Boden, als Joe sich zu seiner vollen Größe aufrichtete. »Es war ein anstrengender Tag. Bergwandern gehört zu den Erfahrungen, die uns weiterbringen, aber auch mit extremen Belastungen konfrontieren. Also versucht jetzt runterzukommen. Bitte keine negativen Emotionen mehr.« Mit der ihm eigenen Strenge fixierte er nacheinander jeden Einzelnen am Tisch. »Ich würde mich freuen, wenn ihr das Klettern als Ausgleichssport entdeckt. Auch für mich ist es ein wichtiger Ausgleich – und eine Inspiration für meine berufliche Tätigkeit. Lasst uns das Glas erheben und auf Felix trinken, den Initiator dieser Reise.«

Alle prosteten dem Personalchef zu, der wie betäubt auf seinen leeren Teller starrte, bevor er ohne jede Erklärung die Tafel verließ.

Sofort schwoll der Geräuschpegel am Tisch wieder an, die Kollegen schwatzten und lachten, ohne dem Verschwinden von Felix irgendeine Bedeutung beizumessen.

»Gefühle«, flüsterte Vicky achselzuckend in Joes Richtung.

»Gefühle sind so ziemlich das Unverschämteste, was es gibt«, flüsterte er zurück. »Kommen einfach angeflogen, sagen: Guten

Morgen, da bin ich, machen sich ohne Erlaubnis im Herzen breit und erwarten auch noch, dass man sich um sie kümmert.«

»Ach. Klingt ja fast, als wärst du Experte.«

Die Art, wie er sie daraufhin anschaute, hatte etwas Unwägbares, Flirrendes. Jetzt erst, mit einigen Stunden Verspätung, ging Vicky auf, dass sie sich mit Joe ohne Schwierigkeiten, sogar ohne jede Schüchternheit unterhalten konnte. Etwas Vertrautes ging von ihm aus. So wie von Catherine. Dann fiel ihr etwas ein.

»Du hast von einer anderen beruflichen Tätigkeit gesprochen. Bist du denn gar nicht Bergführer von Beruf?«

Joe wollte gerade etwas erwidern, als Konstantin erschien, völlig verfroren, mit roter Nase und wirrem Haar. Plötzlich und unerwartet regte sich bei Vicky ein Gefühl: Mitleid. Wenn Joe recht hatte mit seiner komischen Hobbypsychologie, war Konstantin genauso verpeilt wie sie. Ein Kontaktvermeider, der sich mit Sprüchen tarnte. Einer, der sich heimlich auf ihrem Facebook-Account herumtrieb, um ihr nah zu sein – etwas, was Vicky auch schon mehrfach getan hatte, weil sie sich nicht traute, direkt auf jemanden zuzugehen. Heute Abend jedoch war Konstantin über seinen Schatten gesprungen, hatte etwas gewagt, nämlich zu seinen Gefühlen zu stehen. Und sich im Gegenzug eine eiskalte Abfuhr eingefangen. Das war nicht fair.

»Ich gehe zu ihm«, wisperte sie.

»Zu diesem egoistischen Spaßvogel?« Joe zerrte am Kragen seines Holzfällerhemds, als bekäme er keine Luft. »Was erwartest du? Dass er sich ändert? Hat man jemals beobachtet, dass sich ein Kampfhund in Benjamin Blümchen verwandelt?«

»Keine negativen Emotionen«, zitierte sie ihn, ein perfider Schachzug, wie sie selbst merkte. Es war nicht angenehm, mit den eigenen Waffen geschlagen zu werden. »Bleib cool. Ich will ihn nicht heiraten, ich will ihm nur sagen, dass alles in Ordnung ist.«

»Ist es das«, knurrte Joe.

»Was denn sonst? Soll ich ihn etwa links liegenlassen wie einen Aussätzigen, damit er sich noch schlechter fühlt?«

»Gut, gut, Mutter Teresa, walte deines mildtätigen Amtes«, sagte Joe verstimmt.

Da hatte sie es wieder. Kommunikation in Echtzeit war einfach nicht ihr Ding, nicht einmal bei Joe. Bei WhatsApp und Messenger konnte sie sich jedes Wort genau überlegen, missverständliche Formulierungen löschen und an besseren feilen, bevor sie eine Nachricht versendete. Aber die gesprochene Sprache war voller Tücken. Wie sehnlich sie sich eine Hotline zu Catherine wünschte. Die hätte ihr jetzt unschlagbare Tipps gegeben, wie sie mit dem eingeschnappten Joe und dem emotional verwaisten Konstantin umgehen sollte.

Nie wieder ohne Internet!

Während Joe sich schweigend an einer Aufschnittplatte bediente, machte sich Vicky auf die Suche nach Konstantin. Sie fand ihn am Tresen, wo er ein Weizenbier in sich hineinschüttete. Sehr allein, sehr schlecht gelaunt. Vage erinnerte er sie an die berühmte *Grumpy Cat,* den Star aller Katzenvideos. So putzig wirkte Konstantin in seinem Missmut. Vicky fasste sich ein Herz. Erhobenen Kopfes marschierte sie auf ihn zu.

»Hey.«

»Hey, Vic.«

Er setzte das Glas ab. Eine schmale Schaumspur hing in seinem gepflegten dunklen Bart, was sie wirklich ganz niedlich fand.

»Ich hätte nicht wegrennen sollen«, setzte sie zu einer Entschuldigung an. »Das war kindisch von mir.«

»Sei nicht albern. Ich war kindisch. Hab dich übel vollgesülzt, sorry.«

Seine Zerknirschung war echt, keine Frage. Vicky meinte zu begreifen, wen sie vor sich sah: Einen Vollblutromantiker, der sich unbedacht offenbart hatte und nun wieder dichtmachte. Ja, so musste es sein.

Gehirn an Vicky: Nimm dich gefälligst in Acht. Diesem arroganten Früchtchen hast du die entgangene Beförderung zu verdanken. Er ist ein Brechmittel, Kotzbrocken, Angeber, Sprücheklopfer. Ach ja, und eine Pestzecke.

Danke, Hirn, ich weiß, was ich tue.

»Sülzig fand ich es eigentlich nicht.« Fasziniert starrte sie auf den Schaumrest. »Es kam nur – äh, etwas überraschend.«

Langsam schien er aufzutauen. Die Andeutung eines Lächelns zeigte sich, und *Grumpy Cat* mutierte millimeterweise zu einem äußerst attraktiven Kater. Nach einem weiteren Schluck Bier wanderte sein Blick über ihr Gesicht, schlug kurz den Weg nach Süden ein und nahm wieder Augenkontakt auf, was ihn sichtlich Überwindung kostete. Unsicher hielt er ihr die Hand hin.

»Freunde werden wir in diesem Leben ganz gewiss nicht mehr, aber wie wäre es mit friedlicher Koexistenz?«

»Einverstanden.«

Feierlich reichten sie einander die Hand. Wie gut, dass der Tresen außer Sichtweite des Teams liegt, überlegte Vicky. Sonst würde dieser Versöhnungshandschlag Anlass zu neuerlichen Spekulationen geben.

»Tja, also dann wäre ja alles geklärt«, rundete sie das Gespräch ab.

»Könnte man so stehenlassen. Nacht, Vic.«

»Nacht.«

Nachdenklich grub er die Schneidezähne in seine Unterlippe. Dann beugte er sich hastig vor und hauchte einen Kuss auf ihre Wange. Die Hitzeentwicklung entsprach ungefähr der Intensität eines Flammenwerfers. Wow. Eine siedend heiße Röte überzog Vicky von Kopf bis Fuß, innerlich verglühte sie fast. Reflexhaft zuckte sie zurück und lief zum Flur, der in den ersten Stock führte. Sie nahm zwei Stufen auf einmal, als sie die Treppe hochfegte, raste in unvermindertem Tempo zu ihrem Zimmer und warf sich keuchend aufs Bett.

Ihre Daumen bewegten sich wie von selbst, obwohl sie gar kein Smartphone in der Hand hielt.

Hi, Cat. Es ist etwas Unglaubliches passiert! Ruf mich an!

Kapitel 11

Gebannt schaute Vicky aus dem Fenster. Die Hütte lag wenige Meter unter einem Gipfel, und aus dieser Höhe hatte man einen phantastischen Blick auf die von tiefhängenden Frühnebelschwaden verschleierten Berge ringsum, deren Spitzen sich in der Morgensonne rosa färbten. Fast schmerzhaft spürte sie das Bedürfnis, diesen Anblick zu fotografieren.

Ob sie Joe noch einmal fragen sollte, ob er nicht doch ihr Handy rausrückte? Da sie sich neuerdings prima verstanden, könnte ihre Bitte durchaus von Erfolg gekrönt sein. Vielleicht gab es ja sogar an einer supergeheimen Stelle im Gebirge ein supergeheimes Netz, dessen Existenz nur Eingeweihte kannten, und sie konnte endlich ihre Lieben elektronisch umarmen. Das würde sie auch für die schlimmen Blasen an ihren Füßen entschädigen. Ja, Joes Gewaltmarsch hatte seinen Preis. Aber wenigstens tat ihr Knöchel kaum noch weh.

»Guten Morgen, Manuel, die Berge sind herrlich, auch wenn ich vor lauter Blasen keine Füße mehr habe, alles schön bei dir?«, murmelte sie. »Hallo, Robin, wie ist das Wetter in Hongkong? Hi, Viktor, wie geht's dem Kleinen? Cat, Schatz, hast du meine Nachricht bekommen? Konntest du letzte Nacht schlafen? Wie viel Zähne hat Finn mittlerweile?«

Sie tippte sich an die Stirn. Äh, Vicky, geht's noch? Du wirst langsam schrullig. Nun, kein Wunder, wenn man derart ausgehungert nach sozialen Kontakten war. Aber sobald der Berglift wieder funktionierte, würde sie dem kommunikativen Nirwana endgültig entfliehen. So wie dem Gefühlswirrwarr, in das sie durch

Joe und Konstantin geraten war. Schluss damit. Die beste Maßnahme fürs Seelenheil bestand im Rückzug, diese Taktik hatte sie im Laufe ihres Lebens bis zur Vollendung perfektioniert. Ein Gedanke, der ihr ungeahnte Energien verlieh.

Sie duschte in Windeseile, packte ihren Koffer und stopfte die wenigen verbliebenen Kletterutensilien sowie die verhassten Outdoor-Klamotten in den Rucksack. Jetzt musste sie nur noch Felix eröffnen, dass sie die Kletterreise abbrach. Halb sieben zeigte ihre Uhr an. Felix war ein Frühaufsteher. Also los.

Unten im Schankraum herrschte schon Hochbetrieb. Wanderer und Kletterer bevorzugten offenbar die Morgenstunden für ihr schräges Hobby, denn sie standen in Scharen am Frühstücksbuffet an, um Rührei, Rostbratwürstchen und gebratenen Speck auf ihre Teller zu laden. Unermüdlich trug Rosi Kaffee- und Teekannen durch den Raum. Bereitwillig nannte sie die Zimmernummer von Felix, eine Minute später klopfte Vicky an seine Tür.

»Was'n los?«, fragte er schlaftrunken, als er in einem seidenen Pyjama mit grün-lila Paisleydruck öffnete.

»Sei mir bitte nicht böse, ich reise ab«, erklärte Vicky mit fester Stimme. »Konstantin bekommt den Job, und ich respektiere deine Entscheidung. Damit erübrigt sich für mich dann allerdings diese Tour.«

»Was, was, was?« Auf der Stelle wirkte Felix hellwach. Erregt rieb er sich den Schlaf aus den Augen. »Wie kommst du darauf, dass Konstantin …«

»Das war nicht schwer zu erraten. Du bevorzugst ihn. Er ist dein Favorit. Keine Sorge, ich habe meinen Frieden damit gemacht.«

Aufgebracht blinzelte Felix sie an.

»Nichts da. Erstens ist das Bewerbungsverfahren um die Führungsposition längst noch nicht gelaufen, zweitens sind alle Teilnehmer verpflichtet, die Reise bis zum Ende durchzuhalten. Wir sind ein Team, schon vergessen? Das ist hier doch keine Bimmelbahn, wo man nach Belieben ein- und aussteigen kann!«

Das nannte man wohl, jemandem die Luft rauslassen. Deprimiert betrachtete Vicky die Spitzen ihrer Pumps. War ja klar, dass Felix es ihr nicht so einfach machen würde. Doch woher kam sein Sinneswandel? War Konstantin etwa in Ungnade gefallen?

»Zieh dich um, geh frühstücken, um acht ist Abmarsch«, stieß Felix unwirsch hervor und schlug ihr die Tür vor der Nase zu.

Charme hatte er, das musste man ihm lassen. Mit hängenden Schultern schlurfte Vicky in ihr Zimmer zurück. So ein Sklaventreiber. Musste sie sich das gefallen lassen?

Es gab nur wenige Momente in ihrem Berufsleben, in denen sie die Sinnfrage stellte: Bist du das, was du mal werden wolltest? Dies war so ein Moment. Seit sie denken konnte, arbeitete sie zuverlässig und pflichtbewusst, schummelte nie und gab stets mehr, als man von ihr verlangte. Wozu, wenn sie auf ewig ein Spielball irgendwelcher Chefs blieb? Von außen betrachtet, hatte sie eine gewisse Karriere aufzuweisen, sicher. In Wahrheit fühlte sie sich wie eine Leibeigene. In dunklen Stunden hatte sie mit dem Gedanken gespielt, sich selbständig zu machen, ihr eigener Herr zu sein, ihre eigenen Ideen umzusetzen. Doch ihr Sicherheitsbedürfnis hatte immer die Oberhand behalten. So wie jetzt.

Frustriert fügte sie sich ihrem Schicksal. Auch nach einem Obstsalat und einem grünen Tee vom Frühstücksbuffet besserte sich ihre verkorkste Laune nicht wesentlich, und als sie schließlich um acht Uhr in voller Outdoor-Montur vor die Hütte trat, hatte ihre Stimmung einen historischen Tiefpunkt erreicht.

»Du ziehst ja ein Gesicht wie sieben Tage Regen!«, rief Joe ihr entgegen. Er hatte sich das Kletterseil malerisch um seinen gelbverpackten Athletenkörper geschlungen. »Guten Morgen, Viktoria!«

Ihre Ankündigung, sie werde abreisen, erwähnte er mit keinem Wort, so wenig wie ihr flottes Verschwinden vom abendlichen Esstisch. Offenbar war er ein Anhänger der Schwamm-drüber-jeder-Tag-ist-eine-neue-Chance-Philosophie. Sei's drum. Ihre Motivation dümpelte im nicht messbaren Bereich, und sie hoffte nur, dass sie diesen Tag ohne Schürfwunden und Knöchelverstauchungen überstand. Wie weit sie mit ihren Blasen an den Füßen kommen würde, war eine andere Frage.

Deutlich verkatert fanden sich nun auch die Kollegen ein. Ihre Augen wirkten so trübe wie das Weizenbier, das sie sich am Vorabend gegönnt hatten. Sie bewegten sich träge, gähnten um die Wette und winkten müde ab, als Kai Wanner verkündete, sein Lieblingstier sei der Zapfhahn. Nur Felix befand sich in einem Zustand, der den Ausdruck ausgeschlafen verdiente.

Aber wo war Konstantin? Vickys Herz turnte einen ungelenken Salto, als er zehn Minuten nach acht aufkreuzte, kauend, mit einem angebissenen Schinkenbrötchen in der Hand. Ein flüchtiges Lächeln in ihre Richtung, das war alles. Und der Kuss? Unwillkürlich befühlte sie ihre Wange dort, wo sein Atem, vielleicht sogar seine Lippen sie gestreift hatten. Jetzt bloß nicht durchdrehen, befahl sie sich. Immer die Ruhe. Falls er wirklich etwas für dich empfindet, wird er es ganz bestimmt nicht in Gegenwart seiner feixenden Kollegen zeigen.

Ziemlich interessant fand sie allerdings Joes Verhalten. Wo war der souveräne Bergführer geblieben, den nichts erschüttern konnte? Seine Mundwinkel rutschten unaufhaltsam nach unten, während Konstantin im Schneckentempo heranzuckelte. Ein feindseliger Ausdruck trat in sein gebräuntes Gesicht.

»Zehn Minuten Verspätung. Hast du wenigstens eine gute Ausrede parat?«

»Sorry, bin halt ein Morgenmuffel«, entgegnete Konstantin gelangweilt.

»Liegestütze! Hundert Stück!«, bellte Joe. »Da muss mal Schwung in die Truppe!«

Holla, der hatte offensichtlich wieder einen Feldwebel gefrühstückt. Halbherzig folgten alle dem Befehl. Auch Vicky ging auf alle viere und wackelte pflichtschuldigst mit dem Po, um etwas Ähnliches wie Liegestütze vorzutäuschen. Nur Konstantin machte das Theater nicht mit. Aufreizend langsam setzte er sich auf eine Holzbank vor die Hütte, hielt sein Gesicht in die Sonne und streckte die Beine von sich. Mit weit ausholenden Schritten war Joe bei ihm.

»Los, Sportsfreund. Liegestütze, aber dalli! Klar so weit?«

Von der gestrigen Gelassenheit fehlte jede Spur. Joe bebte vor Empörung über diese Provokation. Schräg von unten schaute Konstantin zu ihm auf, ohne einen Finger zu rühren.

»Heiliger Bimbam. Mach doch nicht so ein Getöse am frühen Morgen. Schon gemerkt, dass deine Umfragewerte sinken?«

Die Spirale dieses unnötigen Streits schraubte sich noch höher. Wutentbrannt deutete Joe mit dem Handschuh auf seinen Herausforderer, der in seiner teuren Jacke wie ein Star posierte, ganz so, als warte er sekündlich auf Fotografen und Fans.

»So ’n Lappen. Seht ihn euch an, Leute. Styling Armani, Charakter KiK.«

Verkehrte Welt, dachte Vicky. Gestern hat Konstantin Joe angezickt, heute ist es umgekehrt. Eine Ahnung befiel sie, eine absurde Ahnung, doch es war die einzig plausible Erklärung: Joe war eifersüchtig auf Konstantin. Dafür sprach, dass er am Abend zuvor geschmollt hatte, als sie das zweite Mal vom Tisch aufstehen und mit Konstantin reden wollte. Oje.

»Verdammt, jetzt drückt bitte mal den Reset-Button«, sprach Felix ein Machtwort. »Schluss mit dem Sandkastenhickhack. Lasst uns losziehen.«

»Von mir aus, wie du meinst«, lenkte Joe mürrisch ein. »Marschaufstellung!«

Doch Konstantin hatte immer noch nicht genug. Während er sich hinter Vicky einreihte, zischte er: »Wer mich nicht mag, muss eben noch an sich arbeiten.«

»Das habe ich gehört!«, rief Joe.

Vicky enthielt sich jeden Kommentars. Eins stand fest: Joe und Konstantin, das bedeutete Dr. Jekyll und Mister Hyde im Doppelpack. Es war einfach bizarr. Gerade noch umgänglich, und im nächsten Augenblick stritten sie wie die Kesselflicker – zwei Alphamännchen im Dauerclinch. Prämenstruelle Gefühlsschwankungen waren nichts dagegen.

Und schon ging es wieder auf die Piste. Heute war es wenigstens warm, kein Vergleich mit dem frostigen Vortag. Etwa eine halbe Stunde wanderten sie bergauf, bergab, durchquerten eine dunkle Schlucht und bestiegen einen felsigen Hügel, als Vicky streikte. Ihre Füße bestanden praktisch nur noch aus Blasen, trotz der ergonomisch korrekten, gutbelüfteten, farblich fragwürdigen Megasocken. Es brannte höllisch, sie schrammte sozusagen auf der Felge. Außerdem hatte sie endgültig genug von dem stumpfsinnigen Herumgewandere. Die Vorstellung, sie könnte jetzt zu Hause auf der Couch herumlümmeln, mit Catherine schreiben und ein paar YouTube-Videos anschauen, trieb sie fast in den Wahnsinn.

»Joe?« Sie piekte mit dem Zeigefinger in den gelben Rücken. »Ich brauche eine Pause.«

Er blieb stehen, ohne sich umzudrehen.

»Wie war das?«

»Pause«, wiederholte Vicky.

Ihr war mittlerweile alles egal. Der Teamgeist, die Beförderung, der Zwang, irgendwas beweisen zu müssen. Und hatte Catherine nicht gesagt, sie solle sich mit Stärken *und* Schwächen präsentieren? Voilà, Schwäche konnte Joe haben. Ganze Rucksäcke voll.

»Gute Idee«, »Genau«, »Bin auch schon total kaputt«, meldeten sich weitere Stimmen hinter ihr. Besonders stach Konstantins Stimme heraus: »Läuft bei Joe. Rückwärts und bergab.«

Blitzartig vollführte Joe eine Drehung. Zornig fixierte er Vicky, die kaum noch stehen konnte auf ihren zerschundenen Füßen, danach musterte er die aufmüpfigen Kollegen.

»Ihr seid so was von daneben«, schimpfte er los. »Und du, Viktoria, bist die Schlimmste. Kein Auge für die Landschaft. Keinen Sinn für die Schönheit der Natur. Oder hast du etwa die Gämse gesehen, die eben nur ein paar Meter entfernt vorbeisprang? Die Edelweißpflanzen zwischen den Steinen? Den Bussard, der mit einer Maus im Schnabel über uns hinweggeflogen ist?«

Frontalangriffe waren so gar nicht nach ihrem Geschmack. Noch weniger mochte sie es, wenn man sie als Punchingball missbrauchte.

»Ist mir tooootal entgangen«, antwortete sie pampig. »Ich muss nämlich auf meine Füße achten, weil du uns querfeldein über Stock und Stein jagst, statt einen anständigen Wanderpfad auszusuchen.«

Unter den Kollegen erhob sich zustimmendes Gemurmel. Joe riss sich den Helm vom Kopf und schwenkte ihn wild hin und her.

»Soll ich dir etwa den roten Teppich ausrollen, gnädiges Fräulein? Mann, ihr wisst absolut nicht zu schätzen, was euch hier geboten wird.«

»Leute, Leute«, versuchte Felix die Situation zu retten, »regt euch nicht auf, die Kletterwand ist ganz in der Nähe. Oder, Joe?«

»Korrekt.« Die Lider zu Schlitzen verengt, feuerte er einen mörderischen Blick auf Vicky ab. »In zehn Minuten erreichen wir unsere Wand.«

»Zehn Minuten, und meine Füße sind Brei«, protestierte sie. »Ich habe Blasen in der Größe von Hühnereiern. Ich will mein Handy zurück. Ich habe keine Lust mehr auf diese elende Schinderei.«

»Sieh an, unsere handysüchtige Viktoria will ihr Spielzeug zurück«, triumphierte Joe, als habe er immer schon gewusst, dass sie zu nichts anderem taugte.

Was er nicht ahnte: Wer Vicky wegen ihres Handys aufzog, konnte sein Testament machen. Alles tolerierte sie, alles schluckte sie, nur nicht gehässige Bemerkungen über ihr geliebtes Smartphone. Sie kniff die Lippen zusammen. Spürte eine Woge der Wut heranrollen. Und explodierte.

»Weißt du, was Teamverantwortung bedeutet, Joe? Gestern hast du's noch gewusst: sich nach dem schwächsten Teilnehmer zu richten. Aber du bist voll auf dem Egotrip. Deshalb marschierst du auch vorneweg. Wenn dich interessieren würde, wie es uns geht, würdest du hinten laufen. Und wo wir gerade dabei sind: Das Konzept, uns mit Wandern auszupowern, bevor wir irgendwelche Wände hochklettern müssen, ist absolut kontraproduktiv.« Völlig außer Atem schöpfte sie Luft. »Ich habe einen Vorschlag. Da unten«, sie deutete mit dem Kinn auf ein Wäldchen, das sich an den Hang schmiegte, »ist der ideale Rastplatz, windgeschützt und schattig genug, wenn die Sonne gleich noch stärker knallt. Wir wackeln da jetzt hin. Ich verpflastere meine Blasen, die Jungs katern aus, und wenn wir dann alle – ich sage: alle! – so weit sind, robbe ich gern auf dem Zahnfleisch weiter und hänge mich von mir aus auch an die verdammte Kletterwand. Klar? So? Weit?«

Kapitel 12

Ein bisschen Realität hat noch niemandem geschadet – dieser Satz war Vicky schon des Öfteren zu Ohren gekommen, wenn man sie fürs wahre Leben erwärmen wollte. Was damit gemeint war, hatte sie nie verstanden, nur achselzuckend erwidert: »Realität? Keine Ahnung, schick mal 'nen Link, guck ich mir auf YouTube an.« Auch wenn es sich dabei um einen Scherz handelte, steckten doch einige Körnchen Wahrheit darin. Sie hatte die unbekannte Wirklichkeit für eine feindliche Zone gehalten, die man lieber nicht betrat. Nun war sie sogar mitten hineingehüpft und nicht sicher, ob sie womöglich das fetteste Fettnäpfchen aller Zeiten erwischt hatte.

Sie staunte über sich selbst. Noch nie hatte sie eine Rede gehalten, und schon gar nicht eine solch flammende. Sie wusste weder, woher die Worte gekommen waren, noch, woher sie den Mut genommen hatte, in einem fort weiterzusprechen, obwohl neun Männer sie anstarrten, entgeistert bis fassungslos. Vielleicht war sie einfach nur verrückt geworden? Ermattet von ihrem Temperamentsausbruch, schaute sie in die Runde. Wäre die Luft nicht voller Geräusche gewesen – der Wind, der um die Ecken pfiff, Vogelgezwitscher, das Getrappel einer entfernt vorbeiziehenden Wandergruppe –, man hätte die berühmte Stecknadel fallen hören.

Doch was nun geschah, war noch weit erstaunlicher. Joe watschte sie nicht etwa ab, sondern setzte sich auf einen Felsbrocken und stierte vor sich hin. Daraufhin schauten alle zu Felix, der Vicky unbeweglich gelauscht hatte.

»Danke, Viktoria«, sagte er gemessen. »Du hast in jedem einzelnen Punkt recht. Joe ist ein großartiger Bergführer, doch er war zu sehr auf sich selbst zentriert. Er hat das Gespür für die Leistungsfähigkeit unseres Teams verloren. Mit der Pause hast du die einzig richtige Entscheidung getroffen, bis hin zur Wahl des idealen Rastplatzes. Damit beweist du sowohl soziale Kompetenzen als auch Führungsqualitäten. Chapeau. Ein Applaus für Viktoria!«

Zögernd begannen die anderen zu klatschen, dann immer lauter. Überschwänglich drückte Felix ihr die Hand.

»Teamspirit, echter Teamspirit. Viktoria, du beeindruckst mich.«

Obwohl sie den Händedruck erwiderte, fiel es ihr schwer, Freude zu zeigen. Nichts stellte einen Erfolg so sehr in Frage wie das Gefühl, alles richtig gemacht, aber auf der menschlichen Ebene versagt zu haben. Vicky hätte das Lob durchaus genossen, wenn sich nicht ein dicker Wermutstropfen in ihr Hochgefühl gemischt hätte: Das Ganze ging auf Kosten von Joe. Auch für ihn ist das hier ein Job, überlegte sie, und ich habe ihm kräftig in die Suppe gespuckt.

Sie sah sich nach ihm um. Noch immer hockte er auf dem Felsbrocken, sein Blick ging ins Leere, seine behandschuhten Finger lagen schlaff auf den Knien. Vermutlich will er jetzt niemanden sehen, dachte sie. Und mit an Sicherheit grenzender Wahrscheinlichkeit ist er stinksauer auf mich. Hm. Während die anderen das Kiefernwäldchen ansteuerten, überwand sie ihre Hemmungen und setzte sich zu ihm.

»Tut mir leid. War ich sehr unhöflich?«

»Lass mich in Ruhe«, brummte er.

»Entschuldigung. Das war der Versuch, ein Gespräch zu beginnen.«

»Ist mir nicht entgangen«, fauchte er sie an. »Du bist echt ohne Worte, dass du mich ausgerechnet jetzt störst. Guckst du auch mit einem brennenden Streichholz nach, ob der Benzintank voll ist?«

Da wollte sie ihm die Hand reichen, und er biss quasi rein. Hyperintelligente Idee, Vicky, ihm ein Gespräch aufzudrängen. Missgelaunt stocherte sie mit ihrem Stock im Erdboden herum. Wie man's machte, machte man's falsch.

»Egal.« Er rieb sich das markante Kinn. »Ihr Bürohengste geht mir sowieso tierisch auf den Sack.«

Trotz der klemmigen Situation musste Vicky lächeln.

»Büro trifft zu, aber Hengst …«

Mit einer übertriebenen Geste schlug er sich vor die Stirn, seine Stimme triefte vor Sarkasmus, als er weitersprach.

»Stimmt ja! Du bist eine Frau! Wie konnte ich das übersehen! Dabei weiß doch jeder: Wenn Frauen richtig loslegen, sitzt der Teufel daneben und lernt.«

Das war starker Tobak. Instinktiv zog Vicky die Schultern hoch, so als müsse sie sich vor Tätlichkeiten schützen. Mit Auseinandersetzungen, bei denen es ans Eingemachte ging, besaß sie keinerlei Erfahrungen, die wurden von ihr weiträumig umfahren. Man konnte es konfliktscheu nennen, sie nannte es proaktive Schmerzvermeidung. Aber sie würde jetzt keinesfalls aufstehen und wegschleichen wie ein geprügelter Hund. Dafür war ihr Joe zu wichtig.

Gehirn an Vicky: Moment mal – er ist dir wichtig?

Vicky an Gehirn: Na jaaa, irgendwie schon. Zumindest hat er eine Erklärung verdient, warum mir der Kragen geplatzt ist.

Also zweiter Versuch.

»Äh, Joe, könnte es sein, dass du so sehr in deiner Outdoor-Welt aufgehst, dass du den Blick für Leute verloren hast, die keine durchtrainierten Bergfexe sind? Und denen in der Höhenluft die

Puste ausgeht? Meine Freundin Cat«, sie hielt inne, um sich des genauen Wortlauts zu entsinnen, »also, Cat hat mir mal gesagt: Wenn man in seiner eigenen Traumwelt lebt und plötzlich aufwacht, sollte man sich nicht bei demjenigen beschweren, der einen geweckt hat.«

»Ha!« Sein Kopf ruckte zu ihr herum, in seinen eisblauen Augen loderte heller Zorn. »Wer lebt denn hier in einer Traumwelt? Oder sollte ich besser sagen: in der Welt von Facebook und Co? Ich habe dich erlebt, als du dein Handy abgeben solltest. Du hast mich angesehen, als wollte ich dir den Arm abhacken.«

Genau so habe ich mich gefühlt, gab Vicky ihm innerlich recht. Na und?

»Ich sag's mal auf Deutsch, Joe: Du bist so was von last century! Digitale Kommunikationsformen sind das now and tomorrow, auch wenn es dir nicht gefällt.«

»Ist doch pervers.« Mit der Handkante hieb er auf sein Knie ein. »Da stimmt was nicht, wenn neunzig Prozent der Menschheit mit dem Gesicht nach unten rumläuft und auf ein bescheuertes Rechteck glotzt. Die Aufmerksamkeitsspanne ist nur noch so lang wie die Pause zwischen zwei WhatsApp-Nachrichten, und wer ein Problem hat, googelt sich die Lösung zusammen.«

»Bist du allmählich fertig?«, fragte Vicky, der diese Litanei mächtig auf den Zeiger ging. »Ich habe nämlich reale Blasen an den Füßen, die ein analoges Pflaster brauchen.«

Einen Augenblick lang fürchtete sie, er würde ihr ins Gesicht springen. Doch dann holte er tief Luft, seine Nasenflügel blähten sich, und er atmete geräuschvoll aus. Fasziniert beobachtete Vicky, wie sich sein gesamter Körper entspannte.

»Du hast es weggeatmet, richtig?«

Ungläubig runzelte er die Stirn.

»Wie bitte?«

»Na, gestern Abend hast du doch gesagt, ich soll die Sache mit Konstantin ausatmen. Ist das irgendein Trick?«

»Was du dir so alles merkst.« Er warf den Kopf in den Nacken, sein Blick schweifte ins Nirgendwo. »Das ist Tiefenatmung vom Yoga. Kannst du dir ja mal im Internet angucken, natürlich mit der Illusion, dass dir das bloße Anschauen was bringt.«

Damit hatte er Vickys hauchdünnen Geduldsfaden endgültig zerrissen. Sie stand auf.

»Viel Spaß mit deinen Vorurteilen. Ich dachte immer, Yoga macht die Menschen friedfertiger und verständnisvoller. Aber dein Einfühlungsvermögen reicht höchstens für dich selbst, für andere ist nicht genug da. Genauso gut könnte man versuchen, ein Fußballstadion mit einer Fünfundzwanzig-Watt-Glühbirne auszuleuchten.«

Und Abgang. So schnell es eben ging, wenn man auf Blasen lief statt auf intakten Fußsohlen, wankte sie zu dem Kiefernwäldchen. So ein Holzkopf! Hinterwäldler! Verblödeter naturbelassener Ignorant!

Während sie noch über weitere Schimpfwörter nachsann, erreichte Vicky die restlichen Teilnehmer der Wandergruppe. Wie hingegossen lagerten sie zwischen den Kiefernstämmen, plauderten entspannt und knabberten an mitgebrachten Vorräten – Brötchen vom Frühstücksbuffet, Kekse, Eiweißriegel. Felix hatte seinen Totenkopfschal unter den kahlen Schädel gelegt und döste im Halbschatten der Bäume. Ein paar Meter weiter ergoss sich plätschernd ein Wasserfall in ein steiniges Bachbett, umsäumt von Büschen und buntblühenden Pflanzen. Die reine Idylle.

»Und? Hast du dem abgehalfterten König der Berge das Krönchen weggenommen?«, fragte Konstantin.

»Ach, Frauen zicken doch nur, weil sie auf Versöhnungssex stehen«, grinste Kai Wanner.

Vicky zog es vor zu schweigen. Nachdem sie ihren Rucksack abgelegt hatte, setzte sie sich hin und lehnte ihren Rücken an einen Baumstamm. Vorsichtig entledigte sie sich ihrer Bergstiefel, dann zog sie die Socken aus. Oh nee. Der Anblick ihrer wundgelaufenen Füße war nichts für schwache Gemüter. Vicky stöhnte auf, Konstantin fielen fast die Augen aus dem Kopf.

»Uuuuh, bist du in einen Fleischwolf geraten? Scheibenkleister, was machst du denn jetzt?«

»Mein Erste-Hilfe-Set benutzen«, antwortete sie so cool wie möglich. »Ich bin auf alles vorbereitet.«

Er rückte näher zu ihr heran, bis er neben ihr saß.

»Auf alles? Wirklich?«

Irgendetwas an der Art, wie er es fragte, war seltsam. Sie mied seinen Blick. Das nächtliche Liebesgeständnis konnte sie nicht ernst nehmen, das war nur ein sentimentaler Ausrutscher gewesen, eine Mixtur aus Erschöpfung, Alkohol und Höhenkoller. Dennoch hatte es etwas verändert, so wie alle gemeinsamen Erfahrungen, in denen sich jemand eine Blöße gab und unbekannte Seiten seiner Seele offenbarte: Vicky fühlte sich auf eigenartige Weise mit Konstantin verbunden. Davon würde sie sich allerdings nichts anmerken lassen, ängstlich darauf bedacht, sich nicht lächerlich zu machen.

»Falls du gerade versuchst, mir dein Mitgefühl auszudrücken, hilf mir lieber.« Sie reichte ihm eine Packung mit wasserfesten Pflasterpads. »Könntest du die netterweise aus der Plastikfolie pulen?«

Er betrachtete die Pflasterpackung, als hätte Vicky ihm eine Vogelspinne überreicht.

»Sehr romantisch. Die schönsten Erinnerungen sammelt man zu zweit, nicht wahr?«

»Zu dumm aber auch, dass wir kein Erinnerungsfoto machen können«, grantelte sie. »Würde sich gut auf meiner Facebook-Seite machen, die du ja so gern frequentierst.«

»Was?«

Jetzt tu mal nicht wie Tulpe, du kleiner Stalker. Vicky wühlte eine Weile in einer Tasche ihres Chalkbag, holte ein Desinfektionsspray heraus und besprühte ihre Blasen damit. Es roch streng und brannte teuflisch.

»Autsch. Man hört, dass du mich zuweilen besuchst, natürlich nur auf Facebook«, sagte sie beiläufig.

»Man hört eine ganze Menge«, erwiderte er pikiert. »Zum Beispiel, dass du und Joe …«

Nicht auch noch das Thema. Vicky verdrehte die Augen, während sie ihm ein Pflaster aus der Hand nahm und auf ihre linke Ferse klebte, die es besonders heftig erwischt hatte.

»Klar, ich bin seinem Holzfällercharme erlegen und kann es gar nicht erwarten, dass er jetzt mein graues Leben mit bunten Farben ausmalt.«

Inzwischen waren die anderen auf dieses hochinteressante Gespräch aufmerksam geworden. Alle spitzten die Ohren, auch wenn sie scheinbar geistesabwesend Löcher in die Luft starrten. Nur Kai Wanner, der am Bach saß und seine nackten Füße hineinhielt, gab sich keinerlei Mühe zu verbergen, dass er ungeniert lauschte. Mit einer Hand pflückte er eine gelbe Blume und warf sie in Konstantins Richtung.

»Hat die Blume einen Knick, war der Schmetterling zu dick!«

»Du hältst dich da raus!«, rief Konstantin enerviert.

»War nie drin«, griente Kai.

Mit beiden Händen klaubte Konstantin Kiefernzapfen vom Boden auf und warf sie in Kais Richtung.

»Du bist das Allerletzte!«

»Stimmt.« Lachend wich Kai den Geschossen aus, offensichtlich hochzufrieden, dass er Konstantin aus der Reserve gelockt hatte. »Das Beste kommt immer zum Schluss.«

»Ich liebe es, wenn der Wahnsinn die Kontrolle übernimmt und an der Vernunft vorbeirauscht«, seufzte Vicky. Sie hielt sich die Spraydose vor den Mund und sprach hinein wie in ein Handy. »Siri, wo ist die nächste Ambulanz? Wir haben hier zwei schwere Fälle geistigen Systemausfalls.«

Felix, der bislang keinerlei Reaktion gezeigt hatte, öffnete die Augen und setzte sich auf. Auch er hatte natürlich nicht gedöst.

»Leute, wenn ihr genug Energie für so einen Kinderkram habt, dann habt ihr auch genügend Kraft, weiterzuwandern. Ich hole Joe. Und benehmt euch bitte anständig. Ich kenne ihn. Der nimmt es sich sehr zu Herzen, wie die erste Etappe der heutigen Wanderung geendet hat.«

Schwerfällig erhob er sich und erklomm den Hang, um Joe zu suchen. Alle sahen ihm hinterher, wie er hüftwackelnd einen größeren Stein umrundete und dann mit energischen Schritten höherstieg. Nur Vicky begutachtete ihr Werk – zwei Füße, die man vor lauter Pflastern kaum noch sehen konnte. Behutsam streifte sie die Socken darüber und schlüpfte in ihre Bergstiefel. Nachdem sie das Chalkbag in ihren Rucksack gepackt hatte, holte sie aus einem Seitenfach ihren Lippenfettstift mit Sonnenschutzfaktor fünfzig.

»Oh, là, là, Madame macht sich hübsch für ihren Holzfäller?«, zog Konstantin sie auf.

Selbstverständlich war es Kai, der das letzte Wort behielt.

»Nicht nötig«, grinste er. »Liebe ist, wenn man wie ein Sack Kartoffeln aussieht, aber angehimmelt wird wie 'ne heiße Fritte.«

Kapitel 13

Es dauerte tatsächlich nur zehn Minuten, bis die Gruppe die angekündigte Kletterwand erreichte. Sie lag an einem Aussichtspunkt, der einen atemberaubenden Blick auf tiefe schattige Schluchten gewährte, und war noch um einiges höher als jene vom Vortag. Mindestens zehn Meter, vielleicht auch fünfzehn, schätzte Vicky, also so gut wie unbezwingbar. Nervös blinzelnd schaute sie nach oben. Die Sonne stand fast senkrecht am Himmel, zwei Adler kreisten mit ausgebreiteten Schwingen hoch über der Wand. Wie Geier, die auf ihre Beute warten, ging es Vicky durch den Kopf.

Joe hatte sie die ganze Zeit wie Luft behandelt. War ja klar. Sie hatte nichts anderes erwartet. Mit einem Hauch Einfühlungsvermögen hätte er sich zumindest nach ihren Blasen erkundigt, aber nein, man war ja verschnupft, weil jemand gewagt hatte, den genialsten Bergführer des Universums zu kritisieren. So ein ignoranter Miesepeter. Beleidigte Leberwurst traf es noch besser, fand Vicky.

Konstantin dagegen war während des kurzen Fußmarschs nicht von ihrer Seite gewichen. Eigenartig. Es sah ganz nach dem zarten Pflänzchen einer aufkeimenden Freundschaft aus, denn sie hatten sich erstaunlich gut unterhalten. Ohnehin staunte Vicky Bauklötze. Ja, sie, die digitale Diva, kommunizierte face to face! Eher wortkarg und stockend, aber immerhin.

Anders als am Vortag gab Joe ihnen zunächst eine Extravorstellung im Freeclimbing. Behände kletterte er mit dem Sicherungsseil die steile Wand hoch, führte es oben durch eine Metallöse und ließ sich dann selbst wieder herunter. Vicky fühlte sich an den Anblick eines GSG-9-Kommandos erinnert.

»Alle mal herhören!«, rief er, als er unten angekommen war. »Kletterschuhe anlegen, Helm festschnallen, festen Sitz des Gurtes kontrollieren! Wie angekündigt bildet ihr heute Seilschaften in Zweierformationen. Kai und Konstantin, ihr fangt an!«

Während die beiden sich neben Joe aufstellten, verstand Vicky zum ersten Mal, was es mit Seilschaften auf sich hatte. Sie kannte den Begriff bislang nur als Umschreibung für Leute, die heimlich miteinander paktierten, um Vorteile zu erschleichen. Was für Kai und Konstantin wahrscheinlich zutraf, weil sie in der Firma ein verschworenes Zweiergespann bildeten. Doch nun würden sie buchstäblich durch ein Seil verbunden und aufeinander angewiesen sein – was eine ganz andere Nummer war.

Schweigend zogen alle ihre Kletterschuhe an und verstauten ihre Wanderstiefel in den Rucksäcken. Längst war die lockere Stimmung vom Kiefernwäldchen spürbarer Anspannung gewichen. Alle dachten vermutlich dasselbe: Wie werde ich das hier durchstehen? Reicht die Kraft? Die Geschicklichkeit? Der Mut?

Diesmal war Konstantin dazu ausersehen, Kai zu sichern, der als Erster klettern musste. Wie schon am Vortag, erledigte Joe das Einbinden ins Seil. Kai stand daneben, er war etwas blass um die Nase, nassgeschwitzte blonde Haarsträhnen lugten unter seinem Helm hervor.

»Muss ich wirklich da rauf? Ich glaub, das ist mir zu hoch.«

»Du schaffst das schon«, brummte Joe. »Immer nach oben schauen, nicht nach unten. Viele Kletterer haben übrigens Höhenangst. Umso schöner, wenn man die überwindet. Das ist der ultimative Glücksflow.«

Glücklich sah Kai nicht gerade aus. So wenig wie Konstantin, der skeptisch die Gerätschaften vor seinem Unterkörper beäugte.

»Bist du ganz sicher, dass das funktioniert?«

»Positiv«, nickte Joe, ohne aufzusehen.

»Wartet mal. Stopp. Ich, na ja, hab's aber wirklich nicht so mit der, äh, Höhe, da wird mir schwindelig«, brach es nun aus Kai heraus, was für alle ziemlich überraschend kam.

»So 'n Mädchen. Der hätte auch im Keller Höhenangst«, grinste Konstantin.

»Musst du gerade sagen«, fuhr Kai ihn an. »Wer hat denn gestern mit Totalversagen geglänzt?«

Sieh an, dachte Vicky. Kai und Konstantin, die selbsternannten Sport-Asse, entpuppen sich also alle beide als wachsweich. Niemals hätte sie das für möglich gehalten nach der ganzen Angeberei. Der Effekt war in etwa so kläglich, als hätten sie behauptet, einen Luxussportwagen zu fahren, und kämen nun mit einem Bobbycar um die Ecke. Unterdessen knotete Felix seinen Totenkopfschal um den Hals und betrachtete misstrauisch die Kletterwand.

»Woran erkennt man eigentlich, welche Vorsprünge sich zum Drauftreten und Festhalten eignen?«

»Das ist wie mit Yetis, den sagenumwobenen Schneemenschen«, lächelte Joe. »Selbst wenn man vorher noch nie einen gesehen hat, weiß man sofort, dass es einer ist. Also los jetzt.«

»Okay«, ächzte Kai.

Ohne sich weiter zu zieren, krallte er sich mit beiden Händen in einen Riss im Gestein über seinem Kopf und setzte seinen rechten Fuß auf einen kleinen Vorsprung. Tapfer hangelte er sich höher. Die ersten vier, fünf Meter absolvierte er einigermaßen flüssig, dann war's vorbei mit seinem Elan, und er hing im Seil wie ein nasser Sack.

»Feierabend!«, schrie er. »Die Wand ist glatt wie Glas! Nichts zum Festhalten weit und breit!«

Seine Zuschauer schauten einander besorgt an, Joe runzelte die Stirn.

»Siehst du die Klemmkeile mit den Schlaufen?«, rief er Kai zu. »Das sind Friends. Die habe ich schon gestern früh dort befestigt.«

»Was? Friends?«, zischte Kai zwischen zusammengebissenen Zähnen.

Joe zeigte auf die Schlaufen, die so harmlos aussahen wie Haltegriffe im Bus. Nur dass das hier kein Bus war, sondern eine Felswand, bei deren bloßem Anblick Vicky der Atem stockte. Auch den anderen schien es so zu gehen. Anfangs hatten sie noch miteinander geflüstert, jetzt wurde es mucksmäuschenstill in der Gruppe.

»Ja, man nennt sie Friends«, erklärte Joe. »Sie werden deine Freunde sein, wenn du jetzt mit dem rechten Fuß auf den Felsvorsprung da vorn trittst. Dreh dann deine Hüfte seitlich ein, um dich hochstemmen zu können. Von dort wirst du mit der linken Hand die untere Schlaufe erreichen. Die zweite ist ein Kinderspiel, danach bietet der Felsen wieder genügend Möglichkeiten.«

Panisch schaute Kai zu seinem rechten Bein. Sein Fuß hob sich einige Zentimeter, doch der Vorsprung, auf den Joe gezeigt hatte, lag weit darüber, etwa auf der Höhe seiner Hüfte.

»Los, das kriegst du hin!«, feuerte Joe ihn an. »Du musst dein Gewicht nach rechts verlagern, dann schaffst du es!«

»Wer mit den großen Hunden pinkeln will, muss auch das Bein heben können!«, rief Felix.

»Wie denn?«, kam es hilflos zurück.

Vicky konnte es bestens nachvollziehen. Obwohl sie Kai wegen seiner albernen Kommentare nun wirklich nicht gerade ins Herz geschlossen hatte, fühlte sie mit ihm. Es fehlte einfach an der Gelenkigkeit. Auch die Kräfte verließen ihn offenbar nach dem forschen Beginn. Jetzt befand er sich in einer schier aussichtslosen Lage – er war zu hoch geklettert, um einfach wieder runterzuhüpfen, aber längst noch nicht weit genug, um das ermutigende Ziel vor Augen zu haben.

Und Konstantin? Er hatte kein Auge von Kai gelassen. Als erwarte er sekündlich den Absturz seines Kollegen, umklammerte er das Seil. Selbst als Joe zu ihm trat, behielt Konstantin seinen Kumpan eisern im Blick, allerdings mit einem zunehmend ärgerlichen Gesichtsausdruck.

»Mal ehrlich, Joe – was soll diese komische Kletternummer? Unser Job bei MediSolutions erfordert Intelligenz und strategisches Denken, keine banale Muskelkraft.«

Andere aus der Gruppe nickten. Bang schauten sie hoch zum Felsen, an dem Kai hing, mit einem unbeholfen abgespreizten Bein und leise vor sich hin murmelnd.

»Für so wenig Ahnung hast du ganz schön viel Meinung«, entgegnete Joe. »Erstens geht es hier nicht um Kraft, das habe ich euch schon gestern gesagt. Mit reiner Muskelkraft kommt er da nicht weiter. Vielmehr geht es um Konzentration und Körperbeherrschung. Und darum, sich etwas zu trauen. Zweitens möchte ich dir eine Frage stellen: Musstest du jemals alles riskieren, um den nächsten Schritt machen zu können? Musstest du jemals wirklich für etwas kämpfen?«

Konstantin wagte einen kurzen Seitenblick auf Joe, dann starrte er wieder nach oben, wo Kai immer verzweifelter versuchte, mit seinem rechten Fuß den Felsvorsprung zu erreichen.

»Kämpfen? Wieso?«

»Dir ist immer alles in den Schoß gefallen, richtig? Grips in der Birne, Kohle von Papi auf dem Konto, die besten Privatschulen, danach Eliteuniversitäten …«

Konstantins Miene verhärtete sich.

»Du hast meine Personalakte gelesen!«

»Ich habe alle Personalakten gelesen.«

Er hatte – was? Vicky war sprachlos. Dieser Holzhacker vom Dienst wusste also auch eine Menge über sie? Es war ein Gefühl, als habe er sie in einem Nacktscanner betrachtet. Lässig steckte Joe die Daumen in seinen Klettergurt.

»Selbstverständlich behandele ich die Details vertraulich. Aber als Leiter einer solchen Firmenreise muss ich mir im Vorhinein nun mal ein genaues Bild von jedem Teilnehmer machen. Vorbereitung ist alles, wenn man ein Kletterteam richtig einschätzen will.«

»Was dir ja großartig gelungen ist«, giftete Konstantin.

»Du meinst, weil ihr wegen eurer hirnlosen Sauferei geschwächelt habt? Geschenkt. Der Punkt ist: Jeder steht mal vor Aufgaben, die vollen Einsatz verlangen, harte Arbeit, Zähigkeit, eine hohe Frustrationsschwelle. Darum sind wir hier – um herauszufinden, ob ihr das draufhabt. Erst wenn man es schafft, Widerstände zu überwinden, und dabei nicht die Nerven verliert, ist man für eine Führungsposition geeignet.«

»Dieser Sicht schließe ich mich vollinhaltlich an«, sagte Felix so salbungsvoll, als habe Joe soeben die ultimativen philosophischen Geheimnisse offenbart.

In diesem Moment stieß Kai einen Jubelschrei aus. Alle schauten wieder nach oben. Sein rechter Fuß stand auf dem Felsvorsprung, mit der linken Hand umfasste er die untere Schlaufe und hangelte sich millimeterweise höher.

»Super!«, rief Joe ihm zu. »Wusste ich's doch, dass du deine Panik überwindest! Das ist eine große Qualität – trotz deiner Ängste verlierst du nicht den Kopf, sondern kannst dich wieder beruhigen und in aller Besonnenheit das Notwendige tun.«

Woher er das wissen wollte, war Vicky schleierhaft. Als besonnen hatte sie Kai jedenfalls nie wahrgenommen, nur als witzelnden Klassenclown. Oder standen etwa Dinge in Kais Personalakte, die etwas über seinen wahren Charakter verrieten? Fast schämte sie sich, dass sie so wenig über ihn wusste. Er gehörte zu ihrem Team. Doch weder über ihn noch über die anderen hatte sie jemals groß nachgedacht. Es interessierte sie nicht. Alles, was für sie zählte, war Leistung. Ein Fehler?

In ihre Überlegungen versunken, sah Vicky zu, wie Kai nun erstaunlich zügig die obere Kante der Kletterwand erreichte, wo er die Arme hochriss und ein Triumphgeheul anstimmte, dessen Echo mehrstimmig von den Bergen wiederhallte. Die Gruppe unten klatschte und pfiff vor Begeisterung.

»Gar nicht schlecht für den Anfang«, sagte Joe. »Wer will als Nächster?«

Sofort erlosch der Applaus. Kai hatte beachtlich vorgelegt, das war nicht so leicht zu toppen. Da sich niemand meldete, bestimmte Joe die Reihenfolge und auch die Seilschaften. Der große Meister spielt Schicksal, dachte Vicky und wunderte sich ein bisschen, dass er sie bei der Einteilung überging. Was hatte er vor? Wollte er sie schonen? Oder traute er ihr das Klettern nicht zu?

Von nun an lief es wie am Schnürchen. Fast. Denn es dauerte mehr als zwei Stunden, bis so gut wie alle oben waren, manche mit Ach und Krach, andere mit verbissenem Eifer. Besonders Konstantin strampelte sich nach Kräften ab, um seine Scharte vom Vortag auszuwetzen. Wacker kraxelte er hoch und schaffte es bis zur Kante, wo er mit frenetischem Gebrüll empfangen wurde.

Am Ende waren nur noch Vicky, Felix, Joe und Sven Reuter, der Hänfling vom Vertrieb, unten an der Kletterwand übrig. Und nun? Fragend schaute Vicky zu Joe.

»Viktoria, du kletterst, Felix sichert«, ordnete er an. »Sven sichert mich, wenn ich als Letzter dran bin.«

»Wie geht's dann weiter?«, fragte Felix.

»Du darfst mit Sven gemütlich zur Hütte zurückwandern, während ich deine Truppe über den oberen Weg zurückbegleite. Mit Sven übe ich später separat, du hingegen hast dich ja schon als Führungskraft bewährt, deshalb sei dir das Klettern erlassen.«

»Besten Dank«, stöhnte Felix erleichtert.

Es folgte die wohlbekannte Prozedur des Einbindens, die Vicky stoisch über sich ergehen ließen.

Gehirn an Vicky: O Gott. Bitte nicht.

Sie konnte sich kaum auf den Beinen halten, so sehr zitterte sie. In ihren Ohren rauschte es, ihr Herz trommelte hart gegen die Rippen, ihre Hände waren schweißgebadet. Vor allem aber hatte sie überhaupt keine Lust, die Heldin zu spielen. Es war ihr mordspeinlich, zumal sie Joe so abgekanzelt hatte, doch es half nichts: Ihr standen die Tränen bis Oberkante Unterlippe. Jeden Moment würde sie anfangen zu weinen.

»Joe.« Sie konnte nur flüstern. »Ich habe Angst. Eine Scheißangst, wenn du meine Ausdrucksweise bitte entschuldigen würdest. Darf ich mit Felix und Sven zur Hütte zurückwandern?«

Einen winzigen Moment lang befürchtete sie, er würde sie auslachen oder wie ein Kind in den Arm nehmen. Was schlimmer gewesen wäre, hätte sie nicht sagen können. Stattdessen tauschte er einen Blick mit Felix, der indigniert die Augen verdrehte.

»Jetzt reicht es aber mal mit den Extrawürsten.«

»Alles easy«, entgegnete Joe mit ruhiger Stimme und wandte sich wieder an Vicky. »Gut, dass du es aussprichst, Viktoria. Angst ist ein natürlicher Reflex, und er ist ausgesprochen nützlich – der Adrenalinschub bündelt deine Kräfte und schärft deine Konzentration. Es wäre also falsch, Angst zu verdrängen. Genauso falsch wäre es, sie zu verschweigen. Eine wichtige Fähigkeit bei Führungsaufgaben ist es, Risiken richtig einschätzen und thematisieren zu können. Das hast du soeben getan. Angesehen habe ich dir die Angst sowieso.«

Haaaallloooo? Vicky war baff. Wie sollte sie bloß aus diesem unmöglichen Kerl schlau werden? Lag sie vielleicht doch falsch mit ihrem Vorwurf, er verfüge über keinerlei Empathie?

»Mut bedeutet nicht, keine Angst zu haben, sondern, genau das zu tun, wovor man sich fürchtet«, fügte Joe hinzu. »So, genug geredet. Du krabbelst da jetzt hoch, und falls du nicht weiterweißt, habe ich noch ein paar Friends für dich. Glück auf!«

Vicky holte tief Luft. Sie hatte keinen Schimmer, ob dieser Wahnsinn sie von Ängsten befreien würde, aber Joes Worte verfehlten nicht ihre Wirkung. Es ist riskant, es ist gefährlich, es ist komplett bescheuert, also mach's, redete sie sich gut zu.

»Da hatte ich immer Angst vor dem Sterben, und jetzt das«, scherzte sie matt, bevor sie einen Fuß auf den nächstbesten Vorsprung im Felsen setzte. »Ich bin blutiger Anfänger, das weißt du aber, Joe – oder?«

»Denk immer dran: Amateure haben die Arche Noah gebaut, Profis die Titanic. Und welches Schiff ist auf dem Wasser geblieben? Na siehst du. Du wirst es überleben, versprochen. Los jetzt.«

Herrje, sie probierte doch schon, diese vermaledeite Kletterwand zu bewältigen! Joe und seine neunmalklugen Sprüche. Die Wahrheit war: Zur Arche Noah hätte sie keinen Zutritt gehabt, weil Noah nur Pärchen nahm und sie ein ewiger Single bleiben würde. Aber das musste sie Joe ja nicht unbedingt auf die Nase binden, nachdem sie ihm von ihrer Beziehung zu Manuel vorgeschwärmt hatte.

Ein letztes Mal begutachtete sie die Protektoren für Knie und Schienbeine, die sie umgeschnallt hatte, die atmungsaktiven Softshell-Handschuhe, den Schrittzähler, den Herzfrequenzmonitor-Gurt, den sie trug. Dann zog sie ihre Halbfinger-Handschuhe über.

»Viktoria?« Vorsichtig stupste Joe sie an. »Klettern ist keine Frage des ausufernden Equipments. Vergiss den ganzen Krempel, der stört nur. Alles, was zählt, sind die Sicherung und deine Konzentration.«

Ja doch. Entschlossen griff sie in einen kleinen Spalt, der sich über ihrer Stirn im Felsen auftat, und zog sich hoch. Noch ein Stückchen. Ihr linker Fuß suchte Halt, fand ihn, gut so, weiter. In ihrem Rücken spürte sie die Blicke von Joe, Sven und Felix, während eine Gänsehaut nach der anderen über ihre Haut kroch.

Irgendwann vergaß sie die Männer unter sich. Es gab nur noch sie und diese Wand aus Stein. Sie merkte, dass sie die Muskeln ihrer Arme viel weniger strapazieren musste, wenn sie ihr Gewicht geschickt verlagerte und die Kraft ihrer Beine nutzte, die durch das tägliche Spinning auf ihrem Hometrainer gut in Form waren. Immer wieder fand sie eine kleine Felsnase, auf die sie treten, oder einen Riss, in den sie fassen konnte. So bedeutete jeder Zentimeter, den sie eroberte, eine Überwindung und zugleich einen kleinen Sieg.

Erleichterung flutete sie, auch ein gewisser Stolz. Was hatte Catherine noch gesagt, als sie vor kurzem mal wieder an sich gezweifelt hatte? Zeig denen, die dich fallen sehen wollen, dass du fliegen kannst!

Doch dann passierte es. Knapp die Hälfte der Route mochte Vicky geschafft haben, als sie vor lauter Erfolgsseligkeit unvorsichtig wurde. Ihr rechter Fuß rutschte ab, Steinbröckchen lösten sich und polterten die Wand hinunter, ihre ausgestreckte Hand fand nichts mehr zum Festhalten. Panik flutete sie, ihr linker Fuß trat ins Leere. Ein gewaltiger Ruck, der durch ihren ganzen Körper ging, und schon baumelte sie in luftiger Höhe am Seil, unfähig, einen klaren Gedanken zu fassen außer: Das ist das Ende.

Kapitel 14

Als Erster schrie Felix auf. Alarmiert beugten sich Vickys Kollegen von oben über die Kante der Kletterwand und brüllten nun ebenfalls los. Vicky brachte keinen Ton heraus, presste nur die Lider so fest zusammen, dass sie Sternchen sah. Auf keinen Fall wollte sie in den Abgrund unter sich blicken. Hilflos wie eine Marionette hing sie am Seil, das beunruhigend hin und her schaukelte. Mehrfach prallte sie gegen den Felsen, weitere Steine lösten sich, etwas schrammte ihre Wange entlang.

Wo war der Schleudersitz, der sie aus diesem Schlamassel hinauskatapultierte? Es gab keinen. So wenig wie einen Notausgang. Doch. Einen gab es.

»Alles okay, Manu, hey, Cat, gib Finn einen Kuss von mir, ach, Robin, was ich dich immer schon fragen wollte: Wie ist das Essen in Hongkong?«, kam es wie von selbst über ihre Lippen. Sie konnte gar nicht mehr aufhören. »Hi, Viktor, sag mal, dein Junge, seit wann läuft der eigentlich, er muss doch mittlerweile zwei sein …«

Vicky wusste nicht, wie lange sie so an dem Seil herumgehangen hatte, manisch vor sich hin murmelnd und fertig mit der Welt, als auf einmal die raue Stimme von Joe erklang. Ganz nah. Viel zu nah.

»Was brabbelst du denn da für krauses Zeug?«, fragte er.

Verlegen schob sie ihren verrutschten Helm gerade, immer noch mit geschlossenen Augen.

»Ist meine Art, mit Stress umzugehen.«

»Hast du vergessen, die Betriebskosten für dein Hirn zu zahlen? Los, weiterklettern. Oder willst du hier übernachten?«

Gehirn an Vicky: Der hat mich gerade beleidigt.

Vicky an Gehirn: Sorry, hab gerade andere Sorgen.

Sie schlug die Augen auf. Direkt neben ihr klammerte sich Joe an das lachhafte Nichts eines winzigen Vorsprungs. Das Seil an seinem Klettergurt war straff gespannt, irgendwo unten stand Sven und hielt es fest.

»Kann nicht«, stöhnte sie.

»Natürlich kannst du das, du Intelligenzbolzen.«

Musste er sie denn in einem fort piesacken? Wie ein Tsunami schossen ihr nun die Tränen in die Augen, Tränen der Angst, der Wut, der Beschämung. Schluchzend drehte sie sich von ihm weg.

»Nichts kann ich.«

Eine Pause trat ein.

»Viktoria.«

Sie wagte einen erneuten Blick. In unveränderter Position klebte Joe neben ihr an der Kletterwand. Hatte der Pattex an Händen und Füßen?

»Schön«, seufzte sie. »Was willst du? Den Oberidioten aus mir machen?«

»Das ist eine Friedenspfeife. Ich will dir helfen.«

»Und wenn das Seil reißt? Und wenn ich abstürze? Und wenn mich keiner findet?«

»Keine Sorge, irgendwann wirst du gefunden.« Er lächelte belustigt. »Deine schicke orangefarbene Plastikjacke wird deinen verwesten Körper um Jahrzehnte überdauern.«

So ein Heini. Sie blickte dem sicheren Tod ins Auge, und er musste auch noch makabre Witze auf ihre Kosten machen.

»Bist irre originell, du kerniger Knallkopf«, blaffte sie ihn an und war selbst erstaunt, dass sie den Mut dazu aufbrachte.

Sein Grinsen formte zwei Ziehharmonikas aus Lachfältchen rund um seine Augen.

»Ach, du findest mich kernig?«

Von unten hörte sie Felix etwas rufen. Doch der festgezurrte Helm verhinderte, dass sie irgendwas verstand. Außerdem war auch noch das Rauschen in ihren Ohren zurückgekehrt. Und der unbändige Zorn auf einen Mann, der auf ihr herumhackte wie auf einem Stück Kaminholz.

»Dann zeige ich dir jetzt, wie du durch geschicktes Eindrehen dein Gewicht verlagern kannst«, schlug Joe vor, während er einen Arm nach ihr ausstreckte.

»Fass mich nicht an!«, schrie sie unbeherrscht.

»Ach, ich vergaß, du bevorzugst ja elektronischen Kontakt.«

Analoger Blödmann! Und sie konnte nicht mal weglaufen, sondern war ihm schutzlos ausgeliefert, an einem Seil hängend, mitten im Gebirge.

»Ja, ich habe gewisse Schwierigkeiten mit gewissen Menschen«, schniefte sie, »aber das ist kein Grund, mich zu diskriminieren.«

Er lächelte überlegen.

»Glücklicherweise bin ich gut darin, offene Geheimnisse für mich zu behalten. Wie hat man dich als Kind genannt? Kiki?«

Kaum zu glauben, aber Wut war steigerbar. Sie hätte Joe mit den bloßen Händen erwürgen können. Kiki, mit diesem Spitznamen hatten ihre Mitschüler sie damals gehänselt, gern war auch ein Kikeriki dabei herausgekommen. Mit den Fingern wischte sie über ihre Wange, an der sie etwas Flüssiges spürte. Tränen? Sie schaute genauer hin. Es war Blut. Großer Gott, sie hatte sich die Wange aufgeschrammt! Aber wenn Joe glaubte, sie würde jetzt einen Nervenzusammenbruch bekommen, lag er falsch.

»Nenn mich nicht Kiki.« Sie unterdrückte ein neuerliches Schluchzen. »Du hast dir einen komischen Zeitpunkt für diese Unterhaltung ausgesucht.«

Seelenruhig kletterte er etwas höher und trieb ein paar Klemmkeile in das Gestein.

»Wenn du an dir zweifelst, haben schlechte Menschen gute Arbeit geleistet. Meist ist die Kindheit der Schlüssel für irrationale Ängste. Also: Was ist dein Trauma?«

So weit kam es noch, dass sie ihm ihre geheimsten Niederlagen offenbarte. Was bildete sich dieser emotionale Grobmotoriker eigentlich ein? Ihre Kindheit glich einem Tresor, zu dem niemand Zugang hatte.

»Könnten wir diesen Teil bitte überspringen, Joe?«

Weitere Klemmkeile wurden über ihr verteilt. Völlig unbehelligt von der Tatsache, dass sie sich in der Senkrechten befanden, turnte Joe über ihrem Kopf herum.

»Hey, Kiki, wir sollten ein bisschen reden, bevor du weiterkletterst. Das nennt man das Angenehme mit dem Nützlichen verbinden.«

»Nenn mich nicht Kiki! Für mich ist übrigens beides unangenehm. Klettern und reden.«

»Glaub mir, mit der Einstellung kommst du nicht weit.«

Typisch Vollspack. Sie schaute zu ihm hoch. Alles, was sie gewahrte, war sein knackiger Po, über dem sich die Lederhose spannte, weil er offensichtlich weit voneinander entfernte Trittpunkte für seine Füße gefunden hatte.

»Im Studium habe ich auch mit keinem gesprochen und trotzdem einen super Abschluss gemacht«, ließ sie den Po wissen. »Ich bin halt keine Plaudertasche.«

»Reden wäre aber gut für dich.«

»Und was soll das bringen?«

Der Po entschwand ihrem Blickfeld, Joes Stimme wehte nun aus weiterer Entfernung zu ihr hinunter, untermalt von klickenden Geräuschen, wie sie das Zusammentreffen von Metall auf Stein verursachte.

»Also, ich kann nur Empfehlungen aussprechen – und habe den Eindruck, dass es dich vielleicht entspannt.«

Vicky würgte die Worte heraus wie verdorbenes Essen, als sie ihm zurief: »Ich! Bin! Entspannt! Ver! Dammt! Ent! Spannt!«

»Sehe ich.« Er gab Sven ein Zeichen, ihn ein Stück abzulassen, bis er auf einer Höhe mit ihr war. »Du nimmst es persönlich, stimmt's?«

Was sollte das nun wieder? Vicky atmete flach und stoßweise. Ihre Wange brannte, die rechte Schulter und ihr Rücken schmerzten, vermutlich vom Aufprall an der Wand. Nun brachen alle Dämme. Hemmungslos heulte sie los.

»Das *ist* persönlich!«, schluchzte sie. »Es ist schließlich einzig und allein mein Körper, der hier komplett versagt!«

Weil ich ein Bewegungskasper bin. Begreif das doch endlich, du elender Trottel, und hör auf, mich zu drangsalieren.

»Falsch, dein Körper ist voll in Ordnung«, widersprach Joe. »Deine Problemzone ist der Kopf. Dein Körper hört nämlich alles, was dein Kopf sagt!«

Gehirn an Vicky: Unsinn, ich war's nicht. Ehrlich.

Wie von selbst erwachte plötzlich ihr Kampfgeist. Was tat sie sich hier an? Wie kam sie dazu, mit Joe überhaupt ein Gespräch über solch heikle Themen zu führen? Es war unfassbar dämlich. Niemals durfte sie ihm ihre verwundbarste Seite zeigen. Einatmen, ausatmen, und jetzt zeigst du es ihm!

»Also, ich weiß ja nicht, welches Kindheitstrauma du mit dir rumschleppst«, legte sie los, »das Ergebnis ist allerdings nicht schwer zu erraten: Große Klappe mit einem Schuss Selbstüberschätzung, und immer einen Kalenderspruch für alle Fälle.«

Er biss sich auf die Lippen. Wenn er nicht eine Sonnenbrille aufgehabt hätte, wären vermutlich tödliche Blitze auf sie niedergegangen.

»Dafür, dass du auf mich angewiesen bist, nimmst du den Mund ganz schön voll. Ist dir eigentlich klar, dass ich gerade einiges für dich riskiere? Sven sichert mich zwar, aber es ist keine Kleinigkeit, Klemmkeile in die Wand zu hämmern.«

Betroffen starrte sie auf die Gläser seiner verspiegelten Sonnenbrille, aus der ihr zwei ebenfalls bebrillte Gesichter mit weit aufgerissenem Mund entgegenschauten. Ihre Überheblichkeit war vollkommen fehl am Platz. Er war im Begriff, ihr zu helfen. Und sie? Stritt mit ihm. Womöglich war es an der Zeit, sich tatsächlich Gedanken über ihre sozialen Kompetenzen zu machen.

»Entschuldigung«, wisperte sie. »Das war …«

»… absolut respektlos.«

Jetzt erst entdeckte sie den Schweiß in seinem Gesicht, die angespannten Kiefermuskeln. Nein, Joe kletterte keineswegs anstrengungslos, es kostete auch ihn einige Kraft.

»Was soll ich tun?«, fragte sie leise.

»Siehst du die Friends über dir? Löse die rechte Hand, deine linke Hand hält dich, vertrau mir, und dann dreh dich mit der Hüfte ein, bis du den ersten Griff erreichst. Stemm dich dabei mit den Füßen hoch.«

»Aber …«

»Sehe ich aus, als würde ich darüber diskutieren?«, unterbrach er sie beschwörend. »Versteh doch, ich möchte, dass du es schaffst.«

Mühsam richtete sie sich auf. Ihr Hand tastete an der Wand entlang nach Rissen, höher, immer höher, bis ihre Fingerspitzen fast die erste Schlaufe berührten. Sie dehnte ihren Oberkörper bis zum Äußersten, wand sich wie bei einer Yogaübung, als sie endlich die Schlaufe antippte, die sich natürlich bösartig zur Seite bewegte, dehnte sich weiter und erhaschte unter Aufbietung ihrer gesamten Willenskraft die Schlaufe. Geschafft.

»Weiter«, kommandierte Joe leise. »Jetzt nicht schlappmachen, beweg deine Füße, such dir Halt, und immer schön die Beine zusammenlassen, damit du deinen Schwerpunkt in der Körpermitte findest und deinem Retter einen hübschen Anblick bietest.«

»Primitiver Sexist«, fluchte sie ihn an.

»Zickige Bergziege«, revanchierte er sich lachend.

»Ich bin erwachsen, ich komme damit klar«, verkündete sie buchstäblich von oben herab, denn Joe war mittlerweile ein Stück unter ihr.

»Darüber muss ich erst mal 'ne Nacht mit dir schlafen. Kiki.«

Seine herausfordernde Art verlieh ihr ungeahnte Kräfte. Erbittert klemmte sie jeweils einen ihrer Füße in irgendwelche Risse und stemmte sich ein Stückchen höher, während sie mit dem freien Fuß die Wand nach dem nächsten Spalt absuchte, sich an die nächste Schlaufe klammerte. Immer wieder rutschte sie mit dem Fuß ab, fand wieder Halt, sicherte sich mit der einen Hand und streckte die andere nach der übernächsten Schlaufe aus. Jedes Mal vollführte sie dabei eine leichte Drehung mit der Hüfte. So ging es weiter, fast mechanisch. Festhalten, Fuß kreisen lassen, hochstemmen, drehen, nächste Schlaufe.

Joe hat mir einen sicheren Weg abgesteckt, dachte sie und musste schon wieder mit den Tränen kämpfen. Nur ansatzweise konnte sie ermessen, welch einen Riesengefallen er ihr getan hatte. Mit seiner Hilfe konnte sie ihr Gesicht wahren und kletternd hinaufgelangen, statt abgeseilt zu werden und als Versagerin zur Hütte zurückzutrotten.

»Einen halben Meter noch«, rief Joe. »Deine Drehungen sind genial! Los, gib alles!«

Längst war ihre Energie aufgebraucht, doch in einer letzten, fast übermenschlichen Anstrengung reckte sie sich hoch, verließ sich nur noch auf ihren Instinkt, trat mit den Füßen auf irgendwelche Vorsprünge und hangelte sich mit einer halben Drehung auf die Felsplatte.

Zwei Hände griffen unter ihre Achseln, zogen sie hoch, und plötzlich, ohne dass sie sich hätte wehren können, wurde sie von Konstantin umarmt. Von – Konstantin? Verwirrt spürte sie den festen Druck seiner Arme, seinen Körper, der sich an sie drängte, einen Hauch teuren Rasierwassers.

»Endlich«, keuchte er außer Atem, als sei er es gewesen, der sie gerettet hatte. »Mein Gott, ich bin ja so froh, dass du es doch noch geschafft hast! Wahnsinn, du hast es echt drauf!«

Vicky war geflasht. Seine unverhoffte Umarmung löste Glücksgefühle in ihr aus, die sie fast von den Füßen rissen. Es fühlte sich so gut an, so richtig, so wunderbar. Wäre es nach ihr gegangen, hätte er sie ewig so festhalten können, doch viel zu schnell ließ er sie wieder los.

Auch die anderen suchten nun Körperkontakt, wie Vicky erschrocken registrierte. Jeder aus der Gruppe wollte sie in den Arm nehmen oder ihr wenigstens auf die Schulter klopfen, um ihr zu der unglaublichen Leistung zu gratulieren, trotz des Sturzes wacker weiterzumachen. Wie betäubt ließ sie es geschehen. Nur undeutlich nahm sie wahr, wie Joes Kopf am Rand der Kletterwand auftauchte, sämtliche Friends zwischen den Zähnen. Ächzend stemmte er sich auf das Plateau, wo er sich auf den Rücken drehte und mit ausgestreckten Armen liegen blieb. Er war der Held, nicht sie, und doch wurde sie gefeiert, als gebühre ihr der größte Respekt. Es war ungerecht. Sie wollte zu ihm gehen und sich bedanken, seine Leistung würdigen, aber Kai kam ihr zuvor.

»Leute, ein Hoch auf Joe!«, rief er übermütig. »Er ist groß, er ist stark, kann super klettern, hat bestimmt auch keine Angst vor Wasser – hey, Joe, schon mal darüber nachgedacht, als Fensterputzer zu arbeiten?«

Kapitel 15

Verflixt. Das Leben war viel zu kompliziert ohne digitale Kommunikation. Unglücklich vor sich hin brütend lag Vicky in der Badewanne und betrachtete die blauen Flecken auf ihren Armen, die inzwischen ins Violette spielten. Ja, aus Gefahr und höchster Not war sie mit einer Schramme und ein paar blauen Flecken davongekommen. Wie gern hätte sie Joe jetzt eine WhatsApp-Nachricht geschickt. Ein dickes Dankeschön und eine wortreiche Entschuldigung, unterstrichen durch mehrere Emojis mit erhobenen Daumen. Doch sie hatte weder Empfang noch ein Handy, und ob Joe überhaupt so was wie ein Smartphone anfasste, wusste der Himmel.

Bei Konstantin wäre zumindest dieser Punkt einfach gewesen. Auch ihm hätte sie nur zu gern geschrieben. Irgendetwas Teenagerhaftes, zugegeben, vielleicht ein *Wow, hat sich gut angefühlt, deine Umarmung*, verziert mit jeder Menge Herz-Smileys.

Vollkommen bewegungslos ließ sie das heiße Wasser auf sich einwirken, während Konstantin verblasste und Joe wieder in den Vordergrund trat. Joe. Was für ein Mann! Immer wieder rief sie sich seine Rettungsaktion ins Gedächtnis, immer wieder überkamen sie Schuldgefühle. Sie hatte sich furchtbar danebenbenommen, war kratzbürstig, zickig, undankbar gewesen, das wusste sie – und hatte am Ende zugelassen, dass er eine volle Ladung Spott abbekam statt des hochverdienten Lobs. Ihr Gerechtigkeitssinn rebellierte dagegen. Es war einfach nicht fair.

Und noch etwas beschäftigte sie: das seltsame Gespräch, das sie geführt hatten, zwischen Himmel und Erde schwebend. Immer auf dem hohen Ross, war sie davon ausgegangen, Joes Charakter im Handumdrehen durchschaut zu haben. Ein Trugschluss. Unter der rauen Oberfläche gab es viel zu entdecken, den einfühlsamen Psychologen zum Beispiel. Treffsicher hatte er den Finger in ihre Wunde gelegt, als ob er mitten in ihr Herz schauen könnte. Seines saß auf dem rechten Fleck, so viel stand fest.

Träge bewegte sie ihre Finger im langsam erkaltenden Wasser und spürte aufatmend, wie die beiden Tabletten, die sie genommen hatte, zu wirken begannen. Sanft driftete sie in einen flaumigen, unwirklichen Zustand.

Ob sie vor dem Abendessen zu Joe gehen sollte? Alles aufklären? Nein, keine gute Idee. Die analoge Kommunikation mit ihm missglückte in unschöner Regelmäßigkeit, und sie wollte keinen neuen Streit riskieren. Eine wohldurchdachte WhatsApp-Nachricht wäre deshalb genau richtig gewesen: präzise, unmissverständlich, mit einem Hauch Wärme. Irgendwie mochte sie ihn, auch das hätte sie ihm gern vermittelt, obwohl sie es ihm nicht ins Gesicht hätte sagen können. Genau dafür eigneten sich Textnachrichten viel besser. Herrje. Wie waren die Leute nur vor der Erfindung des Internets klargekommen?

Das Reden mit Konstantin klappte dagegen immer besser. In dem smarten, rasend attraktiven Womanizer schlummerte ein ziemlich liebenswerter und fürsorglicher Mann, der nun allmählich aufwachte. Den gesamten Rückweg zur Hütte hatte er sie ritterlich gestützt und dabei einige Details aus seinem Leben erzählt, unter anderem von seinem Studium in Harvard. Okay, natürlich hatte er ausschließlich Erfolgsgeschichten präsentiert, aber immerhin.

Ein zartes Geräusch schlich sich in Vickys Überlegungen. Sie horchte. Klopfte da jemand? Ja, es war nur ganz leise zu hören, doch ganz eindeutig klopfte jemand an ihre Tür. Im selben Moment stellte sich Vicky die ziemlich irritierende Frage, wen sie jetzt lieber sehen würde – Konstantin oder Joe?

Schwerfällig erhob sie sich aus dem Wasser, warf den roten Bademantel über und ging zur Tür.

Es war Konstantin. Fertig angezogen fürs Abendessen, in einem grauen Rollkragenpullover, dunkelgrauem Jackett und schwarzer Hose. Sein dunkles Haar saß perfekt, sein Bart war frisch gestutzt, der Duft seines unzweifelhaft rasend teuren Rasierwassers umgab ihn wie eine Wolke aus verführerischem Luxus.

»Hi, Vic, wollte nur fragen, wie es dir geht.«

Vic? So vertraulich wurde sie nur von Catherine angesprochen. Trotzdem, es gefiel ihr, dass er sie so nannte. Eine warme Welle überlief sie, und sie musste an sich halten, um ihm nicht um den Hals zu fallen. Vorsichtshalber zog sie den Gürtel des Bademantels ein wenig fester.

»Ganz okay so weit. Danke, dass du fragst.«

Er deutete mit einem Finger auf ihre Wange.

»Steht dir gut, die Schramme. Gibt dir was Verwegenes.«

Lächelnd zwinkerte er ihr zu. Auf einmal hatte Vicky das Gefühl, knöcheltief in etwas zu waten, was sie nicht identifizieren konnte. Oje, waren das etwa – Gefühle? Schlagartig kam die Erinnerung an Konstantins überschwängliche Umarmung zurück, die sie erröten ließ. Jetzt stand er sogar vor ihrer Tür, und sein erwartungsvolles Schweigen machte sie nervös.

»Tja, also dann …« Mist. Sie wusste nicht weiter. »Ich …«

Konstantin lächelte immer noch. Langsam hob er eine Hand und streichelte ihre verkrustete Wange. Gütiger Himmel. Was tat er da? Sie bebte am ganzen Körper, in ihrer Herzgegend kribbelte es. Etwas in ihr schmolz.

Schritte knarrten plötzlich auf dem Dielenboden des niedrigen holzgetäfelten Flurs.

»Entschuldigung, komme ich ungelegen?«

Es war Joe. Konstantin ließ seine Hand sinken, Vicky riss wie ertappt an ihrem Bademantelgürtel herum.

»Äh, n-nein«, stotterte sie, während Konstantin mit einem entschiedenen »Ja« antwortete. Was für eine unmögliche Situation. Peinlich berührt starrte Vicky auf ihre nackten Füße, wahrlich kein schöner Anblick mit all den Blasen und wundgescheuerten Stellen, die im Badewasser aufgequollen waren.

»Meinungsverschiedenheiten?«, grinste Joe.

»Ein bisschen Privatsphäre wäre angenehm«, erwiderte Konstantin verstimmt.

Herausfordernd baute er sich vor Joe auf. Der Kontrast zwischen seinem eleganten Rollkragenpullover und Joes rot-blau karierten Holzfällerhemd, das vielleicht einen Knopf zu weit geöffnet war, markierte sehr sichtbar, wie grundverschieden diese beiden Männer waren. Auch Joe nahm nun eine betont aufrechte Haltung an. Mit durchgedrücktem Rücken und vorgewölbter Brust fixierte er seinen Kontrahenten.

»Es lag nicht in meiner Absicht, das junge Glück zu stören«, versicherte er voller Ironie. »Ich wollte lediglich nachschauen, ob Kiki alles gut überstanden hat.«

»Kiki?« Konstantins Blick wanderte zwischen Vicky und Joe hin und her. »Du nennst sie –«

»O nein, er macht nur einen seiner überaus geschmackvollen Witze«, fiel Vicky ihm ins Wort.

Joes spitzbübisches Gesicht strafte ihre Worte Lügen. Er sah aus wie ein kleiner Junge, der sich diebisch über seinen gelungenen Streich freute.

»Also, diesen dezidierten Ton hast du echt drauf, Kiki. Ich würde ja fragen, ob du meinen medizinischen Rat für deine Blasen brauchst, doch ich fürchte, die Antwort kenne ich schon.« Er leckte sich amüsiert über die Lippen. »Wir sehen uns später unten. Und nur, damit wir uns richtig verstehen: Ich bestehe auf einem Tanz!«

Vicky grübelte noch darüber nach, was er damit gemeint haben könnte, als er sich auch schon umdrehte und den Flur entlang zur Treppe stiefelte, die ins Erdgeschoss führte. Missmutig sah Konstantin ihm hinterher. Dann wandte er sich an Vicky, mit der strengen Miene eines Mathelehrers, der seine Schülerin beim Schummeln erwischt hat.

»Was läuft da zwischen euch beiden?«

Vicky biss sich auf die Unterlippe. Als ob ihn das was anginge! Außerdem wusste sie ja selbst nicht, was da lief oder auch nicht. Verunsichert suchte sie Konstantins Blick und stutzte. Hoppla, es ging ihn offenbar doch etwas an. Mit mahlenden Kiefern wartete er auf ihre Erwiderung.

»Keine Ahnung«, wiegelte sie ab. »Kennst ihn doch – der muss immer das letzte Wort behalten.«

Eingehend betrachtete Konstantin seine schmalen, gepflegten Hände. Die Hände eines Mannes, der sich mit Computertastaturen auskannte, nicht mit Felswänden.

»Vic, hast du eigentlich einen festen Freund?«

Die Frage kam derart aus der Hüfte geschossen, dass sie unwillkürlich einen halben Schritt zurückwich. Wozu wollte er das wissen? Etwa, weil er das Terrain sondierte? Seine Chancen bei ihr abklopfte? Das konnte doch nicht sein. Viktoria Elsässer war kein Objekt der Begierde für so einen glamourösen Smartie. Ungeachtet seines emotionalen Ausbruchs am Vorabend, den Vicky längst abgehakt hatte, stand ein Traumtyp vor ihr, der in einer ganz anderen Liga spielte. Was sollte sie ihm bloß sagen?

Ihr erster Impuls war es, bei der Wahrheit zu bleiben. Dadurch ergaben sich jedoch zwei Probleme: Zum einen hätte sie emotional bedürftig gewirkt, zum anderen hatte sie Joe bereits gesagt, sie lebe in einer Beziehung mit Manuel. Am Ende kam alles heraus, und sie stand als Lügnerin da.

»Ich, äh, ja – hab einen festen Freund«, flunkerte sie deshalb.

»Dafür musstest du aber ganz schön lange überlegen«, lächelte Konstantin. »Ist wahrscheinlich gar nicht so fest, oder?«

Er trat einen Schritt vor, so dass er Vicky fast berührte, und stützte eine Hand am Türrahmen ab. Ihr Herz begann zu rasen. Was wollte er? Mit ihr spielen? Ein kleines Intermezzo unter Kollegen? Oder war da mehr? Sie wollte so gern an dieses Mehr glauben, traute aber ihren eigenen Wünschen nicht.

»Lass uns später weiterreden, ja?«, zog sie sich aus der Affäre. »Ich würde mich jetzt gern anziehen.«

»Und ich würde dich jetzt gern ausziehen.«

Vicky blieb die Luft weg. Wie bitte?

»War nur Spaß«, lachte Konstantin, was sie ihm nicht ganz abnahm. »Heute Abend ist Hüttengaudi angesagt, mit Musik und Tanz. Vielleicht darf ich dich ja auffordern?«

Musik und Tanz, haha. Genau richtig für meinen geprellten Rücken, dachte Vicky grimmig. Können Männer eigentlich auch mal von sich selber absehen und zur Abwechslung an andere denken?

»Coole Idee«, antwortete sie. »Meine blauen Flecken werden begeistert sein, so wie mein verstauchter Rücken.«

Damit hatte sich diese Unterhaltung, die so intim und vertraut begonnen hatte, endgültig auf eine äußerst niedrige Temperatur runtergekühlt, was Vicky von Herzen bedauerte. Sie wollte das Mehr, das eben vielleicht noch in greifbarer Nähe gewesen war.

»Ach so, ja, verstehe, tut mir leid«, entschuldigte sich Konstantin. »Was hältst du von einem Aperitif an der Bar? Wir könnten einen Gin Tonic trinken, bevor diese komische Hüttengaudi losbricht.«

»Einverstanden, sehr gern«, sagte Vicky, um einen versöhnlichen Ton anzuschlagen.

»Wunderbar.« Unternehmungslustig wippte er mit den Fußspitzen, jetzt wieder der siegesgewohnte Konstantin Lenzendorf. Ganz oben ist für mich immer noch zu weit unten, hatte er mal gesagt, ich krieg immer, was ich will. »Dann werden wir uns also gemeinsam auf die inspirierende Reise nach dem Gin des Lebens begeben.«

Klar, und noch einen Spruch obendrauf. Sichtlich zufrieden trollte er sich, während Vicky leicht verdattert zurück in ihr Zimmer wankte. Nachdem sie das Schloss verriegelt hatte, lehnte sie sich an das cognacfarben gebeizte Holz des Türblatts. Konstantin und Joe. Bei aller Unterschiedlichkeit hatten sie eine Eigenschaft gemeinsam: Beide konnten einem gleichzeitig den Kopf verdrehen und gehörig auf die Palme bringen. Nun ja, und noch etwas hatten sie gemeinsam: Sie kamen ihr gefährlich nah. Spielten sie etwa absichtlich auf der Klaviatur ihrer Gefühle? Was hätte Catherine dazu gesagt?

Vicky zählte schon die Stunden bis zum Rückflug. Sie brannte darauf, endlich alles mit ihrer Freundin zu besprechen. Noch nie im Laufe ihres eher ereignisarmen Lebens war so viel Aufregendes in so kurzer Zeit passiert, und absolut nichts, was gleich mit zwei Männern zu tun hatte. Ihrem stets einsturzgefährdeten Selbstbewusstsein hätte das schmeicheln können, allerdings überwog ihre

Verwirrung. Entweder waren Konstantin und Joe begnadete Schauspieler, die einfach mal so aus Spaß Interesse an ihr heuchelten, oder es steckte mehr dahinter. Aber was?

Von unten aus dem Schankraum drang auf einmal Akkordeonmusik in den ersten Stock. Eine Art Schunkelwalzer, dessen Tempo sich stetig steigerte, wie geschaffen für enthemmte Paartänze, bei denen man wild im Kreis herumwirbelte. Vicky stieß einen tiefen Seufzer der Erleichterung aus. Ihrem Fast-Absturz sei Dank, musste sie wenigstens nicht öffentlich unter Beweis stellen, dass sie in etwa so gut tanzte wie ein Laternenpfahl. Konstantin und Joe würden sich nach anderen Frauen umsehen müssen, falls sie unbedingt das Tanzbein schwingen wollten. Leider war das momentan aber auch schon so ziemlich die einzige Sache in Vickys Leben, die man als geklärt bezeichnen konnte.

Gehirn an Vicky: Ich fühle mich wie dein Internetbrowser – jede Menge Tabs offen, zwei haben sich aufgehängt, irgendwo läuft ein Katzenvideo, und kein Mensch weiß, was die nervige Musik soll.

Kapitel 16

Nach einer kurzen Konsultation des Kofferinhalts griff Vicky zu einer schwarzen Bluse mit Volants am Ausschnitt. Für ihre Verhältnisse ein nahezu gewagtes modisches Zugeständnis an ihre Weiblichkeit. Die Bluse hatte sie Anfang der Woche im Internet bestellt, um vorbereitet zu sein, falls es zu Geselligkeiten wie diesem Tanzabend kommen würde. Kleider besaß sie nicht, nur ein dunkelblaues Businesskostüm mit Nadelstreifen, daher schien ihr die Volantbluse ein guter Kompromiss zwischen dunklem Anzug und madamigem Kleidchen zu sein. Eine schwarze Jeans dazu, fertig.

Im Badezimmerspiegel musterte sie die fremde Frau, die ihr zweifelnd entgegenstarrte. Wie konnte man sich nur binnen zwei Tagen so dramatisch verändern?

Gut, ihre nussbraune Kurzhaarfrisur saß vertraut untadelig, da sie sich vor der Abreise einen Nachschnitt beim Friseur ihres Vertrauens genehmigt hatte. Die leicht rötliche Bräune dagegen verlieh ihrem Gesicht etwas eigenartig Rustikales, und die blutverkrustete Schramme unterstrich diesen Eindruck. Zusammen mit der schwarzen Nerdbrille sah es allerdings schon wieder schräg aus. Kurzerhand klebte sie sich ein Pflaster auf die Wange, was womöglich noch schräger wirkte, aber schließlich trat sie ja nicht zum Casting bei Germany's next Topmodel an.

Als Nächstes kam die Bluse auf den Prüfstand. Oh, là, là. War das nicht doch eine Spur zu feminin für ihren Geschmack? Vicky zeigte nie Dekolleté, und der oberste Knopf saß offenherzig tief. Zu tief? Viel zu tief. Wenn man genau hinsah, erkannte man den

Spitzenrand ihres BHs. Ging gar nicht. Ein dezent gemustertes dunkles Seidentuch darüber zu tragen, wäre die perfekte Lösung gewesen, aber alles, was sie dabeihatte, war ein atmungsaktiver Fleeceschal mit integriertem Reißverschlussfach in Weinrot. Sie band ihn um und vermied weitere Blicke in den Spiegel.

Blieb noch das Schuhdilemma. An Pumps war gar nicht zu denken bei den vielen Blasen an ihren Füßen. Also hatte sie die Entscheidung zwischen Bergstiefeln und Kletterschuhen zu treffen, was der Wahl zwischen Pest und Cholera gleichkam. Was tun? In den Bergstiefeln würde sie elend schwitzen, was eindeutig für die Kletterschuhe sprach. Für futuristisch geformte Dinger, die jeden Hässlichkeitspreis gewonnen hätten – schwarz-neongrün, mit bananenartig gebogener Sohle und einem plumpen abgerundeten Keil unter der Hacke. Nur dass man darin leider keinen Zentimeter laufen konnte, lediglich klettern, was wiederum den Ausschlag für die Bergstiefel gab.

Furchtbar. Zu Hause hätte sie in diesem grauenvollen Outfit und mit dem Pflaster auf der Wange nicht mal den Müll runtergebracht, aber hier musste sie nun einen ganzen Abend rumlaufen wie eine Vogelscheuche. Du machst nur das Essen mit, beruhigte sie sich, danach lässt du die Jungs allein feiern. Ist eh nichts für dich, dieser Mumpitz mit Musik und Tanz.

Es kostete Vicky einige Überwindung, ihr Zimmer zu verlassen. Einmal mehr wurde ihr bewusst, dass sie letztlich ein Sonderling war – im Netz kein Problem, in der Realität ein Ärgernis. Sie sehnte sich danach, endlich wieder in ihre Facebook-Community einzutauchen. Facebook war wie eine gemütliche Stammkneipe, in der sich jeder willkommen fühlen durfte. Irgendwer war immer da, der ihre Sicht der Dinge teilte, der ihr Bestätigung und Anerkennung gab. Man gehörte dazu, ohne Wenn und Aber. Doch hier musste sie mit einer Handvoll Leuten klarkommen, die sie in eine Außenseiterrolle drängten. Okay, von Joe und Konstantin abgesehen, aber auch diese beiden hatten es drauf, sie zu verunsichern.

Beklommen stieg sie die Treppe hinunter und näherte sich der Bar. Wie sich herausstellte, hatte nicht nur Konstantin die Idee mit dem Aperitif gehabt. Sämtliche Kollegen glühten bereits vor. Lautstark redeten sie miteinander, um die Akkordeonmusik zu übertönen, die den Raum mit jodeliger guter Laune erfüllte.

Vicky erreichte kaum den Tresen, als Kai Wanner auf sie aufmerksam wurde. Er platzte fast vor Erheiterung. In einer albernen Parodie hielt er sich sein Bierglas wie ein Handy ans Ohr.

»Hier das Betriebsbüro der Geisterbahn: Frau Elsässer, bitte melden Sie sich umgehend, Sie haben den Job.« Er prostete ihr zu. »Hammer, das Pflaster. Und gruseliges Gruftischwarz zur Hüttengaudi, das passt wie ein Hawaiihemd zur Beerdigung.«

Was auch immer in seiner Personalakte stand, Kai war ein gefühlloser Idiot. So gut es ging, unterdrückte Vicky ihren Ärger. Mit ausdrucksloser Miene bestellte sie ein Mineralwasser bei Rosi, die hinter dem Tresen Gläser polierte, doch ihr Frust wuchs von Sekunde zu Sekunde. Normalerweise überging sie die Frechheiten ihrer Kollegen, jetzt war Schluss.

»Danke für das Kompliment, Kai, das baut mich total auf. Im Übrigen werde ich erst aufhören, Schwarz zu tragen, wenn eine dunklere Farbe erfunden wird.«

Er wirkte völlig überrumpelt von der unerwarteten Antwort. Hastig zog er sie ein Stück beiseite.

»Sorry, war nicht böse gemeint«, schob er schuldbewusst hinterher. »Komm schon, das war zwar daneben, aber lustig.«

»Für wen?«, fragte sie scharf.

»Für …« Bedröppelt starrte er in sein Bier. »Du hast recht. Ich sollte mal allmählich aufhören mit den doofen Sprüchen. Bist 'ne klasse Frau, Viktoria. Hab dich immer bewundert, aber wie du heute … Na, du weißt schon, ich fand's großartig, dass du weitergemacht hast an der Kletterwand.«

Vicky traute ihren Ohren nicht. War das derselbe Kai, der ihr seit zwei Jahren auf den Wecker ging? Dennoch, so leicht wollte sie ihn nicht davonkommen lassen.

»Bewundert hast du mich? Aha, interessant. Dann verfügst du über die einmalige Gabe, dich bis zur Unkenntlichkeit zu verstellen.«

»Nein, nein, so ist es nicht.« Er kratzte sich am Kopf. »Du bist was Besonderes. Du und Konstantin, ihr seid so – anders, ehrlich, ihr seid für mich wie aus einer anderen Welt, immer volle Leistung, immer smart. Ihr imponiert mir mächtig, deshalb habe ich mir angewöhnt, dauernd rumzualbern, weil ich mich neben euch, na ja, wie ein Schluck Wasser fühle …«

Überrascht begriff Vicky, wie er wirklich tickte. Ein armes Würstchen, das sich mit Senf tarnte. Wie viele Menschen gab es wohl auf dieser Welt, die nach der gleichen Taktik verfuhren und alles nur noch schlimmer machten? Beschwichtigend legte sie eine Hand auf seinen Arm.

»Ist gut. Vergeben und vergessen, okay?«

Unendlich erleichtert strahlte er sie an.

»Okay. Und danke, vielen Dank.«

»Du musst dich nicht bedanken. Nur einfach zu dem stehen, was du bist. Ich fand es phantastisch, wie beharrlich du dich diese Wand hochgekämpft hast. Du hast nicht aufgegeben, und obwohl du zwischendurch nervös geworden bist, hast du dich wieder gefangen. Im Übrigen leistest du hervorragende Arbeit im Team, du hast es nicht nötig, den Pausenclown zu spielen.«

Sie sah, wie diese Sätze in ihm arbeiteten. Mit zerfurchter Stirn dachte er darüber nach, dann huschte ein befreites Lächeln über sein Gesicht.

»Heute Abend machen wir einen drauf, ja? Tanzen ist die einzige Gelegenheit, bei der du jemandem ungestraft auf den Fuß treten darfst – vielleicht fällt dir ja jemand ein, der's verdient hat?«

»Ein zünftiger Tanz mit unserem Klettermaxe, das wäre doch was«, krähte Sven vom Vertrieb, der sich neugierig zu ihnen durchdrängelte.

»Vic tanzt nicht«, ging Konstantin dazwischen. Er hatte mit Felix an der gedeckten Tafel gesessen und gesellte sich erst jetzt zu der Runde am Tresen. »Sie hat heute ganz schön viel mitgemacht, wie ihr alles wisst.«

»Stimmt«, nickte Sven.

»Gerade deshalb sollte sie tanzen.« Kai nahm einen Schluck Bier und wischte sich den Schaum aus dem blonden Bart. »Ist wie eine Massage. Glaub mir, Viktoria, Musik erreicht Stellen, da kommen Hände gar nicht hin.«

Alle lachten, auch Vicky. Die kurze Unterredung mit Kai hatte ihr gutgetan. Es war überfällig gewesen. Viel zu lange hatte sie immer nur eingesteckt, eine Front gegen sich gespürt. Die bröckelte nun, mit dem Effekt, dass Vicky lockerer wurde. Auf einmal fiel es ihr leichter, *in echt* mit ihren Kollegen zu sprechen. Insgeheim wusste sie auch, wem sie diese Lockerung zu verdanken hatte: ganz allein Joe.

»Tut mir leid, Vic, dass ich spät dran bin, musste noch was mit Felix besprechen – einen Gin Tonic für dich?«, fragte Konstantin.

Felix. Unsanft wurde Vicky aus ihrer euphorischen Stimmung gerissen. Was Konstantin wohl mit ihm beredet hatte? Die Ereignisse der letzten Stunden waren so turbulent verlaufen, dass sie so gut wie vergessen hatte, warum sie diese Kletterreise überhaupt mitmachte: Es ging um ihre Karriere, um den Traumjob, auf den sie seit Jahren hinarbeitete. Wie Felix ihre Leistungen in der Firma bewertete, wusste sie, sonst hätte er sie nicht schon vor einiger Zeit zur Teamleiterin befördert. Doch wie sie bei dieser Reise abschnitt, hätte sie nicht sagen können.

»Nein danke, keinen Gin Tonic, ich bleibe erst mal bei Mineralwasser«, lehnte sie ab. »Hab zwei Schmerztabletten genommen, die vertragen sich nicht mit Alkohol.«

Verständnisvoll lächelte Konstantin sie an.

»Natürlich.«

»Alles in Ordnung mit Felix?«, erkundigte sie sich aufs Geratewohl.

»Jaja, ist gut drauf, alles schön«, wich Konstantin aus.

Irgendetwas war da im Busch. Vicky fiel auf, dass er sich distanzierter verhielt. Oben auf dem Flur hatte er recht offen geflirtet, jetzt stellte er eine neutrale Freundlichkeit zur Schau.

»Leute, Essen ist fertig!«, rief Felix vom Tisch herüber.

Auch Joe erschien nun im Schankraum. In aufgeräumter Stimmung begrüßte er jeden mit Handschlag, bevor alle an der gedeckten Tafel Platz nahmen. Niemand hatte Vicky vorgewarnt, was sie erwartete: Es gab Rippchen satt, Berge von Rippchen, die man, wie es sich für echte Kerle gehörte, mit der Hand aß. Nein, nichts für Vicky. Sie begnügte sich mit dem Beilagensalat, ohne Dressing natürlich. Während sie in dem dürren Mix aus Kopfsalat, Gurkenscheiben und Cocktailtomaten herumstocherte, durfte sie das Schauspiel genießen, wie alle reinhauten. Auch Konstantin, der sich neben sie gesetzt hatte und futterte, als gäbe es kein Morgen.

Und dann ging's los. Sie nieste. Einmal, zweimal, dreimal. Ein genauerer Blick in den Salat offenbarte kleine Nussstückchen.

Herrje. Schniefend fingerte sie eine Antihistamin-Tablette aus ihrer Hosentasche. Das war's dann mit dem Essen. Umso verblüffter schaute sie drein, als Rosi ihr Knödel mit einer herrlich duftenden Pilzsauce servierte.

»Wie lieb von dir!«

»Bedank dich bei Joe.« Rosi lächelte verschwörerisch. »Stand heute nicht auf der Karte, das Gericht, aber er hat mich persönlich gebeten, dass der Koch was Vegetarisches für dich vorbereitet.«

»Oh, verstehe.«

Dabei verstand sie gar nichts mehr. Wieso kümmerte er sich um sie? Was versprach er sich davon? Er saß ihr schräg gegenüber, nagte an einem Knochen und deutete damit auf ihren Teller.

»Extrawürste magst du doch am liebsten, stimmt's?«

Felix, der am Tischende residierte, die Serviette in den Kragen seines blau-pink gestreiften Hemds gestopft, bedachte sie mit einem undefinierbaren Blick. Ob wegen der Knödel oder einer anderen Sache wegen, war schwer zu sagen. Nachdenklich widmete sich Vicky dem Essen. Bald würde sie wieder zu Hause sein – und dann? Es gab so viele offene Fragen. Nicht nur die Beförderung, auch wie es mit Konstantin weitergehen würde, stand in den Sternen.

»Hey, Vic, so ernst?«, sprach er sie an. »Warte.«

Kauend sprang er auf und kehrte nach wenigen Minuten mit einem Gin Tonic zurück, wie Vicky an dem intensiven Geruch erkannte. Aufmunternd hielt er ihr das Glas hin.

»Einen kannst du vertragen, Süße«, beteuerte er.

Süße. Wow. Vicky zögerte. Sie trank keine harten Sachen, und schon gar nicht, wenn sie Tabletten genommen hatte. Andererseits hatte sie mal etwas über soziales Trinken gelesen. Damit beschrieb man das Phänomen der gemeinsamen Alkoholaufnahme, angeblich ein uraltes Ritual, das schon seit Jahrhunderten Menschen zu Gemeinschaften zusammenschweißte. Menschen? Männer, genauer gesagt. Und sie hielt sich ohne jeden Zweifel in einer Männerrunde auf.

»Gut, einen trinke ich mit«, willigte sie innerlich seufzend ein.

Erfreut hob Konstantin sein Glas.

»Ich möchte einen Toast auf Vic ausbringen! Sie hat ihren inneren Schweinehund besiegt, und die Nummer mit der Drehung hat sie sogar als Einzige hinbekommen! Auf die unerschrockene Bezwingerin der Alpen!«

Alle standen auf, um sie hochleben zu lassen. Ein vielstimmiges »Auf Viktoria!« erschallte, Kai kletterte sogar auf seinen Stuhl, um einen weiteren Trinkspruch loszuwerden.

»Auf die tollste Teamleiterin aller Zeiten!«

Vicky trank einen Schluck. Noch einen. Holla, schmeckte gar nicht mal so schlecht, der Gin Tonic. Beschämt und beglückt ließ sie die überschwänglichen Gratulationen über sich ergehen. Obwohl sie es nicht mochte, im Mittelpunkt zu stehen, konnte sie nicht verhehlen, dass diese Anerkennung sie freute nach all den Jahren eines unauffälligen Mauerblümchendaseins.

»Hey, Kiki!« Im Laufschritt umrundete Joe den Tisch, machte bei ihr halt und verbeugte sich. »Darf ich bitten?«

Kiki? Das war ja wohl die Höhe. Wütend umkrampfte Vicky ihr Glas. Den würde sie so was von abblitzen lassen, aber so was von! Ja, irgendwie mochte sie ihn, doch sie wusste, sobald sie einander zu nahe kamen, knallte es gewaltig.

»Negativ«, schleuderte sie ihm nach einem großen Schluck Gin Tonic entgegen.

Dummerweise gehörte Joe nicht zu der Sorte Männer, die sich mit einem Korb zufriedengaben. Geschickt entwand er ihr das

Glas, ergriff ihre Hand und zog sie vom Stuhl. Was fiel diesem Waldschrat ein? Sie war so perplex, dass sie vergaß, sich zu sträuben. Und als sie es mit einiger Verspätung versuchte, standen sie auch schon auf der vollen Tanzfläche. Mittlerweile tanzten fast sämtliche Gäste. Die meisten waren warm angezogen, mit den unvermeidlichen Fleeceshirts, die so rochen, als hätten sie schon diverse Wanderungen durchlebt, ohne eine Waschmaschine von innen gesehen zu haben.

»Hier müffelt's wie in einem Teenager-Turnschuh«, beschwerte sich Vicky.

»Ist der Schnupperkurs für Flachländer«, lachte Joe. »Gewöhn dich schon mal dran.«

»Das wird nichts«, zischte sie. »Lass sofort meine Hand los, ich habe keine Lust, mich zu blamieren. Tanzen konnte ich noch nie.«

»Deine Ängste sind wie Diebe«, raunte er ihr zu. »Sie stehlen dir alles, deinen Mut, deine Tatkraft, sogar die Lust am Leben. Also vergiss sie und lass dich einfach fallen.«

Dann legte er einen Arm um sie. Er machte – was?

Kapitel 17

Der Akkordeonspieler, ein junger Mann in Lederhose, Trachtenhemd und Gamsbarthut, spielte einen Tusch, und schon ging's wieder los. Unglaublich, wie viele Töne er der Quetschkommode entlockte. Mit rasanter Geschwindigkeit glitten seine Finger über die Tasten, ein Hochgeschwindigkeitswalzer erklang und entfesselte die Tanzenden, so dass der ganze Raum von dem Getrappel der Füße erzitterte. Gejodelte Juchzer mischten sich unter die Musik, Stimmengewirr, Gelächter.

Es ist nur ein weiteres soziales Ritual, redete sich Vicky gut zu, als Joe nun auch ihre Taille umfasste. Sie wollte keinen Eklat provozieren. Zickig zu sein, so viel hatte sie auf dieser Reise begriffen, war das Gegenteil von Teamgeist. Also schön. Sie würde ein paar Walzerschritte simulieren, was von Toilette murmeln und sich anschließend unsichtbar machen.

Guter Plan, schlechtes Karma. Tanzen gehörte neben den Sportstunden in die Schublade peinlicher Erinnerungen – wie hätte es anders sein können bei einer motorischen Legasthenikerin. Im Internat war der Tanzkurs obligatorisch gewesen, und Vicky hatte sich damals tapfer durch Cha-Cha-Chas und andere Zumutungen gequält, mit starrem Blick auf ihre Füße und spektakulären Misserfolgen. Für so etwas war sie einfach nicht geboren.

»Joe, was du wissen solltest …«, begann sie mit einer weitschweifig geplanten Erklärung, die jedoch im Keim erstickt wurde.

»Ich weiß genug über dich«, fegte er ihren Einwand beiseite.

Was auch immer sie zu sagen vorgehabt hatte, Joe ignorierte es und legte dabei ein beachtliches Tempo vor. Mit festem Griff bugsierte er Vicky durch das Gewühl, bog sie vor und zurück, wirbelte sie um sich selbst, riss sie wieder an sich. Selbstverständlich stolperte sie sofort über ihre Füße, die wegen der Bergstiefel zusätzlich gehandicapt waren. Selbstverständlich gefiel es ihr keineswegs, dass er sie herumschwenkte wie eine lebensgroße Puppe. Genauso selbstverständlich wollte sie nicht mit ihm reden.

»Geht doch«, rief er zwischen zwei halsbrecherischen Drehungen. »Man sollte immer tanzen, als ob keiner zuguckt! Klar so weit?«

Jaja, und aus den Scherben des Lebens kann man immer noch eine Discokugel basteln, dachte Vicky entnervt. Sonst noch was? Eisern schwieg sie. Auch, weil sie spürte, dass sie nach dem Gin Tonic einen kleinen Schwips hatte. Da behielt man ungenau artikulierte Silben besser für sich und konzentrierte sich lieber darauf, nicht aus der Kurve zu fliegen.

»Du denkst zu viel und tanzt zu wenig«, versuchte er sich erneut an einer Konversation.

»Bei dir verhält es sich genau umgekehrt«, presste sie hervor, ihre guten Vorsätze vergessend.

»Und du denkst kaputt, was dir guttut.«

Joe, der allwissende Klettermaxe. Woher wollte der denn wissen, was ihr guttat.

»Du bist wie dieser Typ aus meiner Lieblings-Netflix-Serie«, keuchte sie nach der nächsten Drehung. »Ich habe seinen Namen vergessen, du weißt schon, der unausstehliche …«

»Lass es, wir sind hier nicht in irgendeiner Serie«, schnitt er ihr das Wort ab. »Im wahren Leben gibt es keine zweite Staffel. Nur das Jetzt.«

Beherzt zog er sie an sich. Der Typ besaß wirklich kein Taktgefühl. Zwar tanzte er vermutlich ziemlich gut, aber er schien nicht im Geringsten zu bemerken, dass sie tausend Tode starb. Es war ihr einfach absolut unangenehm, mit einem fast Fremden auf Tuchfühlung zu gehen, die Kontrolle über ihren Körper zu verlieren und so tun zu müssen, als ob ihr das Ganze auch noch Spaß machte. Deshalb passte Vicky einen günstigen Augenblick ab, als Joe sie für eine seiner gekonnten Pirouetten losließ, schlüpfte zwischen zwei Tanzenden hindurch und lief, so schnell ihre klobigen Bergstiefel sie trugen, Richtung Treppe. Sie hatte bereits die zweite Stufe erklommen, als jemand sie an der Schulter festhielt.

»Warum bist du weggerannt?«, fragte Joe außer Atem.

Vicky verlor fast das Gleichgewicht, weil er sie mitten in der Bewegung erwischt hatte.

»Bei Gefahren wird bekanntlich der Fluchtreflex und parallel der Kampfreflex aktiviert. Ich tendiere mehr zum Flüchten.«

»Ganz schön schreckhaft. Was ist denn so furchtbar gefährlich?«

Vergeblich versuchte sie, sich zu befreien. Wie ein Schraubstock hielt Joe sie fest, mit seinen vom Klettern trainierten Händen. Vicky betete, dass jemand vorbeikam, um sie aus dieser Zwangssituation zu erlösen, aber alle Gäste vergnügten sich im Schankraum.

»Sag mal, gehst du immer so mit Frauen um?«, fuhr sie ihn an.

»Mit welchen Frauen?«, grinste er. »Ich bin Single.«

»Aus Überzeugung?«

»Nein, aus Erfahrung.«

Sein Griff lockerte sich ein wenig. Es wäre die perfekte Gelegenheit für eine neuerliche Flucht gewesen, doch irgendwie hatte Joe es geschafft, ihr Interesse zu wecken. Außerdem musste sie sich unbedingt setzen, weil ein Schwindelanfall die senkrechte Haltung erschwerte. Wie von selbst sank sie auf die Treppenstufe.

»Schlechte Erfahrungen scheinen deine Spezialität zu sein. Warst du jemals in einer festen Beziehung?«, fragte sie.

»Wie man's nimmt.« Er lachte in sich hinein, während er sich zu ihr setzte. »Hin und wieder.«

Super Antwort.

»Geht das auch genauer?«, bohrte sie nach.

Eine Weile rieb er sich das markante, unrasierte Kinn, was ein kratzendes Geräusch erzeugte.

»Ich weiß, Mädchen sortieren so was alphabetisch ein«, sagte er schließlich. »Jungs machen das irgendwie organischer – das blonde Vollweib, die kleine Wilde, dann die, die gut kochen konnte …«

Vicky rückte ein Stück von ihm ab.

»O nee, das wird jetzt ein Gespräch, das zwei Männer führen sollten. Gute Nacht. Ich gehe auf mein Zimmer.«

Sofort rückte er nach, bis sich ihre Schultern berührten.

»Warte, das war doch nicht ernst gemeint. Okay. Zwei längere Beziehungen, ein paar Irrtümer, das war's. Frage beantwortet, jetzt bist du dran. Bis auf diesen Manuel – hattest du vorher jemals eine feste Beziehung?«

»Nichts von Dauer«, bekannte sie und erschrak über ihre Offenheit.

»Wolltest du diese Glückspilze denn nie halten?«

Jetzt versuchte er es auch noch mit öligem Charme.

»Ich habe gelernt, Menschen gehen zu lassen. Etwas, das du auch allmählich lernen solltest. Wie gesagt, der Abend ist vorbei, ich lege mich jetzt hin.«

»Kiki, äh, Viktoria …« Sacht streichelte er ihre Hand, geistesabwesend, wie zufällig. »Dir ist hoffentlich aufgefallen, dass ich, dass du, na, dass da irgendetwas zwischen uns passiert ist draußen am Kletterfelsen.«

In Vickys Magen begann es zu pumpen. Verflixt, er sprach genau das aus, was auch sie dachte. Nur, dass man all diesen merkwürdigen Geständnissen wegen der Höhenluft nicht trauen durfte. Jetzt hieß es, reif und erwachsen damit umzugehen.

»Hör zu, Joe, es gibt da etwas, was man Höhenkoller nennt. Dann setzen die Hormone kleine Partyhütchen auf und bringen alles durcheinander. Vor allem Männer neigen dazu, irgendwie wahllos zu werden und …«

Vollkommen entgeistert starrte er sie an.

»Hast du auch nur die leiseste Ahnung, wovon du sprichst?«

»Klar, ich hab's mal irgendwann gegoogelt.«

Fassungslos schlug er sich an die Stirn.

»Sie hat es gegoogelt. Mein Gott!«

In diesem Moment tauchte Konstantin auf. Vicky hatte es fast schon erwartet, denn mittlerweile war es ein Gesetz der Serie: Sprach sie mit Konstantin, grätschte Joe dazwischen, und umgekehrt. Besorgt runzelte Konstantin die Stirn, wobei er besondere Aufmerksamkeit Joes Hand widmete, die immer noch auf Vickys lag.

»Vic! Bist du in Ordnung?«

»Ich hoffe es«, grummelte sie.

Nun war es Konstantin, der sie forsch am Arm packte.

»Man muss Nötigung in jeder Form bekämpfen. Deshalb werde ich dich davor beschützen, dass Joe dir noch einmal einen Tanz aufdrängt. Komm, jetzt tanzen wir beide!«

Waren denn auf einmal alle verrückt geworden? Ich hätte gar nicht erst zum Abendessen erscheinen dürfen, dachte Vicky. Jeder meint offenbar, er darf an mir herumzerren, aber was ich will, zählt nicht. Es zählte tatsächlich nicht. Denn ehe sie sich versah, drehte sich der Schankraum um sie, oder sie drehte sich, oder Konstantin. Nach einem starken Drink konnte man solche Dinge nicht mehr klar beurteilen. Nahezu willenlos ließ sie sich von Konstantin durch das Gedränge schieben.

Gehirn an Vicky: Achtung, fortschreitender Kontrollverlust!

Sie horchte in sich hinein, während sie sich der Musik ergab. Vertrau mir, du kannst wunderbar tanzen, sagte der Gin Tonic. Und sie vertraute ihm.

Kapitel 18

Der Sonntagmorgen gestaltete sich etwas schwierig. Schon allein die bleiernen Kopfschmerzen hätten vollauf gereicht, um Vicky außer Gefecht zu setzen. Hinzu kam das dunkle Gefühl, sich danebenbenommen zu haben, getoppt von dem äußerst beunruhigenden Gefühl, dass Konstantin womöglich ein Kuss unterlaufen war, als er sie irgendwann, ganz Kavalier, zu ihrem Zimmer gebracht hatte.

Bitte – was? Sie erschauerte. Ein Kuss? Dafür sprachen jedenfalls ihre geschwollenen Lippen und der rötliche Knutschfleck, den sie seitlich am Hals entdeckte. So was konnte einem auch nur bei analogen Abenteuern passieren. Tausende, ach, Millionen Küsse hatte sie schon elektronisch verschickt, ohne körperlichen Schaden zu nehmen, und nun das. Schwankend beugte sich Vicky über das Waschbecken und inspizierte im Spiegel erneut ihren Hals, während sie versuchte, die Zähne zu putzen, ohne sich dabei mit der Zahnbürste zu erdolchen. Mit der Feinmotorik haperte es noch gewaltig, und auch die in Wellen hochsteigende Übelkeit trug nicht gerade zu ihrem Wohlbefinden bei.

Wie viele Gin Tonics hatte sie eigentlich getrunken? Drei? Vier? Geht's noch? Viktoria Elsässer, so was lässt du künftig aber so was von bleiben! Sie hoffte inständig, dass sie nicht allzu viel Unsinn von sich gegeben hatte.

Gehirn an Vicky: Okay. Schadensbegrenzung. Bis zur Abfahrt bleibst du im Bett.

Ein durchaus vernünftiger Rat, allerdings mit einem gewaltigen Schönheitsfehler – sie musste es Joe persönlich sagen. Ohne Handy!

Unter normalen Umständen wäre längst eine WhatsApp-Gruppe entstanden, der sie hätte mitteilen können, dass sie unpässlich sei und zu ihrem großen Bedauern leider, leider nicht an den sportlichen Aktivitäten des Vormittags teilnehmen könne. Wie gesagt, unter normalen Umständen. Aber was war schon normal an diesem schrägen Trip, wo lauter Gelegenheiten lauerten, sich unmöglich zu machen? Den Gedanken, Joe face to face um eine Auszeit zu bitten, empfand Vicky als zusätzliche Demütigung. Nicht genug, dass er mit der verhängnisvollen Tanzerei angefangen hatte, jetzt sollte sie auch noch über sich ergehen lassen, wie er sich an ihrem beklagenswerten Zustand weidete? Katastrophe. Aber da musste sie wohl durch, wenn sie nicht riskieren wollte, dass er sie mit vorgehaltener Pistole aus ihrem Zimmer holte.

Nachdem sie ihre Funktionshose und ein Fleeceshirt in Zitronengelb übergestreift hatte, machte sie sich auf den Weg nach unten, um sich bei Rosi nach Joes Zimmernummer zu erkundigen. Zu spät. Obwohl es erst kurz vor sieben war, saß Joe bereits an einem Tisch vor einem Teller mit dem Eiweißbedarf einer mittleren Großfamilie. Rührei, Spiegeleier, gebratener Speck, kleine Rostbratwürstchen sowie ein dickes Stück Räucherlachs warteten darauf, verstoffwechselt und in Muskelmasse verwandelt zu werden. Heftig.

Vicky rückte ihre Brille gerade. Jetzt erst bemerkte sie, dass die Gläser verschmiert waren. Ein fehlgeschlagener Kussversuch? Was war da vorgefallen mit Konstantin? Verstohlen nahm sie die Brille ab und wienerte sie an ihrem Fleeceshirt sauber. Als sie sie wieder aufsetzte, verschwamm der Raum in dunstigen Schlieren. Es half nichts, sie würde ihre Mission eben brillenlos antreten müssen. Mit unsicheren Schritten tapste sie zu Joes Tisch.

»Guten Morgen!« Ihre Stimme klang heiserer als erwartet. Sie räusperte sich. »Einen wunderschönen guten Morgen!«

Er sah auf. Betrachtete sie mit seinem Scannerblick. Grinste ein bisschen.

»Ohne Brille siehst du irgendwie besser aus.«

Jaja, nichts Neues, das hatte Vicky schon öfter gehört.

»Wenn ich keine Brille aufhabe, siehst du auch irgendwie besser aus«, erwiderte sie schnippisch.

Das Beben seiner Nasenflügel verriet, dass er die kleine Frechheit verstanden hatte.

»Wie praktisch. Dann musst du dir die Kerle ja gar nicht schöntrinken, du setzt einfach die Brille ab. – Gut geschlafen, Kiki?«

»Nenn mich nicht Kiki.«

»Also schlecht geschlafen«, stellte er ruhig fest. »Hattest ja auch ganz schön geladen gestern.«

Was tat man, wenn man mehr Erinnerungslücken als Erinnerungen aufzuweisen hatte? Vicky besaß keinerlei Erfahrung mit solch heiklen Ausgangslagen.

»Ach, tatsächlich?«, erwiderte sie vage. »Du, Joe, ich – ich muss mich für heute krankmelden.«

Nachdem er genüsslich einen Happen Rührei mit Lachs verschlungen hatte, fixierte er einen Punkt, der sich irgendwo auf ihrem Hals zu befinden schien.

»Du siehst aber aus wie das blühende Leben.«

Konnte dieser Mann bitte mal ernst bleiben?

»Mir geht es miserabel. Die Blasen, mein verstauchter Knöchel, der Fast-Absturz gestern beim Klettern, du weißt schon ...«

»Ich würde es als Totalabsturz bezeichnen«, entgegnete er. »Fünf Gin Tonics, mein lieber Herr Gesangsverein, da ist Musik drin.«

Fünf? Vicky biss sich auf die Lippen.

»Höchstens zwei«, hielt sie dagegen. »Und du willst ja wohl nicht behaupten, dass du mitgezählt hast.«

»Selbstverständlich habe ich das.« Genüsslich nahm er das Spiegelei in Angriff. Zunächst zerteilte er das flüssige Eigelb mit dem Messer, dann tunkte er ein Stück Toast hinein, gab etwas Salz darauf und schob es sich in den Mund. »Auf dich muss man halt ein bisschen aufpassen. Väterlich gesprochen.«

Im Nu vergaß Vicky ihre Übelkeit. Die Härchen auf ihren Unterarmen stellten sich senkrecht, der Kopfschmerz hinter ihrer Stirn pochte empört, unwillkürlich ballte sie die Fäuste.

»Spiel dich bloß nicht als Vaterfigur auf! Ich brauche keinen Papi!«

Joe hörte auf zu kauen.

»Klingt so, als hättest du leidvolle Erfahrungen mit dem Thema.«

Treffer. So ein Mist! Es ärgerte und wunderte Vicky zugleich, wie zielsicher Joe ihre neuralgischen Stellen aufspürte. Als hätte er eine Wünschelrute für Schmerzpunkte. Doch in diesem Fall würde sie sich keine Blöße geben. Was wusste dieser Holzhacker denn schon von den Nöten eines Mädchens, das seinen Vater nie gekannt hatte? Das im Internat sogar einen Vater erfunden und mit phantastischen Eigenschaften ausgestattet hatte, um vor den Mitschülern nicht noch schutzloser dazustehen? Während sie vergeblich nach einer passenden Antwort fahndete, nahm Joe einen Schluck Orangensaft und betupfte sich anschließend die Lippen mit seiner Serviette.

»Wie auch immer, aus meiner Perspektive spricht nichts dagegen, dass du die letzte Etappe unserer Klettertour mitmachst. Jeder hat mal einen schlechten Tag – kein Grund, sich zu drücken, Kiki.«

»Nenn mich nicht …« Augenblick mal, er akzeptierte ihre Entschuldigung nicht? »Joe, was zu viel ist, ist zu viel. Ich bin über sämtliche Schatten gesprungen, wie du weißt, doch heute …«

»Deine Schatten, gutes Thema«, warf er ein. »Es wird Zeit, dass Licht ins Dunkel kommt, findest du nicht? Gib der Sonne eine Chance, gib dir eine Chance.«

Vicky hatte Schwierigkeiten, an Chancen zu denken, wenn jemand so tat, als wedele er mit einem gewinnbringenden Lottoschein herum, aber in Wahrheit ohne Erlaubnis auf ihrer wunden Seele herumtrampelte.

»Was bist du?«, knurrte sie. »Ein Hauruck-Psychologe? Jedenfalls hast du ein besonderes Talent, gefühllos zu sein.«

»Ganz im Gegenteil. Setz dich. Möchtest du was essen?«

Angewidert warf Vicky einen Blick auf seinen Teller.

»Rostbratwürstchen, gebratener Speck – der Geruch des Todes für eine Vegetarierin. Du kannst die Überbleibsel grausamer Gemetzel gern ganz allein verschlingen.«

»Ein echter Mann trinkt keine Milch, er isst die Kuh«, witzelte Joe.

»Weißt du was?« Entnervt funkelte sie ihn an. »Für jeden blöden Spruch, den du mir reinwürgst, bekommst du einen Kinnhaken vom Schicksal zurück.«

Mit der Gabel spießte er ein Würstchen auf und hielt es in ihre Richtung, bevor er hineinbiss.

»Du glaubst doch wohl nicht etwa an eine Art kosmischer Gerechtigkeit, oder?«

»Und ob. So, ich gehe mal besser. Du kannst einem echt die schlechte Laune verderben.«

Sie drehte sich um und stiefelte die Treppe wieder hoch. Das hatte ja hervorragend geklappt mit dem Krankmelden, getreu dem Motto – ich kam, sah und vergaß, was ich vorhatte. Egal. Dann würde sie der Kletterei eben ohne Joes offizielle Genehmigung fernbleiben.

Oben im Zimmer begann sie erbittert zu packen. Die Volantbluse hatte vorn einen kleinen Riss, wie sie beim Zusammenfalten feststellte. Konstantins Werk? Sie schloss die Augen und versuchte, ihr Kurzzeitgedächtnis zu aktivieren. Sie hatten getanzt. An der Bar gestanden. Wieder getanzt. Und dann?

Ein Bild flackerte vor ihrem inneren Auge auf. Konstantins Gesicht, ganz nahe. Hände, die ihr Gesicht umfingen. Ein Mund, der sich näherte. Es war definitiv nicht unangenehm gewesen. In jedem Fall passte Konstantin zu ihr. Er kam aus ihrer Welt, war kein Hinterwäldler wie Joe und wusste sich im Großen und Ganzen zu benehmen. Oder hatten ihn seine makellosen Manieren gestern im Stich gelassen? Und falls ja, hatte das noch etwas zu bedeuten, wenn sie wieder zu Hause waren?

Diese Frage beschäftigte Vicky immer noch, als sie sich am frühen Nachmittag mit Koffer und Rucksack zum Lift schleppte. Die Gipfel ringsum waren mit Wolken verhangen, ein leichter Sprühregen befeuchtete ihr Gesicht. Höchst erfrischend, wie sie fand. Auch die Aussicht darauf, dass das elektronische Kommunikationsembargo nun ein Ende haben würde, hellte ihre Stimmung auf. Um fünfzehn Uhr sollte es hinab ins Tal gehen, zurück in das vertraute Leben und zu ihren digitalen Freunden.

Die Reisegruppe stand bereits vollzählig an der Liftstation, alle redeten aufgeregt durcheinander, denn Joe verteilte gerade die Handys. Auch Vicky bekam ihr Smartphone zurück und hätte es fast ans Herz gedrückt, so erleichtert war sie. Mein Handy, mein Lifecoach, mein Leben. Wie sich herausstellte, gab es sogar ein Netz. Über hundert Nachrichten waren eingegangen, die neueste stammte von – Konstantin?

»Du brauchst es nicht zu lesen, ich kann es dir auch sagen.«

Sie sah auf. Lodernde grüne Augen. Ein flirtiges Lächeln. Er war es. O Gott, ich glaube, ich habe mich verliebt. Oder? ODER? Auch Frauen waren vermutlich nicht vor einem Höhenkoller gefeit.

»Äh – was denn?«, fragte sie mit belegter Stimme.

»Trink einen zu viel, und du machst die besten Sachen, die du jemals bereuen wirst.« Blitzartig registrierte Konstantin ihr Entsetzen. »War nur ein dummer Scherz, ich bereue nichts«, fügte er deutlich leiser hinzu. »Du bist eine wunderbare Frau. Aber lass es uns langsam angehen, ja?«

»Ganz meine Meinung«, nuschelte Vicky, die mit dieser Art Humor schlecht klarkam und zudem rätselte, was »es« sein mochte.

»Lass uns einfach da weitermachen, wo wir aufgehört haben«, lächelte er.

»Und – hm, wo war das noch mal?«

»Alles einsteigen, die Liftkabine ist da!«, rief Joe. »Ach, wie ich sehe, ist unser Sorgenkind auch schon eingetroffen. Geht's wieder, Kiki? Oder soll ich einen Krankentransport organisieren?«

Konstantin schulterte seine Reisetasche, sein Lächeln gefror.

»Wir reden später.«

»Ja, äh, sicher.«

Später war ein dehnbarer Begriff, wie Vicky erfahren musste. In der Liftkabine herrschte erst einmal konzentriertes Schweigen, weil alle außer Joe auf ihre Handys starrten und mit den Daumen auf die Displays eindroschen, als habe jemand einen Geschwindigkeitswettbewerb ausgerufen. Nur Felix beäugte sie kurz und nickte stumm, bevor er sein Smartphone aktivierte. Ob er sauer war, dass sie bei der letzten Klettertour gefehlt hatte? Oder dachte er darüber nach, ob eine haltlos herumtanzende Mitarbeiterin Führungspotenzial hatte? Heijeijei, hoffentlich ging das Ganze nicht nach hinten los.

Auch Vicky verschmähte nun die grandiose Aussicht und widmete sich ihren Meldungen. Catherine hatte unermüdlich *Kopf-hoch*-Botschaften geschickt, Manuel, Viktor und Robin hatten ebenfalls fleißig geschrieben, so wie Unmengen von Facebook-Freunden, die Vickys Post über die bevorstehende Reise gelesen hatten und sie mit Tipps überschütteten. Das meiste überflog sie nur, da sich der Neuigkeitswert in Grenzen hielt. Außerdem gab es noch drei Sprachnachrichten. Sofort erkannte Vicky die Nummer des Seniorenheims.

Samstag. Ihre Mutter ist sehr betrübt, weil Sie nicht angerufen haben.

Samstag. Frau Elsässer, würden Sie bitte zurückrufen?

Sonntag. Hallo, Frau Elsässer, leider sind Sie nicht erreichbar. Es wäre gut, wenn Sie sich rasch bei uns melden könnten.

Der tägliche Anruf! Um Himmels willen, sie hatte ihn vergessen! Das war Vicky seit Jahren nicht passiert. Am liebsten hätte sie sofort die Nummer des Heims gewählt, doch in Anwesenheit ihrer Kollegen wagte sie es nicht. Wenn sie mit ihrer Mutter sprach, veränderte sich ihre Stimme, dann war sie wieder das Kind von einst.

»Schlechte Nachrichten von Manuel?«, erkundigte sich Joe verschmitzt.

»Nein, nein, er freut sich sehr auf mich«, flunkerte sie. »Der kann es gar nicht erwarten, mich endlich wieder in die Arme zu schließen.«

Konstantin hob den Kopf.

»Holt er dich etwa vom Flughafen ab? Lernen wir ihn kennen?«

So eine blöde Geschichte. Das hatte sie nun von ihrer Schummelei, dabei lag es im Bereich des Möglichen, dass sie sich in Konstantin verliebt hatte und er etwas Ähnliches spürte.

»Nein, Manuel muss arbeiten, auch, äh, sonntags, vor allem sonntags«, antwortete sie hastig.

Vielleicht eine Spur zu hastig, denn sowohl Konstantin als auch Joe studierten sie wie ein seltsames Objekt, von dem man nicht genau wusste, was es war.

»Woraus man schließen kann, dass Manuel Pfarrer ist«, sagte Joe todernst. »Wenigstens einer, der für dein Seelenheil betet.«

So ein Schuft. Vicky hätte ihn am liebsten geschüttelt.

»Was für Eigenschaften muss der Mann deiner Träume eigentlich haben?«, fragte Konstantin unvermittelt.

Er fragte sie – das? Er zeigte also ganz offen Interesse an ihr? Vickys Magen senkte sich um einige Zentimeter. Wahnsinn! Doch im momentanen Stadium wäre sie schon zufrieden gewesen, wenn der Mann ihrer Träume leibhaftig genug existiert hätte, um sie abzuholen. Stumm sah sie aus dem Fenster. In Gegenwart von Joe würde sie gar nichts mehr sagen, denn alles, was sie preisgab, wurde ja irgendwann gegen sie verwendet.

»Hauptsache, du wachst nicht im Traum eines anderen auf«, lächelte Joe. »Das fände ich ziemlich tragisch.«

Danach lieferte er sich ein Blickduell mit Konstantin, bei dem zartere Gemüter in Heulkrämpfe ausgebrochen wären. Vicky versuchte, so gut es ging, sich unsichtbar zu machen. Es war wirklich höchste Zeit, dass diese Horrorreise ein Ende fand.

Kapitel 19

Der Shuttlebus, der die Gruppe von der Talstation des Lifts zum Flughafen bringen sollte, ließ auf sich warten. Glücklicherweise. Sofort nach der Liftfahrt hatte Vicky sich etwas abseits von den anderen hinter einen Blumenkübel verzogen und telefonierte nun schon seit zehn Minuten mit ihrer Mutter. Eleonore Elsässer wirkte noch verwirrter als sonst. Ob Vicky endlich einen Verlobten habe. Wann sie heirate. Ob man denn noch vor dem eigenen Ableben etwaige Enkelkinder zu Gesicht bekomme.

Geduldig erklärte Vicky, es gebe einen festen, also richtig bombenfesten Freund – dass es sich um eine Facebook-Beziehung handelte, verschwieg sie natürlich. Verlobt sei sie nicht, aber grundsätzlich auszuschließen sei es keineswegs – unerwähnt ließ sie, dass sie ebenso grundsätzlich eine Fernverlobung ablehnte. Kinder? Ja, warum nicht?, beteuerte sie, dafür bleibe ja noch genügend Zeit – und dachte zum ersten Mal darüber nach, was wohl eine künstliche Befruchtung bei einer jener legendären Samenbanken kostete, wo angeblich lauter Nobelpreisträger ihr kostbares Erbgut einfrieren ließen.

Als sie nach einer Viertelstunde das Gespräch beendete, war sie fix und fertig. Mütter neigten eben zu sanftem Terror, wenn es darum ging, ihre Töchter mit himmelhohen Erwartungen unter Druck zu setzen, und Eleonore Elsässer hatte es in dieser Hinsicht zu einiger Perfektion gebracht. Vickys berufliche Ambitionen zählten nicht in ihrem Universum. Alles, was sie interessierte, war das traditionelle Programm, und ja, ein bisschen Karriere durfte auch sein, schließlich hatte man ja Internat und Studium bezahlt.

Wobei Vicky allmählich den Verdacht hegte, ihre Mutter habe sowohl das Internat als auch die Universität als eine Art hochpreisige Kontaktbörse betrachtet, wo man garantiert den Richtigen kennenlernte.

»Darf ich neugierig sein?«, fragte Joe, als sie das Handy einsteckte.

»Wieso fragst du überhaupt?« Vicky rieb sich müde übers Gesicht. »Du *bist* neugierig.«

Herrje. Hatte er etwa zugehört? Er lehnte ganz in der Nähe an einer Litfaßsäule. Seine dunkelblonden Locken kringelten sich feucht unter der Kapuze des gelben Anoraks, er trug Jeans statt seiner ledernen Kniebundhose und schmutzig weiße Sneakers. Scharf hoben sich die Bartstoppeln von seinem gebräunten Teint ab, was ihm gleichermaßen etwas Männliches wie Verletzliches verlieh.

»Du hast mit deiner Mutter gesprochen«, sagte er.

Es war eine Feststellung, keine Frage, doch Vickys Gedanken kreisten bereits um den bevorstehenden Besuch im Seniorenheim. Wenn der Flieger pünktlich landete, würde sie es noch schaffen hinzufahren. Diese Überlegung lenkte sie dermaßen ab, dass sie ihr Schweigegelübde Joe gegenüber vergaß.

»Ja, das war meine Mutter. Ich werde sie heute Abend sehen, so wie jeden Sonntag.«

»Sehr enthusiastisch hört sich das aber nicht an. Dabei bist du doch so ein warmer, emotionaler Mensch.«

Wo blieb der Blitz der göttlichen Gerechtigkeit, der Männer wie Joe niederstreckte?

»Mach ruhig weiter so«, brummte sie gereizt. »Sarkastische Spitzen sind genau das, was mir heute noch gefehlt hat, weil Blasen, Prellungen und ein Mordskater einfach keine befriedigenden Herausforderungen sind. Ich denke, du solltest dich jetzt verabschieden, Joe. Die Erwachsenen steigen gleich in den Bus, du darfst zurück in die Berge, mit den anderen Kindern klettern.«

Zunehmend verblüfft hatte Joe ihren Worten gelauscht, dann hob er die Augenbrauen.

»Nein, nein, ich komme mit. Ich wohne nicht in Bayern. Wir haben dasselbe Reiseziel.«

Nun war es Vicky, die verblüfft dreinschaute. Joe war gar kein Bergbewohner? Wie konnte das sein? Trotzdem, das Beste war immer noch, Desinteresse zu heucheln.

»Reisende soll man bekanntlich nicht aufhalten. Ciao, Joe.«

Betont lässig schlenderte sie zu Konstantin, der angeregt telefonierte, das Handy ans Ohr gepresst. Mit einer Hand machte er ihr Zeichen, dass es noch ein wenig dauern würde. Also ging sie zu Kai, weil sie nach ihrem coolen Abgang auf keinen Fall allein herumstehen wollte.

»Hi, Viktoria.« Anders als Konstantin ließ Kai sofort von seinem Handy ab, auf dem er Nachrichten geschrieben hatte. »Na, hat Joe mal wieder voll danebengehauen?«

Vicky machte eine wegwerfende Handbewegung.

»Ach, der denkt immer, er müsste mich irgendwie psychomäßig hinbiegen. Genauso sinnvoll wäre der Versuch, einen Fisch vor dem Ertrinken zu retten. Mir geht es blendend.«

Kai straffte sich, ja, er pumpte sich förmlich auf, während er Joe einen misstrauischen Blick zuwarf.

»Komischer Heiliger. Ich mag ihn, aber er sollte dich gefälligst in Ruhe lassen. Pass auf: Wenn die nächsten beiden Wörter, die er an dich richtet, nicht ›Auf Wiedersehen‹ sind, werden die übernächsten lauten: ›Aua, Kai, das hat echt wehgetan!‹«

»Danke, Kai – ich komme darauf zurück, verlass dich drauf.«

Sie lachten. Vicky fand es fast rührend, wie Kai den Ritter markierte. Dieses Wochenende hatte viel verändert. Sie spürte eine neue Verbundenheit, mit Kai, mit Konstantin. Das würde viel Druck aus dem täglichen Stress in der Firma nehmen.

Jetzt gesellte sich auch Felix zu ihnen. Trotz des Regens trug er seine getigerte Sonnenbrille zur Lederjacke, den Totenkopfschal hatte er bis zum Kinn gezogen, eine froschgrüne Hose vervollständigte das Outfit. Ein mondäner Anblick.

»Schön, dass ihr beiden euch so gut versteht. Ich sehe es gern, wenn der Flow stimmt.«

»Genau, alles im Flow«, bestätigte Kai.

»Spannend auch, welche Charakterzüge und Qualitäten so eine Klettertour zum Vorschein bringt«, sinnierte Felix, wobei er Vicky etwas merkwürdig ansah. »Extremsituationen holen Intuitives aus der Versenkung, die spontane Reaktion ist doch immer noch die ehrlichste.«

»Aha«, sagte Kai unbehaglich. »Äh, ja.«

Vicky seufzte erleichtert, als in diesem Moment mit lautem Gehupe der Bus um die Ecke bog. Endlich. Ihre aufgewühlten Gefühle verlangten energisch nach Privatsphäre. Konstantin, Joe, Felix und noch dazu ihre Mutter, das war mehr, als sie parallel verarbeiten konnte.

Kaum hatte sich die vordere Tür geöffnet, als sie auch schon als Erste einstieg und prompt den Eindruck gewann, aus der Wildnis in die Zivilisation zurückzukehren. Wow. Es war ein hocheleganter VIP-Shuttlebus mit getönten Scheiben und nachtschwarzen Ledersitzen, in dem es dezent nach einem edlen Raumparfum duftete. Sie schnupperte verzückt. Einfach wunderbar. Frische Luft wurde eindeutig überschätzt.

Nachdem das gesamte Gepäck verstaut war, stiegen auch die

anderen ein. Insgeheim hatte Vicky gehofft, dass Konstantin sich neben sie setzen würde, doch er ging telefonierend an ihr vorbei und nahm in einer der hinteren Reihen Platz. Enttäuscht drehte sie ihr Smartphone in den Händen hin und her, während sich der Bus in Bewegung setzte. Was hatte er denn auf einmal? Kam jetzt die Ernüchterung nach dem Höhenkoller? Oder schreckte ihn die Vorstellung ab, in Manuel einen Rivalen zu haben?

Ich muss das auflösen, so schnell wie möglich, überlegte sie. Vielleicht sage ich einfach, ich hätte mit Manuel Schluss gemacht. Ganz souverän und kühl und beiläufig, wie eine Diva, der die Männer zu Füßen liegen – Männer, die nur darauf warten, beiseitegekickt zu werden. Aber ob mir das jemand abkauft?

In Wirklichkeit würde sie natürlich niemals mit Manuel Schluss machen. Ach, Manuel. Sie tippte ihren Messenger-Account an und badete förmlich in seinen liebevollen Worten. Es tat so gut, wie verlässlich er war, wie eindeutig und unkompliziert.

Ich vermisse dich, hatte er sie wissen lassen, *wo bist du, bleib mir bloß nicht in irgendeinem miesen Funkloch stecken, big hugs xxxx*

Emsig antwortete sie ihm, wie ein Strom brach es aus ihr heraus, all die angestauten ungeschriebenen Messages, die sie nicht hatte loswerden können. Auch Catherine schrieb sie ausführlich. Cat bekam eine vorsichtige Version der Ereignisse, mit vielen Fragezeichen und Ausrufezeichen, danach bedachte sie Viktor und Robin ebenfalls mit den überfälligen Antworten.

Nachdem Vicky alles erledigt und auch noch fünf Katzenvideos angeschaut hatte, ließ sie ihr Handy sinken. Eine gähnende Leere breitete sich auf einmal in ihr aus. Wie lange sollte das eigentlich so weitergehen? Ein Leben, das aus Buchstaben, Fotos und Videos bestand?

Trübselig starrte sie in den Nieselregen, der draußen vorbeizog.

Die Landschaft versank in grauem Nebel, und es erschien Vicky, als ob die nasse Kälte auch in sie hineinkroch. Fröstelnd zog sie die Schultern hoch. Wie sehr sie sich auf all das gefreut hatte, Messenger, WhatsApp, Facebook. Auf Instagram-Fotos und herzige Videos, auf Nachrichten und Smileys, halt die vertraute Seelenmassage der digitalen Kommunikation. Warum nur erschien ihr das Ganze auf einmal schal und sinnlos?

Gehirn an Vicky: Du hast die Speicherkapazität für negative Gedanken überschritten. Sofort das Grübeln beenden und die Sorgen runterfahren.

Vicky an Gehirn: Das geht dich gar nichts an.

Sie wagte einen Blick nach hinten, wo die Köpfe von Kai und Konstantin entfernt über den Sitzlehnen erschienen, in ein lebhaftes Gespräch vertieft. Auch Felix beteiligte sich, er riss einen Witz, das anschließende Lachen sämtlicher Kollegen dröhnte in Vickys Ohren. Alle amüsierten sich prächtig, nur sie hockte wie bestellt und nicht abgeholt in ihrem Sitz. Aber das war längst noch nicht alles. Ihre Beförderung hing am seidenen Faden, ihre Mutter machte Druck, Konstantin zeigte ihr die kalte Schulter. Was für eine Bilanz.

Gehirn an Vicky: Letzte Warnung. Du hast sowohl die Speicherkapazität als auch das Zeitlimit für destruktive Prozesse überschritten, der Systemabsturz erfolgt in wenigen Sekunden, deine Tränendrüsen sind bereits aktiviert.

»Je stiller ein Mensch wirkt, desto lauter ist es in ihm.« Plötzlich stand Joe neben ihr. Mit einer Hand hielt er sich an der Lehne fest, die andere strich eine Locke aus seiner Stirn. »Darf ich mich zu dir setzen?«

Auch das noch. So unauffällig wie möglich wischte sich Vicky über die Augen, denn wie von ihrem Verstand prophezeit, standen die Zeichen auf Wasser marsch. Zu blöd aber auch. Da saß sie nach der glimpflich überstandenen Kletterreise im Bus und heulte fast. Mit dem Kinn deutete sie auf den Sitz neben sich, wo ihr lila Riesenrucksack stand.

»Ist leider besetzt.«

»Klar.« Er zog einen beleidigten Flunsch. »Du hast zwar die emotionale Stabilität einer Pusteblume, aber deine Umgangsformen sind wie immer aus feuerverzinktem Stahl.«

»Tut mir leid. Ich sortiere gerade meine Gedanken.«

Er lächelte schwach.

»Nach Farben?«

Vicky verdrehte die Augen. Was willst du denn noch? Mein Leben hasst mich, du Klappspaten, und wenn du so weitermachst, hasse ich dich auch.

Eine klare Botschaft, die ihren Empfänger jedoch keineswegs erreichte. Zu Vickys größtem Ärger beförderte Joe den Rucksack einfach auf einen anderen Sitz und setzte sich neben sie. Eine Weile war es still, dann zog er einen Müsliriegel aus seiner gelben Jacke und hielt ihn Vicky vor die Nase.

»Zuckerhaltige Lebensmittel sind gut für Situationen mit Frustrationshintergrund. Probier's aus.«

Sie ignorierte die Offerte. Stattdessen begann sie auf Facebook alle möglichen Posts zu sichten. Wahllos verteilte sie Likes und Wows und schrieb irgendeinen Schwachsinn in die Kommentarspalten, nur um sich Joe zu entziehen, der ihr Handy anstarrte, als könnte er es kraft seiner tiefen Abneigung explodieren lassen.

»Schon lustig, du postest deine Gefühle, aber im wahren Leben versteckst du sie.«

»Joe«, knurrte sie, ohne das Display aus den Augen zu lassen, »ich habe zu tun. Innerlich, sozusagen. Facebook ist nur eine Entspannungsübung. In Wahrheit denke ich über ein sehr, sehr wichtiges Projekt nach, an dem ich mit Konstantin arbeite.«

Ein leichtes Zucken ging durch seinen Körper.

»Konstantin, verstehe. Du meinst wahrscheinlich, einer wie er sei perfekt für dich, weil er ein Bewohner deiner Welt ist. Doch zwischen perfekt und defekt liegen manchmal nur Nuancen. Weißt du, wie mein Prinzip lautet? Mach niemanden zu deiner Priorität, für den du möglicherweise nur eine Alternative bist.«

Aha, mobben konnte Joe also auch. Was nahm dieser Typ sich bloß schon wieder heraus? Sie steckte das Handy in ihre Jacke, verschränkte die Arme und sah stur aus dem Fenster, als sie ihm antwortete.

»Okay, Joe, werden wir mal persönlich. Du spulst dich hier auf wie mein supereinfühlsamer Chefberater, aber in Wahrheit bist du schlimmer als Google: Da kriegt man auch immer schon Vorschläge, bevor man überhaupt die Suchanfrage beendet hat. Interessant, dass die Stichworteingabe Konstantin dich hochfahren lässt. Glaub mir, ich habe keinen privaten Coachingbedarf, und von dir schon gar nicht.«

»Rede doch bitte noch ein bisschen lauter«, brummte er. »In diesem Bus, wo mittlerweile alle verdammt ruhig sind, ist es so wahnsinnig schwierig, dich zu verstehen.«

Ach du liebes bisschen. Jetzt erst bemerkte auch Vicky, dass es im Bus unheimlich still geworden war. Kein Gerede, kein Gelächter mehr, alle hatten gelauscht. Peinlich, peinlich. Sie hörte, wie Joe tief Luft holte. Offenbar hatte sie einen Nerv getroffen, denn das Knistern von Papier und knackende Kaugeräusche verrieten, dass er es war, der sich nun den Müsliriegel gönnte.

»Guten, äh, Appetit«, wisperte sie verlegen.

Er aß seelenruhig zu Ende, erst danach brach er mit gedämpfter Stimme sein Schweigen.

»Wir haben eine Fahrt von ungefähr einer Stunde vor uns. Vorschlag – warum verbringen wir sie nicht in stiller Meditation?«

Sie kicherte befangen.

»Da deine Vorschläge Befehle sind, verschließe ich jetzt meine Lippen.«

»Ich sagte, in stiller Meditation, Kiki. Still wie still.«

Kapitel 20

Wer sagte eigentlich, dass Flüge eine unkomplizierte Form des Reisens seien? Das Flugzeug startete zwei Stunden später als geplant und landete schließlich mit geschlagenen zweieinhalb Stunden Verspätung, weil es erst einige Runden über dem Flughafen drehen musste, bevor eine Landebahn frei wurde. Vergeblich hatte Vicky ihre Uhr hypnotisiert. Es blieb dabei: Inzwischen war es nach zehn Uhr abends, es fuhr kein Bus mehr zum Stadtpark, an dem das Seniorenheim lag, ein Taxi würde astronomische Summen verschlingen, und ob man sie zu dieser späten Stunde überhaupt zu ihrer Mutter ließ, war ungewiss.

Kreuzunglücklich stand sie mit ihrem schweren Rucksack in der überfüllten Halle für die Gepäckausgabe und hörte die beiden Sprachnachrichten ab, die während des Fluges eingetrudelt waren.

Frau Elsässer, Ihre Mutter ist in großer Unruhe. Werden Sie heute kommen?

Hier noch einmal das Seniorenheim. Wo sind Sie denn? Ihre Mutter verweigert die Schlaftabletten, sie will unbedingt auf Sie warten.

»Hey, Vic, wir gehen noch einen trinken, kommst du mit?«, fragte Konstantin, der seine Reisetasche schon vom Gepäckband gefischt hatte.

Vor lauter Freude über die unerwartete Einladung errötete sie. Also lag ihm offenbar doch etwas an ihr. Eine verzagte Hoffnung, die während der Busfahrt ins Koma gefallen war, erwachte in ihr, gemischt mit tiefem Bedauern. Ihre Mutter ging vor, daran gab es nichts zu rütteln.

»Liebend gern, aber …« Aber ich besuche meine Mutter im Seniorenheim? Wie unsexy klang das denn? »Na ja, ich habe noch eine Verabredung.«

Enttäuscht hob er die Achseln.

»Verstehe. Schade. Na dann – viel Spaß. Schätze mal, Manuel ist der Glückliche.«

Es klang schroff. Ohne eine versöhnliche Verabschiedung wandte er sich zum Gehen und verschwand in der Menschenmenge der Gepäckhalle. Vicky sah ihm hinterher, deprimiert, ratlos und mit dem sicheren Gefühl, eine tolle Chance verpasst zu haben. Himmel, sie hatte Konstantin gehen lassen! Den Mann, den sie seit geraumer Zeit anhimmelte und der sie in der vorigen Nacht geküsst hatte!

Am Boden zerstört rief sie das Seniorenheim an. Die Nachtwache, eine Dame mit einer strengen Stimme, wirkte wenig erfreut.

»Da sind Sie ja endlich, Ihre Mutter ist völlig aufgelöst. Wie bitte? Verspäteter Flieger? Nächtlicher Besuch ist in unserer Einrichtung eigentlich nicht gestattet. Ja, der Stadtpark liegt weit draußen, das ist mir bekannt. In einer Dreiviertelstunde? Geht das nicht schneller? Sie nehmen ein Taxi? Versprechen kann ich Ihnen nichts, gleich ist Schichtwechsel, das muss dann die Kollegin entscheiden.«

Vicky beendete das Gespräch. Beklommen richtete sie ihren Blick auf das ratternde Gepäckband. Wo blieb denn nur ihr Koffer? Musste denn alles schiefgehen an diesem Abend? Da hatte Konstantin sie das allererste Mal eingeladen, auch wenn es nur ein Drink mit Kollegen war, und sie stand hier wie auf Kohlen, weil ihre Mutter auf sie wartete.

Einer nach dem anderen nahmen nun auch die anderen Teilnehmer der Reisegruppe ihre Gepäckstücke vom Band, Abschiedsformeln flogen hin und her, alle hatten es eilig, schnell nach Hause zu kommen oder mit den Kollegen etwas trinken zu gehen. Vicky rutschte das Herz immer tiefer in die Hose. Am Ende waren nur noch sie und Joe von der Gruppe übrig. Natürlich Joe. Ein Unglück kam selten allein. Krampfhaft schaute sie an ihm vorbei und musterte die Koffer und Taschen, die auf dem Gepäckband kreisten. Hartschalenkoffer, Lederkoffer, Aluminiumkoffer, Leinentaschen, Kunststofftaschen, ein zusammengelegter Kinder-Buggy, Himmelherrgott, ich werde gleich wahnsinnig.

Es dauerte weitere zehn Minuten, bis endlich ihr kleiner schwarzer Hartschalenkoffer erschien, gefolgt von einer unförmigen magentafarbenen Reisetasche mit unzähligen Reißverschlussfächern. Zeitgleich traten sie und Joe an das Band und streckten die Hände aus. So schnell sie konnte, zog Vicky am Koffergriff, Joe beugte sich ebenfalls vor und wuchtete die Tasche hoch.

»Du musst zum Stadtpark?«, fragte er, während er die Verschlüsse der magentafarbenen Monstrosität überprüfte.

»Bist du Hellseher? Oder belauschst du andere Leute beim Telefonieren?«

»Die halbe Gepäckhalle hat zugehört. Wohnst du da?«

»Nein, meine Mutter. Also, mach's gut.«

Mit steifen Schritten stakste sie los, heilfroh, dass sie Joe nie wiedersehen musste. Sie war hundemüde, ihre Blasen brannten, ihr geprellter Rücken protestierte gegen den Riesenrucksack, der wieder bis oben hin gefüllt war, aber wenigstens den Holzhacker konnte sie nun endgültig abhaken.

»Ich muss auch zum Stadtpark«, rief er ihr nach. »Soll ich dich mitnehmen?«

Vicky blieb stehen. Langsam drehte sie sich um. Ungeachtet der Tatsache, dass sie aus Joe nicht schlau wurde – das hier war nicht das Gebirge, wo eigene Regeln existierten, das hier war der Alltag und Joe ein Mann, den sie genau genommen gar nicht richtig kannte. Alles, was sie über ihn wusste, war, dass er kletterte wie ein Dschungeläffchen und dass sie stritten, sobald sie den Mund aufmachten.

»Mein Wagen steht in der Tiefgarage, der Beifahrersitz ist frei – ein echtes Schnäppchenangebot und nur begrenzt gültig«, sagte er, während er sich ihr ohne Hast näherte. »Du kannst natürlich auch ein Vermögen für ein Taxi ausgeben.«

»Und ganz zufällig wohnst du ausgerechnet am Stadtpark«, erwiderte Vicky unfreundlicher als gewollt.

Aufstöhnend schlug er sich mit der flachen Hand an die Stirn.

»Meine Güte, du machst es einem aber auch verdammt schwer, nett zu dir zu sein. Ich wohne weiter draußen, der Stadtpark liegt auf meiner Route.«

Vicky rang mit sich. Joe war der letzte Mensch auf Erden, von dem sie einen Gefallen annehmen wollte. Andererseits drängte die Zeit, das Taxi war sündteuer, und ihre Kräfte versiegten allmählich.

»Okay.« Sie betrachtete ihre unbequemen Bergstiefel, an deren LKW-Reifen-Sohlen noch Spuren von Erdklümpchen klebten. »Danke, aber ich möchte betonen …«

»Ich warne dich«, grinste er.

»Jaja, stille Meditation. Hab's geschnallt.«

Seite an Seite strebten sie dem Ausgang zu. Vicky registrierte, wie interessiert manche Leute das ungleiche Paar in den schreibunten Outdoor-Klamotten musterten – den Hünen mit der wilden Lockenmähne und die zierliche kleine Frau mit der Nerdbrille und der Schramme auf der Wange. Plötzlich fühlte sie eine wachsweiche Überwältigung, dass es einen Mann gab, der wie selbstverständlich neben ihr herging, der sich um den Transport kümmerte, einfach ihre Probleme löste.

Es war ungewohnt. Es fühlte sich großartig an. Nur, dass es der völlig falsche Mann war.

In der spärlich beleuchteten Tiefgarage schritten sie eine lange Reihe von Autos ab, bis Joe vor einem olivfarbenen Geländewagen stehen blieb und eine Fernbedienung aus seiner Jacke holte. Das klackende Geräusch der Türverriegelungen ertönte, die Rücklichter des Wagens blinkten auf.

»Steig ein, ich verstaue das Gepäck«, sagte er knapp.

Gehorsam schnallte sie ihren Rucksack ab, ließ ihn neben dem Rollkoffer stehen und öffnete die Beifahrertür. Schockschwerenot. Wer ließ denn sein Auto so verkommen? Auf dem Beifahrersitz lagen Werkzeuge, eine Wasserwaage und ein Zollstock, im Fußraum hatten sich einige Coffee-to-go-Becher angesammelt, das Armaturenbrett war von Staub bedeckt. Eine Müllhalde war ein romantischer Picknickplatz gegen diese versiffte Kiste. Wortlos räumte sie alles beiseite und nahm Platz. Rummms. Die Heckklappe wurde zugeworfen, eine Sekunde später öffnete Joe die Fahrertür.

»Ich hoffe, die Prinzessin findet es nicht unter ihrer Würde, in meiner unaufgeräumten Kutsche zu sitzen. Sorry. Ich hatte keinen Besuch erwartet.«

»Alles bestens«, versicherte sie und schaute auf ihre Uhr.

Halb elf. Zwei Filme liefen synchron in ihrem Kopf: In dem einen saß Eleonore Elsässer kerzengerade auf dem Bett, erwartungsvoll die Tür ihres Zimmers anstarrend. In dem anderen lehnte Konstantin entspannt an einem Tresen und unterhielt das gesamte Lokal mit seinen Kletterabenteuern. Nur zu gern hätte sie sich in beide Filme gebeamt.

Röhrend sprang der Motor an. Der Auspuff knatterte wie ein Maschinengewehr, als Joe temperamentvoll zurücksetzte und dann mit quietschenden Reifen den *Ausfahrt*-Schildern folgte. Erschrocken tastete Vicky nach dem Sicherheitsgurt.

»Ich denke mal, es ist dir recht, wenn ich ein bisschen Tempo vorlege«, erklärte er. »Seniorenheime sind ja nicht gerade für ihr ausschweifendes Nachtleben bekannt.«

Aus den bekannten Gründen sagte Vicky vorsichtshalber nichts, denn solange Joe keinen Unfall baute, war ihr sein Fahrstil so ziemlich egal, vorausgesetzt, sie kam so rasch wie möglich zu ihrer Mutter. Letztlich fährt er, wie er tanzt, dachte sie: impulsiv und ohne Rücksicht auf Verluste. Seltsam. Es schien Wochen her zu sein, dass sie mit diesem undurchschaubaren Typen in einer bayerischen Hütte getanzt hatte.

Im weiteren Verlauf der Fahrt wurden ihre Nerven einer wahren Zerreißprobe ausgesetzt. Joe fuhr wie ein Henker. So umsichtig er beim Klettern sein konnte, seinen Wagen setzte er wie ein Geschoss ein. Wenn er beschleunigte, trat er das Gaspedal voll durch, Bremsungen waren ausschließlich Vollbremsungen. Entweder wollte er sie so rasch wie möglich loswerden, oder er reagierte irgendwelche negativen Energien ab.

Viel schneller als erwartet kam der Stadtpark in Sicht. Sie hatten nur eine knappe halbe Stunde gebraucht. Vicky navigierte Joe das letzte Stück zum Seniorenheim, einem mehrstöckigen weißen Neubau mit einem gepflegten Vorgarten, der von schmiedeeisernen Laternen erhellt wurde. Die Seniorenresidenz *Zur schönen Aussicht* gehörte zu den besseren Etablissements dieser Sorte, was Vicky Monat für Monat eine ganze Stange Geld kostete. Gut angelegtes Geld, denn niemals hätte sie ihre Mutter in einen trostlosen Kasten abgeschoben, wo man apathisch auf den Tod wartete.

Joe bog in die Parkbucht vor dem Heim ein und stellte den Motor aus.

»Also, dann …«

Auf einmal war es ganz still, und Vicky empfand die merkwürdige Intimität, die sich immer dann einstellte, wenn man zu zweit in einem stehenden Auto saß. Dicht nebeneinander. Wie in einer Raumkapsel. Es war ein bisschen unheimlich. Hektisch schnallte sie sich ab und legte eine Hand an den Türgriff.

»Bemüh dich nicht, Joe, ich hole den Koffer selbst raus, danke noch mal, komm gut nach Hause, tschüs.«

Sie hatte so schnell gesprochen, dass sie einzelne Silben verschluckt hatte. Ihr rechter Fuß stand bereits auf der Straße, als Joe sich bemerkbar machte.

»Halt, stopp, ich warte hier auf dich! Vielleicht lassen sie dich nicht mehr rein.«

»Doch, das werden sie, wie gesagt, vielen Dank.«

So rasch sie konnte, umrundete sie den Wagen, öffnete den Kofferraum, zerrte ihren Koffer heraus und schmiss die Heckklappe zu. Mit hocherhobenem Kopf zuckelte sie los. Der Rollkoffer holperte über den Kies der Auffahrt, ihr Herz klopfte laut und vernehmlich, irgendwo gellte eine entfernte Polizeisirene, aber das waren dann auch schon die einzigen Geräusche, die sie vernahm. Über die Schulter schaute sie zurück. Nein, Joe preschte nicht davon. Wie angekündigt wartete er, was sie irgendwie wütend machte. Sicher, es war eine fürsorgliche Geste, bei Joe wirkte es jedoch wie tiefe Skepsis. So als ob er Vicky nicht zutraute, ganz allein eine Heimangestellte von der Dringlichkeit des nächtlichen Besuchs zu überzeugen.

Entnervt stapfte sie weiter zum Gebäude. Die gläserne Eingangstür erwies sich als verschlossen. Nach einigem Suchen fand Vicky seitlich eine Klingel mit dem Schild *Nachtglocke*, auf die sie mehrmals drückte. Minuten verstrichen, dann schlurfte eine korpulente Frau mittleren Alters in einem hellblauen Kittel an die Tür.

»Wir haben geschlossen«, quäkte es aus der Gegensprechanlage.

»Ich weiß!«, rief Vicky. »Aber ich hatte angerufen! Meine Mutter, Eleonore Elsässer, sie wartet auf mich!«

»Ab zehn ist Nachtruhe, jetzt ist es elf«, quäkte es zurück.

Was für eine unfassbare Herzlosigkeit. Vicky fühlte eine Art Gefrierbrand hinter ihrer Stirn, heiß und kalt zugleich. Verzweifelt bummerte sie mit der Faust an die Glastür.

»Bitte! Es dauert nicht lange! Machen Sie doch auf!«

»Bedaure.«

Tränen stiegen in Vickys Kehle hoch. Sie schluckte.

»Es ist wichtig, bitte machen Sie eine Ausnahme, meine Mutter hat den ganzen Tag gewartet!«

Mit hängenden Mundwinkeln schüttelte die Frau den Kopf und schickte sich zum Gehen an, als sich ihre Augen plötzlich weiteten. Fasziniert schaute sie an Vicky vorbei.

»Gnädige Frau, Sie haben doch ganz gewiss die Güte, uns für einen kostbaren kleinen Moment hereinzulassen«, raspelte eine sonore Männerstimme das pappsüßeste Süßholz aller Zeiten. »Diese bezaubernde junge Dame hat ihrer Frau Mutter nämlich ein allerliebstes Geständnis zu machen.«

Vicky wirbelte herum und starrte in Joes lächelndes Gesicht.

»Was?«

»Mein Liebling, du wolltest doch, dass es deine Mutter als Erste erfährt, nicht wahr?« Er legte einen Arm um Vicky. »Also, gnädige Frau, wenn Sie darauf bestehen, falle ich gern auf die Knie, wobei ich anmerken möchte, dass es heute schon das zweite Mal wäre.«

Diese Stimme! Diese Ausdrucksweise! Das war doch nicht Joe, der grobgeschnitzte Naturbursche! Und was faselte der überhaupt?

Vollkommen perplex hing Vicky in seinem Arm und beobachtete ebenso perplex das Schauspiel absoluter Beseligung in der Miene des hellblauen Drachens.

»Na, wenn das sooo ist«, kam es glucksend aus dem winzigen Lautsprecher der Gegensprechanlage. »Ich hole den Schlüssel, einen Augenblick bitte.«

Mit wiegenden Hüften watschelte die Frau davon. Sobald sie außer Sichtweite war, versuchte Vicky, sich Joes Arms zu entledigen, doch er drückte sie nur noch fester an sich.

»Nicht bewegen«, flüsterte er. »Hier gibt es überall Kameras.«

Das stimmte sogar, wie sich Vicky mit einem Blick nach oben vergewisserte. Drei elektronische Augen waren auf sie gerichtet.

»Hast du was genommen? Ist doch nicht normal, wie du redest«, wisperte sie.

»Du denkst, gute Erziehung sei das Privileg irgendwelcher Harvard-Schnösel? Wenn du dich da mal nicht täuschst.«

»Im Ernst, was hast du mit dem anderen Joe gemacht? Liegt er gefesselt im Geländewagen?«

»Der Herrgott schütze mich vor deinen humoristischen Einfällen«, ächzte er. »Achtung, da kommt Miss Charming zurück.«

In der Tat. Die Angestellte tänzelte förmlich heran, eine bemerkenswerte Leistung angesichts ihrer unförmigen Plastik-Clogs, und schwenkte ein Schlüsselbund, als habe sie Juwelen zu verschenken. Umständlich stocherte sie im Schloss herum, bis sich die Tür öffnete.

»Reizend, ich freue mich sehr, Ihre Bekanntschaft zu machen«, flötete Joe, ergriff die rechte Hand des Drachens und hauchte einen Kuss darauf.

»Und ich erst!«, versicherte sie hingerissen.

»Meine Verlobte kennen Sie ja bereits.«

»Hmja«, brummte die Frau deutlich weniger begeistert, wobei ihr Blick an der Schramme hängenblieb.

Als sei es das Selbstverständlichste der Welt, hakte er Vicky unter, wobei er sie von ihrem Rucksack befreite.

»Und, Kiki, mein Liebling? Wo finde ich meine Schwiegermama in spe?«

Kapitel 21

Auch in den Aufzügen gab es vermutlich Kameras, aber Vicky war viel zu aufgebracht, um sich groß darum zu scheren. Sobald sich die Lifttüren geschlossen hatten, schüttelte sie Joes Arm ab wie eine todbringende Boa constrictor.

»Kannst du mir bitte verraten, was diese lächerliche Komödie sollte? Und was fällt dir ein, hier reinzuplatzen? Meine Mutter wird sich zu Tode erschrecken! Außerdem, und ich sage das wirklich zum allerallerletzten Mal: *Nenn mich nicht Kiki!*«

»Sei nicht albern«, entgegnete er provozierend gelassen. »Ohne mich ständest du jetzt mit deinem kleinen Koffer auf der Straße und würdest auf ein Taxi warten.«

Wie ärgerlich, dass er recht hatte. Sie wusste es, und er wusste es. Soeben hatte Vicky ein Eigentor geschossen.

»Dann solltest du wenigstens den Anstand besitzen, auf dem Flur zu warten, wenn ich«, sie verstellte ihre Stimme, um seinen gestelzten Tonfall nachzuahmen, »meine Frau Mutter aufsuche.«

»Selbstverständlich«, sagte er lächelnd. »Wie könnte ich meiner bezaubernden Verlobten einen Wunsch abschlagen.«

Er warf ihr eine Kusshand zu, woraufhin Vicky die verspiegelte Decke des Lifts anstarrte. Mit einem sanften Pling glitten die Aufzugtüren auseinander. Statt eines nächtlich ausgestorbenen Flurs empfingen sie zwei Pflegerinnen in rosa Kitteln, die Vicky seit Jahren kannte: Elsa und Maria, eine blond, eine dunkel, beide in den Dreißigern, beide hübsch und sehr, sehr neugierig.

»Frau Elsässer! Wir haben es schon gehört, gerade kam der Anruf von unten! Das ist ja phantastisch! Ihre Mutter wird sich so über Ihre Verlobung freuen!«, jubelte Elsa.

»Wir waren schon bei ihr, doch wir haben ihr nichts verraten, nur, na jaaaa, angedeutet«, lachte Maria, wobei sie Joe scheu musterte.

»Willst du mich den Damen nicht vorstellen, Kiki, Liebling?«, säuselte er.

Vicky schnappte nach Luft. Das war nicht nur der falsche Film, das war das falsche Kino. In was hatte sie sich da bloß reinreiten lassen?

»Johannes Beck.« Joe reichte den Pflegerinnen nacheinander die Hand. »Freut mich, Sie kennenzulernen. Bestimmt sehen wir uns von nun an öfter.«

Kokett nestelte Maria an dem Gummiband, das ihr dunkles Haar zusammenhielt.

»Wäre ja der Brüller.«

»Wann ist es denn so weit mit der Hochzeit?«, erkundigte sich Elsa aufgeregt. »Noch in diesem Sommer?«

»Sie können gern Blumen streuen«, erwiderte Joe leutselig.

»Schatz«, aus Vickys Mund klang das Wort wie ein Peitschenknall, »es wird Zeit, dass wir zu meiner Mutter gehen.«

»Aber natürlich, Kiki, mein Liebling.«

Er besaß die Frechheit, eine Verbeugung anzudeuten, und die Unverfrorenheit, wieder einen Arm um Vicky zu legen. Fragend zeigte er in beide Richtungen des Flurs.

»Hier entlang«, sagte Maria beflissen. »Ich gehe vor.«

Und so begab es sich, dass Vicky samt Rollkoffer mit einer doppelten Eskorte zum Zimmer ihrer Mutter geleitet wurde – ohne die leiseste Chance, den falschen Fuffziger loszuwerden, der sich mit dem Zartgefühl einer Dampfwalze in ihr Leben drängelte.

Mittlerweile stand sie völlig neben sich. Nach dem heutigen Telefonat musste es Eleonore Elsässer ja wie eine selbsterfüllende Prophezeiung erscheinen, dass ihre Tochter mit einem Mann auftauchte, von dem alle behaupteten, er sei der Zukünftige. Was für ein schändliches Spiel, wenn Vicky auch zugeben musste, dass sich die Ereignisse in Gestalt von Elsa und Maria quasi selbsttätig entwickelt hatten, und zwar in eine Richtung, die weder sie noch Joe hätten ahnen können. Aus einer kleinen Notlüge, um ins Heim zu kommen, war so etwas wie eine allgemein bekannte Tatsache geworden.

Verflixter Mist. Vicky kochte innerlich. Hier stimmte aber auch gar nichts. Wenn sie ihrer Mutter überhaupt einen Kandidaten hätte präsentieren wollen, dann Konstantin. Und nicht diesen ungehobelten Typen namens Joe-hoppla-jetzt-komm-ich. Unwillkürlich fasste sie sich an den Hals, dorthin, wo Konstantin sie geküsst hatte. Vielleicht hätte er es jetzt in diesem Moment noch einmal getan, wenn sie die Einladung zum Drink angenommen hätte.

»Da wären wir«, strahlte Elsa, als sie Zimmer Nummer sieben erreicht hatten. »Was ist eigentlich mit Ihrer Wange passiert, Frau Elsässer?«

»Leidenschaft, pure Leidenschaft«, grinste Joe.

»Kleiner Betriebsunfall.« Vicky fuhr sich nervös durchs Haar. »Und jetzt möchte ich wirklich zu meiner Mutter.«

Joe, der die unmögliche Situation in vollen Zügen zu genießen schien, drückte einen Kuss auf ihren Scheitel.

»Nur nicht so hibbelig, Kikilein. Ich werde es schon nicht vermasseln, okay? Schau, ich bin groß, ich bin stark, und das nächste Mal bringe ich Blumen für deine Mutter und Pralinen für die liebreizenden Damen mit.«

Die beiden Pflegerinnen kicherten leicht hysterisch. Sehr wahrscheinlich würden sie an der Tür horchen, um nur ja nicht den großen Antrittsbesuch des Schwiegersohns zu verpassen, mutmaßte Vicky. Halleluja. Wie kam sie bloß jemals wieder raus aus dieser Geschichte?

Nachdem sie geklopft hatte, schloss sie kurz die Augen, zählte bis zehn, um sich zu beruhigen, und drückte auf die Klinke. Wie erwartet saß Eleonore Elsässer aufrecht im Bett. Ihre kleine, rundliche Gestalt umhüllte ein altroséfarbener Samtbademantel, ihr blondes, mit ersten Silberfäden durchwirktes Haar war ordentlich hochgesteckt. Erlöst lächelnd hob sie die Arme.

»Vicky, mein Kind!«

Die innige Schlichtheit dieser drei Worte hatte etwas zutiefst Anrührendes. Nicht weinen, sagte sich Vicky, doch sie konnte nicht verhindern, dass ihr auf einmal Tränen über die Wangen liefen. Und das, obwohl ihr emotionale Ausbrüche fremd waren und sie das Verhältnis zu ihrer Mutter immer für kühl gehalten hatte. Doch plötzlich war alles anders. Nach den Strapazen der vergangenen Tage verhieß dieses lächelnde runzlige Gesicht die langersehnte Zuflucht. Ein Zuhause. Eine Heimat. Sie ließ den Koffer los. Aufschluchzend stürzte sie in die ausgebreiteten Arme.

»Mama, ich bin ja so froh«, schniefte sie in den altrosa Samt, der nach dem vertrauten Lilienparfum duftete.

»Kind, Kind«, murmelte Eleonore Elsässer. Sacht streichelte sie Vickys zuckende Schultern. »Wusste ich's doch, dass du noch kommst. Und wie ich sehe, hast du jemanden mitgebracht?«

Joe hatte es also tatsächlich gewagt, das Zimmer zu betreten. Merkte er denn gar nicht, dass er störte? Vicky richtete sich auf, tränenblind, mit mühsam unterdrücktem Groll.

»Das ist, äh, also, sozusagen …«

»Johannes Beck«, stellte Joe sich vor. »Der Mann, der Ihre Tochter liebt und für immer glücklich machen wird.«

Das saß. Wie konnte er nur derart hemmungslos lügen? Vicky war ein friedliebender Mensch, und zu Tätlichkeiten neigte sie schon gar nicht, aber das Bedürfnis, diesem elenden Heuchler kräftig vors Schienbein zu treten, gewann fast die Überhand.

Gehirn an Vicky: Memo gespeichert. Joe bei nächster Gelegenheit vors Schienbein treten.

»Hach, schön«, freute sich ihre Mutter. »Kommen Sie doch etwas näher, Herr Beck.«

Als sei er hier zu Hause, zog Joe den einzigen Stuhl ans Bett und setzte sich. Einige Sekunden lang nahm er den Raum in sich auf. Viel gab es nicht zu sehen. Das weißgetünchte Zimmer wurde vom ausladenden Krankenbett dominiert, daneben stand eine altmodische Stehlampe, deren plissierter Seidenschirm vanillefarben schimmerte, und eine dunkelbraune Kommode mit silbern gerahmten Fotos, die Vicky in sämtlichen Altersstufen zeigten. Ein niedriger geschnitzter Couchtisch und zwei weiße Chippendalesessel mit verblichenen lindgrünen Bezügen verstellten den Rest der Fläche, an den Wänden hingen pastellfarbene Blumenbilder.

»Wie haben Sie beide einander kennengelernt?«, erkundigte sich Eleonore Elsässer arglos.

»Beim Klettern«, erwiderte er, während Vicky »im Job« behauptete.

»Auf jeden Fall war es Liebe auf den ersten Blick«, versuchte Joe das Thema zu wechseln. »Sie haben eine wunderbare Tochter.«

»Ja, sie ist ...«

Nachdenklich ruhte ihr Blick auf Vicky. Ihre weichen Hände mit den zartbraunen Altersflecken spielten fahrig auf der Bettdecke. Vicky legte beruhigend ihre Hände darüber, und im selben

Moment fiel ihr ein, dass Joe es ganz genauso gemacht hatte, als sie in der Hütte auf der Treppe gesessen hatten. Erneut füllten sich ihre Augen mit Tränen.

Was ist nur los mit mir? Warum geht mir das alles so nahe?

Besorgt betrachtete sie ihre Mutter, die eine ihrer typischen Absencen hatte. Von einem Moment auf den anderen verlor sie den Faden, und man wusste nie, ob sie ihn wiederfand oder irgendwann mit einem anderen Faden weitermachte.

»Was sagten Sie noch – was tun Sie beruflich?«, fragte Eleonore Elsässer unvermittelt.

Diesmal verzichtete Vicky auf eine eigene Version. Sollte Joe doch gefälligst selbst erläutern, was das für ein alberner Job war, in farbenfrohen Klamotten an Felswänden zu hängen.

»Meine Ausbildung habe ich als Tischler absolviert, mittlerweile arbeite ich als Möbeldesigner«, erklärte er. »Ich leite einen kleinen Betrieb mit fünf Angestellten und darf davon ausgehen, eine Familie ernähren zu können.«

Vickys Mund klappte auf und wieder zu. Was war das nun wieder für eine Schwindelgeschichte? Nach allem, was sie in der vergangenen halben Stunde erlebt hatte, musste Joe der geborene Hochstapler sein. Möglicherweise war es zwar nett gemeint, ein solides Handwerk vorzutäuschen, um die alte Dame in Sicherheit zu wiegen, aber so glatt, wie ihm die Flunkereien über die Lippen kamen, ganz gleich, ob es um Liebe oder Möbel ging, durfte man ihm gar nichts mehr glauben.

»Tischler«, wiederholte Eleonore Elsässer andächtig. »Wie praktisch. Meine Kommode hat eine Scharte, ein unachtsamer Pfleger, Sie verstehen, könnten Sie das eventuell reparieren?«

»Mama!«, warf Vicky tadelnd ein.

»Kein Problem.« Joe stand auf, um sich die Kommode anzusehen. »Vermutlich eine relativ einfache Sache, ich kann morgen vorbeikommen.«

»Kannst du nicht«, widersprach Vicky heftig.

So weit kam es noch, dass dieser Lügenbaron ihre Mutter umgarnte. Sie musste komplett umnachtet gewesen sein, ihn hier reinzulassen. Am Ende war er ein Heiratsschwindler, der älteren Damen das letzte Geld abluchste.

»Doch, doch, ich kann.«

Mit einem Finger strich er über die schartige Stelle. Vicky hoffte inständig, dass er nicht das Babyfoto in der Badewanne und das grauenvolle Zahnspangenfoto aus der fünften Klasse entdeckte.

»Oh, wie niedlich!«, rief er aus. »Kiki, bist du das?«

Und schon nahm er jedes einzelne Foto in die Hand, jedes peinliche Dokument eines verkorksten Kinderlebens, an das Vicky nie mehr erinnert werden wollte.

»Er nennt dich Kiki, wie süß«, seufzte ihre Mutter.

»Ja, und sie liebt es«, bekräftigte Joe mit diesem perfiden Lächeln, das einen zuverlässigen Würgereiz in Vicky auslöste.

»Kinder, schön ist es mit euch …« Die Stimme ihrer Mutter bekam etwas Schwärmerisches. »Wann wollt ihr denn heiraten?«

Joe stellte das Foto zurück, das er betrachtet hatte, ein Bild des Jammers, auf dem Vicky ihre Internatsuniform und eine grässliche Brille trug.

»Das kommt ganz auf Kiki an, sie ist ja immer im Stress. Von mir aus könnten wir gleich morgen heiraten.«

Eleonore Elsässer drohte ihm scherzhaft mit dem Zeigefinger.

»Nicht so schnell, junger Mann. Vorher muss ich ja …«

Sie verstummte, ihr Blick verschleierte sich. Es brach Vicky fast das Herz, sie so zu erleben, denn gewöhnt hatte sie sich nie daran, dass ihre Mutter manchmal plötzlich abdriftete. Was genau dabei geschah, wusste sie nicht. Kein Arzt hatte sie darüber aufklären können, in welchen Kosmos ihre Mutter dann abtauchte, ob es ihr gut darin ging oder ob sie gar nichts spürte.

In diesem Moment klopfte es an die Tür, und Elsa steckte den Kopf ins Zimmer.

»Ich fürchte, Sie müssen allmählich gehen. Order von der Nachtwache unten. Ihre Mutter braucht jetzt Ruhe.«

»Verstehe. Ja.« Vicky sah, dass Elsa ein Glas Wasser und ein Tablettenröhrchen in der Hand hielt. »Danke, dass Sie uns noch reingelassen haben.«

Elsa strahlte Joe an, der irritiert die Tabletten musterte, aber nichts dazu sagte.

»Keine Ursache.«

Behutsam umarmte Vicky ihre Mutter. Zart wie ein Schmetterling fühlte sie sich an, trotz ihrer rundlichen Formen, und eigenartig zerbrechlich. Für eine Frau Mitte sechzig wirkte sie entschieden zu hinfällig. Manchmal zweifelte Vicky daran, dass die Kombination aus Schlaftabletten und schweren Rheumamedikamenten die richtige Therapie war, doch der behandelnde Arzt verwies stets darauf, dass nur so die chronischen Schmerzen und die innere Unruhe in den Griff zu bekommen seien.

»Bis bald, Mama«, hauchte sie.

»Auf Wiedersehen, Frau Elsässer«, schloss sich Joe an. »Es war mir eine Freude, Sie kennenzulernen.«

Lange ruhte der Blick von Eleonore Elsässer auf seinem lächelnden Gesicht, und in ihren Augen leuchtete es auf – fast so, als erkenne sie ihn von früher wieder, was ja schlechterdings unmöglich war.

»Auf bald, mein Junge«, flüsterte sie.

Vicky schnappte sich ihren Rollkoffer, Joe den Rucksack, und nacheinander verließen sie das Zimmer. Auf dem Flur blieb Vicky stehen. Sie wusste gar nicht, wo sie anfangen sollte, so anrührend und unerträglich zugleich war diese halbe Stunde gewesen. Empört stemmte sie die Arme in die Hüften.

»Das war – unverantwortlich. Wie konntest du meine Mutter nur so belügen?«

»Wer sagt denn, dass ich gelogen habe?«, widersprach er. »Zum Beispiel bin ich wirklich Möbeldesigner und habe einen Betrieb mit fünf Mitarbeitern.«

Vicky reichte es vollauf. Ärgerlich blitzte sie ihn an.

»Interessiert mich einen feuchten Kehricht. Du hast es gut. Du spazierst hier raus und siehst meine Mutter nie wieder, aber ich werde in den nächsten Wochen erklären müssen, dass alles ein Irrtum war und warum wir uns vermeintlich getrennt haben. Denkst du etwa, das ist hilfreich?«

»Falls du meinst, dass ich mein Versprechen breche, kennst du mich schlecht«, knurrte er. »Ich werde morgen wiederkommen und die Kommode reparieren. Deine Mutter ist eine sehr sympathische, liebenswerte Frau. Ich frage mich nur, was mit ihr los ist. Beziehungsweise, was man hier mit ihr anstellt. Hast du das Tablettenröhrchen gesehen?«

»Ja, stell dir vor, ist mir nicht entgangen«, antwortete Vicky patzig.

»Das war ein schweres Valiumpräparat. Wenn sie auch nur eine Tablette davon nimmt, ist sie zwei Tage lang wie benommen. Hast du dich jemals gefragt, ob hier alles mit rechten Dingen zugeht?«

»Jedenfalls hat dich keiner gefragt!«, brauste Vicky auf. »Das Seniorenheim *Zur schönen Aussicht* ist das Beste seiner Art. Man tut hier alles für meine Mutter. Sie hat sich noch nie beschwert.«

Eine feindselige Pause entstand. Joe starrte auf seine Sneakers,

Vicky auf ihren Koffer. Sie war so müde, dass sie im Stehen hätte einschlafen können. Jeder Mensch, dem wir begegnen, ist entweder ein Test, eine Strafe oder ein Geschenk, hatte sie mal gelesen. Joe war eindeutig eine Strafe, wofür, blieb Vicky allerdings ein Rätsel.

»Ich rufe jetzt ein Taxi, alles andere klären wir morgen telefonisch«, stöhnte sie. »Und halte dich gefälligst von meiner Mutter fern!«

Schweigend fuhren sie mit dem Aufzug hinunter ins Erdgeschoss, schweigend gingen sie zurück zur Straße, wo Vicky ihr Handy zückte. Die Taxi-App zeigte eine Wartezeit von zwanzig Minuten an. Auch gut. Alles, was sie wollte, war allein sein. Deshalb atmete sie auf, als Joe ohne ein Wort in den Geländewagen stieg und mit knatterndem Auspuff davonfuhr.

Erst als Vicky eine knappe halbe Stunde später völlig entkräftet ins Taxi stieg, fiel ihr ein, dass sie ihren Rucksack vergessen hatte, den Joe getragen hatte. Innerlich schrieb sie das Ding einfach ab. Sie würde jeden Kontakt zu Joe abblocken, in ihr vertrautes Leben zurückkehren und dieses grässliche Wochenende schleunigst vergessen. Nie wieder klettern. Nie wieder Joe!

Kapitel 22

Viktoria Elsässer hielt eine Menge von Pünktlichkeit. Präzision, Zuverlässigkeit und Pünktlichkeit hießen die Säulen, auf denen ihr Erfolg ruhte. Umso entsetzter war sie, als sie am Montagmorgen schlaftrunken nach ihrem Handy tastete und zweierlei feststellen musste: Erstens war der Akku leer, zweitens hatte folgerichtig der eingestellte Weckruf versagt – ihre Armbanduhr zeigte Viertel nach neun. Bei einem Arbeitsbeginn um neun Uhr der Super-GAU. Wie ein Pfeil schoss sie aus dem Bett und suchte das Aufladekabel. Im Koffer fand sie es nicht. Oha. Hatte sie es etwa in den Rucksack gelegt? In genau jenen Rucksack, der im Geländewagen von Johannes Beck vor sich hin schimmelte?

Sie rannte in die Küche, setzte das Handy auf die Dockingstation und hastete weiter ins Badezimmer. Während sie in aller Eile duschte, fiel ihr der schräge Besuch bei ihrer Mutter ein. Johannes Beck, der Schwiegermutter-Abräumer. Ha! Sie würde dieser skandalösen Annäherung einen Riegel vorschieben. Im Seniorenheim anrufen und sagen, Herr Beck habe Hausverbot. Ab sofort. Für immer. Den Grund würde sie sich eben ausdenken müssen. Eine hochansteckende Krankheit vielleicht?

Nach einem aufreibenden Schnelldurchlauf der morgendlichen Rituale – Haare föhnen, anziehen, ein rascher Schluck Tee, Spurt zum Bus – erschien Vicky um halb elf im Büro, wo alle Schreibtische verwaist waren.

Wie? Niemand da? Sie rieb sich die Augen. Sank auf ihren Stuhl. Öffnete die E-Mails.

Liebe Kollegen, guten Morgen!

Wie bereits gestern Abend bei unserem Umtrunk angekündigt, treffen wir uns um zehn Uhr zu einer Konferenz im Besprechungsraum, um die Kletterreise aufzuarbeiten.

Beste Grüße

Felix von Mahlzahn.

Vicky wurde siedend heiß. Einmal einen Absacker unter Kollegen verpasst, und schon rauschte etwas Wichtiges an ihr vorbei. Männer! Nun ja, theoretisch hätte sie trotzdem im Bilde sein können, denn die Mail war um Punkt neun Uhr eingegangen – als sie noch auf dem Kopfkissen vor sich hin gedämmert hatte. Oje, oje. Nach wie vor war sie so müde, dass sie ganz allein ein Doppelbett hätte vollschlafen können, doch es half nichts: Obwohl ihr die Verspätung hochnotpeinlich war, musste sie zu dieser Konferenz antreten.

Als sie die Tür zum Besprechungsraum öffnete, fühlte sie sich auf der Stelle wie das fünfte Rad am Wagen. Sämtliche Teilnehmer der Kletterreise waren anwesend und die Diskussion schon im vollen Gange. Alle beäugten sie wie einen Alien.

»Viktoria«, Felix quälte sich ein dünnes Lächeln ab, »ich hätte eher mit dir gerechnet.«

»’tschuldigung.«

Matte Begrüßungen wurden gemurmelt. Nichts erinnerte mehr an die entspannte Atmosphäre der Reise, nur die gebräunten Gesichter erzählten davon, dass sie noch einen Tag zuvor gemeinsam in den Bergen gewesen waren.

»Soweit ich weiß, wurde Vic positiv auf gähnende Müdigkeit getestet«, grinste Konstantin. Er trug einen dunkelblauen Anzug, ein rosafarbenes Hemd und sah beneidenswert taufrisch aus. »Kein Wunder. War schließlich heavy, das Wochenende.«

Na besten Dank auch. Vicky hatte sich das Wiedersehen mit ihm ganz anders ausgemalt. In glühenden Farben selbstverständlich und mit zärtlichen Zwischentönen in einem unbeobachteten Moment, nicht aber in der verspannten Runde des Konferenzraums, wo er prompt in seine dumme Angewohnheit des Sprücheklopfens zurückfiel. Nun, wenigstens signalisierte Kai ein gewisses Verständnis, denn er nickte ihr aufmunternd zu.

Rasch drückte sich Vicky auf einen freien Stuhl und versuchte, eine interessierte Miene aufzusetzen, obwohl sie sich äußerst unwohl fühlte. Sie mochte diesen Raum nicht, weil er mit den feuerrot gestrichenen Wänden und den bunten Möbeln eine spielerische Fröhlichkeit suggerierte, die im krassen Gegensatz zu den verhandelten Themen stand. So wenig wie Felix' kunstvoll ausgefranstes rotes Designerjackett konnten der hellblaue Tisch und die Stühle in allen Regenbogenfarben darüber hinwegtäuschen: Vieles in dieser Firma lief unkonventionell ab, man hatte gewisse Freiheiten, doch sobald eine Konferenz anstand, ging es um die Zukunft der Jobs. Alle spürten es, niemand sagte es, nur Kai meldete sich unaufgefordert zu Wort.

»Die Reise war bestimmt aufschlussreich, oder?«, schoss er einen Versuchsballon ab.

»Alles wird gut, für wen, steht noch nicht fest«, bemerkte Felix säuerlich und deutete auf einen Stapel Papier, der vor ihm auf dem Konferenztisch lag. »Ich habe ein Frage-Design entwickelt und möchte, dass jeder die Bogen ausfüllt. Ihr evaluiert euch gegenseitig. Die Parameter sind Leistungsbereitschaft, soziale Kompetenzen, Kommunikationsfähigkeit, Krisenkompetenz, Frustrationstoleranz, Teamgeist und so weiter. Selbstverständlich habe auch ich bereits eine Meinung, doch mir liegt daran, dass sich mein Bild durch eure Bewertungen vervollständigt.«

»Eine analoge Befragung?«, wandte Konstantin ein. »Warum machen wir das nicht online?«

»Weil jeder in dieser Firma über die Fähigkeit verfügt, jedwede digitale Datei zu hacken, womit sich das Thema Diskretion erledigen würde«, antwortete Felix. »Mir liegt daran, dass alles anonym und vertraulich bleibt. Also, ich verteile jetzt die Fragebogen, ihr macht eure Kreuzchen. Für jede abgefragte Kompetenz gibt es eine Skala von eins bis fünf. Eins ist der schwächste Wert, fünf der höchste. Ganz unten findet ihr ein Feld für persönliche Bemerkungen.«

Es klang so herrlich demokratisch und war doch eine Einflugschneise für dezentes Mobbing, wie Vicky wusste. Sie hatte keine Ahnung, wie sie von den Kollegen gesehen wurde und ob es dabei fair zuging. Ihrem Eindruck nach hatte sie einiges dafür getan, ihre Außenseiterposition zugunsten des Teamgeistes zu verschieben, aber man konnte nie wissen. Anonymität, das lehrte nicht zuletzt das Internet mit seinen Shitstorms, beförderte die niedrigsten Instinkte ans Tageslicht.

Mit undurchdringlicher Miene verteilte Felix die Bogen und Kugelschreiber, denn niemand hatte einen Stift dabei. Wozu auch, wenn man sonst immer alles elektronisch erledigte? Brütendes Schweigen legte sich über den Raum.

Bevor Vicky sich dem Fragebogen widmete, wagte sie einen Blick zu Konstantin und registrierte erstaunt, dass er sie verstohlen anlächelte. Wie durfte sie das auffassen? Jetzt zwinkerte er ihr sogar zu. Lieber Konstantin, falls du mit mir flirtest, könntest du dann bitte eindeutigere Signale senden? Rote Rosen oder so?

Gehirn an Vicky: Feintuning für die Decodierung subtiler Mikroexpressionen und verbaler Differenzierungen aktiviert.

Vicky an Gehirn: Kannst du das auch so sagen, dass ich es in meinem umnachteten Zustand verstehe?

Gehirn an Vicky: Achte auf die Zeichen.

Vicky an Gehirn: Welche Zeichen?

Gehirn an Vicky: Wenn das so offensichtlich wäre, wären es keine Zeichen. Kapiert?

Sie senkte verwirrt den Kopf und überflog den Text. Junge, Junge, der Fragebogen hatte es in sich. Felix wollte quasi jeden Wimpernschlag der letzten drei Tage wissen. Allerdings war Vicky während der Reise viel zu sehr mit sich selbst beschäftigt gewesen, um auch noch akribisch die Kollegen zu beobachten, wie ihr jetzt aufging. Außerdem lag es ihr nicht sonderlich, das Verhalten anderer zu bewerten. Sie fand es anmaßend. Wenn man selbst eine kommunikative Null war, mit welchem Recht durfte man dann über andere urteilen? Deshalb entschied sie sich im Zweifelsfall für positive Bewertungen und hoffte, ihre Kollegen würden dasselbe tun.

Etwa eine halbe Stunde verging, dann sammelte Felix die Bogen wieder ein.

»Danke für eure Mitarbeit. In der Dropbox findet ihr übrigens Fotos von unserer Reise. Das wär's dann für heute. Ich wünsche euch eine produktive Woche.«

Fotos, sehr witzig. Wie denn, wenn keiner ein Handy zum Fotografieren dabeigehabt hatte? Alle standen auf, auch Vicky, die trotz ihrer Müdigkeit und ihres Muskelkaters versuchte, energiegeladen zu wirken, was damit endete, dass sie beim Aufstehen ihren Stuhl umwarf. Typisch Bewegungskasper. Konstantin hingegen schien keinerlei Schwierigkeiten irgendwelcher Art zu haben. Federnden Schritts steuerte er auf Vicky zu.

»Hey, Vic, lass uns den Flow der Reise nutzen. Ich schlage vor, dass wir uns in der Chill-out-Ecke über das A-Projekt austauschen, bevor wir weiter daran arbeiten.«

Aha. Er wollte also reden. Das konnte nur ein gutes Zeichen

sein, frohlockte Vicky. Seite an Seite gingen sie zum Lift, wo er ihr galant den Vortritt ließ. Ja, das war Konstantin. Ein Mann, der sich zu benehmen wusste.

»Hör mal, Vic«, sagte er, als sich die Aufzugtüren geschlossen hatten, »ich habe da einen kleinen logischen Fehler in deinem Projektentwurf entdeckt. Nichts Dramatisches.« Er nagte an seiner Unterlippe. »Und es bleibt auch unter uns, Ehrensache.«

»Einen Fehler?«

Vicky machte keine Fehler, jedenfalls nicht, wenn es um wasserdichte Software-Lösungen ging. Sie hielt sich wahrlich nicht für Miss Einstein persönlich, aber Logik, solange sie sich auf Strukturen und Zahlen bezog, war eindeutig ihre Domäne.

»Ich hole meinen Laptop, dann gehen wir der Sache gemeinsam auf den Grund«, verkündete er eine Spur gönnerhaft. »Wofür sind wir schließlich ein Team?«

Sehr löblich, falls man dem Braten trauen konnte. Im Büro angekommen, hockte sich Vicky mit ihrem Laptop auf eine der lindgrünen Couchen und wartete gespannt. Auf die Fehlerdiagnose – und auf weitere Zeichen.

»So, ich habe heute Morgen schon heftig an dem Projekt getüftelt«, sagte Konstantin, nachdem er neben ihr Platz genommen hatte. »Ehrlich, mein Laptop glüht, ich könnte ihn glatt als Waffeleisen benutzen.«

»Schön. Und wo liegt der angebliche Fehler?«

»Hey, hey, nur nicht so abweisend, an deinem Heiligenschein blinkt schon das Inspektionslämpchen«, scherzte er aufgeräumt. »Ich rufe jetzt das Programm auf, und du erzählst mir, was du dir bei deinen einzelnen Modulen gedacht hast.«

Gib alles und behalte dein Bestes, war immer Vickys Motto gewesen, eine Frucht ihrer zahlreichen Erfahrungen mit Ideenklau.

Doch Konstantin schien es ernst zu sein mit seiner Beschwörung des Teamgeists. Und eilte ihm nicht der Ruf des Überfliegers voraus, der es nicht nötig hatte, geistiges Eigentum zu stehlen? Deshalb erläuterte sie ausführlich ihr Konzept.

»Ich habe die neuesten Errungenschaften statistischer Forschung eingebaut, vor allem reversive Blockaden, um sogenannte Schein-Signifikanzen zu vermeiden. Simpel gesagt, umgehe ich damit Fehlschlüsse aus statistischem Datenmaterial.«

Konstantin sah auf einmal aus, als habe sie mit Reißzwecken um sich geworfen.

»Du hast – bitte was?«

»Ich gebe dir ein Beispiel. Wenn übergewichtige Menschen auffallend häufig Schokolade essen, stellt sich die Frage nach Ursache und Wirkung«, erklärte sie geduldig. »Haben sie Übergewicht, weil sie Schokolade essen? Oder essen sie Schokolade, weil sie übergewichtig sind und daher gegen ihre miese Laune unbewusst die stimmungsaufhellende Wirkung der durch Schokolade erzeugten Hirn-Botenstoffe einsetzen?«

»Okay, verstanden. Schokolade löst keine Probleme, aber mit vollem Mund kann man schlechter heulen«, grinste er.

Eine selten dämliche Antwort. Überaus dämlich für einen derart qualifizierten Kollegen.

»Man schreibt die stimmungsaufhellende Wirkung von Schokolade den Inhaltsstoffen Tryptophan, Theobromin und Phenylethylamin zu, die vom Körper teilweise in Serotonin umgewandelt werden, doch darauf kommt es hier nicht an«, erwiderte sie, nun schon etwas ungeduldiger. »Die Pointe liegt darin, dass wir eine Software für Kliniken entwickeln, dass es also um Behandlungsrisiken geht – möglicherweise um Leben und Tod. Da dürfen wir auf keinen Fall falsche Schlüsse aufgrund scheinbarer Signifikanzen zulassen.«

»Hat dir schon mal jemand gesagt, dass du unheimlich schlau bist?«, fragte er.

»Mit der Betonung auf unheimlich? Ja.«

»Wow.«

Er lachte schelmisch. Seine Hand, die locker zwischen ihnen auf der Couch gelegen hatte, kroch etwas näher heran, sein teures Rasierwasser roch betäubend gut, so gut, dass Vicky ganz schwach wurde. Ob die enthemmende Wirkung der Höhenluft wohl auch nach der Rückkehr ins Flachland anhielt?

»Ich liebe unser Zweierteam«, beteuerte er. »Na dann, auf in den Kampf. Zusammen werden wir unschlagbar sein.«

Es war absolut irre, was ein einziges Wort ausmachte. Ich *liebe*, hatte Konstantin gesagt, und natürlich hätte er genauso gut von Steaks oder edlen Seidenkrawatten sprechen können, doch in Vicky löste dieses Wort etwas aus. Irgendwo in der Herzgrube, wo seit den Turbulenzen der Kletterreise sowieso reines Chaos herrschte, wirbelte es etwas auf. War die Formulierung, er *liebe* ihre Zusammenarbeit, nicht ein dickes, fettes Zeichen dafür, dass er sich etwas aus ihr machte?

Leise pfeifend klickte er auf die Tastatur seines Laptops. Auf dem Monitor erschien eine Menüleiste, durch die man bunte Diagramme anwählen konnte, die Vicky gebaut hatte, mit einigen interaktiven Funktionen. Sie hatte die Software so ausgelegt, dass sie fortlaufend mit neuen Daten gefüttert werden konnte, um die Ergebnisse stetig zu verfeinern. Konstantin klickte diese Funktion weg.

»Was machst du?«, fragte sie entgeistert.

»Es ist eine fehleranfällige Funktion«, erklärte er. »Stell dir vor, die Kliniken geben ihre neuen Daten falsch ein – dann stimmt die gesamte Statistik nicht mehr.«

Ja, das leuchtete ein. Dennoch, genau diese Funktion war der

Clou von Vickys Konzept gewesen – dass die Klienten eigenständig mit der Software weiterarbeiten konnten, ohne Unterstützung von MediSolutions. In Gedanken versunken betrachtete sie Konstantins gepflegte feingliedrige Finger, die sich mit der Virtuosität eines Pianisten auf der Tastatur bewegten.

»Wir bauen einen Umweg über MediSolutions ein, das sichert uns noch dazu permanente Aufträge.« Er drückte die Enter-Taste. »So, auf dieser Basis sollten wir jetzt weitermachen.«

»Bist du sicher?«

Vorwurfsvoll lächelnd schaute er sie an, ein Widerspruch in sich, eigentlich, doch er beherrschte offenbar die Kunst zweideutiger Zeichen.

»Vic, Liebes, ich betreue nebenher die Accounts diverser Kunden in den sozialen Netzwerken. Glaub mir, ich weiß, wie unsere Klienten ticken. Weißt du es auch?«

Liebes, er hat *Liebes* gesagt. Sie sah ihn vor sich, unter dem nächtlichen Sternenhimmel im Gebirge, wie er seine leicht chaotische Liebeserklärung stammelte. Vicky hatte keinerlei Übung darin, im wahren Leben zu bekommen, was sie sich mit dem Herzen wünschte. Schon die klitzekleine Aussicht, Konstantin könnte ernsthaft gewisse Gefühle für sie hegen, jetzt, hier, ganz ohne Höhenkoller, legte sie quasi lahm. Es war ein Zustand, in dem sie ihm vermutlich auch einen verrosteten Schrotthaufen von Gebrauchtwagen zum Preis eines Neuwagens abgekauft hätte.

»Vic? Einverstanden?«

Ihr schwirrte der Kopf, als sie aufstand. Ihre Haut prickelte, ihr Herz schlug Flickflacks. Ohne lange nachzudenken, nickte sie, was sonst. Ja, hieß das, ja, Konstantin, ich habe die Botschaft verstanden, und ganz gleich, was aus uns beiden wird, dies ist einer der glücklichsten Momente meines Lebens.

Kapitel 23

Zwei Stunden, fünf Katzenvideos und dreißig Mails später saß Vicky immer noch wie angeschraubt am Schreibtisch vor ihrem Laptop. So fühlte es sich also an, wenn es einen leibhaftigen Mann gab, der sich für einen interessierte und dessen Gefühle man erwiderte. Hin und wieder lugte sie zu Konstantins Schreibtisch hinüber und vergötterte kurz das dunkle Haar, das bewegungslos über dem Monitor schwebte. Zwischendurch bombardierte sie Catherine mit WhatsApp-Nachrichten, schrieb Manuel, Viktor und Robin ein paar liebevolle Worte und schaute natürlich unablässig nach, ob Konstantin eine Nachricht geschickt hatte.

Herr im Himmel! Der Mann ihrer Träume, zum Greifen nah! Wie sollte sie sich da noch auf ihre Arbeit fokussieren? Nur ganz entfernt, in einer sehr entlegenen Zone ihres Kopfes, geisterte Joe herum. Jedes Mal, wenn er sich das erlaubte, schob sie ihn entrüstet zur Seite. Er hatte nichts bei ihr zu suchen, basta!

Nur einmal verließ sie das Büro, um ihre Mutter anzurufen. Tagsüber wurde sie durchgestellt, nur nachts landete sie an der Pforte. Eleonore Elsässer klang lebendiger als sonst, freudig erregt und ohne jede geistige Eintrübung. Dieser Joe sei ein Prachtkerl, nicht nur sie sage es, das gesamte Heim stehe Kopf, erzählte sie. Wann er denn wiederkomme. Ob er schon die Ringe besorgt habe. Wie viele Kinder geplant seien.

Mit wachsendem Unbehagen hörte Vicky zu. Am Telefon konnte sie unmöglich aufklären, dass die Nachricht von der Hochzeit Fake News waren. Erstunken und erlogen von einem unmöglichen Typen. Sie versprach, im Laufe der Woche vorbeizukommen, hauchte einen Kuss ins Handy und beendete das Gespräch. Eigenartig. Selten hatte sie sich ihrer Mutter so nahe gefühlt. Ausgerechnet jetzt, wo es drunter und drüber ging.

Ratlos ging sie zurück ins Büro, wo der Mann saß, den sie gern irgendwann ihrer Mutter vorgestellt hätte. An Arbeit war nun gar nicht mehr zu denken. Nur ein paar weitere Mails beantworten kriegte sie hin und atmete auf, als um Viertel nach eins Catherines Pumps über das Parkett klapperten.

»Vic, Schatz, Mittagessen?«

Diesmal zögerte Vicky keine Sekunde.

»Unbedingt! Du weißt schon«, ein kurzer Blick zu Konstantin, der hinter seinem Monitor abgetaucht war, »es gibt viel zu besprechen!«

Bereits auf dem Weg zum Aufzug – Vicky sprudelte nur so über vor lauter Begeisterung – bemerkte sie allerdings, dass Cat ihren Enthusiasmus, Konstantin betreffend, keineswegs teilte. Ganz im Gegenteil. Weder die Überlegung, ob man sich getreu dem Motto *be prepared* schwarze Spitzenunterwäsche zulegen oder endlich das Thema Schlafzimmerlampe unter dem Aspekt kosmetischen Lichts angehen sollte, entlockte Cat eine zustimmende Reaktion. Auch Vickys Frage, wie das eigentlich mittlerweile mit den Kondomen laufe, ob man so was als Frau vorrätig haben müsse oder ob der Mann die Dinger mitbringe, praktischerweise in der passenden Größe, erzeugten keinerlei messbare Resonanz. Im Lift dann brach es aus Catherine heraus.

»Vic, Vic, halt, gib mir eine Minute. Ich hab ja schon gestern nach deinen ganzen Messages gedacht, irgendwie gefällt mir das nicht mit Konstantin, aber heute sträuben sich mir die Nackenhaare. Er ist dein Kollege, sogar dein Konkurrent, schon vergessen?

Glaub mir, so wie die Dinge hier liegen, sind die gefährlichsten Tiere der Welt Schmetterlinge im Bauch.«

Vicky nahm ihre Brille ab und putzte sie umständlich.

»Hast du jemals einen Mann angesehen und gedacht: Verdammt, ich würde dich so gern küssen?«

»Nee, meine drei Kinder hat der Storch gebracht.« Kopfschüttelnd strich Catherine ihr dunkelgrünes Seidenkleid glatt, das sich wie eine zweite Haut an ihren üppigen Körper schmiegte. »Vic, ich sage es ungern, aber könnte es sein, dass du mit Konstantin das älteste Spiel der Welt spielst: Ich fühle was, was du nicht fühlst?«

Verstimmt zog Vicky eine Schüppe.

»Er sagt, er *liebt* es, mit mir zusammenzuarbeiten. Er nennt mich *Liebes*. Und am ersten Abend der Reise hat er mir sogar wörtlich gestanden, er hätte sich in mich ver…«

Sie verstummte, weil der Aufzug hielt und Felix zustieg. Streng, fast strafend musterte er die beiden Freundinnen.

»Hallo, die Damen. Catherine, wollten Sie nicht die Fragebogen für mich vorauswerten? Und Viktoria, findest du es angemessen, nach deiner heutigen Verspätung schon wieder eine Pause einzulegen?«

»Ich, ich …« Vickys schlechtes Gewissen brachte sie ins Stottern. »Ich hole, äh, alles nach. Gleich heute Abend. Versprochen.«

Während sie noch darüber nachdachte, welchen weiteren Beleg für ihre untadelige Arbeitsmoral sie Felix präsentieren könnte, zeigte Catherine, ohne mit der Wimper zu zucken, auf ihre Uhr.

»Sorry, Chef, eine gute Stunde Mittagspause steht in meinem Vertrag. Danach können Sie wieder mit einer hochmotivierten Mitarbeiterin rechnen.«

Mit einem leichten Schlingern hielt der Lift im Erdgeschoss.

Felix zog seine getigerte Sonnenbrille aus der Innentasche des kunstvoll zerfransten roten Leinenjacketts, bevor er mit einem unfreundlichen »Mahlzeit, die Damen« davonmarschierte.

»Uuhh, Cat, du bist echt cool«, staunte Vicky.

»Und du bist furchtsam wie das Kaninchen vor der Schlange«, erwiderte Catherine. »Warum knickst du vor dem Typen ein? Noch nie was von Mitarbeiterrechten gehört?«

»Ich wollte mich nicht unbeliebt machen.«

»Wer hat denn gesagt, dass du dich beliebt machen sollst?« Mit beiden Händen strich Catherine ihre dunkelrote Lockenmähne glatt und hakte Vicky unter, während sie dem Ausgang zustrebten. »Du könntest ruhig mehr Selbstwertgefühl an den Tag legen. MediSolutions sollte dir täglich die Füße küssen, so einmalig gewinnbringend, wie du arbeitest. Stattdessen reibst du dich auf bis zum Geht-nicht-mehr, bist fleißig wie eine Biene und ackerst wie ein Pferd – am Ende landest du noch beim Tierarzt.«

Vicky hatte diese Diskussion schon so oft mit Cat geführt, dass sie müde abwinkte.

»Jaja, und eines Tages erwischt mich der Burn-out. Versteh doch, ich muss mehr leisten als andere, um anerkannt zu werden. Außerdem muss ich jetzt auch noch Teamgeist beweisen und danke meinem Schicksal, dass es Konstantin ist, mit dem ich den Beweis antrete.«

»Diese Firma ist ein Irrenhaus, und du bist die Zentrale«, grummelte Catherine, während sie die Glastür nach draußen aufstieß und beide auf den Bürgersteig traten.

Vicky atmete tief ein, um den berauschenden Stadtgeruch nach Asphalt, Benzin und Lebendigkeit zu erschnuppern, den sie so sehr mochte. Aber stimmte das überhaupt? Plötzlich sehnte sie sich nach der kalten, klaren Bergluft, nach dem Duft von Kiefernharz und dem Anhauch warmer, von der Sonne aufgeheizter Erde. Wie konnte das denn passieren?

»Schatz«, Catherine drückte ihren Arm, »tu mir einen Gefallen und halte dich noch ein bisschen bei Konstantin zurück, okay? Nur so lange, bis das A-Projekt samt Beförderung über die Bühne ist. Das sind schätzungsweise ein, zwei Wochen, mehr nicht. Danach kannst du von mir aus loslegen, dass die Heide wackelt.«

Zwei Wochen! Genauso gut hätte Catherine ein Schild mit der Aufschrift *Nur noch zwei Kilometer bis zur nächsten Toilette* hochhalten können, wenn Vicky zu Fuß mit einer akuten Magen-Darm-Grippe unterwegs gewesen wäre. Es gab einfach Dinge, die keinen Aufschub duldeten. Vicky hatte zu lange auf einen Mann gewartet. Auf den Richtigen. Jetzt war er da, und sie sollte all das Schöne und Vielversprechende auf die lange Bank schieben?

»Ich werde vorsichtig sein, ganz bestimmt«, erwiderte sie mit fester Stimme. »Was kann schon schiefgehen, wenn Konstantin und ich uns eventuell – ich sage nur eventuell, Cat! – näherkommen?«

Das Gesicht starr geradeaus gerichtet, stöckelte Catherine den Bürgersteig entlang.

»Es geht um Vertrauen.«

»Gut, ich verlasse mich auf seine Integrität, stimmt. Aber ich bin auch Profi.«

»Ein Superoberprofi, klar«, schnaubte Catherine. »Denk dran: Nicht der Apfel hat Schneewittchen vergiftet, sondern ihr blindes Vertrauen in den falschen Menschen.«

Sie ging jetzt so schnell, dass Vicky Mühe hatte, sich ihrem Tempo anzupassen. Trotz der schlechtverheilten Blasen trug sie wieder hochhackige Schuhe, die bei jedem Schritt in die wunden Stellen schnitten.

»War's das jetzt mit deiner Märchenstunde, Cat? Oder kommt noch die Nummer mit dem Wolf, der Kreide gefressen hat?«

Catherine warf den Kopf in den Nacken und atmete prustend aus.

»Ich geb's auf. Es ist einfach hoffnungslos, dir einen Rat geben zu wollen. Du bist nämlich wie eine Lampe: Dauernd knipst man am Schalter rum, ohne dass sie aufleuchtet, bis man irgendwann feststellt: April, April, da ist ja gar keine Birne drin!«

»Netter Vergleich.« Um ihren Unmut zu unterdrücken, konzentrierte sich Vicky darauf, nicht auf die Rillen zwischen den Gehwegplatten zu treten. »Nur, dass es hier wohl kaum um meinen Grips geht, sondern um mein Herz.«

»Ganz genau. Aber dein Herz ist kein Spielplatz für einen wie Konstantin Lenzendorf. Vic, Schatz, komm zur Besinnung. Es ist noch nicht lange her, dass du völlig anders von ihm dachtest.«

Inzwischen hatten sie das kleine Lokal erreicht, in dem sie das letzte Mal zusammen gegessen hatten. Vicky betrachtete es mit völlig neuen Augen. Wie schön der Oleander blühte. Wie hübsch das bodentiefe Fenster bemalt war. Sie war ehrlich hingerissen, auch von der angenehm warmen Sonne, die das Idyll beschien.

»Draußen oder drinnen?«, fragte Catherine.

»Draußen«, antwortete Vicky zu ihrer eigenen Überraschung.

»Sag mal, du bist doch nicht etwa krank oder so?«, erkundigte sich Catherine, als sie auf den Gartenstühlen vor dem Lokal Platz nahmen.

Geschenkt. Vicky konnte ihr nicht böse sein, dafür war diese Freundschaft zu stark. Sie hatte auch nicht vergessen, dass sie ganz allein ihrer wundervollen Freundin die denkwürdige Kletterreise verdankte. Ohne Cats Intervention wäre sie schließlich gar nicht erst losgeflogen und hätte vielleicht niemals die beglückende Erfahrung gemacht, dass Konstantin alles andere als der aalglatte Karrierist war.

»Willkommen, ich hoffe, dass keine größeren Unpässlichkeiten zu erwarten sind!«

Mit diesen Worten erschien der Kellner und brachte zusammen mit den Speisekarten unaufgefordert eine Flasche stilles Wasser sowie zwei Gläser. Daneben legte er eine Packung Papiertaschentücher.

»Kleine Aufmerksamkeit des Hauses«, grinste er.

Vicky beugte sich verlegen über die Speisekarte, Catherine bedankte sich lachend. Dann bestellte sie wieder Schnitzel und Vicky Salat ohne Salat, was der Kellner mit einem vergnügten Schmunzeln quittierte. Nachdem er gegangen war, fächelte sich Catherine mit der Speisekarte Kühlung zu.

»Kannst dir ein Beispiel an ihm nehmen. Sein Passwort fürs Leben heißt Humor. Auch du könntest etwas mehr Leichtigkeit vertragen.«

»Hmja.« Nach einem Schluck Wasser rückte Vicky ihre Brille gerade. »Wie geht es den Kindern? Hat Finn schon alle Zähne?«

»Machst du Witze? Das dauert Monate! Wenigstens sind die Großen schon pflegeleichter, nur das Kinderzimmer sieht immer aus wie ein Wimmelbuch. Egal, ich liebe sie alle drei.«

»Du hast meine volle Bewunderung. Umso mehr weiß ich es zu schätzen, dass du am Freitagmorgen extra zum Flughafen gekommen bist«, sagte Vicky. »Das war ein echter Freundschaftsdienst.«

Grübelnd schob Catherine ihr Wasserglas auf der Tischplatte hin und her.

»Da bin ich mir gar nicht mehr so sicher.«

Was sollte das denn heißen? Warum wollte Catherine nicht wahrhaben, welch ein Glücksfall diese Kletterreise bedeutete? Die extremen Belastungen, so viel hatte Vicky mittlerweile begriffen, waren mit einer wundersamen Veränderung einhergegangen: Die Mauer, die sie um ihr Herz gebaut hatte, aus Angst, verletzt zu werden, war eingerissen worden. Und Konstantin war einfach über die Trümmer hinweggestiegen, um zu ihrem Herzen zu gelangen.

»Bisher sehe ich nur eine positive Auswirkung«, merkte Catherine an. »Du hast noch nicht einmal auf dein Handy geschaut, seit wir die Firma verlassen haben.«

»Ja, eine Folge der digitalen Detox-Kur.« Vicky lehnte sich zurück. »Dann erzähle ich dir mal ausführlicher, was sich zugetragen hat.«

Ihr Bericht nahm einige Zeit in Anspruch, obwohl er letztlich nur um das Wesentliche kreiste: Konstantin. Sie hatten längst ihr Essen bestellt und aufgegessen, als Vicky zum Ende kam. Catherine hatte unbeweglich zugehört, nur manchmal die Stirn gerunzelt oder mit der Gabel kleine Löcher in die Luft gestochen. Jetzt rührte sie nachdenklich zwei Löffel Zucker in ihren Espresso.

»Hast du nicht was ausgelassen?«, fragte sie. »Es gibt da jemanden, der bei dir nur am Rande vorkam, obwohl er offenbar eine wichtige Rolle gespielt hat.«

»Wie jetzt? Von wem sprichst du?«

Catherine sah sie forschend an.

»Joe.«

Schon der bloße Name reichte, um Vicky aus der Fassung zu bringen. Ihre Hochstimmung, die sich während der ausführlichen Erzählung noch gesteigert hatte, löste sich jäh in Wohlgefallen auf. Joe, verflixt. Musste dieser Typ denn immer wie ein Bumerang zurückkehren, wenn sie gerade meinte, er sei endlich abgehakt?

»Ich wüsste nicht, wieso der Klettermaxe so erwähnenswert sein sollte«, behauptete sie mit zittriger Stimme.

Dabei regte sich nicht nur Groll in ihr. Trotz allem, was Joe sich im Seniorenheim und auch sonst so geleistet hatte, irgendwie war es ihm gelungen, tief in ihr Inneres vorzudringen. Beim Klettern hatte er ihre Seele berührt – und aufgefangen. Das steckte man nicht nebenbei weg.

»In Joes Version klang es aber durchaus nach einer besonderen Begegnung«, beharrte Catherine.

Nun blieb Vicky der Mund offen stehen. In *seiner* Version? Sie schrak zusammen, als ein feines Pling den Eingang einer WhatsApp-Nachricht ankündigte. Nicht irgendeiner.

Hallo, Süße, ich denk an dich. Bis später, X Konstantin

Das war die Nachricht, auf die sie seit Stunden wartete und über die sie sich riesig gefreut hätte, wenn nicht ein flaues Gefühl in ihrem Magen entstanden wäre, das eindeutig nicht an dem Salat ohne Nüsse, ohne Minze, ohne Dressing lag.

»Cat, du, äh – hast mit ihm gesprochen?«

Nach einem Schluck Espresso wischte sich Catherine den Rest Kaffeeschaum von den Lippen, bevor sie Vicky aufmerksam beobachtete.

»Er hat mir deinen Rucksack gebracht.«

Die Einschüsse kamen näher. Vicky war fassungslos.

»Sag bloß, Joe war bei uns in der Firma!«

»Gleich heute Morgen. Er hatte einen Termin bei Felix, wegen der Nachlese zur Kletterreise und wegen der neuen Büromöbel für die Vertriebsabteilung.«

Jetzt begriff Vicky gar nichts mehr.

»Will er auf den Möbeln rumklettern, oder was?«

»Schatz, Johannes Beck ist ein angesehener Möbeldesigner.« Catherine seufzte über derartig viel Unkenntnis. »So hat Felix ihn kennengelernt – Joe ist der Schöpfer sämtlicher Interieurs von MediSolutions. Die bunten Konferenzmöbel, die Schreibtische aus gebürstetem Stahl, die Lochblechlampen, der Stuhl, auf dem du sitzt, das sind alles exklusive Entwürfe von Joe. Die Kletterreisen sind nur ein lukratives Hobby, daneben bietet er auch Kanurafting an. Übrigens lasse ich mir demnächst von ihm einen großen Esstisch anfertigen.«

Gehirn an Vicky: Hallo? Ich meine: HALLO?

»Und ich Dämlack habe ... Aber woher sollte ich denn ...? Also hat er nicht geschwindelt, du meine Güte ... Wenn ich ...«, murmelte sie konfus vor sich hin.

»Wie bitte?« Demonstrativ legte Catherine eine Hand hinters Ohr. »Was hast du gesagt?«

Vicky starrte auf die Tischplatte.

»Selbstgespräch geführt, kein Wort verstanden.«

Kapitel 24

Wenn es eine zuverlässige Strategie gab, mit fast allem fertigzuwerden, dann bestand sie darin, sich besinnungslos in die Arbeit zu stürzen. So sah es jedenfalls Vicky. Es war sogar effizienter als das Abtauchen in die digitale Welt und geradezu der Königsweg in die meditative Stille: keine wirren Gedanken mehr, keine Gefühle, keine Ängste, nur der kristalline Kosmos geordneter Strukturen. Genau das brauchte sie jetzt. Bloß weg aus dem Schlamassel namens Konstantin und Joe.

Als sie wieder im Büro erschien, heilfroh, weiteren Befragungen durch Catherine entronnen zu sein, öffnete sie deshalb unverzüglich die Softwarebaustelle des A-Projekts und vertiefte sich in die möglichen Binnenlösungen für noch ausstehende Funktionen des Programms.

War es Zufall, dass sie derzeit mit der sogenannten esoterischen Programmiersprache *brainfuck* arbeitete? Sie lächelte in sich hinein. Ja, der Name war Zufall, doch die Anwendung war es keineswegs. Sie setzte darauf, dass Konstantin dieser wenig gebräuchlichen Sprache nicht mächtig war, so dass sie wenigstens auf der Mikroebene das Heft in der Hand hielt.

Die Zeit verflog. Wie besessen führte sie die notwendigen Schritte aus, ohne etwas zu hören oder zu sehen außer den Codes auf dem Monitor. Pluszeichen, eckige Klammern, Striche. So einfach konnte das Leben sein. Gut möglich, dass sie irgendwann vergaß zu blinzeln und vielleicht nicht mal mehr atmete, so sehr verschmolz sie mit den streng logischen Abfolgen des Programmierens. Genau diese Besessenheit war ihr Geheimnis, eine Eigenschaft, die man nicht lernen konnte. Entweder man hatte es, oder man hatte es eben nicht.

»Vic.«

Ein Klang, der wie von Ferne zu ihr wehte.

»Vic, hörst du mich?«

Worte, die ohne jeden Sinn an ihr vorbeischwebten.

»Vic, hey, was ist los mit dir?«

Es kostete sie immense Kraft, sich loszureißen und in die Realität zurückzukehren. In die andere Realität. Wie einen vollkommen Fremden musterte sie den Mann, der mit einer Teetasse vor ihr stand. Ein sehr attraktiver Mann mit dunklen Haaren und einem akkurat gestutzten Vollbart, dessen irisierend grüne Augen sich auf sie richteten. Und schon landete sie mit einem sanften Ruck in der Wirklichkeit. Ihr Herzschlag beschleunigte sich.

»Konstantin.«

»Hast du meine Nachricht nicht gelesen? Hier, ich habe dir Tee gebracht. Weißt du eigentlich, dass du fast vier Stunden ohne jede Pause auf deinen Laptop gestarrt hast?«

Und weißt du eigentlich, dass mich schon zwei Leute vor dir gewarnt haben? Joe und Catherine? Wobei Joe nicht zählte, weil er zweifellos voreingenommen war. Sie nahm Konstantin die Tasse ab. Dabei berührten sich ihre Hände, eine elektrisierende Erfahrung, die nach mehr verlangte.

»Grüner Tee, wie aufmerksam.« Ganz von selbst glätteten sich ihre angespannten Züge. »Ja, deine Nachricht habe ich erhalten. Lieb von dir. Danke.«

Während sie den Tee kostete, linste er auf ihren Monitor.

»Warst gerade mittendrin, oder?«

Sie klappte den Laptop zu. Vorsicht war immer noch die Mutter des Porzellanladens, für den Fall, dass ein Elefant darin herumstöbern wollte. Dennoch hatte sie ein schlechtes Gewissen, dass sie Konstantin misstraute. Konnten diese grünen Augen lügen?

»Ich habe nur ein paar Kleinigkeiten justiert, nun ja, obwohl das immer die meiste Arbeit macht«, antwortete sie unbestimmt.

»Dann hast du dir ja einen Absacker redlich verdient. Lust?«

Oha. Auch eins dieser Wörter, die aus dem Mund eines anderen Mannes vielleicht unschuldig geklungen hätten, bei Konstantin jedoch einen ungemein verführerischen Beigeschmack erhielten. *Lust.* Sie errötete.

»Ja, äh, große.«

»Wohin wollen wir gehen? In eine Bar? Ein Restaurant? Hast du Hunger?«

Gehirn an Vicky: Dies ist eine Essenseinladung. Nur, damit du Bescheid weißt, weil das seit Ewigkeiten nicht mehr vorgekommen ist.

»Wir können gern eine Kleinigkeit essen gehen«, lispelte sie und stellte im selben Moment schockiert fest, dass sie gar nicht angemessen auf ein derartiges Ereignis vorbereitet war.

Blitzschnell erwog sie das Für und Wider ihrer spontanen Zusage. Das Für siegte. Konstantins Einladung besänftigte ihr wundes Herz und streichelte ihr winziges Ego. Doch wenn sie jetzt sagte, sie müsse vorher nur noch ganz kurz einen Satz schwarze Spitzenwäsche sowie Kondome unterschiedlicher Größe kaufen, ausgiebig duschen, Beine rasieren, Haare föhnen, was Nettes anziehen, Kontaktlinsen einsetzen und eine hautfarbene Salbe auf ihre Schramme packen, würde sich eine weitere Chance in Luft auflösen.

»Halb acht, die anderen sind längst weg, wir machen jetzt Feierabend!« Unternehmungslustig rieb er sich die Hände. »Ich bestelle per App einen Tisch, mein Wagen steht in der Tiefgarage. Los geht's zum Candle-Light-Dinner!«

»Super«, seufzte Vicky, beeindruckt von so viel Tatkraft.

Für die weitere Konversation musste sie auch nicht sorgen, das übernahm Konstantin, als sie mit dem Lift hinunter in die Garage fuhren. Er schwärmte von dem Restaurant, das außerhalb der Stadt an einem See lag (ein absoluter Mega-in-Schuppen!), schilderte detailliert, was er essen würde (Seeteufelcarpaccio, Pasta mit Garnelen, getrüffeltes Rib Eye Steak, Crème brûlée!), wechselte dann zum Thema Autos und lobte die Vorzüge seines neuen Hardtop Cabrios (superschnelle Schüssel, dreihundertsiebzig PS, Sieben-Gang-Getriebe mit Massenschwungrad, Beschleunigung von null auf hundert in vier Komma acht Sekunden, Luftwiderstandsbeiwert null Komma drei, eingebaute Minibar!).

Vicky machte sich nichts aus angesagten Restaurants, so wenig wie aus Autos. Sie besaß nicht einmal einen Führerschein. Allenfalls hätte sie vielleicht die Farbe des Wagens interessiert. Dennoch gab sie anerkennende »Ohs« und »Tolls« von sich. Sollte er doch ruhig ein bisschen gockeln dürfen. Seine schülerhafte Aufregung stand ihm jedenfalls besser als die arrogante Attitüde.

Konstantins *Schüssel* entpuppte sich als ein silberfarbener Porsche (lieber mit dem Porsche zum Strand als mit dem Bus zur Arbeit, hahaha!). Vicky fand den Wagen überraschend luxuriös, denn als einfacher Mitarbeiter im Team verdiente Konstantin sicher weniger als sie. Joes Kommentar zu Konstantin fiel ihr ein. Also hatte der spendable Papi das Geschoss bezahlt? Und wennschon. Sie war frei von Neid, obwohl sie selbst mit dem Bus zur Arbeit fuhr. Ha. Ha. Ha.

»Hier in der Garage staubt es mir zu sehr, wir fahren erst offen, wenn wir auf der Straße sind«, kündigte Konstantin an und entriegelte den Wagen per Fernbedienung. »Worauf wartest du? Immer nur rein in das Schätzchen.«

Vicky, deren Blasen sich heftig über die schnelle Gangart beschwerten, begutachtete bang die Sitze, die sich gefühlt wenige Millimeter über dem Boden befanden. Eine sportliche Challenge. Das Einsteigen barg einige Risiken für eine Frau, deren Körperbeherrschung zu wünschen übrigließ. Man musste sich gleichzeitig bücken, den Kopf einziehen, den Po nach links schwenken und darauf hoffen, dass die Beine irgendwie mitkamen. Das alles natürlich vorzugsweise in einer einzigen flüssig-eleganten Bewegung.

Nun ja. Vicky stieß sich erst den Kopf am Wagendach, plumpste dann wie ein Stein in den extrem tiefen Sitz und hievte schwerfällig ihre Beine hinterher, wobei sie mit den Absätzen ihrer Pumps am Rahmen hängenblieb. Schamrot sammelte sie ihre verlorenen Schuhe ein. Okay, das musste sie noch üben.

Zum Glück hatte Konstantin nichts bemerkt. Er war vollauf damit beschäftigt, seine Pilotensonnenbrille aus einem dunkelgrauen Eidechsenlederetui zu nehmen und mit einem weichen Lederläppchen zu putzen. Das gab Vicky Zeit, sich ein wenig in dem rollenden Psychogramm umzusehen. Was verriet dieses Auto über den Besitzer?

Das vorläufige Endergebnis ihrer Analyse wartete kaum mit Neuigkeiten auf. Konstantin mochte es schnell und beeindruckend, war hyperordentlich und legte Wert auf Sauberkeit, denn von innen wirkte der Wagen genauso penibel gepflegt wie von außen. Kein Stäubchen, kein Krimskrams entweihte das heilige Cockpit mit den unzähligen Kontrollanzeigen. Warum nur fand sie in der Rückschau Joes vermüllte Karre auf einmal ganz sympathisch?

»Weißt du, was Ferdinand Porsche gesagt hat?«, fragte Konstantin, nachdem er die Sonnenbrille aufgesetzt und seinen Look im Rückspiegel überprüft hatte.

»Äh, nein?«

»Ein luxuriöses Auto verdirbt keineswegs den Charakter, aber wer keinen Charakter hat, sollte auch gar nicht erst Auto fahren.« Er lachte zufrieden. »Na, den Test habe ich bestanden, oder? Was fährst du eigentlich für einen Wagen?«

»Keinen«, erwiderte Vicky.

»Keinen? Also, du meinst – gar keinen?«

»Korrekt.«

»Keinen Wagen, soso.«

Wie oft wollte er das denn noch wiederholen? Joe hatte solche blöden Fragen nicht gestellt. Sie tat so, als sei die Aussicht in der Tiefgarage einer speziellen Würdigung wert, und starrte ausdauernd aus dem Beifahrerfenster, während Konstantin mit seinem Schlüsselbund herumhantierte. Oder war sie undankbar? Immerhin saß sie mit einem Traummann in einem Traumauto und fuhr gleich in ein fraglos traumhaftes Restaurant. Die halbe weibliche Belegschaft von MediSolutions hätte für so ein unerhört glamouröses Date gemordet. Und sie? Dachte an einen kletternden Tischlermeister, der den Stuhl designt hatte, auf dem sie tagein, tagaus ihren Allerwertesten deponierte.

Gehirn an Vicky: Vergeig es nicht. Du hast es dir sehnlichst gewünscht. Jetzt genieß es gefälligst!

Der Motor sprang an, kraftvoll und doch dezent schnurrend wie eine Raubkatze. Übervorsichtig ließ Konstantin den Wagen zurückrollen, legte den ersten Gang ein und rollte ebenso behutsam zur Ausfahrt. Auch auf der Straße beschleunigte er auffallend zögerlich und erwies sich selbst auf freier Strecke als Anhänger des Tempo-30-Limits. Das mochte vorbildlich sein, Vicky sah es anders: Er steuerte ein Rennauto, doch er fuhr wie ein alter Mann mit Hut.

»Pass auf! Jetzt erlebst du das ultimative Freiheitsgefühl!«, rief er begeistert und drückte auf eine Taste des Armaturenbretts.

Sirrend hob sich das Autodach, nahezu geräuschlos faltete es sich zusammen und verschwand im Heck. Mit Folgen. Ein Windstoß zerzauste Vickys Haar und nahm ihr die letzte Hoffnung, einigermaßen adrett im Restaurant anzukommen.

»Fühlst du dich nicht wohl?«, erkundigte sich Konstantin. »Du siehst blass aus. Kann ich was für dich tun? Einen Piccolo vielleicht für den Kreislauf? Bedien dich, die Minibar ist im Handschuhfach. Strohhalme gibt's auch.«

Genau. Sekt mit Strohhalm. Spitzenidee. Offenbar dachte er nicht daran, dass Vicky auch wieder einigermaßen unfallfrei aussteigen musste, und zwar, ohne dabei auszusehen wie ein Babynashorn im Geburtskanal.

Gehirn an Vicky: So wird das nix. Entspann dich. Zieh dir den Piccolo rein und lächle. Du bist zweiunddreißig. Was glaubst du denn, wie viele derart phantastische Kandidaten noch freiwillig antreten werden, bevor dein Haltbarkeitsdatum überschritten ist? Wie bitte? – Bloß keine Torschlusspanik? Ist das deine Art von Galgenhumor?

»Du bist so still«, sagte Konstantin.

»Oh, ich, äh, genieße die Fahrt.«

Zu allem entschlossen, öffnete Vicky das Handschuhfach, aus dem ihr ein kühler Hauch entgegenwehte, und holte den Piccolo heraus. Zwei Umdrehungen, flugs angesetzt, na also. Sie prostete Konstantin zu. Letztlich war er ihr in den Schoß gefallen, quasi jedenfalls, und man sollte auf keinen Fall die Zeichen ignorieren.

»Es wäre schön, wenn du, na ja, also damit nichts auf die Sitze tropft, einen, hm, Strohhalm benutzen würdest«, druckste er herum. »Das sind Recaro-Turbositze aus feinstem grauen Nappa, sehr empfindlich, das Leder.«

Innerlich ergänzte Vicky das psychologische Profil um die Eigenschaft pedantisch. Brav fischte sie einen Strohhalm aus der Handschuhfachminibar, steckte ihn in das Fläschchen und nuckelte daran. Fast wünschte sie sich in Joes abgeranzte Kiste zurück. Der hätte nicht mal was gesagt, wenn sie einen ketchuptriefenden Burger auf dem Beifahrersitz verspeist hätte.

Gehirn an Vicky: Joe? Delete-Taste!

»Was meinst du, wie sind die Fragebogen ausgefallen?«, überrumpelte Konstantin sie mit einer beruflichen Frage.

»Schwer zu sagen.« Sie umklammerte das kalte Fläschchen, weil ihr etwas schwummrig wurde, bestimmt der Stress. »Ich habe dich übrigens top bewertet. Und du?«

»Ich mich auch«, witzelte er.

Sie musste lachen über so viel sonnige Frechheit. Ja, der Konstantin hatte es faustdick hinter den Ohren. Nach einem weiteren Schluck Sekt per Strohhalm erschien es Vicky, als ob er auch schneller fuhr als anfangs. Ihre komischen Vorbehalte waren also vollkommen unbegründet. Noch dazu sah er tatsächlich hinreißend aus, war nachweislich klug und führte sie in ein Hammerlokal aus. Das nannte man ein perfektes erstes Date mit dem idealen Genpool und der Option auf hochgelungenen Nachwuchs.

Moment. Eins nach dem anderen. Wie ging das noch mal, so ein erstes Date? Vicky war sich durchaus bewusst, dass man nicht gleich seine Möbel mitbrachte oder die Wandfarbe des Kinderzimmers zur Diskussion stellte, aber wie weit durfte man gehen? Ungeduscht, mit stoppeligen Beinen, kochfester weißer Unterwäsche und einem merkwürdigen Rumoren in der Magengegend?

»Joe hat auch ein Wörtchen bei der Bewertung mitzureden,

wusstest du das?«, schnitt Konstantin das verbotene Thema an. »Soweit ich gehört habe, hat er Tagebuch geführt und alles fein säuberlich aufgeschrieben.«

Alles? Was bedeutete alles? Der Sekt gluckerte in ihrem empfindlichen Magen, der seit längerem keine feste Nahrung mehr gesehen hatte, und der Gedanke daran, dass Joe womöglich ihre heiklen Gespräche an der Felswand protokolliert hatte, gab ihr den Rest.

»Joe, immer dieser Joe«, ächzte Vicky. »Könntest du bitte mal anhalten? Ich glaub, mir wird schlecht.«

Kapitel 25

Grandioser Start ins erste Date, zog Vicky eine Zwischenbilanz, als sie mit wackeligen Knien in der vollverspiegelten Toilette des Restaurants *Steak Royal* stand und am laufenden Wasserhahn ihren Mund ausspülte. Von irgendwoher kam eine sanfte Chillout-Musik, neben ihr stand eine rasend hübsche blonde Frau in einem roten Minikleid, die sich die Lippen nachzog. Ihr Spiegelbild schien ihr zu gefallen. Vicky hingegen erblickte im Spiegel einen weiblichen Harry Potter mit wächsernem Teint und einer Schorfspur auf der Wange.

Wenigstens hatte Konstantin geistesgegenwärtig reagiert: eine Vollbremsung hingelegt, Vicky eine Kleenexschachtel zugeworfen und geschrien: »Beug dich raus, großer Gott, beug dich raus!«

Danach war er zur Abwechslung sehr still und Vicky äußerst redselig gewesen, um den peinlichen Vorfall wegzuplappern. Sie hatte sogar noch weitergeplappert, als sie eine Viertelstunde lang vor einer Waschanlage ausgeharrt und den riesigen Bürsten zugesehen hatten, die das Ungemach vom *Schätzchen* entfernten. Erst als sie wieder im frisch gereinigten Wagen gesessen hatten, war sie durch eine lautstark hämmernde Technomusik erlöst worden, die Konstantin im Autoradio gefunden hatte. Nun hockte er schmollend an der Bar des Restaurants, wusste einige sterbenslangweilige Details über Vickys sterbenslangweiliges Leben und wartete auf sie.

Nachdem sie sich das Gesicht mit kaltem Wasser bespritzt hatte, zog sie das Jackett aus und faltete es zusammen. Schwarze Hose und weiße Bluse waren sicherlich nicht der angesagte Dresscode in diesem Edelschuppen, doch das Jackett hatte durch die unerfreuliche Begegnung mit dem Mageninhalt deutlich gelitten. Sie legte es auf die Fensterbank, um es ausmüffeln zu lassen. Einstweilen hatte sie etwas vor, bei dem schlechte Gerüche nur stören konnten.

»Da bist du ja«, sagte Konstantin mit einem schiefen Lächeln, als sie heldenhaft auf die Bar zuschritt, so als hätte sie nie Blasen gehabt und sich nie übergeben. »Der Tisch ist leider weg, weil wir uns verspätet haben. Falls es okay für dich ist, können wir am Tresen essen. Bis wir woanders hingefahren sind, zurück in die Stadt, hat überall die Küche zu.«

»Kein Problem«, nickte Vicky.

Ja, Romantik war steigerbar. Erst hatte sie über der Beifahrertür gehangen wie ein seekranker Schiffspassagier über der Reling, nun verwandelte sich das intime Candle-Light-Dinner in einen rustikalen Tresen-Snack. Vicky hätte todunglücklich sein müssen, weil sie die Planbarkeit des Lebens immer für die oberste Priorität gehalten hatte. Doch seltsamerweise gefiel ihr die improvisierte Situation. Ob das auch an der Kletterreise lag, dass sie lockerer geworden war? Sie musste sogar ein bisschen lachen.

»Das erinnert mich an die Hütte, weißt du noch?«, gluckste sie. »Da haben wir auch immer am Tresen gestanden. Na und? Ist doch halb so schlimm. Vielleicht tanzen wir sogar?«

Unmerklich rümpfte Konstantin die Nase. Sein Faible für Improvisation schien sich in Grenzen zu halten.

»Tanzen ist hier nicht vorgesehen. Gut, machen wir das Beste draus. Die Steaks sind sensationell – willst du heute nicht mal eine Ausnahme machen? Ich verrate auch keinem, dass du vom vegetarischen Pfad abgekommen bist.«

Das war ein dicker Hund. Wofür hielt er sie? Für eine Ernährungsheuchlerin?

»Konstantin, Vegetarismus ist eine Haltung, kein Verbot, das man bei der erstbesten Gelegenheit umgeht.«

Wenn sie solche Statements abgab, bemühte sie sich stets, nicht wie ein vertrockneter Müsliguru zu klingen, bekam es aber leider meistens ziemlich gut hin. Auch jetzt.

Gehirn an Vicky: Voll daneben, Dating Queen. Sofort reparieren!

»Hey, alles in Ordnung.« Sie legte eine Hand auf seinen untadelig sauberen Jackettärmel. »Du lässt dir dein Steak schmecken, ich nasche Gemüse. Sieh es positiv: Ich würde dir nie was vom Teller stibitzen.«

Von dem Viergängemenü war nicht mehr die Rede, glücklicherweise, denn Vickys Magenkapazität hätte vor all den angekündigten Köstlichkeiten kapituliert. Sie bestellte eine leichte Gemüsesuppe, Konstantin sein Rib Eye Steak mit Farmerkartoffeln und Sour Cream.

»Sag mal, ist dein Freund nicht eifersüchtig, dass du hier mit mir unterwegs bist?«, fragte er.

»Ich hab Schluss gemacht.« Vicky fuhr sich durchs Haar. »Die Luft war raus.«

Diese Antwort hatte sie sich schon während der Herfahrt zurechtgelegt. Sie schien Konstantin vollauf zu genügen, und sie hatte nicht vor, irgendwelche Details zu erfinden, denn sie hatte mal gelesen, dass Männer es nicht mochten, wenn Frauen über ihre Exfreunde schwadronierten. Eine Weile sprachen sie über die Kletterreise, bis dieser Gesprächsstoff restlos aufgebraucht war.

Unauffällig schaute Vicky zur Uhr. Neun. Zu früh, um ein erstes Date zu beenden, und sie hatten noch nicht einmal gegessen! Verzweifelt suchte sie nach einem gemeinsamen Thema. Was verband sie eigentlich? Der Job, ja, aber sonst?

»Hast du Hobbys?«, versuchte sie es mit einer typischen Erstes-Date-Frage.

»Sport, Reisen, Lesen«, antwortete er so prompt, dass Vicky eine gewisse Erstes-Date-Routine herauszuhören meinte.

»Und was, äh, liest du so?«

Er überlegte.

»Sachbücher. Ökonomie und so was.«

Obwohl sie sich fest vorgenommen hatte, einen gewissen Herrn aus ihren Gedanken zu verbannen, ging Vicky durch den Kopf, dass sie hundertmal lieber mit Joe stritt, als mit Konstantin krampfhaft nach Gesprächsthemen zu suchen.

»Ökonomie, spannend«, erwiderte sie lahm.

Oha. Die Konversation schleppte sich dahin wie ein ausgelaugter Marathonläufer nach dem Zieleinlauf. Immerhin, ab dem zweiten Gin Tonic wurde Konstantin umgänglicher. Als das Essen kam, begann er gerade, eine Anekdote aus seinem Internat zum Besten zu geben.

»Du warst auch auf einem Internat?«, fiel Vicky ihm ins Wort.

»Ja, du auch?«

Sie konnte förmlich hören, wie es Klick machte. Da war sie, die Verbindung, hurra. Internate hinterließen spezifische Erinnerungen, einen besonderen Stallgeruch, den niemand aufzuweisen hatte, der in einer normalen Schule gewesen war, und den sie nun teilen konnten. Möglicherweise war es dieser Stallgeruch gewesen, der sie vom ersten Moment an zu Konstantin hingezogen hatte.

»An den Wochenenden haben wir immer Partys in den Waschräumen veranstaltet!« Aufgeregt säbelte er an seinem Steak herum, aus dessen blutiger Mitte ihn ein Fettauge anstarrte. »Ihr auch?«

»Klar, die Partys in den Waschräumen«, bekräftigte Vicky, wenngleich man sie nie dazu eingeladen hatte. »Und es gab ein hochgeheimes Zigarettendepot in der Wäschekammer.«

... zu dem sie nie Zugang gehabt hatte, weil es das strenggehütete Terrain der beliebten Schülerinnen gewesen war.

»Irre, bei uns auch!« Konstantin klopfte ihr auf den Rücken. »Vic, egal, wie dein Magen quengelt, darauf müssen wir einen heben!«

Beim Barkeeper orderte er zwei dunkelbraune Kräuterschnäpse, die aromatisch rochen und mit Zitrone und Eis serviert wurden.

»Ist gut für die Verdauung und desinfiziert den Mundraum«, erklärte er launig. »Man weiß ja nie, was noch kommt. Auf uns!«

Ein eigenartiger Trinkspruch. Vicky kannte einen besseren. Sie hob ihr Glas in die Höhe, so dass der bräunliche Inhalt im Licht der Tresenbeleuchtung funkelte.

»Euch ist bekannt, was wir bedürfen, wir wollen stark Getränke schlürfen!«

Konstantin stutzte.

»Das ist Goethe.«

»Und der Spruch aus meinem Internat«, ergänzte Vicky. »Selbst wenn heimlich Alkohol konsumiert wurde, musste es halt kultiviert zugehen in einem anspruchsvollen Erziehungsinstitut.«

Er schaute sie an, als habe er soeben eine Erleuchtung gehabt.

»Vic, wie hieß deins? Etwa Haus Felsenhöhe?«

Nun traf auch Vicky die Erleuchtung. Himmel, Konstantin und sie waren auf demselben Internat gewesen! Gut möglich, dass sie ihn von weitem bewundert hatte, damals, als sie immer isoliert auf dem Schulhof herumgestanden und sehnsüchtig die unerreichbaren coolen Jungs angeschmachtet hatte.

»Haus Felsenhöhe. Stimmt«, flüsterte sie ergriffen.

»Welcher Jahrgang?«

»Ich bin jetzt zweiunddreißig.«

»Ich auch.«

Parallel kippten sie die Schnäpse, und Vickys Magen hatte ein Einsehen. Er meldete keinerlei Widerspruch an, wie sie dankbar registrierte. Auch nicht, als Konstantin sie feierlich umarmte.

»Mannomann, wir beide! Zeitgleich in Haus Felsenhöhe! Und jetzt MediSolutions! Wenn das mal keine Fügung ist.«

Vicky bewegte derselbe Gedanke. Aber noch eine andere, weit berauschendere Erkenntnis durchzuckte sie: Viktoria Elsässer, die absolute Außenseiterin des Internats, datete einen von den obercoolen Jungs, die sie nie eines Blickes gewürdigt hatten. Es war heillos kindisch, stolz darauf zu sein, doch sie war es halt. Es fühlte sich an, als ob eine alte Wunde endlich heilte.

Sie schaute Konstantin nun genauer an. Wenn sie sich den Bart wegdachte und die eine oder andere Falte retuschierte, konnte sie sich durchaus an ihn erinnern. Immer obenauf, immer arrogant, mit dem Flair des Jungen aus reichem Hause umgeben. Falls ihr damals jemand prophezeit hätte, er würde sie dereinst daten, hätte sie diesen Jemand für verrückt erklärt.

Sie fingen an zu blödeln. Machten Lehrer nach, die sie noch kannten, riefen sich den kauzigen Hausmeister mit dem absurd dicken Dackel in Erinnerung und die Streiche, die man ihm gespielt hatte. Konstantin erzählte daraufhin wunderbar infantile Schülerwitze, über die sie sich scheckig lachten. Wie zufällig berührten sie einander dabei, wie absichtslos parkte seine Hand auf ihrem Knie. Die gemeinsame Vergangenheit, auch wenn sie sie streng genommen gar nicht wirklich gemeinsam verlebt hatten, nur unter demselben Dach, erzeugte wie von selbst eine innige Vertrautheit.

Irgendwann, Vicky sah schon längst nicht mehr auf die Uhr,

machte sie der Barkeeper darauf aufmerksam, dass sie die letzten Gäste seien und das Restaurant bald schließe. Verblüfft schauten sie sich um. Tatsächlich. Sie hatten alles um sich her vergessen und gar nicht registriert, wie sich die Tische leerten. Konstantin rutschte von seinem Barhocker.

»Ich zahle, keine Widerrede!«

»Danke, aber das nächste Mal bin ich dran«, entgegnete Vicky.

Eine kühne Einlassung? Durfte sie einfach so von einem zweiten Date ausgehen? Seine lachenden Augen waren Antwort genug. Lässig reichte er dem Barmann seine Kreditkarte und legte einen Arm um Vicky.

»Lust auf einen kleinen Spaziergang? Du hast den See noch gar nicht gesehen. Ist echt schön hier draußen.«

Lust. Sie fühlte sich herrlich aufgedreht und ein bisschen beschwipst. Es war, als seien die Strapazen des Wochenendes wie weggeblasen. Ihr Herz wurde leicht wie ein Luftballon.

»Durchaus«, kicherte sie. »Ich lasse mir immer gern landschaftlich reizvolle Gegenden zeigen, solange ich nicht auf Berge klettern muss.«

»Keine Sorge. Ich bevorzuge die Horizontale.«

Er unterschrieb den Kreditkartenausdruck, ohne den Arm von ihrer Schulter zu nehmen. Der erfreuten Miene des Barkeepers nach zu schließen, hatte er ein fürstliches Trinkgeld gegeben. Dann wankten sie übermütig wie Schulkinder aus dem Lokal. Und waren sie das nicht auch? Internatszöglinge, die ein bisschen ausflippten, weil keiner auf sie aufpasste?

Draußen empfing sie ein lauer Sommerabend. Grillen zirpten, es duftete nach Blumen und Wiesen. Direkt hinter dem Restaurant begann ein von altmodischen Laternen beleuchteter Plattenweg, der zum See führte. Man hörte schon das leise Plätschern und Gluckern der Wellen, die am Ufer leckten. Undeutlich hoben sich die dunklen Konturen zweier Ruderboote vom mondbeschienenen See ab.

Hat uns die Romantik am Ende also doch noch eingeholt, dachte Vicky selig. Alles war seltsam folgerichtig verlaufen nach dem eher holprigen Anfang. Sie hatten zueinandergefunden und schlenderten jetzt Arm in Arm zum See, als sei es das Selbstverständlichste der Welt. Zu selbstverständlich? Sie warf einen Blick auf Konstantin, der leise pfeifend neben ihr ging, spürte seinen Arm, seinen leicht schwankenden Körper, seinen Atem. Es war angenehm, es war schön, doch etwas fehlte – das Prickeln. Lag es etwa daran, dass sie schon viel zu lange nicht mehr mit einem Mann ausgegangen war?

Dummerweise spielte ihr das Gedächtnis einen reichlich gemeinen Streich. Winzige goldene Pünktchen leuchteten vor ihrem inneren Auge auf, mit ihrem ganzen Körper spürte sie plötzlich die vibrierende Ausstrahlung eines ganz anderen Mannes. Ihr Atem kam stoßweise. Ihr Herzschlag setzte aus. Nein! Nicht Joe! Was sollte der Blödsinn?

Etwas in ihr erwachte, ein diffuser Wunsch, was Verrücktes, wirklich Verrücktes anzustellen. Sie war immer brav, immer angepasst gewesen, vor allem aber ängstlich. Seit sie die Kletterwand samt Fast-Absturz bezwungen hatte, war es, als hätte sie auch ihre chronische Lebensangst besiegt. Sie fühlte sich stärker. Sie wollte nicht mehr brav sein.

»Weißt du, was wir machen?« Mit einer einladenden Geste deutete sie auf die Boote. »Wir schippern einfach los.«

Konstantin blieb stehen. Er war größer als sie, verständnislos schaute er auf sie herunter.

»Vic, das ist eine Schnapsidee.«

»Eine großartige Schnapsidee!«

Vicky war Feuer und Flamme. Sie spürte, dass dieser Abend auf einen Kuss hinauslief, vielleicht auch auf etwas mehr, und betrachtete eine nächtliche Bootspartie als willkommenen Aufschub. Nein, sie war noch nicht bereit für einen Kuss. Möglicherweise musste sie sich mehr öffnen. Raus aus ihrem Schneckenhaus, rein ins pralle Leben. Und danach wäre sie dann vielleicht auch in der Stimmung für leidenschaftliche Küsse.

»Ahoi!« Sie ließ Konstantin los, um ihre Hosenbeine hochzukrempeln. »Matrose Vic sticht in See! Aye, aye, Käpt'n!«

Impulsiv schleuderte sie die drückenden Pumps sowie den dummen Gedächtnisballast von sich. Was für ein Abenteuer. Genial. Barfuß stakste sie durchs Gras der Uferböschung und genoss die feuchte Kühle unter ihren heißen Fußsohlen. Eines der Ruderboote lagerte halb auf dem sandigen Ufersaum. Vorsichtig stützte sie sich mit den Händen auf dem Rand ab und hob ein Bein. Das Boot wich zurück wie ein nervöses Rennpferd, das nicht bestiegen werden wollte. Sie verlagerte ihr Gewicht und ließ sich einfach hineinfallen. Was machte es schon, wenn das reichlich plump aussah? Hauptsache, trocken und drin.

»Das ist doch voll bescheuert!«, rief Konstantin ihr zu.

»Aber sicher! Deshalb mache ich es doch! Traust du dich etwa nicht?«

Im Halbdunkel sah sie, wie er nun ebenfalls die Schuhe abstreifte, die Hosenbeine hochkrempelte und auch das Jackett auszog. Na also. Joe hätte sich bestimmt nicht so lange geziert, doch Joe war nicht Konstantin Lenzendorf, ein Mann wie geschaffen für Viktoria Elsässer. Schritte tapsten heran.

»Hab dich gleich!«, keuchte Konstantin und flankte elegant über sie hinweg.

Im nächsten Augenblick lagen sie beide im heftig schaukelnden Boot, das durch Konstantins gewagten Sprung einen Schubs bekommen hatte und ins aufspritzende Wasser glitt. Ein Ruder schwamm davon, irgendwo zwitscherten Nachtvögel, der Mond schimmerte rötlich. Ein magischer Moment. Vickys innerer Widerstand bröckelte. Was wollte sie denn noch? Da servierte ihr das Schicksal einen tollen Mann, eine filmreife Kulisse und den Zauber einer lauen Sommernacht – so viel Aufwand, und sie dachte ernsthaft darüber nach, ob sie bereit für einen Kuss war? Sonst noch was?

Sie schaute nach oben. Konstantins Gesicht hing über ihr, dahinter blinkten die Sterne. Dieselben Sterne, die sie auf dem Berg betrachtet hatten.

»Vic …« Mit dem Handrücken strich er über ihre Schramme, im schwachen Mondlicht sah sie den Mund, von dem sie immer geträumt hatte. »Du und ich …«

Seine Lippen berührten schon fast die ihren, als er sich ein wenig hochstemmte und eine ausladende Bewegung mit dem rechten Bein vollführte. Um es sich bequemer zu machen? Um sich auf sie zu legen? Weil er einen Muskelkrampf hatte? Fragen, die nie geklärt werden würden, denn mit einem knarrenden Geräusch neigte sich das Boot zur Seite, wackelte gefährlich – und kippte um.

Das Letzte, was Vicky hörte, war ihr eigener Aufschrei und eine tosende Wasserwalze, die ihren Kopf überrollte, bis nur noch ein dumpfes Rauschen übrigblieb.

Kapitel 26

»Was für eine verdammte Eselei, mitten in der Nacht in ein Boot zu steigen«, schimpfte der Barkeeper. Seine Kellneruniform hatte er bereits gegen Jeans und Kapuzenshirt eingetauscht, und er vermittelte nicht den Eindruck, als ob er sich länger als nötig mit beschwipsten Schiffbrüchigen abgeben wollte.

»Nach allem, was Sie heute so getankt haben, können Sie von Glück sagen, dass ich Sie aus dem Wasser gefischt habe.« Er reichte Vicky einen heißen Tee und Konstantin einen Kaffee. »Sind Sie eigentlich noch ganz dicht?«

»Fragen Sie mal die Dame. Mehr Durchblick, weniger Seeblick, das wär's gewesen«, grummelte Konstantin.

In warme Decken gehüllt, saßen sie auf einer Bank vor dem mittlerweile dunklen Steak Royal. Kleinlaut. Frierend. Bis auf die Knochen durchnässt. Immerhin hatten ihre Handys das Tauchbad überlebt, eine tröstliche Entdeckung. Vicky verstand sich selbst nicht, doch schon wieder musste sie lachen. Konstantin, der stets hochelegante, gepflegte Dandy, sah so putzig aus mit den nassen Haaren, dem triefenden Bart und in eine karierte Wolldecke gewickelt. An seiner rechten Schläfe klebte das Blatt irgendeiner Wasserpflanze. Zitternd trank er extrastarken Kaffee aus einem Becher mit dem Aufdruck *Nicht ansprechen, bevor ich ausgetrunken habe!*. Zum Schreien.

»Was machen wir denn jetzt?«, fragte er missmutig.

»Ein Selfie«, kicherte Vicky, deren unpassende Erheiterung sicherlich sowohl dem Alkohol als auch der Erleichterung geschuldet war, diese groteske Eskapade überlebt zu haben. Sie musste eine enorme Adrenalinausschüttung gehabt haben, eingeschlossen unter dem Boot, vom kalten Wasser umfangen. »Einfach ins Handy schauen, Konstantin, ja?«

Sie hatte den Kameraflash aktiviert, ein Blitzlichtgewitter zuckte über ihre nassen Gesichter, und sie freute sich schon unbändig darauf, die Fotos Catherine zu senden. Jetzt musste sie erst mal ihre Bluse auswringen und ihre durchnässte Wäsche darin einwickeln. Konstantin hingegen hatte es vorgezogen, einstweilen seine nasse Unterhose unter der Decke anzubehalten.

»Also, ich weiß nicht, was Sie noch so vorhaben, aber ich sperre jetzt das Restaurant zu und fahre nach Hause«, raunzte der Barkeeper. »Übrigens, Sportsfreund«, fügte er an Konstantin gewandt hinzu, »falls das Ihr Porsche ist, der da vorn im Halteverbot steht, würde ich ihn vor Sonnenaufgang wegfahren, sonst sponsern Sie die örtliche Bußgeldstelle mit einem Zwanni.«

Konstantin tippte sich mit dem Finger an den nassen Kopf.

»Ist die Märchensteuer schon inklusive? Sie wollen mir doch wohl nicht erzählen, dass hier mitten in der Gegend Politessen vorbeiflanieren.«

»Wenn ich die anrufe, schon«, grinste der Barkeeper. »Sie Dussel parken nämlich den Lieferanteneingang zu. Habe ich da ein Danke gehört?«

»Danke für den Kaffee«, brummte Konstantin.

»Und danke für den Tee«, sagte Vicky artig. »Sehr nett von Ihnen, wirklich.«

»Ich bin nicht nett, ich bin nur zu müde, um mich über Vollspacken wie Sie zu ärgern«, erwiderte der Barkeeper. »Dann noch frohe Verrichtung. Die Decken können Sie mir im Laufe der Woche zurückbringen.«

Ohne weiteren Kommentar verschwand er im Dunkel. Die Laternen entlang des gepflasterten Wegs erloschen, das flappende Geräusch schlurfender Stiefel entfernte sich. Konstantin stand leise fluchend auf, auch Vicky erhob sich. Im Schein ihrer Handylampen suchten sie Seite an Seite ihre Schuhe, die sie achtlos irgendwo ins Gras geworfen hatten, und Konstantins Jackett. Vicky stupste ihn an.

»Weißt du eigentlich, dass man mit dir Pferde stehlen kann?«

»Wohl eher Pferdedecken. Die Dinger riechen ganz schön streng. Shit, kennst du das? Manchmal würde ich gern die Zeit zurückdrehen und mir selbst eine reinhauen.«

»Also ich fand die Idee mit dem Ruderboot super«, versicherte sie. »Komm schon, morgen werden wir darüber lachen. Lass uns jetzt besser fahren, hier im Dunkeln finden wir sowieso nichts.«

»Das ist ein Maßjackett aus der Londoner Savile Row!«, explodierte er. »Und ein Paar handgenähte italienische Schuhe!«

Verbissen suchte er weiter. Ein kleiner trotziger Junge, der sein Spielzeug verloren hatte. Welch ein Jammer, dass der Abend so enden musste, dachte Vicky. Was ihre Emotionen anging, machte sie soeben die irritierende Erfahrung, dass ihr Schwarm einiges von seiner Faszination verlor. Nur wenig war noch übrig vom Ritter in der strahlenden Rüstung. Hatte sie sich möglicherweise in eine Mischung aus smartem Selbstbewusstsein, vorteilhaftem Äußeren und teurem Herrenparfum verknallt? Und wenn ja, was machte Konstantin eigentlich noch zum Richtigen, wenn diese drei Faktoren wegfielen?

Gehirn an Vicky: Gleicher Bildungshintergrund, gleiche Interessen, gleiche berufliche Ziele, gute Manieren. Prognose: stabile Beziehung.

»Hier, fang!« Er warf zwei Schuhe in ihre Richtung. »Deine Sachen haben wir schon mal.«

»Wenn deine unauffindbar bleiben, teilen wir. Du kriegst meine Schuhe, ich das Jackett. Das ist nur gerecht.«

Es sollte ein Scherz sein, um die angespannte Atmosphäre aufzulockern, doch Konstantin grunzte nur etwas Unfreundliches. Wenig später kam er fertig angezogen, mit Hose, Jackett und Schuhen, aus einem Gebüsch gekrochen. Die Decke hielt er ein Stück von sich weg. Noch immer klebte das Blatt an seiner Schläfe.

»Schade. In der nassen Unterhose hast du eine gute Figur gemacht«, giggelte Vicky, ein weiterer Versuch, das Ruder doch noch rumzureißen.

»Wenn du's genau wissen willst: Menschen, die mich in Unterhose nicht sexy finden, haben auch nicht verdient, mich ohne zu sehen.« Griesgrämig bückte er sich und nestelte an den Senkeln seiner Schuhe herum. »Sei so lieb und nerv mich nicht weiter mit blöden Bemerkungen. Wir fahren. Und pass bitte auf, dass du auf den Sitzen keine Flecken hinterlässt.«

Diese Abfuhr wäre nicht nötig gewesen, fand Vicky. Alles in allem war es doch lustig gewesen – eine sehr einseitige Wahrnehmung der Ereignisse, wie sie nun feststellen musste.

Auf der Rückfahrt in die Stadt drehte Konstantin wieder Musik auf, diesmal klassische, und gab sich einsilbig. Sosehr sich Vicky auch bemühte, ein Gespräch über Internatsstreiche anzufangen, um an die ausgelassene Stimmung am Tresen anzuknüpfen, alles prallte an ihm ab. Frustriert nannte sie ihm ihre Adresse, die er ins Navi eingab, und nun versickerte die Unterhaltung endgültig im Nichts.

Der Abschied fiel frostig aus. Ein halbherziger Kuss auf die Wange, ein Händedruck, das war's dann auch schon. Enttäuscht raffte Vicky die Decke über der Brust zusammen und stieg so rasch aus, wie man eben aus einem tiefergelegten Sportwagen aussteigen konnte, wenn man Schwierigkeiten mit der Koordination seiner Gliedmaßen hatte. Mit starrer Miene reichte Konstantin ihr das feuchte Bündel aus Bluse und Wäsche hinterher, dann fuhr er davon.

Fröstelnd stand Vicky auf dem Bürgersteig. Das war es also gewesen, das erste Date. Wieso fühlte sich alles so falsch an, wenn man mit dem Richtigen ausgegangen war? Denn dass Konstantin der Richtige war, stand für sie nach wie vor außer Zweifel. Gut, in Krisensituationen glänzte er nicht gerade mit Gelassenheit, aber im Großen und Ganzen passten sie zueinander wie Topf und Deckel. Sie hatten denselben Stallgeruch, sogar den gleichen Job und das alles.

Ob sie ihn noch einmal anrufen sollte? Eine Nachricht senden? Sich für das Essen bedanken und für die nasse Entgleisung entschuldigen? Sie wusste es nicht. Nur, dass Robin in Hongkong schon wach war und sie ihn unbedingt kontaktieren musste.

Kapitel 27

Felix von Mahlzahns Domäne war die Personalpolitik. Wegen der Neubesetzung des Head-of-IT-and-Chief-Information-Officer-Postens nahm er jedoch für die Dauer der Ausschreibung auch Einblick in die laufenden Projekte. Für zehn Uhr hatte er Vicky und Konstantin deshalb in sein Büro zitiert. Gemeinsam. Nun standen sie auf dem Flur vor seiner Tür und warteten. Die Blicke starr auf ihre Smartphones gerichtet, schützten sie irre Geschäftigkeit vor, um nicht miteinander reden zu müssen.

Hey, Siri, was sagt man, wenn man ein Date so gründlich versenkt hat, dass man sich eigentlich nur noch abschießen kann?, formulierte Vicky stumm, während sie das Display fixierte. Gibt es so was wie einen Konversationsleitfaden für sparsam behirnte Volltrottel, weiblich, ledig, total erledigt?

Gehirn an Vicky: Nachtrag. Das mit dem *sparsam behirnt* nimmst du zurück.

Unter gesenkten Lidern wagte sie einen vorsichtigen Blick auf Konstantin. In seinem hellbeigen, enggeschnittenen Designeranzug und dem kobaltblauen Rohseiden-T-Shirt wirkte er an diesem Morgen wieder überirdisch elegant und wahnsinnig unnahbar, mit seiner arrogant abgeklärten Miene überdies wie ein typischer Vertreter der herzlosen Hipsterwelt. Niemand hätte geglaubt, dass er in der Nacht zuvor barfuß, fluchend und in nasser Unterhose durchs Gelände gehüpft war.

Na los, redete sich Vicky gut zu. So schlimm war das auch wieder nicht. Er ist weder ertrunken, noch hast du ihn im Schlaf mit Filzstiften bemalt. Einfach den Ball flach halten und ins Tor damit.

»Gut, äh, geschlafen?«, wisperte sie.

Er zog die Nase kraus, ein winziges Lächeln erschien und verschwand sofort wieder.

»Hätte ich ganz bestimmt, wenn nicht um zwei Uhr nachts dieser schräge Anruf gekommen wäre.«

Der Anruf. Robin hatte ihr dazu geraten. Nervös zupfte sie am Revers ihres dunkelgrauen Anzugs herum. Hatte sie Konstantin damit endgültig vergrätzt? War jetzt alles vorbei, was so verheißungsvoll begonnen hatte?

»Sorry, ich dachte nur …«

»Bemüh dich nicht. Kenne ich schon. Nachts findet der Alkohol ja bekanntlich immer, telefonieren sei eine brillante Idee.«

Das war ganz schön gemein. Vicky hatte sich doch nur entschuldigen wollen, aber Konstantin tat so, als laufe sie ihm hinterher. War das etwa die normale Aufteilung in analogen Beziehungen? Einer tat sein Bestes, der andere übernahm die Aufgabe, unerträglich zu sein?

Gehirn an Vicky: Wichtiger Hinweis. Das Programm Beziehung konnte noch nicht installiert werden. Bitte zuerst die neuste Version Handy-Etikette runterladen, anschließend emotionale Speicherkapazität prüfen, später erneut versuchen.

»Jetzt guck bitte nicht so deprimiert«, lenkte Konstantin unerwartet ein. »Ich schreibe dein gestriges Verhalten mal dem Einfluss des Kräuterschnapses zu. Du und der Alkohol, das ist offensichtlich kein Dreamteam. Aber wir beide, wir könnten durchaus noch eins werden, falls du …«

Der spannendste Teil seiner Ausführungen fiel leider weg, denn jetzt ging die Tür auf, und Catherine empfing sie mit einem alarmierten Gesichtsausdruck.

»Wow, das First Couple«, sagte sie ironisch, gleich darauf

senkte sie ihre Stimme. »Seid vorsichtig, ja? Der Chef ist mies drauf.«

»Okay. Samthandschuhe«, nickte Konstantin.

Wie gewohnt ließ er Vicky den Vortritt. Nacheinander übertraten sie die Schwelle, während Catherine ins Sekretariat nebenan huschte. Das Personalbüro war der bei weitem extravaganteste Raum der Firma. Die Wände erstrahlten in sattem Violett, den halbmondförmigen gelben Riesenschreibtisch zierte eine große Lampe aus buntfarbigem Muranoglas mit rosa Schirm. Als Sitzgelegenheiten lagen auf dem schneeweißen Marmorboden unförmige lila Sitzsäcke. Das Durchschnittsalter bei MediSolutions lag bei knapp unter dreißig, insofern ging man davon aus, dass akrobatische Verrenkungen auf formlosen Säcken kein Hindernis bei Besprechungen in kleinem Kreis darstellten.

»Guten Morgen, macht es euch bequem, ich habe aber nicht viel Zeit«, ratterte Felix seine Begrüßung herunter.

Der Sitzsack, in den Vicky sich fallen ließ, protestierte mit einem peinlichen Pupsgeräusch, Konstantins gab natürlich keinen Mucks von sich. Felix lehnte sich an die Schreibtischkante. Sein rasierter Schädel glänzte wie geölt, zur obligatorischen Jeans trug er heute ein strahlend weißes Jackett, darunter ein rotes Netzhemd.

»Das A-Projekt.« Bedeutungsvoll legte er seine Stirn in Falten. »Wo stehen wir?«

Unruhig rutschte Vicky auf dem lachhaft unbequemen Sitzsack herum, der daraufhin weitere Pupse abfeuerte.

»Zehn Tage noch, maximal zwei Wochen, dann kann ich präsentieren.«

»Zwei Wochen?« Ungläubig kniff Felix die Lider zusammen. »In welcher Welt lebst du?«

»Qualität braucht Zeit«, rechtfertigte sich Vicky. »Die Sixtinische Kapelle wurde auch nicht in vier Wochen ausgemalt. Und das war immerhin Michelangelo.«

»Der hatte ein Team, der wusste zu delegieren. Was ist mit dir?«

Vicky wechselte einen schnellen Blick mit dem Mann, den sie trotz einiger schwerwiegender Komplikationen als Vater ihrer Kinder ausersehen und gestern fast ertränkt hatte.

»Ich delegiere einiges an Konstantin.«

»Oder tust du nur so?«, fragte Felix scharf.

Eine dicke Fliege kreiste brummend durch die Luft, bevor sie sich an die Fensterscheibe setzte. Mitfühlend beobachtete Vicky, wie das arme Insekt vergeblich nach einem Ausweg suchte. Das Fenster ließ sich ja nicht einmal öffnen. Bei MediSolutions waren alle Räume klimatisiert.

»Du arbeitest mit *brainfuck*«, sagte Felix mit Grabesstimme.

Was? Wie hatte er das denn rausbekommen? Vicky bohrte die Fingernägel in die Innenflächen ihrer Hände. Das klang gewaltig nach Ärger.

»Brainfuck, haha, so was Unanständiges machst du in der Arbeitszeit?« Konstantin zwinkerte ihr neckisch zu. »Da könnte man glatt eifersüchtig werden.«

»Sie arbeitet mit einer Programmiersprache, bei der sie davon ausgehen kann, dass kaum einer der Kollegen sie beherrscht.« Felix vergrub die Hände in den Taschen seiner Jeans. »Viktoria? Ist das deine Definition von Transparenz?«

»Es war nur für Binnenlösungen gedacht.«

»Von denen Konstantin nichts mitbekommen sollte?«

Nun hatte Felix sie vollends in die Enge getrieben. Bislang war Vicky in solchen Situationen immer nach der Devise verfahren, dass defensives Verhalten – bei ihr eher ein Totstellreflex – die Gemüter beruhigte. Doch irgendetwas verlieh ihr den Mut, das Motto »Angriff ist die beste Verteidigung« auszuprobieren.

»Was willst du, Felix? Ich habe bei MediSolutions bereits innovative Software entwickelt, als andere Mitarbeiter noch gegoogelt haben, was ein Quellcode ist. Ich bin schneller als jeder andere hier, ich rase sozusagen mit dem Porsche zum Ziel.« An dieser Stelle zuckte es um Konstantins Mund. »Und wenn ich zwischendurch mal eine Abkürzung nehme, heißt das noch lange nicht, dass ich Konstantin vom Highway schubse. Aber wenn du mein Programm ausspionierst, frage ich mich, was Geisterfahrer eigentlich alles so anrichten könnten.«

Uff. Das nannte man aus allen Rohren feuern. Vicky sank in den pupsenden Sitzsack zurück und versuchte, sich zu erinnern, seit wann sie eigentlich Reden schwingen konnte, die aus mehr als zwei gestammelten Halbsätzen bestanden. Ein Bild stieg vor ihr auf, ein Kiefernwäldchen im Sonnenschein. Ihre Blut-Schweiß-und-Blasen-Rede! Da hatte sie zum ersten Mal ihre Schüchternheit überwunden.

Felix nahm die Hände aus den Hosentaschen und wanderte um seinen Schreibtisch herum. Einmal, zweimal. Nach dem dritten Mal blieb er stehen.

»Präsentation Freitag, elf Uhr.«

Wie bitte? So was konnte nur jemand von sich geben, der nicht den leisesten Schimmer von der Komplexität des Programmiervorgangs hatte – oder ein Sadist war, der sich an ihrem Scheitern weiden wollte.

»Vollkommen illusorisch«, winkte Vicky ab.

»Hey, Vic, wir sind zu zweit, wir schaffen das«, warf Konstantin beschwörend ein. »Dazu die eine oder andere Nachtschicht, und die Sache geht klar.«

Sie musste sich zügeln, um ihm nicht eine Kopfnuss zu verpassen. Vorlauter Bengel! Selbst wenn sie zu zweit rund um die Uhr schufteten, war die Fertigstellung der Software bis Freitag in etwa so realistisch wie eine Diät, die zehn Kilo weniger in drei Tagen versprach.

»Sehr gut, Konstantin, super Motivation«, lobte Felix ihn nun auch noch. »Das wollte ich hören, fein, dann frisch ans Werk, ciao, ich habe einen Termin außer Haus.«

Damit marschierte er aus dem Raum, und Vicky stieg die Galle bis zum Zäpfchen. Der halbe Dienstag, der Mittwoch, der Donnerstag, die Nacht von Donnerstag auf Freitag, Game over, rechnete sie aus. Ob Konstantin auch nur ansatzweise ahnte, was er sich und ihr eingebrockt hatte?

»Lief gar nicht mal so schlecht, Herzblatt, oder?«, fragte er mit einem treuherzigen Augenaufschlag.

Der hatte Nerven. Vicky wackelte wütend mit dem Po, so dass eine ganze Kaskade Pupsgeräusche durch den Raum knatterte. Eine pubertäre Reaktion. Ihr war halt danach, sonst wäre sie geplatzt.

»Nein, völlig in die falsche Richtung. Wie konntest du nur?«

Die Tür zum Sekretariat öffnete sich.

»Ist er weg?«, erkundigte sich Catherine. »Was ist denn los? Ihr seht wie sandgestrahlt aus. Hat er euch zusammengefaltet?«

Vicky erhob sich ächzend. Ihr war schwindelig, vor ihren Augen flimmerten Millionen kleiner Glühwürmchen.

»Der denkt, eine Software-Entwicklung ist wie Brezelbacken, und zur Not geht's auch im dreifachen Tempo. Stell dir vor, ich soll schon am Freitag präsentieren!«

»Wir«, verbesserte Konstantin und stand ebenfalls auf, »wir werden das A-Projekt präsentieren, und zwar zur allseitigen Zufriedenheit. Wenn mich die Damen bitte entschuldigen würden, ich habe dringende Telefonate zu erledigen.«

Er zwinkerte Vicky noch einmal zu, zog sein Handy heraus und verließ auffallend rasch den Raum.

Catherine sah ihm unverhohlen feindselig hinterher.

»Aalglatt und stromlinienförmig. Da verstehe einer deinen Geschmack. Hast du dich wenigstens von ihm ferngehalten?«

»Könnte man so sagen«, erwiderte Vicky fast wahrheitsgemäß, bevor sie Catherine von dem Gespräch mit Felix berichtete.

»Seit wann weiß der Chef denn über die Unterschiede von Programmiersprachen Bescheid?«, wunderte sich Cat. »Der ist ja schon überfordert, wenn er seine Kosmetika online kaufen soll.« Sie dachte angestrengt nach. »Sag mal, Vic, könnte es sein, dass du einen Maulwurf im Team hast?«

Vicky lächelte matt.

»Ja, mich. Meine Brillengläser haben fünf Komma fünf Dioptrien.«

»Und ich dachte, du trägst die Brille nur, damit du sie in Meetings absetzen, auf dem Bügel herumkauen und ›schwierig, schwierig‹ murmeln kannst. Okay, Scherz beiseite. Das meine ich nicht mit Maulwurf, und das weißt du. Also, irgendeinen Verdacht?«

»Konstantin ist es schon mal nicht«, entgegnete Vicky. Instinktiv hob sie abwehrend die Hände. »Er würde mich nie hintergehen. Außerdem wusste er nicht mal, was *brainfuck* ist.«

»Höre ich da etwa Worte, die sich für eine Lady nicht geziemen?«, ertönte eine Stimme, die Vickys Blut schneller durch die Adern trieb. Verflixt! Sie drehte sich um. Blau-rot kariertes Holzfällerhemd, verwaschene Jeans, Cowboystiefel, freches Grinsen. Er war es.

»Schön, dich wiederzusehen, Kiki.«

»Kann ich nicht gerade behaupten.«

»Wieso nennt er dich Kiki?«, fragte Catherine sichtlich überrascht.

Vicky musste noch den Schock dieser unerwarteten Begegnung verdauen, deshalb antwortete Joe als Erster.

»Weil ihre Mutter das so niedlich findet, nicht wahr, Kiki?«

Selten hatte Vicky ihre Freundin Cat, als Mutter von drei Kindern die Krisenkompetenz in Person, derart konsterniert erlebt. Mit hochgezogenen Augenbrauen schaute sie zwischen Joe und ihr hin und her, um schließlich bei Joe hängenzubleiben.

»Du kennst ihre – Mutter?«

Gänzlich unbefangen reckte er die Arme und verschränkte sie hinter dem Kopf, wobei er amüsiert lächelte.

»Wir haben sie gemeinsam im Seniorenheim besucht, damit sie ihren zukünftigen Schwiegersohn kennenlernt.«

Catherines Miene drückte nur noch absolute Verständnislosigkeit aus. Aufstöhnend öffnete sie den oberen Knopf ihres rot-weiß getupften Hemdblusenkleids.

»Sag, dass das nicht wahr ist, Vic. Ich denke, du stehst auf Konstantin.«

»Es ist wahr und auch wiederum nicht, denn, ja, Joe war dabei, als – aber nein, nicht weil ... das heißt, nur für ...«

Sie hatte sich hoffnungslos verheddert. Wütend auf sich selbst sank Vicky auf den Sitzsack zurück, der einen besonders langgezogenen, fast klagenden Laut von sich gab.

»Irgendetwas solltest du an deiner Ernährung ändern, hast ja mächtig Druck auf dem Kessel«, lachte Joe. »Was essen Vegetarier eigentlich zu Weihnachten, den Baum?«

»Kinder, ich habe das Gefühl, dass ich hier überflüssig bin«, stöhnte Catherine. »Vic, dein Rucksack steht noch im Sekretariat, du kannst ihn später gern mitnehmen. Ich gehe jetzt rüber, ihr sprecht euch aus, einverstanden?«

»Ja«, antwortete Joe, während Vicky gleichzeitig ein entsetztes »Nein!« beisteuerte.

»Na, dann seid ihr euch ja wenigstens darüber einig«, seufzte Catherine und ließ die beiden allein.

Kapitel 28

Nachdem sich die Tür hinter Catherine geschlossen hatte, hörte man eine Weile nur noch das verzweifelte Brummen der Fliege, die zu einer neuerlichen Erkundung von Fluchtwegen ansetzte. Auch Vicky wäre gern geflüchtet. Allerdings hätte es so ausgesehen, als ob sie vor Joe kapitulierte, und diesen billigen Triumph gönnte sie ihm nicht.

»Was machst du überhaupt hier?«, brach sie das Schweigen.

Genüsslich ließ er sich auf einem der anderen Sitzsäcke nieder und streichelte gedankenverloren das lila Leder.

»Gefällt dir das Design? Ist so schön knuffig. Ich bin drauf gekommen, als ich mal im Zoo kopulierende Pandabären gesehen habe.«

»Wer darüber lacht, nimmt die richtigen Drogen«, muffelte Vicky ihn an.

»Nee, nee, ich hatte sogar irres Glück, denn der Anblick ist eine absolute Rarität. Wusstest du, dass Pandabären nur drei Tage im Jahr Interesse an Sex haben?«

»Drei Tage. Respekt. Bei so viel Leidenschaft kann man neidisch werden.« Sie hob halb einen Daumen. »Also? Wieso bist du hier? Um deine Notizen über die Teilnehmer der Kletterreise abzuliefern? Oder stalkst du mich etwa?«

Vollkommen entspannt, wie es schien, fläzte er sich in den Sitzsack, bis er fast waagerecht darauf lag.

»Gute Idee, aber – nein. Ich habe mit Cat über den Tisch gesprochen, den sie bei mir in Auftrag gegeben hat. Bei einer Auktion habe ich gestern alte Schiffsplanken ersteigert, die sich hervorragend als Tischplatte eignen. Ich mag Möbel, die eine Geschichte erzählen.«

Widerwillig musste Vicky eingestehen, dass sie das interessant fand, enthielt sich aber jeden Kommentars, weil sie noch unter dem Eindruck des katastrophalen Gesprächs mit Felix stand.

»Ich entwerfe auch Beistelltische aus Treibholz und Schränke aus den Türblättern alter französischer Schlösser«, erzählte Joe so ausführlich, als hätte sie ihn dazu aufgefordert. »Solche Fundstücke kombiniere ich dann mit modernen Materialien, Glas, Kunststoff, Aluminium. Die Lochbleche, aus denen eure Schreibtischlampen gemacht sind, stammen zum Beispiel aus einem stillgelegten Walzwerk.«

Krass. Vicky hatte nie darüber nachgedacht. Eine Lampe war für sie ganz einfach ein Gebrauchsgegenstand, der zu funktionieren hatte. Zur Not tat es auch eine nackte Glühbirne, wie in ihrem Schlafzimmer. Wäre Joe nicht so unausstehlich gewesen, sie hätte ihn gefragt, ob er eine zündende Idee für eine Schlafzimmerlampe in petto habe. Doch es war ohnehin höchste Zeit zu gehen. Das A-Projekt wartete, Konstantin wartete, sie hatte schon kostbare Minuten verplempert. Deshalb schraubte sie ihre müden Glieder aus dem Sitzsack hoch.

»War cool, mit dir zu plaudern. Ich muss los.«

Er kam wesentlich schneller auf die Beine als sie, durchtrainiert, wie er war. Ganz dicht trat er an sie heran.

»Warte mal. Ich will nicht uncharmant sein, aber du siehst ziemlich fertig aus.«

»Nicht deine Baustelle, Joe. Ich lebe mein Leben, du deins.«

Aufmerksam betrachtete er ihr Gesicht. So aufmerksam, dass sie schon befürchtete, sie habe einen spontanen allergischen Ausschlag, den er unter die Lupe nahm.

»Du arbeitest zu viel, du schläfst zu wenig, du ernährst dich schlecht«, sagte er lapidar.

Drei Feststellungen, die haargenau der Wahrheit entsprachen.

»Quatsch. Alles easy«, hielt sie dennoch dagegen. »Was wird das hier – eine Sprechstunde?«

Unbeirrt sprach er weiter.

»Ich hatte einen Bananenpfannkuchen mit Ahornsirup zum Frühstück – und du?«

»Grünen Tee.«

»Wie viele Stunden Schlaf letzte Nacht?«

Vicky zögerte. Immerhin war es Joe, der sie befragte, und bei Joe musste man sich darauf gefasst machen, dass er einem alles wieder schön aufs Butterbrot schmierte, was man so preisgab.

»Es ist mir ernst«, legte er nach. »Ich mache mir Sorgen um dich. Du siehst aus, als könntest du jeden Moment umkippen.«

Genauso fühlte sie sich. Erschöpft, ausgebrannt.

»Drei Stunden. Ich komme mit weniger Schlaf aus als andere Menschen.«

»Den Satz merk ich mir für deinen Grabstein.« Er umfasste ihre Schultern und schaute sie durchdringend an. »Was machen die hier mit dir? Wieso lässt du dich auspressen wie eine Zitrone?«

»Das ist der Job, Joe«, erwiderte sie resigniert. »Mit Nullachtfünfzehn-Motivation komme ich bei MediSolutions nicht weiter. Bis Freitag werde ich vermutlich gar nicht mehr schlafen, weil ich bis dahin wegen eines wichtigen Projekts durcharbeiten muss.«

»Wofür halten die dich?«, rief er aus. »Für firmeneigene Biomasse mit angeschlossener Festplatte?«

Seine Entrüstung war echt, kein Zweifel. Ein kleines bisschen freute es Vicky, dass er sich so reinhängte, andererseits führte diese Unterhaltung zu nichts. Sie musste das Projekt beenden, Punkt.

»Es ist komplizierter«, seufzte sie. »Manchmal muss man eben über seine Grenzen hinausgehen, um etwas zu erreichen, auch bei Spaßfaktor null Prozent.«

Missbilligend schnalzte er mit der Zunge.

»Jetzt tu mal nicht so schrecklich erwachsen.«

»Ich bin zweiunddreißig. Was erwartest du von mir? Dass ich mir das Jahres-Abo für eine Hüpfburg kaufe?«

Erbittert kämpfte die Fliege mit der Glasscheibe. Mit immer lauterem Brummen stand sie fast senkrecht in der Luft und wollte sich nicht damit abfinden, dass die besonnten Bäume draußen unerreichbar waren.

»Du musst hier mal raus, Viktoria, die machen dich sonst kaputt«, sagte Joe so leise, als fürchte er, abgehört zu werden. »Ich habe einen großen Garten, es gibt eine Hängematte, da kannst du schlafen oder dösen oder träumen, ganz wie du möchtest. Falls es dich interessiert, könnte ich dir auch meine Werkstatt zeigen. Nimm dir eine Auszeit. Betrachte es als Investition in deine Gesundheit.«

Garten, Hängematte, Auszeit, wie verlockend das klang. Am meisten überzeugte Vicky jedoch die Tatsache, dass er sie Viktoria genannt hatte – ein untrügliches Zeichen dafür, dass es ihm absolut ernst mit seiner Besorgnis war. Ja, Joe war eine grässliche Nervensäge, aber er hatte auch andere Seiten. Schon mehrfach hatte sie ihn als Beschützer erlebt, auf der Kletterreise, am Flughafen, und diesmal offerierte er ihr ein Angebot, das sogar ihre Arbeitsdisziplin ins Wanken brachte. Das sollte wirklich was heißen.

»Na jaaa, also – eine Stunde vielleicht?«, schlug sie vor.

Ein warmes Lächeln breitete sich auf seinem Gesicht aus.

»Wunderbar. Stell aber vorher dein Handy aus, es vibriert nämlich permanent.«

»Mein Handy?«

Sie musste wirklich ziemlich durch den Wind sein, dass ihr der Vibrationsalarm entgangen war. Reflexhaft zog sie das Smartphone heraus und las die eingegangene Nachricht.

Hi, Vic. Würde gern einen Kaffee mit dir zischen, wir müssen unbedingt die einzelnen Timelines des Countdowns festlegen. X K

»Konstantin.« Sie sah auf und bemerkte, wie sich Joes Blick verhärtete. »Leider wird es doch nichts mit der Hängematte. Wir gehen jetzt einen Kaffee trinken, weil wir den weiteren Zeitablauf bis zur Präsentation am Freitag planen müssen. Die Sprechstunde ist beendet, trotzdem danke, vielen, vielen Dank.«

Er legte den Kopf schräg und verschränkte die Arme vor der Brust. In seinem Gesicht arbeitete es, als müsse er sich schwer beherrschen, um nicht etwas Abfälliges zu sagen.

»Wie du willst. Dann viel Spaß.«

»Danke.«

Irgendetwas lag noch in der Schwebe, das spürte sie und schaute ihn abwartend an.

»Nee, echt jetzt, prima«, beteuerte er. »Find ich gut, dass ihr Kaffee trinkt.«

»Du sagst das mit so einem Unterton …«

»Soll ich es singen? Oder auf der Blockflöte vorspielen? Vie-hiel Spa-haaaß!«

Mit Karacho flog die Tür zum Sekretariat auf. Energischen Schritts stöckelte Catherine herein, mit wehenden roten Locken und der Miene einer zu allem entschlossenen Frau.

»Vic, du nimmst Joes Angebot an. Keine Diskussion. Ich sehe mir nicht länger an, wie du dich schindest. Ich kenne den Garten, er ist ein Paradies, über alles andere mach dir mal keine Gedanken. Ich sage Konstantin ab und informiere die Kollegen, dass du krank bist.«

Völlig überrumpelt riss Vicky die Augen auf.

»Du hast gelauscht! Cat!«

»Was denn sonst?« Catherine lächelte verschmitzt. »Dich kann man doch nicht allein lassen.«

»Richtig, sie stellt immer irgendeinen Unsinn an, wenn sie unbeaufsichtigt ist«, stimmte Joe grinsend zu. »Und das ist nicht mal der einzige Fehler dieser ansonsten gar nicht so üblen Person.«

War dieses Gespräch eine Halluzination ihres überreizten Hirns? Phantasierte sie? Vicky wusste nicht, wie ihr geschah. Das Herumgeflachse konnte nicht darüber hinwegtäuschen, dass es diese beiden Menschen von Herzen gut mir ihr meinten. Nur Joes Krittelei musste sie unbedingt Paroli bieten.

»Wusstest du schon, dass Frauen mit Fehlern länger leben als Männer, die sie darauf aufmerksam machen?«

Er lachte gutmütig, und in jedem der Fältchen um seine Augen schien ein kleiner Schalk zu sitzen.

»Noch heute schreibe ich mein Testament. Was soll ich dir vererben? Wie wäre es mit den Friends?«

»Raus jetzt, bevor Felix von seinem Termin zurückkommt«, befahl Catherine. Sie umarmte Vicky auf ihre unnachahmlich mütterliche Weise. »Lass es dir gutgehen, Kleines. Du wirst sehen, ein paar Stunden im Garten wirken Wunder.«

»Ich werde sie gießen, vielleicht wächst sie noch ein bisschen«, lächelte Joe.

Catherine tauschte einen schelmischen Blick mit ihm.

»Blumen wachsen langsam, nur Unkraut hat es eilig. Und ab die Post.«

Kapitel 29

Es fühlte sich an wie Schule schwänzen, als Vicky in den verkramten Geländewagen stieg: diese unwiderstehliche Gewissheit, etwas Verbotenes zu tun, diese klammheimliche Freude, der gestrengen Pflicht ein Schnippchen zu schlagen! Sie hatte ganz vergessen, dass man am helllichten Vormittag auch etwas anderes tun konnte, als unbeweglich vor dem Laptop zu hocken. Freiheit, süßer Duft der Freiheit!

Doch ihre Euphorie währte nur kurz. Schon als sie sich anschnallte, meldete sich ihr schlechtes Gewissen. Hatte sie sich zu schnell überreden lassen? Was war mit dem Projekt, der Präsentation? Probleme hatten die Angewohnheit, größer zu werden, wenn man sie beiseiteschob, warum zum Teufel saß sie also in diesem Wagen? Sekundenlang schaute sie auf ihre Uhr, als könnte sie nicht glauben, was sie sah. Kurz nach elf. Um diese Zeit gehörte sie an den Schreibtisch. Und zu Konstantin, als Kollegin, als Frau.

Also, was tun? Sie gab sich einen Ruck. Eine kleine Pause, okay. Aber spätestens um zwei Uhr würde sie wieder zur Stelle sein und sich in die Riemen legen, mit doppelter Leistung und dreifacher Motivation.

»Joe – lass uns eine Timeline vereinbaren«, sagte sie, nachdem er den Wagen angelassen hatte. »Könntest du mich eventuell wieder zurückbringen, und zwar so, dass ich spätestens um vierzehn Uhr im Büro bin?«

»Ich hoffe, der Begriff Workaholic ist dir geläufig. Du musst mal richtig durchatmen, deine Seele atmen lassen.« Er räusperte sich ausgiebig. »Gut, wenn du es so willst …«

Wie nicht anders zu erwarten, heizte er mit Vollgas los. Der Motor heulte auf, waghalsig überholte Joe einen Lieferwagen und bog in die Hauptverkehrsstraße ab, die er mit überhöhtem Tempo hinunterjagte.

Vicky hielt sich am Sitz fest, um nicht gegen die Beifahrertür geschleudert zu werden.

»Nur eine Frage noch. Warum tust du das für mich?«

»Das Leben ist zu kurz für ein Sklavendasein«, erwiderte er und hupte einen Kleinwagen beiseite, der die Fahrspur blockierte. »Carpe diem, nutze den Tag.«

Von solchen Weisheiten hielt Vicky wenig. Sie unterdrückte ein Gähnen. Für einen Freigeist wie Joe mochte das alles zutreffen, aber für sie?

»Du hörst dich an, als ob du die kleinen Zettelchen aus Glückskeksen vorliest.«

Im nächsten Moment bereute sie schon diese Bemerkung, denn Joe vollführte eine Vollbremsung vor einem Zebrastreifen. Er wartete, bis eine Familie samt Hund und zwei Kindern die Straße überquert hatte, dann beschleunigte er den Wagen wieder.

»Warum erstaunt es mich eigentlich nicht, dass du immer noch eine freche Klappe riskierst, obwohl du aussiehst wie der Tod auf Latschen?«

»Rate mal.« Sie streckte ihm die Zunge raus. »Selbsterhaltungstrieb?«

»Ist schon in Ordnung, wenn du mich nicht magst«, lachte er. »Trotzdem Freunde?«

»Na ja, fast könnte man dich doch mögen.« Vicky malte mit dem Zeigefinger ein paar Kringel in den Staub des Armaturenbretts. »Die Betonung liegt auf fast.«

»O bitte, übertreib's nicht. Wie läuft überhaupt dein Privatleben? Ist Manuel noch dein Prinz? Oder hat Konstantin inzwischen das Rennen gemacht?«

»Ich wüsste nicht, was dich das angeht«, wich Vicky aus.

Die Erwähnung von Konstantin gab ihrer Laune einen kräftigen Dämpfer. Sie war ihm zumindest eine Erklärung schuldig, wenn sie ihn schon schmählich im Stich ließ. Mit klammen Fingern schrieb sie ihm eine Nachricht.

Tut mir leid. Ich fühlte mich nicht wohl. Komme um 14 Uhr zurück. X Vic

Seine Antwort traf umgehend ein.

Bin dezent irritiert. Mache erst mal allein weiter. Gute Besserung, X K

Es klang verschnupft. Wer hatte noch gesagt, man solle nie Berufliches und Privates vermischen? Cat? Vicky hoffte inständig, dass Konstantin wenigstens niemals herausbekam, wer die Krankenschwester für sie spielte – Joe.

Ist nur eine kleine Pause, Konstantin, schrieb sie, *danach bin ich wieder voll da. XX Vic*

Und da sie das Smartphone nun schon mal in der Hand hielt, schrieb sie auch gleich ein paar weitere Messages. An Robin, der sie in der Nacht zuvor getröstet hatte, an Viktor, von dessen Geburtstag sie auf Facebook erfuhr, und an Manuel, von dem mehrere Nachrichten eingegangen waren.

»Sagenhaft, wie kontaktfreudig du bist«, stichelte Joe. »Ist sicherlich die Ausnahme, dass du jemandem offline begegnest.«

So was in der Art musste ja kommen vom Handyhasser par excellence. Sie schloss ihren Messenger-Account und klappte die Sonnenblende herunter, um ihre Schramme zu begutachten.

»Jaja, was ist nur aus den guten alten Zeiten geworden, als man sich noch sinnlos betrunken in überfüllten Kneipen kennenlernte?«

»Schlafend bist du mir irgendwie sympathischer«, zog er sie auf. »Bisher kannte ich nur das Phänomen des Reizdarms, aber du hast offensichtlich ein Reizhirn.«

Vicky fing an, Gefallen an diesem kleinen Schlagabtausch zu finden, am schnellen Hin und Her der Worte, an den Neckereien.

»Das kommt dir nur so vor, weil du mir betreutes Denken andrehen willst«, kicherte sie.

Gehirn an Vicky: Danke für die Richtigstellung.

Auch Joe genoss es offenbar, sie zu immer neuen Wortgefechten herauszufordern, und Vicky parierte seine kleinen Sottisen mit einer Leichtigkeit, die ihr selbst völlig neu war. Es machte einfach Spaß. Erst als das Hinweisschild des Seniorenheims Zur schönen Aussicht am Beifahrerfenster vorbeiflog, legte sich wieder ein Schatten auf ihr Gemüt. Nervös verkrallte sie sich in das robuste Leder ihrer Beuteltasche. Wenn es um ihre Mutter ging, hörte der Spaß auf. Niemand war so verwundbar wie ein kränkelnder, verwirrter alter Mensch, der nicht mehr beurteilen konnte, ob eine Person es ehrlich meinte.

»Wir müssen meiner Mutter allmählich reinen Wein einschenken, findest du nicht?«

Er schüttelte seine dunkelblonden Locken, seine Finger trommelten auf das Lenkrad.

»Lass mal, sie ist glücklich, dass ihre Tochter endlich in guten Händen ist, wozu sollten wir diese reizende alte Dame vor den Kopf stoßen?«

»Woher willst du denn wissen, ob sie glücklich ist?«

Mit quietschenden Reifen hielt er vor einer roten Ampel.

»Hat sie mir heute Morgen selbst gesagt.«

Vickys Kopf schnellte zu ihm hinüber.

»Du warst bei ihr?«

Er deutete auf die Werkzeuge und andere Utensilien, die im Fußraum vor dem Beifahrersitz lagen – Hammer, Säge, eine Dose Holzbeize, diverse Pinsel. Vicky hatte einfach ihre Beine darübergelegt, ohne weiter darauf zu achten.

»Wie gesagt, ich halte meine Versprechen. Deine Mutter hat sich sehr gefreut, dass ich die Kommode repariert habe. Außerdem wackelte der Beistelltisch.«

Was sollte man davon halten? Unschlüssig betrachtete Vicky das staubige Armaturenbrett, Joes kräftige, gebräunte Hände.

»Sie wird darunter leiden, dass du nicht wiederkommst. Sie wird es vor allem nicht verstehen. Wie auch, wenn ihre geistige Gesundheit immer mehr abnimmt?«

Bei den letzten Worten hatte ihre Stimme gebebt. Er warf ihr einen beunruhigten Blick zu, bevor er wieder nach vorn auf die Straße schaute.

»Nur damit das klar ist: Ich mag sie und werde sie weiter besuchen. Außerdem ist sie eine bemerkenswerte Frau und geistig ziemlich fit, wenn sie nicht gerade unter Tabletteneinfluss steht. Was heute Morgen der Fall war. Wir haben uns ein wenig unterhalten. Wusstest du, dass sie sich Vorwürfe macht, weil sie dich so früh in ein Internat gegeben hat?«

Wie vom Donner gerührt starrte Vicky sein markantes Profil an. Darüber hatte sie noch nie mit ihrer Mutter gesprochen, so wie sie heikle Themen generell mieden. Bei ihren Besuchen redeten sie ausschließlich über Belangloses, meist betraf es das Seniorenheim – das Essen, die Putzfrauen, die Pflegerinnen, die Eleonore Elsässer mit dem täglichen Klatsch versorgten.

»Was, äh, hat sie denn sonst noch so erwähnt?«

»Deinen Vater. Er muss ein wunderbarer Mann gewesen sein.«

Vicky fiel die Kinnlade herunter. Das schlug dem Fass den

Boden aus. Ihre Mutter vertraute einem Wildfremden Dinge an, die sie vor ihrer eigenen Tochter verborgen hielt? Außer einem zerknitterten Foto, das einen dunkelhaarigen Gitarre spielenden Mann im Anzug zeigte, besaß Vicky keinerlei Hinweise auf die Identität ihres Vaters. Als sie klein gewesen war, hatte ihre Mutter erzählt, er sei beim lieben Gott im Himmel und musiziere für die Engelein. Erst später, Vicky war etwa zwölf gewesen, war sie mit der Wahrheit herausgerückt: Sie hätten sich schon vor Vickys Geburt getrennt, und er habe sich nie wieder gemeldet.

»Lebt er noch?«, fragte sie mit schmerzhaft klopfendem Herzen.

»Es scheint, als erfreue er sich bester Gesundheit.« Ohne die Augen von der Straße abzuwenden, griff Joe nach einer Wasserflasche, die zwischen den Sitzen klemmte, und nahm einen Schluck daraus. »Du solltest allerdings keine voreiligen Schlüsse ziehen. Deine Mutter wollte dich vor Enttäuschungen bewahren. Es ist immer schwierig, ein Kind allein großzuziehen.«

»Was weißt du denn über alleinerziehende Mütter?«

»Ich habe einen Sohn, Moritz, fünf Jahre, das Resultat einer verrückten Nacht. Die Mutter habe ich erst wiedergesehen, als sie mich nach der Geburt anrief. Wir hatten nie eine Beziehung, doch ich zahle natürlich und sehe Moritz alle vierzehn Tage.«

Vicky lehnte sich an die Kopfstütze. Also noch ein Vater, der getrennt von seinem Kind lebte. Sie hätte so gern mehr über ihren eigenen gewusst … Plötzlich spürte sie wieder die tiefe Erschöpfung, die sie schon am Morgen befallen hatte. Schläfrig sah sie aus dem Fenster, und dann übermannte sie die Müdigkeit wie eine riesige Woge, die alle Fragen fortspülte. Sie wachte erst auf, als das Motorengeräusch verstummt war und ihr jemand auf die Schulter tippte.

»Wir sind da«, raunte Joe. »Kannst gleich weiterschlafen, die Hängematte erwartet dich schon.«

Etwas benommen stieg sie aus. Das Auto parkte vor einem malerischen Fachwerkhaus, an dem sich Efeu emporrankte und an dessen Vorderseite eine verglaste Veranda das Sonnenlicht reflektierte. Dahinter erstreckte sich ein weitläufiger Garten mit alten Obstbäumen. Es war merkwürdig still. Kein Verkehrslärm mehr, kein Laut außer Vogelgezwitscher und einem quietschenden schmiedeeisernen Gartentor, das Joe mit einer Hand aufschob.

»Willkommen im Paradies. Die Engel haben heute frei, aber ich springe gern ein.«

Er ging voran, Vicky folgte ihm auf einem schmalen, zugewachsenen Pfad in einen leicht verwilderten, aber wunderschönen Garten. Joe hatte nicht zu viel versprochen. Zur himmlischen Ruhe gesellten sich buntblühende Blumen und Büsche, zwischen zwei Pflaumenbäumen hing eine einladend breite Hängematte aus blau-weiß gestreiftem Stoff.

»Nicht weglaufen, ja?«, lächelte er. »Ich hole dir ein Wasser.«

Er war kaum im Haus verschwunden, als Vicky zu niesen begann. Klar, hier blühten die Blumen mit den Allergierisiken um die Wette. Kein Paradies war ohne Macken zu haben. Gibt es Männer ohne Macken?, überlegte sie, während sie ihren Beutel nach den Antihistamin-Tabletten durchwühlte. Wieder musste sie niesen, gleich dreimal hintereinander. Oha, wo waren nur die Tabletten? Zunächst fand sie ihr Handy. Mehrere Messages von Konstantin waren inzwischen eingegangen.

Vic, wie krank bist du? Ich komme hier nicht weiter. X K

Hey, Vic, ich sehe hier einige Unstimmigkeiten bei der Programmierung.

Vic, Süße, alles in Ordnung? Warum meldest du dich nicht?

Er machte Druck. Vicky spürte es fast körperlich. Als sie zwischen Heftpflaster, Busfahrkarten und Müsliriegeln endlich die Tablettenpackung erwischte, entdeckte sie überdies, dass sämtliche kleinen Fächer aufgerissen und leer waren. Eine Katastrophe. Nun schwoll auch noch ihre Nase zu, und die Augen tränten, als habe jemand hinter ihrer Stirn einen Wasserhahn aufgedreht.

Du dürftest gar nicht hier sein, flüsterte es in ihr, du solltest jetzt an dem A-Projekt arbeiten, zusammen mit dem Mann, der für dich bestimmt ist. Als habe er geahnt, dass sie an ihn dachte, schrieb Konstantin ihr erneut.

Hi, Vic, habe gerade mit Felix gesprochen. Joes Beurteilung deiner Kompetenzen scheint nicht gerade berauschend ausgefallen zu sein. Tja, unser Klettermaxe ist eben unberechenbar. Aber mach dir nichts draus, dafür hab ich dein Loblied geträllert. X K

Vicky musste die Nachricht dreimal lesen, um den Sinn, den schrecklichen Sinn in voller Gänze zu erfassen. Dann brach ihr der Schweiß aus. So stand es also um Joe? Er täuschte den besorgten guten Freund nur vor, und in Wirklichkeit fiel er ihr in den Rücken? Wie abgefeimt musste man sein, um einen Menschen derart zu hintergehen? Klar, sie hatte sich blöd angestellt auf der Reise, war am ersten Tag umgeknickt, am zweiten Tag hatte sie hilflos am Sicherungsseil gehangen, am dritten die Klettertour eigenmächtig gecancelt – doch man musste schon sehr blind oder bösartig sein, um zu übersehen, dass sie im Rahmen ihrer Möglichkeiten alles, aber auch wirklich alles gegeben hatte.

Nach und nach verwandelte sich ihre erste Bestürzung in eiskalte Wut. Joe war hinterhältig und gemein. Vermutlich tat er jetzt nur so, als ob er sich um sie kümmern wolle, weil er ein schlechtes Gewissen hatte. Wie jämmerlich durchschaubar. Sie musste hier weg, aber dalli.

In Windeseile aktivierte sie Google Maps, um herauszufinden, wo sie sich überhaupt befand. Dann gab sie den Straßennamen in ihre Taxi-App ein, gab aber eine andere Hausnummer ein. Blitzschnell sondierte sie auf Google Maps den Weg, den sie zurücklegen musste. Okay, wenn sie rannte, würde sie es schaffen, Joe zu entkommen, bevor er ihre Flucht bemerkte. Falsch – sie musste es auf jeden Fall schaffen.

Kapitel 30

Freitagmorgen, elf Uhr. Der Countdown war runtergezählt, jetzt brach die Stunde der Wahrheit an: Würde das A-Projekt von Erfolg gekrönt sein? Würde es die Chefs davon überzeugen, dass Vicky für eine Führungsposition geeignet war?

Mehr tot als lebendig nach den Strapazen zielstrebig durchgearbeiteter Tage und Nächte schleppte sie sich in den Konferenzraum, wo bereits sämtliche Chefs saßen: Herr Gerhoff und Herr Malting, die beiden Vorstandsvorsitzenden von MediSolutions, der Geschäftsführer Herr Stolte sowie Felix von Mahlzahn. Auch Konstantin hatte schon am hellblauen Konferenztisch Platz genommen, denn er überließ es ihr, die neue Software zu präsentieren – eine großzügige Geste, wie sie fand.

Sie schwankte leicht, als sie ihren Laptop an den Beamer anschloss. In den vergangenen Tagen war nur stundenweise Schlaf drin gewesen, eingerollt auf einer Couch in der Chill-out-Ecke des Büros. Stets an ihrer Seite: Konstantin, der Unermüdliche. Sehr hilfreich war er nicht gewesen bei der Programmierung, doch schon seine bloße Anwesenheit hatte Vicky zu Höchstleistungen beflügelt. Durch die gemeinsame Zeit waren sie zusammengewachsen. Einmal hatten sie sich sogar geküsst, allerdings vereinbart, mit »allem anderen« bis nach der Präsentation zu warten. Vicky wäre auch gar nicht in der Lage für irgendwelche körperlichen Extratouren gewesen. Mittlerweile war sie so erschöpft, dass sie froh sein konnte, wenn sie nicht zu atmen vergaß.

Ihre gewohnte Kommunikation lag ebenfalls seit Tagen auf Eis. Nicht einmal mit Catherine hatte sie geschrieben, geschweige denn gesprochen, obwohl Cat ihr fast stündlich neue Katzenvideos und Durchhalteparolen gesendet hatte. Eisern hatte Vicky alles abgeblockt. Wer brauchte eine Freundin, die mit dem erklärten Feind paktierte? Sobald Vicky an Joe dachte, zog sich ihr Magen zusammen. Er war für sie gestorben, mausetot und ohne feierliche Gebete begraben.

Die einzigen privaten Aktionen, die sie sich gestattet hatte, waren die täglichen Anrufe bei ihrer Mutter und eine Mail ans Seniorenheim gewesen, in der sie – sicherlich zur allseitigen Überraschung – eindringlich darum gebeten hatte, Joe unter keinen Umständen mehr bei Eleonore Elsässer vorzulassen. Die Verlobung sei gelöst, man habe sich getrennt, weitere Kontakte seien absolut unerwünscht.

»Viktoria, worauf wartest du?«, fragte Felix, dessen getigertes Sakko zum lilafarbenen T-Shirt ihn endgültig in die Rockstarecke einsortierte. »Wir sind so weit, bitte fang an.«

»Sehr gern«, murmelte sie.

Alle Blicke waren auf sie gerichtet, wie bei einem Tribunal. Eigentümlich leer fühlte sie sich, als sie das Programm aufrief und mit der Demonstration begann. Normalerweise gehörte es zu den Höhepunkten ihres Berufslebens, die Früchte ihrer aufopferungsvollen Arbeit vorzustellen. Heute wünschte sie sich nur noch, alles würde schnell vorbei sein, damit sie endlich schlafen konnte.

Die Hand, mit der sie auf die Entertaste des Laptops klickte, zitterte, ihre Knie waren weich wie Pudding. Trotz des Lampenfiebers versuchte sie, ihrer Stimme einen festen Klang zu geben und so wenige Ähs wie möglich unterzubringen. Nun ja, aber was sollte man erwarten von einer Frau, die sich seit Tagen nur von Powersmoothies und Müsliriegeln ernährte, kaum gerade auf den Beinen stehen konnte und ein Schlafdefizit hatte so groß wie ein schwarzes

Loch im Universum, das jeden vernünftigen Gedanken verschluckte und nun auch noch ihr Sprachzentrum lahmlegte.

»Sehr verehrte, äh, Kollegen, ich begrüße Sie sehr herzlich zur, äh, Premiere einer, hm, neuartigen Software. Ich beginne mit dem, also mit dem, äh, Menü.«

Na großartig. Der erste Preis für sinnfreies Stottern geht an Viktoria Elsässer. Es darf gelacht werden. Vergeblich kämpfte sie mit ihrer Aufregung. Sie wusste ja, dass sie in Felix' Augen versagt hatte, und nun machte sie sich auch noch durch ihre unsichere Performance lächerlich. Erst nachdem sie die erste Funktion erläutert hatte, wurde es etwas besser. Etwas.

Zwanzig Minuten später stellte sie den Beamer aus und schaute gespannt in die Runde. Konstantin fing an zu klatschen, andere fielen tröpfelnd mit ein. Begeisterung sah anders aus.

»Also dann, vielen Dank für Ihre Aufmerksamkeit.« Nervös rückte sie ihre Brille gerade. »Gibt es Fragen?«

Betretene Stille. Alle sahen zu Felix, der zwar kein Softwarespezialist war, jedoch die Entscheidung über ihre Eignung zu treffen hatte.

»Nun, leider gibt es mehr Fragen als Antworten bei diesem Projekt«, brummte er. »Ziemlich unausgegoren, das Ganze, wie mir scheint.«

Beifälliges Gemurmel der anderen folgte. Vicky schluckte. Was meinte er nur? Trotz des immensen Zeitdrucks hatte sie alles im Blick gehabt, jedes Detail mehrfach gecheckt, sogar auf ein innovatives, nutzerfreundliches Design geachtet.

»Besonders negativ fällt mir auf, dass eine Funktion für die Eingabe aktueller Daten fehlt«, fuhr Felix fort. »Unsere Kunden wollen nicht nur kompakte Lösungen, sie wollen eine Software, mit der sie selbständig weiterarbeiten können.«

»Das ist der springende Punkt«, pflichtete der Geschäftsführer Herr Stolte ihm bei. »Kein Kunde gibt sich mehr mit betreuungsintensiven Programmen ab. Man will selbst handlungsfähig bleiben.«

Die Besitzer der Firma nickten mit versteinerten Mienen. Für sie war das Ding gelaufen, daran bestand kein Zweifel.

Betroffen und mit stetig steigendem Wutpegel rang Vicky die Hände. Genau das war ihr Argument gewesen, als Konstantin am Montag dafür plädiert hatte, diese Funktion zu eliminieren. Es war sein Denkfehler, nicht ihrer. Während sie noch fieberhaft überlegte, wie sie dies formulieren sollte, ohne Konstantin in die Pfanne zu hauen, stand Felix auf. Lässig lehnte er sich ans Fensterbrett.

»Angesichts der knappen Zeit könnte man das als Schlampigkeit durchgehen lassen. Andererseits scheint sich mir doch ein grundsätzliches Problem darin zu verbergen, Viktoria: deine Schwierigkeiten mit kommunikativen Abläufen. Dieses Programm ist gut, keine Frage. Aber es kommuniziert nicht mit dem Anwender. Es ist sozusagen autistisch, was wiederum einiges über dich sagt.«

»Ja, leider«, pflichtete Konstantin ihm bei.

Vicky zuckte zusammen, als hätte er ihr einen Faustschlag ins Sonnengeflecht versetzt.

»Moment mal, du, äh, hast doch selber …«

Konstantin betrachtete seine gepflegten schmalen Hände, bevor er sie mit einem milden Lächeln unterbrach, das schrecklicher war als jede offene Aggression.

»Ach, Vic, lass mal, Fakt ist doch: Ich habe dich beschworen, diese Funktion einzubauen, aber du hast dich geweigert. Sehr schade, denn dadurch wird die Software fast wertlos für den User.«

Wert. Los. Wie Splitterbomben detonierten die beiden Silben in Vicky. Über dem Trümmerfeld, das sie hinterließen, schwebte schockierte Sprachlosigkeit. Sie öffnete den Mund, doch es kam kein Ton heraus. Ihre Kehle war wie zugeschnürt, in ihren Ohren klingelte es, ihr Hirn stellte auf Stand-by-Modus.

»Du hättest also durchaus von der Teamarbeit mit Konstantin profitieren können«, resümierte Felix kühl. »Ich denke, wir haben genug gehört. Das war dann alles vorerst. Die Präsentation ist beendet. Wir ziehen uns zur Beratung zurück.«

Noch immer rang Vicky um die richtigen Worte. Dies war ein Alptraum, und sie wollte endlich erwachen. Sie musste das alles aufklären. Sie musste Konstantin zur Rede stellen. Linkisch rollte sie das Kabel des Beamers ein, während sie sich ihre Verteidigung zurechtlegte. Am ganzen Leibe zitternd trat sie zu Felix und Konstantin, die ihr die Rücken zuwandten.

»Äh, Felix? Kann ich dich bitte sprechen?«

Er gönnte ihr nur einen kurzen Schulterblick, wie ein Autofahrer, der sich vergewissern wollte, ob eventuell ein lästiger Radfahrer von hinten kam.

»Später, Viktoria, jetzt passt es gerade nicht.«

Auch Konstantin streifte sie nur mit einem oberflächlichen Blick. In seinen Augen lag eine arktische Kälte, die Vicky bis auf die Knochen frösteln ließ. Und nun, endlich, begriff sie es: Er hatte sie reingelegt. Der Flirt, das Date, das Teamgefasel, das alles war nur eine Taktik gewesen, um ihr Vertrauen zu erschleichen. Jetzt ließ er die Maske fallen, und dahinter erkannte sie den skrupellosen, berechnenden Karrieristen, der über Leichen ging, um seine Ziele zu erreichen.

»Felix«, ihre Stimme brach fast, »bitte, du musst mich anhören. Konstantin hat nicht die Wahrheit gesagt. Er war es …«

Jetzt drehte Felix sich doch noch zu ihr um. Sein Gesicht rötete sich, sein Mund war ärgerlich verzerrt.

»Weißt du, was ich nicht ausstehen kann? Ich sag es dir: schlechte Verlierer. Ist nicht die feine Art, dass du Konstantin zum Sündenbock machen willst. Finde dich damit ab, dass du dieses Projekt in den Sand gesetzt hast.«

Vicky hatte auf einmal das Bedürfnis, sich auf den Boden zu werfen und zu schreien. Vor ihren Augen tanzten wieder Millionen Glühwürmchen, ihr Herz raste.

»Nein, nein …«

»Erklär es deiner Mailbox, die hört dir sicher gern zu«, höhnte Konstantin.

Zusammen mit Felix wandte er sich zum Gehen, und wenn Vicky sich nicht täuschte, packte er noch ein »Blöd wie 'n Brötchen und cool wie 'n Topflappen« obendrauf.

Die Besitzer der Firma und der Geschäftsführer waren bereits verschwunden. Ganz allein stand Vicky in dem kindergartenbunten Konferenzraum und fühlte sich, als sei sie in einem offenen Cabrio durch die Waschstraße gefahren. All die Arbeit – umsonst. Die Anstrengungen der vergangenen Jahre – vergeblich. Ihre Erfahrung, ihre Talente – wertlos. Von dieser Demontage würde sie sich nie wieder erholen. Jetzt blieb ihr nur noch der Absturz ins Nichts. Joe – verdammt, wie kam sie jetzt auf Joe? – hatte recht gehabt: Für diese Typen war sie nichts weiter als firmeneigene Biomasse mit angeschlossener Festplatte. Ein hoher Pfeifton gellte in ihren Ohren, dann wurde ihr schwarz vor Augen.

Kapitel 31

Dunkel wabernder Nebel, der sich langsam lichtete. Gedämpfte Stimmen, ein beharrliches Piepsen, klackende Schritte. Vicky schlug die Augen auf. Sie lag in einem weißgetünchten Zimmer, über ihr hing ein durchsichtiger Schlauch, durch den gelbliche Tröpfchen glitten. Ein Krankenhaus? Wie kam sie hierher?

»Vic, Schatz.«

Die Stimme von Catherine. Vicky schaute zur Seite und stöhnte auf. Cat war die letzte Person, die sie sehen wollte.

»Ich habe dich im Konferenzraum gefunden und sofort den Notarzt gerufen«, berichtete Catherine mit dumpfer Stimme. »Du hattest einen Kollaps. Stressbedingte Herzrhythmusstörungen.«

»Geh weg«, murmelte Vicky.

Doch statt sich zurückzuziehen, rückte Catherine einen Stuhl an das Bett und setzte sich.

»Mein Gott, Vic, ich hatte riesige Angst um dich!«

»Ja, das war ganz schön knapp«, bestätigte ein junger gebräunter Mann im weißen Kittel, der auf der anderen Seite des Betts stand, wie Vicky erst jetzt bemerkte. »Frau Elsässer, mein Name ist Doktor Mittermaier, ich bin Ihr behandelnder Arzt. Sie waren völlig dehydriert, und Ihr Puls war ziemlich schwach.«

Vicky hatte Schwierigkeiten, das Gesagte zu erfassen, zumal nun mit der Wucht einer Lawine die Erinnerung an ihre katastrophale Präsentation zurückkehrte. An ihr Scheitern, genauer gesagt, zu dem nicht nur Konstantin beigetragen hatte, sondern auch die schlechte Bewertung durch Joe. Alle hatten sich gegen sie verschworen, und selbst Catherine war Teil dieses Komplotts.

»Cat«, sie hatte Mühe zu sprechen, »du machst gemeinsame Sache mit Joe, so viel steht fest. Betrachte dich als entfreundet.«

In Catherines Miene malte sich tiefe Bestürzung.

»Denkst du etwa, du kannst unsere Freundschaft kündigen wie einen schäbigen Handyvertrag? Und was ist das überhaupt für eine komische Begründung?«

»Meine Damen, die Patientin braucht Ruhe«, schaltete sich der Arzt ein. »Ich verabreiche ihr gleich ein Beruhigungsmittel, damit sie ein wenig schlafen kann.«

»Ich will mich aber nicht beruhigen!«, rief Vicky. »Ich will mich tierisch aufregen, weil es zum Himmel stinkt, wie übel mir mitgespielt wurde! Lassen Sie mich gehen! Ich muss unbedingt in die Firma und zwei, drei Sachen final klären!«

»Sie gehen nirgendwo hin«, sagte der Arzt sehr bestimmt.

»Dann will ich wenigstens mein Handy haben!« Vicky richtete sich mühsam auf, sie schrie jetzt fast. »Sie können mich hier nicht gegen meinen Willen einsperren und von der Außenwelt abschneiden!«

Ermattet ließ sie sich zurück auf das Kissen fallen. Ein unbehagliches Schweigen senkte sich über das Krankenzimmer. Man hörte nur das beschleunigte Piepsen der Maschine, die Vickys Herzfrequenz überwachte. Es war der Arzt, der schließlich das Wort ergriff.

»Um geeignete weitere Schritte in Erwägung zu ziehen, muss ich mir ein Bild von den Faktoren machen, die zu Ihrem Zusammenbruch geführt haben. Ihre Freundin hat mich bereits darüber informiert, dass …«

»Sie ist nicht meine Freundin«, knurrte Vicky, »nicht mehr.«

Unbeeindruckt von dieser Zwischenbemerkung sprach der Arzt weiter.

»... dass Sie zum einen eine sehr anstrengende Bergtour, zum anderen drei Tage und Nächte durchgehender Arbeit hinter sich haben sowie massive private Probleme.«

»Genauer gesagt, mit zwei Männern, die gewissenlos mit meinen Gefühlen spielen«, ergänzte Vicky müde. »Und jetzt bitte ich Sie höflichst, meinen privaten Bereich zu verlassen.«

»Tut mir leid«, ein kleines Lächeln spielte um seine Mundwinkel, »ein Burn-out ist nun einmal etwas sehr Privates.«

»Auf der Bergtour hat sie sich in einen Mann verliebt – was mit dem zweiten passiert ist, darüber kann ich nur rätseln«, steuerte Catherine ungebetenerweise ihr Wissen bei.

»Er hat mich grottig bewertet, das ist passiert!«, brach es aus Vicky heraus. »Joes unterirdische Expertise ist mit daran schuld, dass ich bei MediSolutions nie wieder ein Bein auf die Erde kriege!«

Catherine sah sie an, als sei Vicky soeben mit einem Besen eine Runde über das Bett geflogen.

»Joe hat dir die beste Bewertung von allen gegeben! Die mit Abstand beste!«

Wie bitte? Keuchend schöpfte Vicky Atem. Das konnte doch nicht sein!

Gehirn an Vicky: Reingefallen! Du hast diese Bewertung nie gesehen. Es war Konstantin, der das behauptet hat. Und Konstantin – na, fällt der Groschen?

Er fiel so geräuschvoll, dass sie seufzte wie ein lilafarbener Sitzsack, wenn sich jemand darauf niederließ. Konstantin. Der mieseste Schuft unter der Sonne.

Nun zog sich auch der Arzt einen Stuhl heran, und Vicky ahnte auf der Stelle, dass ihr statt der vollmundig angekündigten Ruhe ein höchst nerviges Gespräch drohte. Was sie davon hielt? Nichts.

Was sie dagegen tun konnte? Gar nichts. Ein klarer Fall von Freiheitsberaubung.

»Was wird das hier?«, protestierte sie. »Muss ich erst eine Patientenverfügung unterschreiben, bevor Sie aufhören, in meiner Intimsphäre rumzustochern?«

»Verstehen Sie jetzt, was ich damit meinte, als ich sagte, meine Freundin sei ein klein wenig kratzbürstig, wenn sie sich provoziert fühlt?«, lächelte Catherine.

Nach wie vor unbeeindruckt lehnte sich der Arzt auf seinem Stuhl zurück. Sinnend wiegte er seinen Kopf hin und her.

»Frau Elsässer, Sie befinden sich hier in der psychosomatischen Abteilung der Klinik, daher sind alle Ärzte sowohl medizinisch als auch psychologisch qualifiziert. Was mich zu einem entscheidenden Punkt bringt.«

»Wenn ich einen Psychologen wollte, würde ich mir selbst einen aussuchen!«, fauchte Vicky.

»Und wenn ich Doktor Oetker wäre, würde ich Ihnen eine Pizza verschreiben«, schmunzelte der Arzt. »Aber bevor das Abendessen kommt, sollten wir wirklich die nächsten Schritte planen. Gestatten Sie mir vorher eine wichtige Information.«

»Habe ich denn eine Wahl?«

»Ja, zwischen Leben und Tod, oder, na ja, sagen wir, zwischen Lebensqualität und Frühverrentung.« Er holte einen Kugelschreiber aus der Brusttasche seines weißen Kittels und skizzierte die Umrisse imaginärer Gebirgsmassive in der Luft. »Sie befanden sich also auf einer Bergtour, und bei dieser Gelegenheit haben Sie sich verliebt. Vermutlich gab es einige gefährliche Momente.«

»Mehr, als irgendwer gebrauchen kann«, bestätigte Vicky düster.

»Aha. Dann wird es Sie interessieren, dass der Körper sowohl in lebensbedrohlichen Situationen als auch bei beginnender Verliebtheit ein wahres Adrenalinfeuerwerk entfesselt. Mit der Nebenwirkung, dass die Symptome dieses aufputschenden Hormons den Betroffenen darüber im Unklaren lassen, ob er Angst hat oder ob er sich gerade verliebt.«

»Das klingt doch nach finsterstem pseudowissenschaftlichen Aberglauben«, empörte sich Vicky. »Wollen Sie mir vielleicht auch erzählen, dass man sich nur bei Vollmond die Fußnägel lackieren darf und dass Kühe bei Neumond gegen den Uhrzeigersinn gemolken werden müssen?«

»Junge Dame, es handelt sich um gesicherte Fakten der neurowissenschaftlichen Forschung«, erwiderte er indigniert. »Beschleunigte Atmung, erweiterte Pupillen, Ruhelosigkeit, Kribbeln im Bauch – das Gehirn ist quasi überfordert zu unterscheiden, ob es sich dabei um eine Panikattacke oder um stressbedingte Reaktionen auf das Flirten handelt.«

Gehirn an Vicky: Frechheit. Ich hab alles im Griff. Immer.

»Sie meinen den – äh, Höhenkoller?«, fragte sie kleinlaut nach.

»Ja, so nennt man dieses Phänomen umgangssprachlich.«

Vicky an Gehirn: Auch du fällst offensichtlich mal rein.

Catherine, die dem Arzt mit wachsender Faszination gelauscht hatte, bekam vor Aufregung rote Flecken im Gesicht.

»Sie können doch nicht im Ernst behaupten, die Gefühle beim Verlieben und in gefährlichen Situationen seien die gleichen.«

Er stand auf, um einige Tasten an dem Überwachungsgerät zu drücken. Danach überprüfte er den ordnungsgemäßen Sitz des Infusionsschlauchs an Vickys Arm und nahm wieder Platz.

»Schon in den siebziger Jahren stellten amerikanische Psychologen ein spannendes Experiment an. Ich erspare Ihnen die Einzelheiten, nur so viel: Lernten sich ein Mann und eine Frau auf einer schwankenden, quietschenden Hängebrücke kennen, nahm die

Hälfte der Probanden anschließend Kontakt miteinander auf. Bei der Kontrollgruppe, deren Teilnehmer sich erstmals auf einer breiten, stabilen Steinbrücke trafen, geschah das lediglich in gut zehn Prozent der Fälle.«

»Dann sind wir also nichts weiter als doofe kleine Spielbälle unserer Hormone?«, fasste Vicky zusammen.

»Zumindest, was die fälschliche Einsortierung von Gefühlen betrifft, ja«, nickte Doktor Mittermaier. »Diese sogenannte Fehlattribution ist eindeutig nachgewiesen. Tja«, er steckte seinen Kugelschreiber wieder ein, »das hat natürlich auch gewisse Vorteile, weil gehemmte Menschen ihre Blockaden überwinden, sich öffnen können und zu ihrer Emotionalität finden, aber Gefühle sind halt was für Mutige.«

Vickys Hände zupften an der Bettdecke herum.

»Und ich Dussel habe das für den Beginn einer Beziehung gehalten.«

»Nun, es ist nicht gesagt, dass Sie sich alles eingebildet haben«, widersprach der Arzt. »Genauso gut könnten Sie sensibler für gewisse Signale des anderen Geschlechts gewesen sein, die Ihnen unter normalen Umständen entgangen wären.«

»Mittlerweile frage ich mich«, sie räusperte sich, »warum ich überhaupt eine Beziehung will.«

»Genau. Als ökobewegte Vegetarierin bist du schließlich gegen Käfighaltung«, sagte Catherine, ohne eine Miene zu verziehen.

»Schwerer Fall, was?«

Der Arzt grinste ein bisschen, was sich nach Vickys Dafürhalten nicht mit seiner medizinischen Sorgfaltspflicht vereinbaren ließ.

Erneut trat Stille ein.

»Und wieso haben sich die Männer nicht in Vicky verliebt?«, stellte Catherine eine ziemlich schlaue Frage.

Denn dass alles nur ein verwirrendes Spiel gewesen war, stand für Vicky fest, und genauso hatte sie es ihrer Freundin geschildert.

»Vielleicht, weil es sich in diesem speziellen Fall um kaltblütige Naturen handelte«, überlegte Doktor Mittermaier, »oder weil sie Gefahren bereits gewohnt waren, was die Adrenalindosis deutlich drosselt.«

»Kommt hin.« Catherine zwinkerte Vicky zu. »Konstantin ist der kaltblütige Typ, Joe hat als Profikletterer keine Panik mehr.«

Alles Lug, alles Trug, lautete Vickys Quintessenz. Da lag sie nun in einem Krankenhausbett, ein Opfer ihrer überreichen hormonellen Ausschüttungen, und konnte mit der Beförderung auch gleich jegliche romantische Erinnerung an Konstantin abschreiben.

»Was geschieht denn jetzt mit unserer Kleinen?«, fragte Catherine mütterlich besorgt.

Doktor Mittermaier erhob sich und sah auf seine Uhr.

»Nach einem leichten Abendessen werde ich sie mit Unterstützung eines Beruhigungsmittels schlafen lassen. Sofern ein Platz frei ist, wird sie morgen direkt in eine Burn-out-Klinik verlegt. Dort bekommt sie einen Mix aus Gruppentherapie, Einzelgesprächen, Physiotherapie und je nach Schwere des Erschöpfungssyndroms eine geeignete Medikation.«

»Also, was Sie da gesagt haben, steht auf meiner Liste der Alpträume ganz oben«, blockte Vicky ab. »Ich will keine Gruppentherapie, wo ich mich mit den Problemen anderer rumschlagen muss. Ich will auch keine Einzelgespräche und den ganzen Krempel.«

Catherine sprang auf, nervös knetete sie ihre Hände.

»Sie darf nicht einfach zurück in den Trott. Gibt es denn keine Alternative?«

Der Arzt hatte bereits die Türklinke in der Hand, auf der er ungeduldig herumdrückte.

»Sie werden lachen – neuerdings gibt es geführte Anti-Burn-out-Wanderungen im Gebirge. Mit erstaunlichen Therapieerfolgen.«

»Hallo? Damit sie sich gleich noch einmal in den Falschen verguckt?«, warf Catherine vorwurfsvoll ein. »Na, Sie haben vielleicht Ideen.«

»Nein, nein, noch einmal wird das nicht geschehen«, versicherte der Arzt im Brustton der Überzeugung. »Wenn man's weiß, ist man dagegen gefeit.« Er streifte Vicky mit einem eigentümlichen Blick. »Ich denke, bei Frau Elsässer würde ich solch eine Wandertour einer stationären Therapie vorziehen.«

»Nichts von alldem«, widersprach Vicky. »Wenn schon Seelenklempnerei, dann ziehe ich es vor, zu Hause auf der Couch zu liegen statt bei einem Psychologen.«

Es schien ihm ein echtes Anliegen zu sein, sie vom Gegenteil zu überzeugen, denn er kam noch einmal ins Zimmer zurück und beugte sich über sie.

»Okay, Klartext«, sagte er sehr leise, aber auch sehr artikuliert. »Ihre Blutwerte sind im Keller, Ihr psychischer Zustand spricht für eine beginnende Depression. Wenn Sie das auf die leichte Schulter nehmen, haben Sie beim nächsten Kollaps wahrscheinlich nicht so viel Glück, und Ihre Freundin kann schon mal über eine Betreuungsoffensive in Sachen Sinnverlust, Tinnitus, Konzentrationsprobleme und Arbeitsunfähigkeit nachdenken.«

Kapitel 32

Es war wie ein Déjà-vu. Wieder stand Vicky in der Abflughalle des Flughafens, wieder war sie viel zu früh, wieder drückte sie sich an eine Säule, aus Furcht, von den vielen Reisenden überrannt zu werden. Um das Déjà-vu komplett zu machen, war auch Catherine zur Stelle. Sie hatte sich extra den Vormittag freigenommen, was Vicky ihr hoch anrechnete. Abgesehen davon gab es so viel mehr, was sie ihrer Freundin verdankte. Noch am Freitag war Catherine den Hinweisen von Doktor Mittermaier nachgegangen und hatte tatsächlich einen Platz in einer Therapie-Wandergruppe gefunden – ein Glücksfall, denn im letzten Moment hatte ein Teilnehmer wegen Grippe abgesagt. Nun hielt sie bei Vicky Händchen, wie gehabt.

»Das wird schon, keine Angst, du wirst sehen, du kommst als völlig neuer Mensch zurück.«

»Jaja, die alte Vic gefällt dir nicht mehr, jetzt muss was Neues her«, witzelte Vicky matt.

Missmutig betrachtete sie ihre neuen Wanderschuhe, die eine deutlich flachere Sohle hatten als die Bergstiefel mit LKW-Bereifung, in modischer Hinsicht aber ein ebensolcher Totalausfall waren: klobig, grob, unkleidsam. Ansonsten trug sie wieder ihre ungeliebte Wanderuniform – die müllorangefarbene Jacke, den scheußlichen lila Riesenrucksack, die hässliche schwarze Funktionshose. Auf einen Koffer hatte sie verzichtet. Dieses Mal passten ihre wenigen Klamotten in den Rucksack, da sie keine Kletterutensilien dabeihatte. Mit diesem unerfreulichen Sport war sie durch, ein für alle Mal.

»Hast du deinen Ausweis? Möchtest du noch einen Müsliriegel?

Ist deine Bordkarte im Handy-Wallet gespeichert?«, fragte Catherine auffallend zappelig.

»Wer verreist hier eigentlich?«, lächelte Vicky. »Diesmal bist du ja aufgeregter als ich.«

»Na hör mal, meine Freundin wandert ab heute in Funklöchern rum, da muss alles bedacht sein!«

Trotzdem, Catherine wirkte so hibbelig, als hätte sie literweise Espresso getrunken und einen koffeininduzierten Adrenalinschub. Etwa zum tausendsten Mal fragte sich Vicky, von welchem himmlischen Gestirn Cat wohl gefallen war.

»Ich möchte mich bei dir bedanken«, raunte sie ihr zu. »Du bist die allerbeste Freundin der Welt. Wenn ich zurück bin, werde ich mich revanchieren. Zum Beispiel würde ich gern mal wieder abends babysitten, damit du mit deinem Mann was unternehmen kannst.«

»Schatz, das ist lieb von dir, aber denk jetzt einfach nur an dich«, erwiderte Catherine und schniefte gerührt. »Lass es dir gutgehen. Genieße die klare Luft, das Wandern, den Abstand vom Alltag.«

»Hmja«, machte Vicky, denn sie musste noch rasch Manuel, Viktor und Robin mitteilen, dass sie bis auf weiteres offline sein würde.

Catherine schaute neugierig aufs Display.

»Wem schreibst du denn?«

»Meiner virtuellen Therapiegruppe.« Vicky zwinkerte ihr zu. »Ich werde mich jetzt verstärkt um die Realität kümmern.«

Gespielt begriffsstutzig schlug sich Catherine vor die Stirn.

»Realität? War das nicht dieser verschwommene Rand rund ums Handy?«

Sie lachten befreit, während Vicky das Smartphone wegsteckte. Dann runzelte sie ungläubig die Stirn. Blonde Haare, ein blonder

Bart und ein superenger, superschicker Designeranzug schälten sich aus der Menge.

»Hey, schau mal, das ist doch –«

Ja, er war's, Kai Wanner. Mit einer roten Rose in der Hand kam er quer durch die Halle gelaufen und blieb abgehetzt vor ihr stehen.

»Vic, Vic«, hechelte er, »ich habe alles mitbekommen. Und ich kann mir schon denken, was wirklich gelaufen ist. Konstantin brüstet sich sogar damit, wie er dich ausgetrickst hat, der elende Mistkerl.« Außer Atem überreichte er Vicky die Rose. »Die ist für dich. Du bist toll, ich mag dich, du hättest die Beförderung absolut verdient. Scheiß drauf, Entschuldigung, ich wollte nur sagen, dass du sowieso viel zu gut für MediSolutions bist. Die Knallköppe haben doch keine Peilung, was denen entgeht.«

»Kai«, Vicky strahlte, »das werde ich dir nie vergessen.«

»Kommst du denn wieder?«, fragte er so aufgelöst, dass Vicky ihn spontan umarmte.

»Nein, ich denke nicht. Vor einiger Zeit hat mich ein Headhunter kontaktiert, es gibt da einen Super-Job in London …«

»London?«, riefen Kai und Catherine wie aus einem Mund.

»Es ist noch nichts spruchreif und so, das will ja alles gut überlegt sein«, wich Vicky verlegen aus.

Dann beendete die Durchsage ihres Flugs diese heikle Unterhaltung. Noch einmal umarmte sie Kai, danach Catherine, und stapfte auf ihren plumpen Wanderschuhen zum Securitybereich.

»Nicht vergessen, falls deine Hormone in der Höhenluft Karussell fahren: Sobald dir ein paarungswilliges Männchen begegnet, setzt du es vorsichtig auf die Hand und lässt es an einer abschüssigen Stelle frei!«, rief Catherine ihr hinterher.

Eine Dreiviertelstunde später saß Vicky im Flieger auf einem

Fensterplatz, nippte an einem Orangensaft, schnupperte an der Rose und versuchte, das Getrommel ihres Herzens zu überhören. Ihr graute vor der Wandergruppe. Lauter Wracks wie sie, überarbeitet, fertig mit der Welt, würden Seite an Seite mit ihr durch die Gegend stolpern und ihr einen Spiegel vorhalten: Ja, schau nur hinein, so sieht jemand aus, der seit Jahren nur geackert hat.

Sie lehnte den Kopf ans Fenster. Wattigweiße Wolken zogen unter ihr vorbei, in der Ferne sah man den Kondensstreifen eines anderen Flugzeugs. Mit einer Hand schirmte sie ihre Augen vor der blendenden Sonne ab. Wenn sie doch nur für immer hier oben bleiben könnte, weit weg von der verwirrenden Wirklichkeit. Über den Wolken war alles gut, die Stewardessen lächelten, der Pilot wusste, was er tat. Man konnte nichts falsch machen, durfte ein wenig herumträumen und musste keine Verantwortung übernehmen. Einfach in das unendliche Blau segeln …

Vicky hatte über eine Stunde lang selig geschlummert, als das Flugzeug hart aufsetzte, noch zweimal hüpfend den Bodenkontakt verlor und mit dem typischen Getöse der Schubumkehr ausrollte. Regentropfen perlten waagerecht am Fenster entlang, die Flughafengebäude versanken in gräulichem Dunst. Das perfekte Wetter für eine Wandertour.

Sie blieb sitzen, bis der letzte Passagier ausgestiegen war, dann erst stand sie auf und holte den Rucksack aus dem Gepäckfach. Währenddessen formte sich ein verführerischer, ja, ein unwiderstehlicher Gedanke in ihr: Noch konnte sie so tun, als reise sie allein. Ja, das war die Lösung: Am Gate frohgemut an dem Schild *Wandergruppe* vorbeimarschieren, sich ein Hotel suchen, die Füße hochlegen und irgendeine alte Serie im Fernsehen schauen. Kein schlechter Plan. Er gab ihr die Kraft, das Flugzeug zu verlassen. Wer sagte denn, dass sie keine eigenen Entscheidungen treffen durfte?

Als sie durch die sich öffnende Glastür des Ausgangs stiefelte, hielt sie den Blick gesenkt. Wäre doch gelacht, wenn sie sich nicht unerkannt an der Gruppe vorbeimogeln könnte.

»Viktoria?«

Sie hob den Kopf und erstarrte.

»Joe?«

Seine gelbe Outdoorjacke war unübersehbar, unter seinem durchdringenden Blick wurden ihr die Knie weich. Was machte er hier, verflixt noch eins? Hatte Catherine ihn als Wachhund hergeschickt, damit sie sich auf keinen Fall vor der Gruppenwanderung drückte? Am unangenehmsten war Vicky, dass sie sich bei ihm hätte melden müssen, nachdem sie einfach aus seinem Garten geflohen war.

Ihr Verdacht, er habe sie schlecht bewertet, hatte sich als haltlos erwiesen. Dennoch, sie spürte eine gewisse Scheu, was Joe betraf.

»Na so ein Zufall aber auch«, versuchte sie sich in einem lockeren Tonfall. »Würde mich gern mit dir unterhalten, aber ich suche meine Wandergruppe. Also dann, frohes Klettern oder was immer du vorhast.«

»Ich«, er schluckte so heftig, dass sie seinen Adamsapfel unter der Haut des Halses auf- und niedergleiten sah, »ich bin deine Wandergruppe.«

Ihr Mund öffnete sich, ihre Kiefer fielen in Schockstarre. Sie fühlte sich, als sei sie mitten im Flug vom Himmel gefallen und läge nun in ihre Einzelteile zerlegt auf dem Boden. In irgendeiner fernen Hirnwindung keimte ein Verdacht auf, ein furchtbarer Verdacht, doch sie weigerte sich, ihn näher zu betrachten.

»Es war Cats Idee«, sagte er stockend. »Sie meinte, dass du es nicht aushalten würdest, in einer Gruppe von Leidensgenossen zu wandern. Du bräuchtest jemanden, der dich kennt, deine Situation versteht, der …«

»Moooment!« Sie schnallte ihren Rucksack ab und stellte sich instinktiv auf die Zehenspitzen, um größer zu erscheinen, wenn sie ihm eine Abfuhr erteilte. »Ich habe hier eine Verabredung mit einer Gruppe, und ich werde sie einhalten.«

Unbehaglich, wie es schien, zupfte er sich am Ohrläppchen.

»Es gibt keine Gruppe.«

»Keine. Gruppe.«

Obwohl Vicky spürte, dass ihr die Situation langsam entglitt, beharrte sie weiterhin hartnäckig auf ihrem Standpunkt, getreu einem Motto, das sie mal gelesen hatte – weil nicht sein kann, was nicht sein darf. Demonstrativ hielt sie nach allen Seiten Ausschau.

»Dann warte ich eben auf die Gruppe. Sie wird schon noch kommen. Alles ist fest gebucht. Cat hat alles ...«

Inzwischen war der Verdacht auf Lebensgröße angewachsen, in Gestalt eines sehr schuldbewussten, sehr schweigsamen Joe. Für einen winzigen Augenblick wähnte Vicky noch, dies sei womöglich einer der üblen Scherze, die mit versteckter Kamera gefilmt wurden. Doch es gab keine Kamera. Nur Joe, der die Hand nach ihrem Rucksack ausstreckte.

»Ich habe alles gut vorbereitet. Draußen wartet der Transfer zur Liftstation. Wir werden heute Abend in der Hütte übernachten, die du ja schon kennst, morgen geht's dann los, mit einem kleinen Zelt. Die Route ist leicht zu bewältigen, auch für Ungeübte. Und es gibt genügend Berghütten, in denen wir Unterschlupf finden, falls der Regen allzu arg wird.«

Hammer. Oberhammer! Vicky schäumte vor Wut, nahm sich jedoch zusammen. Für eine hollywoodreife Szene mit Gefuchtel und Geschrei fehlte ihr einfach die Energie.

»Ihr beiden habt also Pläne für mich ausbaldowert, hinter meinem Rücken. Schön. Ich kann das auch. Was konkret bedeutet, dass ich sofort wieder zurückfliege.«

Unwirsch riss sie ihm den Rucksack aus der Hand und rannte los. Schon nach wenigen Schritten hatte er sie eingeholt.

»Du darfst dir diese Chance nicht entgehen lassen! Du hattest einen Zusammenbruch! Du musst Abstand gewinnen, durchatmen, von allem losgelöst, was dich belastet!«

Während sie mit starrem Blick nach vorn weiterhastete, quetschte sie feindselig heraus: »Mach doch bitte nicht so viele Worte. Um deine Absichten auszudrücken, reichen zwei Sätze auf einem Bierdeckel.«

»Ach ja?« Mühelos hielt er mit ihr Schritt. »Und was wären diese zwei Sätze?«

»Kann ich dir sagen.« Sie stoppte so abrupt, dass ein Mann mit einem Rollkoffer in sie hineinlief. Nachdem sie sich bei ihm entschuldigt hatte, fixierte sie Joe. »Satz Nummer eins: Viktoria ist ein unselbständiges Häschen, das an der Leine herumgeführt werden muss.«

Obwohl Joe die ganze Zeit über ernst gewesen war, irrlichterte ein amüsiertes Grinsen um seine Mundwinkel.

»Ein Häschen an der Leine. Okay, kann ich mir mit etwas Phantasie vorstellen. Und weiter? Der zweite Satz?«

»Verpass Viktoria einen Höhenkoller, warte, bis sie auf der Droge Adrenalin ist, und vernasch sie mal kurz zwischen zwei Wanderetappen.«

Jede Spur seines Grinsens erlosch. Plötzlich wirkte sein gebräunter Teint grau, ein grimmiger Ausdruck trat in seine Augen.

»Sag mal, wofür hältst du mich? Für einen Unhold, der wehrlose Wanderinnen bespringt? Glaubst du, ich würde mich um dich kümmern, obwohl du mir unausgesetzt eins vor den Bug knallst, wenn es mir um schnellen Sex ginge?« Erregt rieb er sein kratziges Kinn. »Ich mag dich, aber ich will verdammt sein, wenn ich dabei dumme Hintergedanken hätte. Heilige Scheiße! Du könntest endlich mal akzeptieren, dass Cat und ich uns große Sorgen um dich machen!«

Auf einmal stand die Zeit still. Leute gingen vorbei und rempelten Vicky an, Lautsprecherdurchsagen hallten in ihren Ohren, aber sie war unfähig, auf Joes leidenschaftlich vorgetragene Argumente zu reagieren.

»Ich unterbreite dir einen Vorschlag«, sagte er deutlich ruhiger, fast förmlich. »Wir schließen jetzt einen Kontrakt: Du lässt dich auf die Wandertour mit mir ein, ich verspreche dir, dass ich dir niemals zu nahe komme. Von mir aus kannst du auch dein bescheuertes Handy anlassen, damit du jederzeit den Rettungshubschrauber erreichst, falls Johannes Beck sein Wort bricht. Deal?«

Eine Weile starrte Vicky auf ihre neuen Wanderschuhe, die schon kräftig drückten. Dann antwortete sie Joe, ohne ihn dabei anzusehen.

Kapitel 33

Vicky war sich bewusst, dass sie möglicherweise den Fehler ihres Lebens beging, als sie in den schwarzen Kleinbus stieg, der sie zur Liftstation bringen würde. Aber auch nur möglicherweise. Wie die Ansage in der Warteschleife eines Callcenters hörte sie unablässig die Warnung von Doktor Mittermaier: *Ihre Blutwerte sind im Keller, Ihr psychischer Zustand spricht für eine beginnende Depression. Wenn Sie das auf die leichte Schulter nehmen, haben Sie beim nächsten Kollaps wahrscheinlich nicht so viel Glück.*

Nein, sie würde gar nichts mehr auf die leichte Schulter nehmen. Joe war zwar nicht völlig durchschaubar, doch sie musste ihm auf der ganzen Linie recht geben: Erstens hatte sie diese Wanderung bitter nötig, zweitens hätte sie es niemals in einer Gruppe Wildfremder ausgehalten, drittens stand außer Frage, dass er und Cat um ihr Wohlergehen bemüht waren. Auch der komische Kontrakt, den sie mit einem Händedruck besiegelt hatten, hörte sich glaubhaft an. Was also machte sie so unruhig?

Gleich nachdem sie eingestiegen waren, steckte sie sich die Earphones in ihre Ohrmuscheln und wählte auf dem Smartphone die Wellness-Musik an, die sie auf Catherines Geheiß runtergeladen hatte: sacht dahinfließende Streicherklänge, untermalt von Wellenrauschen und sanften Basslinien. Eine Musik, die das Herz umarme, hatte Cat beteuert. Noch klopfte Vickys Herz total unrhythmisch gegen den Takt, aber zumindest konnte sie schon wieder freier atmen.

Lange schaute sie auf den lockigen Hinterkopf von Joe, der vorn neben dem Fahrer saß, als könnte sie auf hypnotische Weise irgendwelche seiner Gedanken dazu bringen, sich zu offenbaren. Als das nicht klappte, kuschelte sie sich in den weichen Ledersitz und verdämmerte die Fahrt wie in Trance zwischen Sekundenschlaf und Meeresrauschen. Eine diffuse Vorfreude durchströmte sie bei der Vorstellung, schon bald wieder hoch oben im Gebirge zu sein, weit weg vom Alltag, weit weg von MediSolutions.

Ein äußerst merkwürdiges Gefühl war es, eine Stunde später die Liftstation wiederzusehen. Da vorn neben dem Blumenkübel hatte sie mit ihrer Mutter telefoniert. Es schien Lichtjahre her zu sein, so wie die Kletterreise mit den Kollegen. Mit – Konstantin. Am Tag zuvor hatte er sich bei ihr gemeldet, mit einer Unverbindlichkeit, die sie immer noch frösteln ließ.

Hi, Vic. Wir hatten einige großartige Momente, es war eine einzigartige Erfahrung, aber nun trennen sich offensichtlich unsere Wege. Alles Gute, K

Eine »Erfahrung«??, hatte sie zurückgeschrieben. *Ich habe dir vertraut!*

Darauf war keine Antwort mehr gekommen. Anschließend hatte sie seine Nummer gelöscht.

»Schau mal, es klart auf«, sagte Joe, der ihren Rucksack aus dem Kofferraum holte. »Wenn du dich stark genug fühlst, können wir nach dem Mittagessen eine kleine Exkursion machen.«

Sie atmete noch einmal durch, atmete Konstantin aus, bis ihre Lungen völlig entleert waren und nach Luft japsten.

»Mal sehen, vielleicht.«

Doch schon auf der Liftfahrt spürte sie neue Kräfte in sich erwachen. Ohne auch nur einmal ihr Smartphone in die Hand zu nehmen, genoss sie das allmähliche Emporschweben in die Gebirgswelt. Mit allen Sinnen nahm sie die schaukelnde Bewegung der Liftkabine wahr, das Vorüberziehen der hohen dunklen Tannen, der Bergwiesen mit weidenden Kühen und verschlungenen Wegen, auf denen Wanderer einzeln und in Grüppchen unterwegs waren. Es war so schön, so herzzerreißend schön. Niemals hätte sie geglaubt, sie, die Anhängerin des Großstadtlebens, könne derart entzückt über solche Anblicke sein.

Ihre Euphorie hielt an, als sie nach einer Brotzeit mit Brezeln und aromatischem Bergkäse vor der Hütte stand und auf Joe wartete. Sie wollte da raus. Sie wollte über Stock und Stein steigen, sich diese herrliche Landschaft erobern, sich vollsaugen mit der Sonne und der klaren Luft. Vollkommen perplex stellte sie fest, dass sie sogar klettern wollte. Klettern?

Eine Erinnerung stieg in ihr hoch. Der Moment, als sie alle Ängste überwunden und doch noch die fast unbezwingbare Wand bewältigt hatte. Genau das wollte sie wieder erleben: die Bestätigung, dass sie etwas konnte, objektiv messbar etwas konnte. Berufliche Leistungen, das war ihr während der desaströsen Präsentation endgültig klargeworden, hingen allzu sehr von der Beurteilung irgendwelcher Vorgesetzten ab. Aber eine Wand zu erklimmen, trotz aller Selbstzweifel und inneren Widerstände, das war ein Erfolg, an dem es nichts zu rütteln gab.

Mit einer dampfenden Tasse Kaffee in der Hand trat Joe aus der Hütte.

»Also? Kleine Wanderpartie oder lieber chillen?«

»Ich möchte klettern«, erwiderte sie. »Einfach nur klettern.«

Skeptisch schaute er sie an, obwohl er nicht ganz verhehlen konnte, dass ihn diese unerwartete Bitte freute.

»Mute dir nicht gleich am ersten Tag zu viel zu. Du hast gerade einen Kollaps überstanden. Außerdem ist schon fast Nachmittag.«

»Bitte, Joe«, insistierte sie. »Lass uns die Klettersachen zumindest mitnehmen. Es juckt mich geradezu in den Fingern, irgendeinen Felsen zu besteigen.«

Nachdem er bedächtig einen Schluck Kaffee getrunken hatte, willigte er zögernd ein.

»Aber nur unter einer Bedingung: Du respektierst, dass ich die Verantwortung habe und die Grenzen festlege.«

»Keine Sorge«, flötete sie, »Grenzen sind meine Spezialität. Ich bestehe quasi nur aus Grenzen.«

»Dein Wort in Gottes Ohr.«

Fünf Minuten darauf starteten sie, bepackt mit ihren Rucksäcken, in denen Kletterseile, Klemmen und all die wunderbaren Utensilien steckten, deren Handhabung Vicky kaum erwarten konnte. Sie hatte auch ihre Antihistamin-Tabletten dabei. Diesmal würde die Kletterei ein Vergnügen – und ihr persönlicher Triumph werden!

»Woher rührt eigentlich dein Sinneswandel?«, fragte Joe, während sie zwischen jungen Fichten hindurch einen steinigen, von gelbblühenden Büschen gesäumten Pfad einschlugen. »Anfangs konntest du doch das Klettern so wenig ausstehen wie mich.«

»Vielleicht mag man Dinge, die auf den ersten Blick unattraktiv wirken, umso lieber, wenn man erst einmal deren verborgene Qualitäten entdeckt«, philosophierte sie drauflos.

»Ich bin aber kein Ding«, lachte er.

»Dich meinte ich ja auch nicht.« Das war geschwindelt. »Nur das Klettern, Joe, nur das Klettern. Wie bist du übrigens darauf gekommen?«

»Weil mein Vater es mir verboten hat.« Sein Lachen klang jetzt rauer. »Er wollte immer einen trockenen Juristen aus mir machen. Riskante Sportarten sind ihm zuwider. Als ich dann auch noch eine Tischlerlehre anfing, war der Ofen aus. Er redet nicht mehr mit mir. Selbst als ich einen Design-Preis für einen Tisch aus alten Schiffsplanken bekam, was durch alle Medien ging, hat er sich nicht gerührt.«

»Wie schade. Tut mir leid für dich.«

Konzentriert achtete Vicky auf ihre Füße, die sie prophylaktisch verpflastert hatte, bevor sich überhaupt Blasen zeigen konnten. Sie wusste mittlerweile, dass man Wanderschuhe einlaufen musste. Zugleich registrierte sie, dass Joe ihr zuliebe einen leicht zu nehmenden Pfad gewählt hatte. Keine größeren Steine versperrten den Weg, die Steigung erforderte keinerlei Anstrengung. Sie wanderte sozusagen im Schonwaschgang.

»Familie kann eben vieles sein, Schlachtfeld und Idylle«, sinnierte er nach einer längeren Pause.

»Dabei wärst du bestimmt ein guter Anwalt geworden.« Sie gluckste übermütig. »Wenn du sogar mich von dieser Tour zu zweit überzeugen konntest, kannst du jeden Übeltäter raushauen.«

»Siehst du, genau das wollte ich nicht.«

Für einige Minuten beschränkten sie sich darauf, den steiler werdenden Weg so kräfteschonend wie möglich zu erwandern.

»Man macht sich nicht ohne Grund die Mühe, jemanden zu verbiegen«, griff Vicky das Gesprächsthema schließlich wieder auf. »Schon mal darüber nachgedacht, dass dein Vater dich lieben könnte? Also, auf seine Art eben?«

Mit einem Fuß kickte Joe unwillig einen Stein beiseite.

»Lieben heißt loslassen und dann schauen, ob derjenige freiwillig zurückkommt.«

»Wow, du bist ja ein wahrer Adventskalender erhebender Weisheiten – hinter jedem Türchen eine Offenbarung«, neckte sie ihn.

»Und was bist du? Knecht Ruprecht mit der Rute, um jedem eins überzuziehen, der abweichende Meinungen vertritt?«

»Du mauerst.« Sie zog einen gespielten Flunsch. »Neuralgisches Thema?«

»Haben wir das nicht alle? Neuralgische Themen? Vermutlich haben wir einfach beide kein Glück mit unseren Vätern gehabt.« Unvermittelt stieg er auf eine hölzerne Bank am Rande des Pfads und spähte in den spärlicher werdenden Wald. »Dahinten ist eine schöne Felswand. Keine große Sache, aber ein bisschen tricky, weil man nicht ganz einfach dorthin kommt. Man muss einigen Felsspalten im Boden ausweichen. Was denkst du?«

»Ich denke nicht – ich mache«, antwortete Vicky großspurig. »Ich könnte wahrscheinlich auch Bäume ausreißen.«

»Untersteh dich«, grinste er.

Sie rannte schon los, von Übereifer getrieben, vor allem aber von Widerspruchsgeist. Es gefiel ihr, Joe aus der Reserve zu locken, gerade deshalb, weil der Kontrakt, den sie miteinander geschlossen hatten, jegliche Annäherung verbot. Sie durfte flirten, ihn sogar ein bisschen piesacken, ohne Konsequenzen befürchten zu müssen. Wunderbar. Angesichts so klarer Regeln kam sogar sie mit Kommunikation *in echt* zurecht.

»Viktoria!«, rief er donnernd. »Warte auf mich! Da vorn wird es gefährlich. Man sieht die Spalten nicht, weil die Vegetation sie überdeckt!«

»Ach was! Du bist ein Spielverderber!« Sie lief einfach weiter, wobei sie leichtfüßig über einen umgestürzten Baum stieg. »Du willst bloß der Bestimmer sein, weil es dir ein Gefühl von Macht verleiht!«

»Hör auf zu spekulieren, vertrau lieber meiner Erfahrung! Bleib stehen, verdammt!«

»Warum willst du immer führen?«

»Und warum ignorierst du meine Warnung? Es ist wirklich gefährlich! Komm sofort zurück!«

Vicky dachte gar nicht daran. Als hätte sie nie geschwächelt und in einer Klinik gelegen, pirschte sie sich gebückt durchs Unterholz. Wie ein reißender Gebirgsfluss rauschte das Blut durch ihre Adern. Das hier, das war die Freiheit, und die konnte auch ein neunmalkluger Joe ihr nicht nehmen.

Etwas knackte. Daraufhin rutschte ihr rechter Fuß so schnell ab, dass sie für den Bruchteil einer Sekunde taumelnd in der Luft hing. Mit weit ausgebreiteten Armen versuchte sie, ihr Gleichgewicht wiederzufinden, erreichte aber nur, dass sie wie von einer dämonischen Kraft gezogen einen steilen Hang hinunterrutschte, mit dem Knie auf etwas Hartem aufschlug, panisch schreiend weiterrutschte und mit einem unnatürlich verdrehten linken Bein in einer Felsspalte stecken blieb. Etwas Spitzes bohrte sich in ihren Rücken.

Gehirn an Vicky: Sag mal, hast du sie noch alle?

Unglücklich sondierte sie ihre missliche Lage. Der Abhang gehörte zu einem schartigen, teilweise von Erdreich bedeckten Felsen, an den sich da und dort Gebüsche und kleinere Kiefern klammerten. Darunter fiel das Gelände schwindelerregend steil ab. Nur undeutlich sah sie, wie Joes zorniges Gesicht über ihr erschien.

»Soll ich jetzt selbstzufrieden oder entsetzt sein?«, blaffte er. »Hab ich dir nicht laut und deutlich gesagt, dass es hier gefährlich ist?«

»Hast du«, nuschelte sie.

Mehr gleitend als kletternd erreichte er sie, über und über mit Tannennadeln und Erde bedeckt. Die Wut stand ihm deutlich ins Gesicht geschrieben.

»So einen Kokolores machen auch nur blutige Anfänger!«

»Joe, mein Rücken … könntest du mal nachschauen?«

»Wenn du darauf bestehst.«

Er rutschte etwas tiefer, zog seine Handschuhe aus und schob ihr Fleeceshirt hoch. Erschauernd spürte sie seine warmen Finger auf ihrer nackten Haut.

»Nur kurz nachschauen, Unhold«, wiederholte sie, um einen Rest guter Laune bemüht. »Nicht, dass du Gefallen daran findest. Wir haben eine Abmachung.«

»Danke, dass du mich daran erinnerst. Du hast dich vermutlich an einem herausstehenden Ast aufgespießt, aber darum kümmere ich mich später.« Er zog das Fleeceshirt wieder herunter, dann begutachtete er ihr Bein. »Oha, das sieht schlimm aus. Kannst du den Fuß bewegen?«

»Auf keinen Fall«, stöhnte sie, während sie es probierte.

An einer aufragenden Baumwurzel Halt suchend, kletterte er ein Stück tiefer. Doch er hatte kaum ihren Fuß erreicht, als die Baumwurzel nachgab. Mit einem Aufschrei warf er die Arme hoch und stürzte ins Bodenlose.

»Joe!« Ihre Stimme zitterte, denn allmählich dämmerte ihr, dass dies keine lustige Einlage eines Bewegungskaspers mehr war, über die sie abends in der Hütte Scherze machen würden. »Joe, bist du verletzt?«

»Ja, aber ich wäre froh, wenn du für einen Moment still sein könntest. Sendepause, okay?«

Aus ihrer verdrehten Position heraus war nicht viel zu erkennen. Alles, was sie sehen konnte, waren Joes Finger, die sich in einiger Entfernung unter ihr an einen schartigen Stein klammerten. Sie biss sich auf die Lippen, voller Schuldbewusstsein. Ihretwegen müsste er sich nun ohne Handschuhe hochziehen. Seltsamerweise geschah nichts. Jede Sekunde hoffte sie, seinen Kopf auftauchen zu sehen, vergeblich.

»Verdammt, ich stecke auch fest!«, brüllte er.

Genau das hatte sie befürchtet. Sie war zu leichtsinnig gewesen. Nein, irrsinnig. Fahrig fingerte sie ihr Handy zutage. Kein Netz. Klar. Ein Unglück kam selten allein.

»Wir befinden uns in einer, äh, aussichtslosen …«, sie keuchte vor Angst, »… Lage, Joe!«

Inständig hoffte sie, dass er ihr widersprechen würde, doch diese Hoffnung erwies sich als trügerisch.

»Ist mir nicht entgangen«, rief er nur lapidar.

Das durfte doch nicht wahr sein! Gerade waren sie noch launig plaudernd über einen besonnten Wanderpfad gegangen, und jetzt hing er hilflos am seidenen Faden seiner zweifellos schwindenden Kräfte. Wie lange konnte ein Mann, und sei es ein versierter Kletterer wie Joe, sein gesamtes Körpergewicht mit einer Hand halten?

»Glaubst du, dass uns jemand vermisst?«, fragte sie mit einer piepsigen Kleinmädchenstimme, die sich völlig fremd anhörte.

»Glaubst du, dass das gerade relevant ist?«, kam es knurrend zurück.

»Ich meinte das weniger im emotionalen, mehr im praktischen Sinne. Wie schnell, denkst du, findet man uns?«

Sekunden verstrichen. Die Hand, Vicky hatte nur Augen für seine Hand, deren Finger nach wie vor den Stein umklammerten.

»Hoffentlich, bevor sich die Würmer über uns hermachen«, erwiderte Joe.

Und da wusste Vicky: Wenn er sich trotz seiner Muskeln, seines Geschicks und seiner jahrelangen Erfahrung nicht hochziehen konnte, sich nur noch mit ein wenig Galgenhumor tarnte, musste es verheerend um sie beide stehen.

Kapitel 34

Vögel zwitscherten, Bienen summten, ein auffrischender Wind strich raschelnd durch die Zweige der Bäume. Harmlose Geräusche, die darüber hinwegtäuschten, dass dieser Unfall alles andere als harmlos war. Verdächtig lange hatte Joe nichts mehr von sich gegeben.

»Joe! Ich glaub an dich!«, feuerte sie ihn an. »Und wenn wir hier raus sind, darfst du mir gern den Hintern versohlen!«

Spätestens jetzt hätte er reagieren müssen. Vicky lauschte. Nichts. Er reagierte nicht. Und jetzt spürte sie, was sie verdrängt hatte, seit er abgestürzt war: Angst, kalte, nackte Angst.

»Joe«, flüsterte sie, obwohl er sie nicht hören konnte.

Ihr Blick fiel auf den Rucksack, der sich während ihrer Schlitterpartie gelöst hatte und nun in all seiner auftrumpfenden lila Hässlichkeit das Unterholz verschandelte. Im selben Moment wurde ihr klar, dass sie es war, die aktiv werden musste. Ohne auf ihren verletzten Fuß zu achten, streckte sie die Arme aus. Ihre Finger zappelten. Nur wenige Zentimeter fehlten, dann hätte sie eine der Schlaufen erhaschen können.

Nicht aufgeben, Vicky. Sie versuchte es aufs Neue. Dehnte ihren Oberkörper. Ignorierte den flammenden Schmerz in ihrem Bein, verwünschte ihren Fuß, der sich in der Felsspalte verkeilt hatte. Es nutzte alles nichts.

Gehirn an Vicky: Was ist der quasi menschliche Verhaltensanteil von Primaten?

Wie unfassbar begriffsstutzig sie doch war. Werkzeuge! Affen benutzten Stöcke und Steine, wenn sie auf Futtersuche waren! Mit den Stöcken bogen sie sich fruchtbehangene Zweige herunter, die zu dünn waren, um daraufzuklettern, mit Steinen öffneten sie Vogeleier. Sie sah sich um. Ganz in der Nähe lagen im Gebüsch trockene Äste. Die Zungenspitze zwischen die Lippen gepresst, angelte sie sich den nächstbesten Ast und schwenkte ihn hinüber zum Rucksack. Jetzt musste sie nur noch die Astgabel durch eine Schlaufe fädeln.

Vicky lief der Schweiß in Bächen über den Rücken, als sie endlich den Rucksack zu sich herangezogen hatte. Mit bebenden Fingern öffnete sie ihn. Das Kletterseil! Sie entrollte es fieberhaft und warf es über den Vorsprung, unter dem Joe hing. Schlaff lag das Ende in ihrer Hand. Entweder hatte sie danebengeworfen, oder Joe war nicht fähig, danach zu greifen. Die Zeit rannte ihr weg. Sie musste etwas tun!

Lieber Fuß, murmelte sie lautlos, das wird jetzt etwas wehtun, aber es lohnt sich. Mit einem gewaltigen Ruck befreite sie ihn aus der Felsspalte, und der Schmerz, der jetzt lostobte, brachte sie einer Ohnmacht nahe. Möglich, dass der Fuß gebrochen war. Na und? Lange würde sich Joe nicht mehr halten können, und der liebe Gott allein wusste, wie tief er dann stürzen würde.

In Windeseile klaubte sie einige Friends sowie einen Hammer aus dem Rucksack. Dann kroch sie millimeterweise auf Joes Hand an dem Vorsprung zu. Kroch ein Stück weiter, bis sie über die Kante hinwegschauen konnte. Das Blut stockte ihr in den Adern. Sein Kopf war zur Seite gefallen, mit einem Fuß balancierte er auf dem Zweig einer Kiefer. Darunter fiel das Gelände steil ab.

»Joe, ich bin da«, murmelte sie. »Ich hole dich. Halte durch.«

Ohne genau zu wissen, wie man es richtig anstellte, begann sie von oben nach unten die Friends in den Felsen unter sich zu hämmern. So lange, bis sie mit dem Vorbeugen nicht mehr weiterkam, ohne sich selbst zu gefährden. Ein kurzer Blick zum Rucksack. Sollte sie den Halbautomaten herausholen? Nein, der brachte ihr ohne den Klettergurt auch nicht viel. Kurzerhand nahm sie ein zweites zusammengerolltes Seil und schlang es sich um den Oberkörper. Das andere wickelte sie sich um die Taille, verknotete es am Stämmchen einer Fichte, schickte ein Stoßgebet zum Himmel. Mit dem Mut der Verzweiflung kletterte sie über den Vorsprung.

Das Seilstück zwischen ihr und dem Fichtenstämmchen mochte etwa drei Meter lang sein. Rutschte sie ab, würde sie erst einmal fallen, bevor es ihren Sturz aufhielt, überlegte Vicky. Darauf musste sie gefasst sein. Einstweilen konnte sie sich noch leidlich gut festhalten, und ihre Wanderschuhe, im Grunde vollkommen ungeeignet für Kletterpartien, fanden alle möglichen Trittmöglichkeiten. Dennoch kostete es sie unendliche Überwindung, ein derart waghalsiges Manöver zu vollführen.

Weitere Friends wurden von ihr in den Felsen gehämmert. Vicky machte verbissen weiter, bis sie sich auf Joes Höhe hinuntergearbeitet hatte. Er bewegte schwach den Kopf.

»Was machst'n du da?«, stöhnte er.

»Wonach sieht's denn aus? Ich versuche, dir zu helfen!«

Sie tastete ein wenig herum, bis ihre Füße einigermaßen festen Stand hatten. Dann entrollte sie das zweite Seil, das sie sich umgeschlungen hatte, und knotete es um Joes Körper. Vicky zog den Knoten so fest, dass ihr die Finger wehtaten. Nun musste sie das Seil weiter oben befestigen. Immer wieder glitt sie aus, immer wieder polterten Erdbrocken und Steine den Hang hinunter. Dennoch machte sie weiter. Es gab keine andere Option. Als sie den obersten Friend erreicht hatte, verschnaufte sie für eine Sekunde, bevor sie in einem letzten Kraftakt ihr Bein über die Kante schwang und sich auf das kleine Plateau rollte.

Eine Pause wäre genial gewesen, aber das kam nicht in Frage. Eilig verknotete sie das Seil an einem anderen Fichtenstämmchen, um gleich darauf zur Kante zurückzurobben.

»Komm hoch, Joe!«, schrie sie. »Du bist gesichert, jedenfalls bis zu dem Punkt, wo du jetzt bist.«

Langsam, ganz langsam kam Leben in seinen erstarrten Körper. Er zog die Hand, die den Stein umkrallt hatte, zu sich und schüttelte den vermutlich vollkommen tauben Arm aus. Mit einem tiefen Seufzer legte er die Hände an das Seil. Gespannt verfolgte Vicky, wie er sich mit quälend kleinen Bewegungen hocharbeitete. Auch er glitt ein paarmal aus, ließ aber nicht locker, sondern kämpfte sich zäh zur Kante hoch. Blitzschnell wirbelte Vicky einige Male um sich selbst, damit ihr Seil sich verkürzte. Nun fühlte sie sich sicher genug, um Joes Schultern zu packen und ihm zu helfen, auch die vorstehende Kante zu überwinden.

Danach lagen sie keuchend auf dem kleinen Plateau, wie von selbst eng umschlungen, und hatten keine Worte für das, was soeben passiert war. Immer wieder streichelte Vicky seine Locken, zu Tode erschöpft, überwältigt, überglücklich. Ja, es schien ihr sogar, als habe sie sich in Joe verliebt. Gott sei Dank wusste sie, dass es nur am Adrenalin lag. Sogar als sie ihm einen Kuss auf die geschlossenen Augen hauchte, dachte sie sich nichts dabei. Höhenkoller, was sonst? Ihr Körper konnte halt nicht zwischen Panik und Gefühlen unterscheiden.

»Lass das bitte sein«, presste Joe undeutlich hervor, »wir haben eine Abmachung. Und stell bitte den Lärm ab, mir fliegen gleich die Ohren weg.«

Vicky schaute nach oben. Ein Hubschrauber kreiste knatternd über ihnen. Auf die Seite war auf weißem Grund ein rotes Kreuz gemalt, in der Kanzel saß ein Mann, der ihr aufgeregt Zeichen machte. Plötzlich ging alles ganz schnell. Eine Rettungsgondel wurde heruntergelassen, ein Sanitäter bugsierte sie mit knappen Kommandos hinein, und schon schwebten sie über den Baumwipfeln, immer höher, bis sie die Luke des Hubschraubers erreicht hatten.

Kapitel 35

Vicky war nie ernsthaft krank gewesen. Außer zu Besuchen hatte sie Krankenhäuser nicht von innen gekannt, bevor sie bei Doktor Mittermaier gelandet war. Und nun befand sie sich innerhalb weniger Tage schon zum zweiten Mal in einer Klinik. Weiß und blau bekittelte Mitarbeiter liefen hektisch über die Flure, es roch nach Desinfektionsmitteln, Essensdünsten und bangen Fragen. Nach mehreren Röntgen-Prozeduren eröffnete ihnen der Oberarzt, ein freundlicher älterer Herr mit graumelierten Haaren, Joe habe eine Gehirnerschütterung und sie, Vicky, einen komplizierten Splitterbruch in Fußknöchel und Wadenbein.

Sie bestanden auf einem Doppelzimmer. Nahezu undenkbar erschien es ihnen, sich nach den dramatischen Ereignissen jetzt trennen zu lassen. Als sie nebeneinander in ihren Betten lagen, Joe mit einer Halskrause und Vicky mit einem eingegipsten Bein, schauten sie einander lange völlig stumm an. Nicht einmal eine Fliege summte, so still war es.

»Wie haben die uns eigentlich gefunden?«, fragte Vicky nach einer halben Ewigkeit.

»Wanderer«, brummte Joe. »Der Sanitäter hat es mir erzählt. Die haben gesehen, dass wir abgestürzt sind, und sind sofort zur Hütte gelaufen, um die Bergwacht zu alarmieren.«

Wieder schwiegen sie. Während Vicky weiterhin Joe anschaute, fragte sie sich, warum ihr nie aufgefallen war, wie rasend attraktiv er war. Selbst mit seiner komischen Halskrause und den Schrammen auf der Stirn wirkte er ungemein männlich. Natürlich hatte diese Beobachtung nichts Überraschendes, schließlich stand sie noch unter dem Einfluss der höchst verwirrenden Droge Adrenalin.

»Das war ziemlich knapp, oder?« Sie holte tief Luft. »Es tut mir leid, dass ich uns beide in Gefahr gebracht habe, aber, na ja, ich habe auch meine Ängste überwunden und …«

»Kiki?« Seine Augen verengten sich zu Schießscharten, aus denen er mörderische Blicke abfeuerte. »Du feierst jetzt aber bitte nicht etwas ab, was schlimm ins Auge hätte gehen können?«

»Meinte ja nur«, murmelte sie beleidigt.

Er tat ja geradezu so, als hätte sie es drauf angelegt!

»Und nenn mich bitte nicht Kiki, ja? Ich dachte, das hätten wir hinter uns.«

»In der Tat, wir haben einiges hinter uns.« Sein unerwartetes Lächeln wirkte wie ein Sonnenaufgang über zerklüfteten Felsen. »Jetzt bin ich gespannt, was wir noch vor uns haben.«

Vor uns? Ein warmes Gefühl kroch durch ihren ermatteten Körper. Ein Gefühl, das sie gottlob einordnen konnte. Höhenkoller, was sonst? Umständlich zerknüllte Joe sein Kissen, um seinen Kopf bequemer darauf zu betten.

»Ich bin jetzt in einem Alter, in dem ein Mann genau weiß, was er will, aber zuweilen feststellen muss, dass er etwas ganz anderes bekommt.«

Sie lächelte spitzbübisch. Offenbar hatte es nun auch Joe erwischt. So ein Höhenkoller war richtig unterhaltsam.

»Wie witzig«, kicherte sie. »Und ich dachte, ich sei die Einzige, die auf Droge ist.«

»Nein, nein«, er lächelte milde, »du hast mir von Anfang an gefallen. Ich mag deinen kratzbürstigen Charme. Deine Stärke, aber auch deine Aufrichtigkeit, wenn es um das Eingeständnis von Schwächen geht. Deinen eigenwilligen Humor.«

Vicky war baff.

»Charme? Humor?«

Es schien, als beschreibe er eine ganz andere Frau. Verwirrt betrachtete sie Joes lächelnden Mund.

»Viktoria Elsässer«, sagte er feierlich, »du hast dir eine Menge Negatives einreden lassen. Das ist menschlich – irgendwann glauben wir alle, wir seien die Rolle, die andere in uns sehen. Du denkst, du seist ungeeignet für die analoge Welt. Dabei steckst du voller bemerkenswerter Qualitäten. Wenn du nicht gerade irgendwelche Dummheiten anstellst, macht es sogar Spaß, sich mit dir zu unterhalten.«

Vicky blieb die Spucke weg. Im selben Moment wurde ihr klar, dass sie mit Joe ausschließlich *in echt* kommuniziert hatte. Keine Message, kein Smiley, nicht mal ein Telefonat! Alles analog! Diese Erkenntnis erstaunte sie mehr als alles andere. Erst die Vibration des Handys in der Innentasche ihrer Fleecejacke brachte sie dazu, ihren Blick von ihm zu wenden. Eilig checkte sie die Nachrichten. Neben diversen Messages von Catherine, Manuel, Robin und Viktor, die sie nur überflog, fand sie auch zwei Mailboxnachrichten vor.

Frau Elsässer, es ist etwas Schreckliches passiert. Bitte rufen Sie sofort zurück.

Frau Elsässer, es ist dringend. Ihre Mutter hat einen Suizidversuch unternommen. Wir konnten das Schlimmste verhindern, möchten Sie jedoch bitten, auf der Stelle herzukommen! Mit Herrn Beck! Ihre Mutter besteht darauf!

Vickys Körper war schneller als ihr Kopf. Ihr Herz krampfte sich zusammen, genau dort, wo das warme Gefühl entstanden war, breitete sich auf einmal tödlich kaltes Blitzeis aus. Völlig benommen, als habe sie einen Schlag vor die Stirn bekommen, starrte

Vicky auf die Buchstaben, die blutrot zu pulsieren schienen. *Mutter. Suizidversuch.*

»Was ist los? Trouble in deinem virtuellen Universum?«, erkundigte sich Joe leichthin.

Mit tränenverschleierten Augen schüttelte sie den Kopf.

»Meine Mutter hat … sie wollte …«, Vicky konnte das Schluchzen nicht länger zurückhalten, »… Joe, sie hat versucht … sich … umzubringen!«

Jetzt, wo sie es ausgesprochen hatte, erhielt das Unvorstellbare eine bedrückende Realität, die ihren Brustkorb zusammenpresste. Untröstlich barg sie ihr Gesicht ins Kopfkissen und begann zu weinen, bis ins Mark erschüttert, hilflos wie ein Kind. Sie sah das runde, gutmütige Gesicht ihrer Mutter vor sich, die ausgebreiteten Arme, den altrosafarbenen Samtbademantel, der nach dem vertrauten Parfum duftete. Mama. Ich liebe dich so sehr.

»Viktoria«, seine Stimme ganz nah, eine Hand, die sich auf ihren zuckenden Rücken legte, »Viktoria …«

»Ich habe sie heute, heute noch nicht … a-angerufen«, stammelte Vicky unter Tränen. »Ich hätte … sie nicht a-allein lassen dürfen … und jetzt … Kann ich … nicht … dabei will sie … Auch dich …«

Resolut drehte Joe ihr nasses Gesicht zu sich und schaute sie beschwörend an.

»Wir werden zu ihr fliegen, sofort.«

»Wie denn?«, schluchzte sie. »Wir sind nicht transportfähig. Du mit deiner Gehirnerschütterung, ich mit dem Riesengips …«

»Wir fliegen«, wiederholte er so entschlossen, dass sie es fast glaubte.

»Aber …«

»Gib mir das Handy«, befahl er.

Während sie gekrümmt dalag, überwältigt von ihrem Kummer, wählte er eine Nummer und bellte kurze Befehle.

»Mike, bist du das? Ich brauche einen Hubschrauber zur Unfallklinik, ja, jetzt. Bitte Rückflüge buchen, Abflug in spätestens zwei Stunden, genau, heute Abend. Rollstuhl für den Transport zum Gate. Großraumtaxi am Zielflughafen – ach, du holst uns mit dem Van ab? Tausend Dank! Ja, die Flüge neu buchen, egal, was es kostet. Gut, und bitte beeil dich, okay?«

Er gab ihr das Handy zurück. Die ganze Zeit über hatte er neben ihrem Bett gekniet, und sie starrte auf seine blutverkrustete rechte Hand, die sich noch vor wenigen Stunden an den rettenden Stein geklammert hatte.

»Das geht doch alles gar nicht«, flüsterte sie.

»Wart's ab.« Sein kantiges Gesicht bestand nur noch aus eisernem Willen, der keinen Einwand gelten ließ. »Noch heute Abend sind wir bei ihr. Ruf bitte im Seniorenheim an.«

Man stellte Vicky zur Station durch, wo eine untröstliche Elsa Näheres berichtete. Dass Eleonore Elsässer offenbar tagelang ihre Schlaftabletten gehortet und dann alle auf einmal genommen habe. Dass ihr der Magen ausgepumpt wurde. Dass sie ansprechbar, aber sehr schwach sei.

Die folgenden Stunden vergingen wie eine nebelverhangene Achterbahnfahrt. Vicky konnte kaum verkraften, was nun Schlag auf Schlag auf sie einprasselte – der erneute Hubschrauberflug, die Ankunft am Flughafen, die patzigen Damen des Bodenpersonals, die sich zunächst weigerten, zwei Verletzte mitzunehmen, aber schließlich die unterschriebene Bescheinigung akzeptierten, der Flug erfolge auf eigene Verantwortung. Immer wieder schloss sie die Augen, immer wieder fiel sie wegen der schweren Medikamente in einen Dämmerschlaf und genoss in allertiefster Dankbarkeit, dass Joe jedes Detail regelte und jede neue Hürde mit Geschick und Entschlossenheit überwand.

Als sie gegen halb elf Uhr aus dem Van stiegen, mit dem Joes Werkstattleiter Mike sie vom Flughafen abgeholt hatte, war Vicky so erschöpft, dass sie nicht einmal mehr das Pochen in ihrem Fußgelenk spürte. Hellwach und todmüde zugleich ließ sie sich von Joe in einen Rollstuhl setzen und zum Eingang des Seniorenheims schieben. Die Räder blockierten im Kies, doch er bugsierte sie kraftvoll und sicher bis zur Nachtglocke. Diesmal waren die Mitarbeiter vorbereitet. Joe und Vicky hatten kaum geschellt, als gleich zwei bekittelte Mitarbeiterinnen zur Eingangstür stürzten, um sie aufzuschließen.

»Frau Elsässer! Was ist mit Ihrem Bein passiert?«, fragten sie aufgeregt. »Und die Halskrause? Hatten Sie einen Unfall, Herr Beck?«

»Bitte, lassen Sie uns einfach nur rein«, flüsterte Vicky aufgewühlt.

»Herr Beck – er hat doch Hausverbot?«

»Ist aufgehoben.« Sie wedelte fahrig mit einer Hand. »Bitte, wir möchten zu meiner Mutter.«

Nur undeutlich nahm Vicky wahr, dass sie vermutlich ein groteskes Bild abgaben – ein verschrammter Mann mit einer Halskrause, der eine Frau mit Gipsbein im Rollstuhl durch das Foyer und in den Aufzug transportierte. Im Lift sprachen sie keinen Ton, oben auf der Station empfing sie Elsa mit rotgeweinten Augen.

»Gut, dass Sie da sind, Ihre Mutter hat immer wieder nach Ihnen gefragt. Auch«, Elsa streifte Joe mit einem verlegenen Blick, »auch nach Herrn Beck hat sie sehr oft gefragt.«

Den Weg zum Zimmer sieben schob er den Rollstuhl so schnell, dass das Gefährt bei der letzten Biegung des Flurs fast aus der

Kurve flog. Dann war es so weit. Vicky schluchzte leise, Joe legte ihr eine Hand auf die klammen Finger.

»Ganz ruhig. Was auch immer uns erwartet, wir haben alles Nötige getan. Vertrau mir.«

Er öffnete die Tür. Eleonore Elsässer, wächsern blass und mit dunklen Ringen unter den Augen, saß auf einem der Sessel neben dem Couchtisch, auf dem anderen hatte ein bebrillter dunkelhaariger älterer Herr in einem dunkelblauen Anzug Platz genommen. Sie unterhielten sich leise, verstummten jedoch, als sie die beiden Besucher gewahrten.

In Vicky wurde es ganz still. Fast mechanisch versuchte sie, ihre Gedanken zu ordnen. Mama lebt. Ein Mann sitzt bei ihr. Er hat dunkles Haar und trägt eine dicke Hornbrille. Er sieht dem Mann auf dem kleinen zerknitterten Foto ähnlich. Er sieht mir ähnlich.

Zeitgleich standen die beiden auf.

»Vicky, mein Kind.« Irritiert betrachtete Eleonore Elsässer das Gipsbein, dann Joe, der wie angewurzelt hinter Vicky stehen geblieben war. »Ich freue mich ja so, dass ihr da seid.«

»Man hat mich angerufen, meine Nummer war für den Notfall hinterlegt«, erklärte der Herr mit einer angedeuteten Verbeugung. »Deshalb bin ich hier.«

Plötzlich verstand Vicky die Redewendung, ein Engel gehe durch den Raum. Eine magisch leuchtende Erwartung lag über allem, Fragen und Antworten, Vermutungen und Gewissheiten, bis sich ihre unerträgliche Anspannung in Tränen entlud. Auch die anderen weinten, sogar Joe wischte sich die Augenwinkel.

»Leon«, Eleonore Elsässer schnäuzte sich mit einem Stofftaschentuch, das sie aus ihrem Morgenmantel zog, »darf ich dir unsere Tochter und unseren zukünftigen Schwiegersohn vorstellen?«

Vicky verknotete ihre Hände ineinander. Es war furchtbar, diesen besonderen Augenblick zu stören, doch sie wollte ihn auch nicht durch eine Lüge entweihen.

»Mama, entschuldige bitte, Joe ist nicht …«

»Noch nicht.« Zärtlich beugte er sich über sie und streichelte ihre Hände. »Denk ja nicht, dass du mir noch einmal weglaufen kannst.«

»So war sie immer schon«, schniefte Eleonore Elsässer zwischen Weinen und Lachen. »Als sie klein war, hatte ich meine liebe Not, sie zu bändigen.«

»Und heute darf ich sie endlich kennenlernen«, fügte der dunkelhaarige Herr andächtig hinzu. Mit zögernden Schritten, als balanciere er auf einer unsichtbaren Linie, näherte er sich dem Rollstuhl und streckte die Hand aus. »Hallo, meine schöne Tochter.«

Zweiunddreißig Jahre habe ich auf diesen Moment gewartet, dachte Vicky aufgelöst. Zweiunddreißig Jahre. Sie stemmte sich aus dem Rollstuhl hoch.

»Papa, ich …«

Ihre Stimme versagte. Aufschluchzend ließ sie sich von dem Mann umarmen, an dessen Existenz sie schon lange nicht mehr zu glauben gewagt hatte. Auch Eleonore Elsässer kam nun näher. Gerührt reichte sie Joe die Hand.

»Ich bin ja so froh, mein Junge. Was habt ihr denn angestellt?«

»Das sollte ich wohl eher dich fragen«, erwiderte Vicky mit tränenerstickter Stimme, während sie ihren Vater losließ. »Wie konntest du nur so etwas Schreckliches tun?«

Sie zeigte auf das leere Tablettenröhrchen, das neben den Fotos auf der Kommode lag und ihr gleich beim Hereinkommen aufgefallen war.

»Ach das.« Eleonore Elsässer lächelte hintersinnig. »Manchmal ist das Schreckliche der Beginn von etwas sehr Schönem.«

»Mama!«

»Sei nicht so streng, Kind. Nimm mich lieber in den Arm, ja?«

Vicky schluckte ihre Tränen hinunter und folgte der Aufforderung. So fest sie konnte, umarmte sie ihre Mutter, atmete ihren Duft ein und drückte sie selig an sich. Dabei spürte sie in einer der Taschen des samtenen Morgenmantels etwas, was sich wie winzige kleine Steinchen anfühlte, und erstarrte. Ihre linke Hand fuhr in die Tasche. Das waren keine Steinchen. Es waren Tabletten, mindestens zwanzig Stück.

»Du hast sie gehortet, aber nicht genommen?«, fragte sie perplex.

»Wärst du denn sonst mit ihm«, ihre Augen wanderten zu Joe, der mit Vickys Vater sprach, »zu mir gekommen?«

»Mama, er …«, flüsterte Vicky endlich.

»Er ist der Richtige«, wisperte Eleonore Elsässer. »Und glaub mir – dafür, dass du das einsiehst, hätte ich noch ganz andere Sachen getan.«

»Könnte es sein, dass sich da gerade zwei weibliche Sturköpfe miteinander unterhalten?«, lachte Joe.

»Die Mutter ist jedenfalls bemerkenswert eigensinnig«, antwortete Leon und hob in gespielter Verzweiflung die Hände. »All die Jahre konnte ich sie nicht vergessen, habe den Kontakt gesucht, ihr Briefe geschrieben, Blumen geschickt, nie hat sie mich erhört – bis wir heute endlich wieder zueinander gefunden haben. Es gibt keine Frau, die so dickschädelig ist wie meine Eleonore!«

Joe rückte seine Halskrause zurecht, ein leichtes Stöhnen war zu hören.

»Sagen Sie das bitte nicht, bevor Sie Vicky näher kennengelernt haben.«

Kapitel 36

Was für ein verrückter Tag. Vicky konnte kaum noch die Augen offen halten, als Joe sie weit nach Mitternacht aus dem Zimmer ihrer schlafenden Mutter rollte. Ihr Vater war längst gegangen, mit dem festen Versprechen, dass sie sich bald wiedersehen würden. Noch immer konnte Vicky nicht fassen, welche Dramen und Glücksmomente sich binnen eines einzigen Tages ereignet hatten. Da lernte man nach zweiunddreißig Jahren seinen Vater kennen, und das in einem Zustand, in dem andere Leute schnarchend am Tropf gehangen hätten.

Leon Wietersheim. Unhörbar flüsterte sie seinen Namen vor sich hin. Es war so verwirrend, dass ein Phantom, über das sie sich jahrzehntelang den Kopf zerbrochen hatte, plötzlich greifbar war, ein Mensch, der lebte und atmete, mit dem sie sprechen konnte, der sie zum Abschied sogar umarmt hatte.

»Und, Prinzessin? Wohin des Wegs?«, fragte Joe.

Sie drehte sich im Rollstuhl zu ihm um. Aus dem Strudel der Ereignisse drängten plötzlich wieder die Bilder des Nachmittags in den Vordergrund: der Absturz im Gebirge, ihre tollkühne Rettungsaktion, das Gespräch im Krankenhaus. Vor allem aber Joe, immer wieder Joe, eine Nuss, die schwerer zu knacken war als ein hundertfach gesicherter Banksafe. Sie mochte ihn, sogar mehr als das, aber sie traute weder ihren Gefühlen noch ihm. Konstantins Verrat hatte eine hässliche Spur der Verwüstung in ihrem Herzen hinterlassen, und was man von adrenalinerzeugten Gefühlen zu halten hatte, war ihr bestens bekannt.

»Wohin ich will? Nach Hause, was sonst?«, erwiderte sie. Es

hatte stark und selbstbewusst klingen sollen, doch ihre weiche Stimme verriet, dass sie sich keineswegs so sicher war. »Wie lange muss ich eigentlich noch damit rechnen, dass du dich in meine Familienangelegenheiten einmischst?«

»Unsere«, erwiderte er lächelnd, während er sie den Flur entlangschob.

»Unsere? Ha! Bringt deine Gehirnerschütterung gewisse Hörprobleme mit sich, oder ist das Wort Familienangelegenheiten zu lang für dich?«

»Entschuldige mal, ich beuge mich dem Votum meiner zukünftigen Schwiegermutter.« Er gab dem Rollstuhl einen frechen kleinen Schubs. »Wenn sie sagt, ich sei der Richtige für dich, kann ich ja wohl schwerlich widersprechen.«

»Ach nee.«

Abrupt betätigte sie den seitlich angebrachten Bremshebel, woraufhin der Rollstuhl schleifend auf dem grauen Linoleum des Bodens zum Stehen kam. Sofort war Joe bei ihr und kniete sich zu ihrer größten Verblüffung vor sie hin.

»Vicky …«

»Du nennst mich …« Sie schluckte. Vicky. Etwas in ihr begann zu schwingen wie eine Glocke. »Hör mal, Joe, was meine Mutter sagt, ist das eine, aber interessiert dich eigentlich auch, was ich denke?«

»Selbstverständlich.« Sein Lächeln erlosch, ein heiliger Ernst trat in seine Züge. »Was meinst du denn, warum ich hier vor dir knie wie ein lädierter Romeo?«

»Weil … weil – ich sitze und du mich so besser sehen kannst?«

Kopfschüttelnd verdrehte er die Augen zur Decke.

»Wer sagte noch gleich, es gäbe keine Romantik mehr?«

»Ich. Jeden Samstagabend, wenn ich mit meinem Tablet im Bett liege und mein kaltes Herz auf Facebook wärme.«

Das Flurlicht ging aus, da sie sich nicht rührten und die Lampen nur auf Bewegungsmelder reagierten. Im grünlichen Schein der Notbeleuchtung sah Vicky, wie das Lächeln in sein Gesicht zurückkehrte.

»Gib dir keine Mühe. Deine Glaubwürdigkeit als digital basierte Beziehungsautistin hast du längst verloren. Jedenfalls fände ich es schön, wenn wir diesen Tag zum Anlass nehmen könnten, das Kriegsbeil endgültig zu begraben.«

»Ich wünschte, ich könnte dasselbe sagen. Also, warum kniet der Halskrausen-Romeo vor der Gipsbein-Lady?«

Er zeigte auf seine Armbanduhr, einen Chronometer aus Stahl, natürlich mit Stoppuhr und Datumsanzeige, der vermutlich auch Tauchgänge in tiefste Meerestiefen aushielt.

»Keine Sorge, ich will dir keinen Antrag machen, das halte ich nach zweihundertfünfzig Stunden und vierunddreißig Minuten eindeutig für zu früh.«

Sprachlos schaute sie in sein kantiges Gesicht, dem die Notbeleuchtung eine dunkelgrüne Färbung verlieh.

»Äh, wie bitte?«

»Ich hab's ausgerechnet, Vicky. Kennengelernt haben wir uns am vorletzten Freitag um Punkt vierzehn Uhr, jetzt ist es Dienstag, null Uhr vierunddreißig. Macht zweihundertfünfzig Stunden und vierunddreißig Minuten, nein warte«, wieder schaute er zur Uhr, »jetzt sind es schon fünfunddreißig.«

Ein Schatten seufzte am Ende des Flurs. Elsa? Vicky linste angestrengt in die grünliche Schwärze. Oder sah sie schon Gespenster in ihrem überdrehten Zustand?

»Scheint ernsthafte Schäden hinterlassen zu haben, deine Gehirnerschütterung«, murmelte sie.

»Nein, am vorletzten Freitag begann für mich eine neue Zeitrechnung. Und nun lass mich bitte zu Wort kommen, meine Knie tun schon weh.«

»Dann sprich oder schweige für immer«, sagte sie feierlich, wobei ihr erschrocken bewusst wurde, dass es sich um eine Formel aus den Hochzeitszeremonien rührender Hollywoodromanzen handelte. Keine Frage, ihr Unterbewusstsein spielte ihr einen Streich, seit ihre Mutter vom »Richtigen« gesprochen hatte.

Stöhnend verlagerte Joe sein Gewicht vom rechten aufs linke Knie und zerrte an seiner Halskrause.

»Ich wollte dich fragen, ob du mit zu mir kommen möchtest. Es ist viel näher als deine Wohnung, wir könnten uns schon in einer Viertelstunde hinlegen, morgen in Ruhe ausschlafen, und dann bringe ich dich nach Hause.«

Zu ihm. In die Höhle des Löwen. Vicky starrte ihn an, als hätte er soeben den Zeitzünder einer Bombe aktiviert. Was er da vorschlug, beruhte auf einer eklatanten Verharmlosung der Tatsache, dass sich zwischen »hinlegen« und »ausschlafen« ein Niemandsland voller höchst beunruhigender Optionen auftat.

»Du hast nichts zu befürchten«, versicherte er lachend, als lese er ihre bangen Gedanken. »Ich mag dich, ich mag dich wirklich, aber erstens haben wir einen Kontrakt, zweitens musst du mich nur anschauen, um zu wissen, dass ich nicht in der Verfassung für heiße Liebesspiele bin.«

Sie wurde rot. Tiefrot, was man in der schwachen Beleuchtung glücklicherweise nicht erkennen konnte. Sie merkte es nur daran, dass ihre Wangen brannten, und ärgerte sich so sehr darüber, dass sie versuchte, demonstrativ cool zu bleiben.

»Erstens komme ich sowieso nicht mit, zweitens ist es mir absolut egal, was du mit deinem kleinen Joe vorhast.«

Seine Erheiterung steigerte sich.

»Er ist nicht klein.«

Herrgott im Himmel! Vicky betrachtete ihr grünlich schimmerndes Gipsbein. Jetzt war Klartext angesagt.

»Du kannst wieder aufstehen, Joe. Mir ist völlig bewusst, dass gefährliche Situationen, zumal hoch im Gebirge, unweigerlich emotionale Verwirrung stiften. Beschleunigte Atmung, erweiterte Pupillen, Kribbeln im Bauch – das Gehirn ist quasi überfordert zu unterscheiden, ob es sich dabei um eine Panikattacke oder um stressbedingte Reaktionen auf das Flirten handelt. Sofern du also etwas für mich empfindest – oder ich für dich –, handelt es sich um eine Fehlattribution.«

Völlig entgeistert riss er die Augen auf. Dann holte er geräuschvoll Luft.

»Warum sagst du bloß dauernd solche Sachen?«

»Weil es die Wahrheit ist.«

Aufbrausend warf er die Arme in die Luft.

»Herrje, Vicky, das Leben kommt nicht mit einem Beipackzettel, dem du die Risiken und Nebenwirkungen entnehmen kannst! Bedenke doch – du hast mich heute Nachmittag gerettet, und danach haben wir uns umarmt. Du hast einen Kuss auf meine Lider gehaucht! Etwa deshalb, weil du eine Fehlattrappe ...«

»...attribution!«

»Grundgütiger, wie kann man nur so verdrahtet sein«, murmelte er und erhob sich halb, was die Flurbeleuchtung aufflammen ließ. »Gefühle kann man nicht googeln, die muss man leben! Wie wäre es mit einer Prise Realität?«

Mit einer schnellen Bewegung beugte er sich über sie, seine Lippen fanden ihren Mund, und er küsste sie mit einer Leidenschaft, die jeden Einwand zu Asche verglühen ließ. Vicky war so überrumpelt, dass sie unter schmählicher Umgehung ihres Verstands intuitiv reagierte und einfach ihre Lippen öffnete, sich willenlos diesem Kuss hingab, der wie eine Stichflamme durch ihren Körper fuhr. Sicher, sie hatte Erfahrungen mit Männern, wenn auch spärliche, aber die Wucht dieses Kusses hob sie mit der Gewalt eines Naturereignisses aus den Angeln. Etwas loderte in ihr auf, heiß und drängend, sie schmeckte Pfefferminz und Begehren, und alles, was sie spürte, war der Wunsch, dieses Wunder möge niemals enden. Seine Arme legten sich um ihren Nacken, seine Finger liebkosten ihr Haar. Wie vertraut sich diese Umarmung anfühlte. Falls sie überhaupt noch etwas denken konnte, dann war es nur dieser eine Wunsch: Nie sollte dieser Kuss aufhören.

Er endete anders als gedacht, in Gestalt von Elsa, die sich unbemerkt genähert hatte.

»Ich störe ja nur ungern«, wisperte sie. »Allerdings fürchte ich, Sie müssen jetzt gehen, die Nachtwache hat schon auf der Station angerufen, wo Sie denn bleiben.«

Wie heimlich knutschende Teenager, die von den Eltern ertappt worden waren, fuhren Vicky und Joe auseinander. Oha. Vicky verging vor lauter Peinlichkeit.

»Man wird ja wohl noch mal die eigene Verlobte küssen dürfen«, lächelte Joe. »Doch wir tun Ihnen gern den Gefallen und verschwinden, um das Angefangene in aller Privatheit fortzusetzen.«

Elsa grinste schief, Vicky rieb sich das von Joes Dreitagebart aufgescheuerte Kinn. Irgendwo, in einer entfernten Randzone ihres aufgewühlten Bewusstseins, formte sich eine Entscheidung, deren Grund ihr auf einmal vollkommen gleichgültig war. Adrenalin hin oder her: Sie wollte nicht nach Hause in ihr mehrfach verstellbares einsames Bett unter der nackten Glühbirne, sie wollte bei diesem Mann sein.

»Wir waren, hm, ohnehin im Begriff zu, äh, gehen«, stammelte sie verlegen.

»Wir«, wiederholte Joe freudestrahlend. »Drei Buchstaben, eine große Idee.«

»Vielleicht auch ein riesengroßer adrenalininduzierter Irrtum«, fügte Vicky hinzu.

»Aber wer will schon dauernd Beipackzettel lesen«, lächelte er.

Elsa wusste offensichtlich nicht, was sie mit diesen merkwürdigen Äußerungen anfangen sollte, was nur zu nachvollziehbar war.

»Dann, na ja, hole ich mal den Lift«, erklärte sie und huschte davon.

Joe streichelte Vickys Wange, bevor er wieder seine Position hinter dem Rollstuhl einnahm und sie in bemerkenswertem Tempo den Flur entlangschob. Noch immer befand sie sich in einem eher schwebenden als rollenden Zustand. Sein Kuss hatte viel verändert. Alles, genauer gesagt.

»Für einen Mann mit untadeligen Absichten hast du es aber ganz schön eilig«, flüsterte sie.

»Kein Grund, meine guten Absichten mit schlechten Meinungen zu entstellen«, raunte er in ihr Haar.

Sein warmer Atem trieb ihr eine Gänsehaut über jeden einzelnen Rückenwirbel. Ja, sie wollte sein Angebot annehmen, denn allein zu Hause würde sie nicht nur ihn vermissen, sie würde vor allem die Vicky vermissen, die sie in seiner Gegenwart sein durfte: eine facettenreiche Frau, offen, weich, spontan, zickig, unkonventionell, stark und schwach zugleich. In Gedanken schickte sie ihm lauter Smileys mit Herzchen und geschätzte drei Millionen X, die niemals aufs Display ihres Handys gepasst hätten. In der Wirklichkeit gab es keine Worte, mit denen sie ihm all das hätte sagen können, ohne in Tränen auszubrechen. Es war so überwältigend schön, aber es war auch beängstigend. Vicky hatte mehr Träume in Bezug auf Joe, als sie sich von der Realität zerstören lassen wollte.

»Selbstverständlich schlafe ich auf der Couch«, erklärte sie, als Joe den Rollstuhl in die Liftkabine schob. »Etwas anderes kommt nicht in die Tüte.«

»Du bist eine lausige Lügnerin«, lachte er.

»Du lügst auch ziemlich schaurig«, entgegnete sie und konnte nicht verhindern, dass ein Lächeln ihre Mundwinkel kitzelte.

»Bist du eigentlich sicher, dass du nie verheiratet warst? Das mit der Kontrolle und der schlechten Laune einer langjährigen Ehefrau hast du nämlich perfekt drauf.«

»Scheint dir ja zu gefallen«, gluckste sie. »Trotz schwerwiegender Nebenwirkungen.«

»Die sind mir wurscht, Liebe ist nun mal Herzweitwurf«, konterte er. »Man muss es sportlich nehmen, denn man weiß nie, wo das Herz landet.«

Liebe? Er sprach von Liebe? Vicky zog es vor zu schweigen, brachte jedoch den Mut auf, nach seiner Hand zu tasten, die sich schützend auf ihre Schulter gelegt hatte. Ihre Finger schlangen sich ineinander, und ein Strom aus Dankbarkeit und Vertrauen durchpulste sie. Vicky konnte sich nicht erinnern, jemals etwas Derartiges empfunden zu haben, dieses alles in den Schatten stellende innige Gefühl für einen anderen Menschen.

Gleich zwei Mitarbeiterinnen des Seniorenheims empfingen sie hochinteressiert im Erdgeschoss und geleiteten sie zum Ausgang, wo Joes Werkstattleiter, der sie in seinem Van hergefahren hatte, auf sie wartete.

»Wohin soll die Reise gehen?«, erkundigte er sich mit einem unverhohlen neugierigen Blick auf Vicky.

»Nach Hause, was sonst?«, erwiderte Joe schlicht.

Jetzt war es um ihre Beherrschung endgültig geschehen. Tränen der Freude, der Rührung und der Erleichterung liefen über ihre Wangen. Die Unerschütterlichkeit, mit der sich Joe einen Weg durch das Dickicht ihrer Widerstände gebahnt hatte, die gelassene Ruhe, mit der er ihre Vorbehalte und kleinen Spitzen hinnahm, zerstreuten ihre letzten Zweifel. Nach Hause. Was auch immer passieren würde, dieser Augenblick würde ganz oben auf ihre Liste unvergesslicher Sternstunden kommen.

Kapitel 37

Das malerische Fachwerkhaus lag im Halbdunkel, nur der Widerschein einer entfernten Straßenlaterne erhellte das efeubewachsene Gemäuer. Dennoch wirkte das Gebäude einladend, wie ein warmes Nest, das auf sie gewartet hatte, und das Herzrasen, das Vicky kurzfristig während der Fahrt befallen hatte, legte sich ein wenig, denn sie hatte das Gefühl, nach einer lebenslangen Reise endlich dort anzukommen, wo sie hingehörte.

»Rollstuhlgerecht ist das Haus nicht gerade«, erklärte Joe. »Ich werde dich über die Schwelle tragen müssen.«

»Du hast eine Gehirnerschütterung«, protestierte Vicky.

»Und du bist ein Fliegengewicht.« Er war bereits ausgestiegen und streckte die Arme nach ihr aus. »Komm her.«

Ihr Herz klopfte zum Zerspringen, als sie über den Sitz zur Wagentür rutschte und er sie vorsichtig hochnahm. Glücklich schlang sie ihre Arme um seinen Hals und ließ sich zum Haus tragen. Wie eine Braut? Herrje, wohin wanderten bloß ihre komischen Gedanken? Sie hatte ein Gipsbein, das war alles. Und doch …

Eng schmiegte sie sich an Joes kräftigen Körper. Ihre Wange lag an seiner Halskrause, bei jedem Schritt spürte sie die warme Vertrautheit, die zwischen ihnen entstanden war. Und noch etwas spürte Vicky: Sie war nicht im mindesten befangen. Ganz allein zu zweit mit einem Mann zu sein, hatte immer eine gewisse Beklommenheit in ihr ausgelöst, die Angst, womöglich etwas Falsches zu sagen oder zu tun. Bei Joe war es anders. Er kannte sie besser als jeder andere Mensch der Welt, trotz der gerade mal zweihundertfünfzig Stunden und irgendwelcher Minuten, die sie voneinander wussten. Mit Joe hatte sie mehr hochemotionale Momente geteilt als mit irgendwem sonst. Vor allem hatte sie ihm mehr von sich preisgegeben, als sie jemals für möglich gehalten hätte. Seit sie am ersten Tag umgeknickt war, hatte Joe sie immer wieder in Situationen erlebt, in denen er hinter die Fassade der toughen Teamleiterin schauen konnte, ohne ihr das Gefühl zu vermitteln, dass sie sich dafür schämen musste.

Mit dem Ellenbogen drückte er die Klinke der unverschlossenen hölzernen Eingangstür auf und knipste eine Deckenleuchte an.

»Willkommen, du Abenteurerin.«

Geblendet blinzelte Vicky in das Licht eines schmiedeeisernen Kronleuchters. Der große holzgetäfelte Raum wurde dominiert von einem mit wuchtigen Steinquadern eingefassten Kamin, davor standen bequeme cognacfarbene Ledercouchen und Sessel mit Beistelltischchen, die aus mächtigen Baumwurzeln mit aufliegenden Glasscheiben gearbeitet waren. Mehrere bunte Teppiche in warmen Braun-, Orange- und Rottönen lagen übereinander, es duftete aromatisch nach Kaminholz.

Dies war nicht die Höhle des Löwen, dies war eine gemütliche Wohnhöhle mit einem Hauch Hüttenzauber. Und mehr als das: Im Gegensatz zu ihr hatte Joe ein Zuhause erschaffen, das seine Bewohner umarmte. Auf der Stelle fühlte man sich wohl. Vickys innere Anspannung wich und machte einem tiefen Behagen Platz. Hier an diesem Kamin die Abende zu verbringen, ins Feuer zu schauen und seinen Gedanken nachzugehen, musste wunderbar sein.

Behutsam lagerte Joe sie auf einer der Couchen. Dann zündete er einen dünnen Span an, den er unter das aufgeschichtete Kaminholz hielt. Mit gespitzten Lippen blies er in die Glut, als zwei kleine Katzen heranstoben und miauend ihre Köpfe an seinen Hosenbeinen rieben. Ihr bernsteinfarbenes Fell harmonierte derart perfekt mit dem Farbton der Couchen, als seien sie eigens passend dafür ausgesucht worden. Verzückt beobachtete Vicky, wie die putzigen Wesen Joe begrüßten. Übermütig hakten sie ihre Krallen in seine Hosenbeine und leckten sich mit ihren rosa Zungen die Schnäuzchen. Gleichzeitig wartete Vicky auf das vertraute Niesen, auf die juckenden Augen, die Triefnase. Doch nichts geschah.

»Darf ich vorstellen? Das sind Ernie und Bert.« Joe bückte sich, um ihnen das Fell zu kraulen. »Ich nehme an, du bist auch auf Katzen allergisch, wenn du willst, bringe ich sie in die Werkstatt.«

»Nein, warte.«

Vicky atmete tief ein. Noch immer geschah nichts. Kein asthmatisches Keuchen, keine Schleimhautschwellung, absolut nichts. Das konnte doch nicht sein! Aus der Innentasche ihrer Fleecejacke holte sie ihr Handy heraus und gab bei Google *Kann eine Katzenallergie verschwinden?* ein. Währenddessen ließ sich Joe in einen Sessel fallen, was Ernie und Bert als Aufforderung auffassten, auf seinen Schoß zu springen. Schnurrend schmiegten sie sich an ihn.

»Musst du dir bei deinem Pfarrer die Absolution holen, hier zu nächtigen?«, grinste er.

»Sekunde …«

Es gab jede Menge Foren zu ihrer Frage. Mit zunehmendem Erstaunen überflog sie die Erfahrungsberichte über das, was man auf den einschlägigen Websites selbsttätige Desensibilisierung nannte. Übereinstimmend wurde geschrieben, dass Allergien manchmal schwächer wurden oder ganz verschwanden, wenn man sich den auslösenden Allergenen vermehrt aussetzte. Offenbar führte die Vermeidung von Allergierisiken zu einer Verstärkung der Empfindlichkeit, umgekehrt konnte der dauernde Kontakt mit allergieauslösenden Stoffen die Sensibilität verringern. Auch die Psyche spiele eine Rolle, wurde betont. Plötzlich fiel Vicky ein, dass sie am Nachmittag auf einem Weg mit gelbblühenden Büschen gewandert war, ohne jede Niesattacke.

»Es sieht ganz danach aus«, entgeistert schaute sie zu Joe, der immer noch die beiden Kätzchen kraulte, »dass sich meine Allergien allmählich verflüchtigen könnten.«

»Wirklich?« Amüsiert zwinkerte er ihr zu. »Mir würde es schon reichen, wenn deine Joe-Allergie abklingt.«

Sein Lächeln ging ihr durch und durch. Auf einmal wurde ihr bewusst, wie sehr sie sich wünschte, neben ihm zu sitzen, ihm ganz nahe zu sein. Jeder Zentimeter, der zwischen ihnen lag, war ein Zentimeter zu viel. Warum bloß hielt er Abstand? Weil er sein Versprechen halten wollte – oder weil er ein besonders raffinierter Verführer war, der alles dafür tat, dass sie den ersten Schritt machte? Aber hatte es überhaupt noch einen Sinn, über solche vertrackten Strategien nachzudenken? War nicht im Grunde alles ganz einfach? Mit der rechten Hand deutete sie neben sich.

»Was, äh, hältst du davon, wenn du dich zu mir setzt? Dann könnten wir ausprobieren, ob meine Katzenallergie tatsächlich zurückgegangen ist.«

»Sehr durchschaubares Manöver.« Demonstrativ streckte er die Beine von sich und sank noch etwas tiefer in seinen Sessel. »Unser Kontrakt gilt beiderseitig. Es sei denn …«

»Äh, ja?«

Seine Hände, die über die Rücken der Katzen strichen, verharrten in der Bewegung.

»Es sei denn, wir kündigen diesen Kontrakt offiziell auf, mit Ernie und Bert als Zeugen.«

Gehirn an Vicky: Genauso gut könntest du in Gegenwart eines

betrunkenen Fahrers bei Tempo zweihundert den Sicherheitsgurt ablegen.

Aber hieß es nicht auch: *No risk, no fun?* Was hatte eine Frau zu befürchten, die sogar über schwindelerregenden Abgründen in Felsspalten herumgeklettert war? Rasant unerschrocken für ihre Verhältnisse klopfte sie auf den Platz neben sich.

»Muss ich irgendwo unterschreiben? Oder reicht es, wenn ich den Kontrakt mündlich annulliere?«

Ganz sacht, als seien die beiden Kätzchen aus Meißner Porzellan, setzte er sie auf den Boden und erhob sich.

»Mündlich klingt äußerst verlockend.«

Geschmeidig glitt er neben sie, begleitet von Ernie und Bert, die sich an Vicky kuschelten, nahm ihr Gesicht in seine Hände und sah sie fragend an. Winzige goldene Pünktchen leuchteten in seinen hellblauen Augen, so wie am ersten Tag, als er sie verarztet hatte, und wie damals spürte sie mit ihrem ganzen Körper seine vibrierende Ausstrahlung. Eine tiefe Erschütterung ergriff sie, gemischt mit einer kaum zu ertragenden Sehnsucht. Zärtlich wischte er ihr etwas von der Wange.

»Sind das etwa Tränen?«

»Wahrscheinlich nur ein letzter Ausläufer meiner Allergie«, schniefte sie. »Könntest du mich bitte endlich küssen?«

Epilog

Das Herbstwetter war einfach ideal: sonnig, nicht zu warm, nicht zu windig, beeindruckende Fernsicht. Vicky hockte auf einem kleinen Felsblock inmitten wie eh und je majestätisch aufragender Gebirgszüge und zwängte sich in ihre Kletterschuhe. Der Knöchelbruch war dank einer hervorragenden Reha rasch geheilt, und sie durfte den Fuß auch wieder in Maßen belasten. Bereits mehrmals war sie mit Joe gewandert, hatte täglich ein ausgeklügeltes Krafttraining absolviert und alle Trimm-dich-Pfade der Gegend ausprobiert. Sogar Klettern war wieder drin. Es ging stetig aufwärts.

Über ihr hing Joe an der Wand und hämmerte ein paar Friends in das Gestein. Joe, der Mann, den sie liebte. Ihre Mutter hatte es früher als sie gewusst, worüber sie immer noch staunen konnte. Seit Eleonore Elsässer keine Schlaftabletten mehr nahm – die hatte Joe ihr bereits bei seinem zweiten Besuch gründlich ausgeredet –, offenbarte sie fast täglich neue Wesenszüge, die ihre Geistesgegenwart bewiesen, etwa bei der Organisation der bevorstehenden Hochzeit.

Hirn an Vicky: Korrigiere: Doppelhochzeit. Du bekommst einen Mann und einen Vater.

Sie erhob sich, beschattete die Augen mit einer Hand und begutachtete die Route. Mittlerweile traute sie sich an anspruchsvollere Kletterwände heran, und mit jedem Erfolg wuchs ihr Selbstvertrauen. Tag für Tag wunderte sie sich darüber, was ausreichender Schlaf, gesunde Ernährung und regelmäßiger Sport im Freien aus ihr gemacht hatten. Wenn sie in den Spiegel schaute, sah sie eine völlig andere Frau: kräftiger, gesünder, mit klarem Blick und ohne den gehetzten Gesichtsausdruck, an den sie sich in den vergangenen Jahren schon gewöhnt hatte.

Als ihr Handy klingelte, runzelte sie unwillig die Stirn. Wenn sie mit Joe in den Bergen unterwegs war, nahm sie es für gewöhnlich nicht einmal mit. Wozu auch? Jeder wusste inzwischen, dass sie regelmäßig digitale Auszeiten nahm. Doch dann blieb ihr Blick an dem Schriftzug MediSolutions hängen, den das Display anzeigte. Seltsam. Seit ihrer Kündigung acht Wochen zuvor hatte sie nichts mehr von der Firma gehört. Unschlüssig drehte sie das Smartphone in den Händen, bis ihre Neugier siegte.

»Ja, bitte?«

»Hallo, hier ist Felix.«

Sie schwieg überrascht. Mit Kai hätte sie eventuell gerechnet, aber doch nicht mit dem Personalchef.

»Mach's bitte kurz«, bat sie ihn nach einigen Schrecksekunden. »Ich stehe gerade vor einer Felswand und möchte so rasch wie möglich da hoch.«

»Jaja, immer hoch hinaus, so kennen wir dich«, hüstelte er. »Viktoria, ich muss mich bei dir entschuldigen. Ich weiß, das kommt reichlich spät, aber bitte leg nicht auf. Konstantins Beförderung hat sich leider als absoluter Fehlgriff erwiesen. Weder fachlich noch führungstechnisch war er der Aufgabe gewachsen.«

Aha. Atemlos drückte Vicky das Handy ans Ohr. Oben an der Wand machte Joe ihr fragende Zeichen, die sie mit einer gequält-komischen Grimasse beantwortete.

»Und was habe ich damit zu tun, Felix?«

»Als ich Konstantin zur Rede stellte, gestand er, dass er dich, nun ja, sagen wir: emotional manipuliert und dich zu dem Programmfehler überredet hat.«

Emotionale Manipulation war eine äußerst zurückhaltende Bezeichnung für das, was Konstantin mit ihr angestellt hatte, fand Vicky.

»Erzähl mir was Neues«, entgegnete sie lässig. »Du hast eine Entscheidung getroffen. Mit den Konsequenzen umzugehen dürfte dir nicht schwerfallen.«

Gedankenverloren schob sie mit der Schuhspitze ein paar Steinchen hin und her. Wie weit weg das alles wirkte. MediSolutions war ihr Leben gewesen, etwas, was sie sich mit dem zeitlichen und inneren Abstand des heutigen Tages gar nicht mehr vorstellen konnte. Im Grunde ärgerte sie sich, dass sie überhaupt das Gespräch angenommen hatte. MediSolutions war Geschichte.

»Bitte, Viktoria, wir brauchen einen kompetenten Nachfolger«, flehte Felix. »Wir haben drei große Aufträge, nichts klappt, die Teams sind total desorganisiert, vor allem aber fehlt uns ein brillanter Kopf.«

Ach, daher wehte also der Wind. Jetzt verstand Vicky, worauf dieses Telefonat hinauslaufen sollte. Dennoch ließ sie Felix noch ein bisschen zappeln.

»Es gibt großartige Headhunter«, warf sie ein.

»Das ist ja das Problem«, druckste Felix herum. »Der beste von allen hat mir gesagt, dass du eventuell nach London gehst?«

London. Vicky schluckte. Seit Tagen drückte sie sich vor einer Entscheidung. Nach wie vor hatte sie die Option auf einen wahren Traumjob bei einem der weltweit innovativsten Software-Unternehmen, das in den angesagten Londoner Docklands an der Themse residierte. Eine Chance, die man nur einmal im Leben bekam.

Inzwischen hatte sich Joe herabgelassen und stand ungeduldig gestikulierend neben ihr.

»Was muss ich tun, damit du zu telefonieren aufhörst? Soll ich dich kitzeln? Oder dich Kiki nennen?«

»Wer ist da bei dir?« Felix' Stimme verengte sich zu einem unsicheren Fisteln. »Ist das, ähem – Joe?«

»Ja, Felix, er steht neben mir.«

Joe hämmerte scherzhaft mit den Fäusten an seinen Kletterhelm.

»Sag dem Komiker, er soll mich nie wieder um eine Expertise bitten, die er dann nicht berücksichtigt.« Lächelnd legte er einen Arm um Vicky. »Wobei ich anmerken möchte, dass sich auf diese Weise alles zum Guten gewendet hat – was allerdings nicht heißt, dass Felix zur Hochzeit eingeladen ist.«

»Hochzeit?« Felix hyperventilierte hörbar. »Hat Joe Hochzeit gesagt?«

Vicky sah die lilafarbenen Sitzsäcke im Personalbüro vor sich, was sie sehr erheiterte. Worüber hatte sie dort noch mit Joe geredet? Über die intimen Geheimnisse von Pandabären? Unwillkürlich dachte sie an den ersten Kuss auf dem Flur des Seniorenheims, nach der denkwürdigen Begegnung mit ihrer Mutter und ihrem Vater. Joe war so leidenschaftlich gewesen, so überwältigend, dass sie auf der Stelle gewusst hatte: Dieser Kuss ist ein Versprechen auf mehr. Auf alles. Joe war der Mann, mit dem sie den Rest ihres Lebens verbringen wollte.

Sie hauchte ihm einen Kuss auf die Wange, schnupperte einen leichten Pfefferminzduft und schmiegte sich vertraut an ihn.

»Also, der London-Job ist noch nicht ausdiskutiert, doch MediSolutions wird sich nach anderen Talenten umsehen müssen. Danke für deinen Anruf. Ciao.«

Sie drückte Felix weg und schaltete das Smartphone aus. Eine Weile ließen sie die letzten Worte auf sich wirken, während sie ihre Blicke über das Bergpanorama schweifen ließen. Zwei kleine Wölkchen zogen vorbei und schienen ein Gipfelkreuz zu streifen.

»London.« Joe rieb sich mit dem Handrücken über die Nase. »Es ist also noch nicht ausdiskutiert, wie du es nennst.«

»Es wäre nur für ein Jahr«, sagte Vicky beschwichtigend. »Das geht schnell vorbei.«

»Ein Jahr Fernbeziehung, Liebesschwüre per Messenger, Küsse per Mail«, merkte er trocken an. »In so was hast du ja Übung.«

Sie seufzte.

»Der Job hätte aber den Vorteil, dass er sich hervorragend in meinen Karriereplan fügen würde. Er passt in meine Vita.«

»Nicht in dein Leben, aber in deine Vita. Verstehe.«

»Und dein Vater?«, konterte Vicky. »Passt er etwa auch nicht in dein Leben? Du solltest deinem Herzen einen Stoß geben und ihn zur Hochzeit einladen. Einer muss den ersten Schritt tun. Warum nicht du?«

Wortlos befestigte Joe den Halbautomaten an seinem Klettergurt und führte Vickys Seil hindurch. Breitbeinig stand er vor ihr und nickte ihr zu. Wie sehr sie ihn liebte. Sogar den finsteren Gesichtsausdruck, den er jetzt zur Schau stellte. Natürlich war er gegen London. Stattdessen hatte er ihr angeboten, die Software für seine expandierende Design-Firma zu entwickeln, Folgeaufträge seien in der Branche garantiert. Was bedeuten würde, dass Vicky freiberuflich arbeitete, eine Perspektive, die ihr nicht ganz geheuer war. Geld würde sie genug verdienen, aber an eine große Karriere war dann nicht mehr zu denken.

»Auf geht's.« Er nickte erneut. »Volle Körperspannung, immer den nächsten Griff fokussieren und nicht den alten Climberspruch vergessen: Wenn du nicht mehr weiterweißt, spreizen, bis die Hose reißt!«

Vicky straffte sich, griff in eine Felsspalte, schwang ihren rechten Fuß auf einen Vorsprung und stemmte sich gleichzeitig mit der linken Hand gegen die Wand, so dass sie nun auch links sicheren Stand fand. Es fühlte sich wunderbar an, wenn man sich auf seine Körperbeherrschung verlassen konnte, wenn man die eigene Muskelkraft spürte und sich auf nichts als den nächsten Zug konzentrierte.

Mit der Konzentration war es allerdings nicht weit her. Der London-Job machte ihr einen Strich durch die Rechnung. Ihr rechter Fuß drohte abzurutschen, angestrengt suchte sie nach Halt.

»Beim Klettern kommt es nicht darauf an, dass man oben ankommt«, hörte sie plötzlich Joes Stimme.

»Nein?« Sie schaute über die Schulter nach unten. »Worauf denn dann?«

»Darauf, dass man währenddessen eine gute Zeit hat und es genießt«, antwortete er. »Du weißt nie, was dich oben erwartet, ob es sich überhaupt lohnt. Höchstwahrscheinlich sieht es nämlich oben auch nicht anders aus als unten. Du weißt nur, wo du startest, wer dich sichert und wie du dich auf deinem Weg fühlst.«

Jetzt war es endgültig um ihre Konzentration geschehen. Joe war klug genug, seine Worte mit Bedacht zu wählen. Er sprach keineswegs vom Klettern.

Nachdenklich betrachtete sie die Felswand. Ging es nicht immer darum, erst einmal das Ziel festzulegen? Wenn Joe von »oben« sprach, hörte es sich bei weitem nicht so verlockend an wie für sie. Und hatte er nicht recht? Immer hatte sie etwas erreichen wollen, ohne darüber nachzudenken, was dieses Etwas eigentlich war und wie es sein würde, wenn sie es erlangt hatte. Opfer auf dem Weg dahin waren für sie ebenfalls immer selbstverständlich gewesen. Und wenn nun das »Oben« ein schaler Triumph sein würde, weil das Opfer darin bestand, ihre Liebe zu Joe zu riskieren? Was, wenn sie am Ende feststellte, dass sie erfolgreich war, jedoch in eben jener Einsamkeit gefangen, die ihre vergangenen Jahre überschattet hatte?

»Joe?« Sie fixierte die kleine Scharte im Gestein, an der sie sich festhielt. »Hörst du mich?«

»Bestens«, kam es brummend von unten.

»Ich liebe es zu klettern. Und das, obwohl ich schon oben bin.«

»Wie bitte?«

»Du bist ›oben‹, Joe.«

»Ich verstehe dich so schlecht«, rief er.

»Ich verstehe mich selbst nicht mehr. Aber ich habe gerade etwas begriffen: Ich will keine Lebenszeit mehr opfern für etwas, was mich möglicherweise unglücklich und einsam macht. Jeder gehört zu dem Menschen, der ihn sichern kann.« Sie verharrte einen Moment. »Du solltest deinem Vater die Sicherheit geben, indem du ihn einlädst. Für mich dagegen lautet die Quintessenz, dass ich ganz nahe bei dir sein möchte. Seilst du mich bitte mal ab?«

Für einen Moment hörte sie nur das Blut in ihren Ohren rauschen.

»Warte, ich lasse dich runter!«, brüllte Joe ihr zu.

Binnen Sekunden stand sie neben ihm. Seine Augen strahlten, sein Grinsen hatte etwas Freches und Zärtliches zugleich.

»Sag das noch einmal, aber bitte sag es so, dass es kompatibel für meine primitive Software ist.«

Vickys Unterlippe begann zu beben.

»Ich liebe dich. Ich möchte bei dir sein. Und ich will nicht, dass wir Hunderte Kilometer voneinander getrennt sind. Egal, welche beruflichen Ziele ich noch verfolgen werde, eins werde ich nie wieder aus den Augen verlieren: Du bist mein oberstes Ziel, Joe.«

Die goldenen Pünktchen in seiner hellblauen Iris tanzten.

»Vicky, Liebling, ich …« Er schluckte sichtlich bewegt. »Ist das dein Ernst?«

»Mein voller Ernst. Man muss wissen, wohin man gehört. Ich dachte immer, Beziehungen seien kompliziert, dabei ist es ganz einfach: Wir gehören zusammen. Und wir werden vielleicht irgendwann Eltern, gründen eine Familie. Ich habe erst vor kurzem meinen Vater wiederbekommen. Was ist mit deinem? Willst du dich nicht endlich mit ihm aussöhnen?«

»Du bist echt raffiniert«, lachte er. »Okay, das mit meinem Vater ist gebongt. Noch irgendwelche Bemerkungen, bevor ich dich küsse?«

»Ich glaube, das ist das erste Mal in der Geschichte des Kletterns, dass jemand unten angekommen und ganz oben ist«, sagte sie überglücklich, als er sie in die Arme nahm. »Wo wir sind, ist oben. Für immer.«

Ende

Ellen Berg
Blonder wird's nicht
(K)ein Friseur-Roman
Hörbuch, 3 CDs
Gelesen von Tessa Mittelstaedt
978-3-945733-14-1

Waschen, schneiden, lieben

Friseurin Maja hat eine Menge an der Hacke: ihren Salon mit betreuungsintensiven Kunden, den heftig pubertierenden Sohn Willi, eine On-off-Beziehung mit Sam. Als wäre das nicht genug, drückt ihr Tante Elsbeth eine russische Azubine aufs Auge: Olga, ein superblondes Vollweib auf Männerjagd, das gleich einen wichtigen Kunden verunstaltet. Als Willi noch das Kiffen für sich entdeckt und ein halbseidener Schlagerstar Maja nachstellt, muss sie mit Kamm, Schere und starken Nerven um ihr Glück und ihre Existenz kämpfen.

aufbau *audio*

Ellen Berg
Alles Tofu, oder was?
(K)ein Koch-Roman
Hörbuch, 6 CDs
Gelesen von Tessa Mittelstaedt
ISBN 978-3-945733-03-5

Aber bitte mit Soja!

Was tun, wenn's keinem schmeckt? Mit ihrer streng veganen Kost vertreibt Dana nicht nur die Gäste ihres Bistros, sondern auch ihren Freund Paul – er will Currywurst statt Quinoa. Als hätte sie mit ihrer kleinen Tochter und ihrem starrköpfigen Vater nicht schon genug um die Ohren, versuchen fiese Immobilienhaie, sich das Haus unter den Nagel zu reißen, in dem sie ihr Restaurant betreibt. Doch dann entdeckt Dana, wie man für die Liebe kochen muss – und dreht den Spieß um.

Die Hörbücher liest die Schauspielerin Tessa Mittelstaedt, geboren 1974 in Ulm. Sie wurde als die Assistentin von Ballauf und Schenk im Tatort Köln bekannt und spielt derzeit die Staatsanwältin Elke Rasmussen in der ARD-Serie »Morden im Norden«.

LESEPROBE

384 Seiten. Broschur. ISBN 978-3-7466-3340-4
9,99 € (D). Auch als E-Book erhältlich

1. KAPITEL

Mona Lisa

(Öl auf Pappelholz, 1503, Leonardo da Vinci)

»Hallo? Alles in Ordnung?«

Marie drehte sich zu dem Mann um, der ihr einen Becher mit dem knallbunten Emblem der Friedrich-Gottlieb-Klopstock-Grundschule reichte.

»Bitte?« Marie war irritiert.

»Sie sehen aus, als hätten Sie einen Geist gesehen. Ach, warten Sie, Sie wollten Ihren Kaffee ja mit Milch. Zucker gibt es hier leider nicht.« Er nahm ihr den Becher aus der Hand und hantierte mit einer dunkelbraunen Glasflasche.

Marie nickte etwas eckig. Sie strich eine Strähne ihres lockigen Haares hinter das Ohr und anschließend ihre Bluse glatt.

»Und?«, fragte der Mann weiter und strahlte sie an, als wäre Kaffeeverkauf auf einem Schulhof seine wahre Erfüllung.

»Bitte?« Sie mochte ihn schon jetzt nicht. Und schon gar nicht seine offenherzige Art, sie auszufragen.

»Heute Einschulung?«

»Ja, richtig. Mein Sohn wird heute eingeschult.« Marie nahm zum zweiten Mal den Becher entgegen.

»Wie schön! Willkommen an unserer Schule! Und der Mann da?« Er deutete auf den gutaussehenden Hünen, der gerade dem weißen Aston Martin mit britischem Kennzeichen entstieg und dessen Erscheinen Marie derart erschreckt hatte, dass es offensichtlich allen Umstehenden aufgefallen war. Sie räusperte sich und strich sich wieder eine Locke hinters Ohr, die da einfach nie bleiben wollte.

»Ihr Exmann, richtig?«

Marie spürte den Drang, weit, weit wegzulaufen. Vor dem Mann mit dem Kaffee – aber auch vor dem Aston Martin, zu dem sie jetzt wie unter Zwang hinüberschaute. Der Blick des Kaffeemannes folgte dem ihren, und so wurden sie gemeinsam Zeuge, wie eine bildschöne junge Frau in einem zitronengelben Etuikleid ausstieg.

»Hatten ihn wohl nicht hier erwartet, was? Und der bringt auch noch seine Neue mit.«

Marie nahm einen großen Schluck Kaffee, murmelte ein Danke und drehte sich um.

Bloß schnell weg von dieser Nervensäge.

»Trösten Sie sich, meine Exfrau geht mir auch immer auf die Nerven, das ist ganz normal«, rief er ihr hinterher.

Marie beschleunigte ihren Schritt, weg von dem Stand hinüber zu einer alten Linde. Sie war gleichzeitig wütend und verzweifelt.

»Zucker macht nicht glücklich«, sagte plötzlich eine verschüchterte Stimme hinter ihr. Marie drehte sich um. Ein kleines Mädchen, vielleicht acht Jahre alt, stand vor ihr, es trug ein T-Shirt mit einem kariösen Zahn darauf und hielt ihr einen Zettel hin. »Zucker macht nicht glücklich«, wiederholte es nun deutlich leiser. Marie nahm das zerknitterte Infoblättchen über gesunde Ernährung mit einem zerstreuten Kopfnicken entgegen.

»DIE ZUCKERPOLIZEI RÄT: KEINEN ZUCKER AM MORGEN! KEINEN ZUCKER AM ABEND!«, stand da in riesigen Lettern oben auf dem fotokopierten Faltblatt. »SCHMERZEN UND KARIES! ZUCKER GEFÄHRDET DIE GESUNDHEIT!« Es klang wie die Hinweise auf Zigarettenpackungen. Marie fuhr sich reflexartig mit der Zunge über ihre Schneidezähne.

»Handys machen nicht glücklich«, sagte nun eine andere, allerdings sehr dumpf klingende Stimme. Neben das Mädchen war ein großes Plüschhandy getreten, aus dessen Tastatur ein knallrotes, verschwitztes Gesicht linste. Wieder wurde Marie ein Flyer gereicht, dann trollten sich das Handy und der kariöse Zahn.

»UNSERE KINDER MÜSSEN GESCHÜTZT WERDEN! HANDYS MACHEN AGGRESSIV!«, stand da. Ein sehr böses Handy war darauf zu sehen, das mit einem Maul voller spitzer Zähne das Hirn eines Strichmännchens verspeisen wollte.

»Oh, Himmel!«, entfuhr es Marie. »Sind die alle hier so drauf?«

Das Plüschhandy und der unglückliche Zahn verbreiteten ihre furchteinflößenden Prophezeiungen derweil woanders. Marie musste kurz lächeln, als das plüschige Handy seinen Flyer einem Mann zusteckte, der gerade eifrig dabei war, seine Familie beim Warten auf die i-Männchen mit dem Smartphone zu filmen.

Irgendwie ein interessanter Gedanke, überlegte Marie. Was genau würden unsere strapazierten Zähne eigentlich zu uns sagen, wenn sie könnten? Über das, *was* wir essen und *wie* wir es essen. Und darüber, dass manche Leute offenbar meinten, ihr Lächeln müsse ein Alptraum in gebleachtem Hyperweiß sein? Oder die Handys, nachdem wir den ganzen Tag auf seinem Bauch rumgedrückt haben? Vielleicht: Ruf mich nicht an – ich ruf dich auch nicht mehr an?

Marie atmete durch und erinnerte sich wieder an ihr eigentliches Problem: Constantin war hier. Und mit ihm seine Verlobte Viola.

Marie hasste diesen seltsamen Gefühlswirrwarr, in den sie immer geworfen wurden, wenn sie auf den Vater ihres Kindes traf. Diese Mischung aus unüberlegter Freude und fiesem Schreck.

Warum hatte er sie denn nicht vorgewarnt? Er schrieb ihr

doch sonst alles. Aber daran war sie wahrscheinlich selber schuld. Schließlich wusste er nichts vom Schrecken. Genauso wenig wie von der Freude. Wie viel weiter hätte sie eigentlich noch von ihm wegziehen müssen, damit genau solche Situationen nicht mehr passierten? Sie nippte an ihrem Kaffee und schaute auf die fotokopierten Flyer.

Was genau war von einer Schule zu halten, die die neuen Schüler derart bildgewaltig begrüßte? Bunte Horrorbilder? War nicht das Erwachsenenleben schlimm genug? Musste man schon so früh mit dem Fürchten beginnen?

Eigentlich sollte ich darüber lachen, dachte sie matt, wenn da nicht das Gefühl wäre, dass sie das alles vielleicht zu sehr auf die leichte Schulter nahm. War sie etwa zu fahrlässig in der Erziehung ihres Sohnes Florian?

»Irgendwie sehr skurril das Ganze hier«, flüsterte sie in den Kaffee. *Skurril* war ein äußerst treffender Ausdruck.

Schon die gestrige Veranstaltung war definitiv einer der skurrilsten Infoabende gewesen, die Marie je besucht hatte. Eigentlich war sie nur hingegangen, um ein bisschen Anschluss zu finden. Erst vor einem Monat war sie aus München hier in Berlin angekommen und kannte niemanden.

In der holzgetäfelten Aula der altehrwürdigen Schule hatten sich die Eltern aller vier ersten Klassen versammelt. Gut gekleidete Menschen, ernst und offenbar bestens untereinander vernetzt. Das lokale Maximum an Diskutierfreude, Kritikbereitschaft und Kennerschaft in allem, was die Erziehung so hergibt.

Für Marie klang es, als gebe es einen regelrechten Schwarzmarkt für die Handynummern der besten Kindermädchen, der besten Nachhilfelehrer (jetzt schon Nachhilfe?), aber auch für die Notfallnummern des Direktoriums. Marie hörte von irgendwoher eine Forderung nach Pausen-Yoga, um Haltungsschäden vorzubeugen.

»Was darf in die Schultüte, Karen? Da dürfen doch keine Süßigkeiten rein?«, fragte die Frau, die gerade Marie überholte auf der Suche nach einem freien Platz im Publikum.

»Keinesfalls! Ich werde eine elektrische Zahnbürste hineinlegen. Da wird sich der Lukas bestimmt freuen! Und natürlich ist die Schultüte kompostierbar!«

»Selbstverständlich!«

Marie beschlich ein leichtes Unwohlsein.

Diese Mütter schienen offenbar seit Generationen die besten Nachbarn, erfahrene Gesundheitsapostel und Erziehungsexperten zu sein und kannten jeden Lehrer beim Vornamen. Marie kannte nicht mal genau den Namen von Florians Klassenlehrer! Diese Übermacht an mütterlichem Wissen hier schien schon bei der Anmeldung nicht nur alle Namen von Freunden, sondern auch alle in Frage kommenden Lehrern angegeben zu haben. Durfte man das? Und wenn ja, wo?

Marie fühlte sich augenblicklich im Nachteil und etwas ausgeschlossen. Sie hatte sich in eine der hinteren Stuhlreihen gesetzt, um die Leute ungestört zu beobachten. Hier konnte sie sich auch in Ruhe darüber ärgern, dass sie ihr altes Lieblingskleid angezogen hatte. Hier trug man eindeutig Businesskleidung. Die Männer trotz Wärme Sakko, die Damen Hosenanzug, als wollten sie allesamt in die Politik gehen. Kinder sind Chefsache.

»Ich bestehe auf biodynamischem Essen in der Schulkantine! Sonst nehme ich unseren Tillmann gleich wieder von der Schule!«, ereiferte sich einer der Hosenanzüge.

»Wir sollten ein Probeessen arrangieren!«

»Du sagst es, meine Liebe!«

»Oh, wenn man nicht alles hinterfragt!«

»Ja, immer am Ball bleiben, sonst sind unsere Kinder die Leidtragenden.«

»Schlechtes Essen, schlechte Bildung, sag ich nur!«, grummelte ein Vater dazwischen. Die Umstehenden nickten todernst. Man setzte sich zum Glück weit weg von Marie.

Die atmete halbherzig durch. Dieses nahezu hysterische Gehabe war ihr fremd. Im heimatlichen Kindergarten war alles noch so locker gewesen, die anderen Mütter waren entspannt, das Essen solide, und die Eltern kamen gut aus mit den Erzieherinnen. Hier jedoch klang es, als wappneten sich die Eltern für eine pädagogische, biodynamische Schlacht gegen den Lehrkörper.

»Wir müssen da aufpassen! Sonst sind unsere Kinder sofort abgehängt! Keine Bildung, kein Job. Arbeitslos und drogenabhängig. Sofort.«

Himmel! Abgehängt von was? Ob Zucker schon eine Droge ist in Berlin?

Marie war ratlos. Lange hatte sie sich nicht mehr so alleine gefühlt. Ob es wirklich so eine gute Idee gewesen war, als Alleinerziehende nach Berlin zu kommen? Was hatte sie sich bloß dabei gedacht! In eine so große Stadt, voller unbekannter Unwegsamkeiten und vor allem voller Berliner Mütter! Hilfe!

Sie hatte nicht einmal geahnt, was für eine Bürde das ist, Kind zu sein. Und welche heroischen Herausforderungen an eine Mutter gestellt würden.

Na ja, seufzte sie. Vielleicht haben die hier alle ja einfach einen gewaltigen Dachschaden? Oder bin ich eine schlechte Mutter? Unfähig, nicht vorausschauend genug, uninformiert, leichtsinnig! Jetzt beruhige dich, Marie! Flos Schulalltag hat nicht mal angefangen, und die dreht schon durch! Ruhe, setzen!

»Aus dem Kaufhaus? Das ist nicht dein Ernst? Nein!«, echauffierte sich eine Dame in Schweinchenrosa linker Hand in der Reihe vor ihr.

»Ich sage es dir, Uschi, manche kaufen das dort!«

»Aber doch nicht im Kaufhaus! So was Lebenswichtiges kann man doch nicht von der Stange kaufen!«

»Wenn ich es dir doch sage! Ich hab es selbst gesehen!« Hatten die beiden sich etwa nach ihr umgeblickt?

»Wo sind wir denn? Das kann doch nicht wahr sein! Wie im Mittelalter! Haben die Leute denn keinen Anstand! Das hier ist schließlich eine Privatschule!«

Marie hatte eine Weile gebraucht, um herauszubekommen, um was es den beiden Damen überhaupt ging.

»Der Schulranzen ist das A und O! Da trennt sich die Spreu vom Weizen, meine Liebe!« Beide nickten, und ihre Frisuren schwangen fröhlich mit.

Marie zupfte an ihrem Pferdeschwanz, während sie mit wachsendem Unbehagen den Ausführungen der beiden lauschte. Sie konnte einfach nicht weghören. Es war wie ein akustischer Unfall, dem man einfach weiter zusehen musste. Die Mütter erklärten sich gerade gegenseitig, wie wichtig es für die weitere Karriere war, dass ein Kind einen ergonomischen Schulranzen im Gegenwert eines Kleinwagens jeden Morgen in der Schule spazieren führte.

Maries Stimmung sank stetig. Nur vage kam ihr noch der Einwand in ihren Sinn, dass sich diese Damen vielleicht selber viel wichtiger nahmen als die Zukunft ihrer Kinder. Immer mehr beschlichen Marie mütterliche Versagensängste. Hatte sie jemals so viele Fragen gestellt, geschweige denn war überhaupt auf solche Probleme gekommen, damit diese schier unlösbar diskutiert werden konnten? War sie überhaupt kompetent genug als begleitendes Personal? Fehlte ihr nicht komplett die Befähigung zur Mutter?

Marie hatte Florian vor ein paar Tagen einfach den Schulranzen gekauft, den er am tollsten fand. Einen mit einem riesigen roten Auto drauf. Sie hatte weder überprüft, ob die enthaltenen Buntstifte ungiftig (er würde die doch nicht essen!?) waren, die Wachsmalstifte ergonomische Halterungen hatten oder die Hefte aus naturgebleichtem Zellstoff bestanden (der Baum, aus dem sie gemacht waren, war ohnehin tot!).

Sie hatte nicht mal Florian zu irgendeinem Frühförderkurs angemeldet. Sie hatte keinen Zettel mit AG-Wünschen dabei, nichts! Sie war völlig unvorbereitet zu diesem Infoabend gekommen, weil sie dachte, *sie* würde *hier* informiert und nicht, dass sie schon *alles wissen* musste!

Und die Schultüte hatte Maries Mutter gekauft. Auch was mit Autos drauf. Einfach so gekauft. Himmel!

Verzweifelt suchte Marie in ihrer Handtasche nach etwas, auf dem sie sich Notizen machen konnte. Alle hatten etwas zum Notieren mitgebracht. Manche Männer hielten sich das obligatorische Riesensmartphone vor die Nase, um einerseits das Weltgeschehen nicht aus den Augen zu verlieren, andererseits gleich notwendige Arbeitsaufträge zu generieren.

Nach erfolgloser Suche gab sie entnervt auf, den Anschein zu erwecken, als hätte sie Ahnung vom Muttersein.

Nachdem die sie umzingelnden Eltern sich untereinander zu Ende begrüßt, ihr großes Engagement bezüglich der schulischen Laufbahn ihrer Kinder wortreich bekundet und ihren Platz eingenommen hatten, wurde es etwas ruhiger im Saal. Schließlich trat der Rektor in einem zitronengelben Talar ans Mikro und breitete die Arme aus, als wolle er alle Väter und Mütter einfangen.

»Ich heiße Sie ganz herzlich willkommen, liebe Eltern, zu diesem ganz besonderen Infoabend! Mein Name ist Kaspar, und ich werde Ihnen hoffentlich heute die großen Sorgen, die Sie nun erfüllen, da Ihre Kinder den großen Schritt in den Ernst des Lebens tun, nehmen können!«

Während Marie den freundlichen und vor allem beruhigenden Begrüßungsworten lauschte, bemerkte sie, wie drei junge Frauen sich noch eilig freie Plätze suchten und sich schließlich kichernd direkt in die Reihe hinter Marie setzten.

Wow, dachte sie augenblicklich erfreut. Mütter, die kichern!? Vielleicht ist Schule ja doch nicht der Höllenschlund, der sie gerade zu sein scheint!

Das Kichern hinter ihr wurde nun unterbrochen von leisem Getuschel oder dem Geräusch von Bonbonpapier. Marie hätte alle ergonomischen Schulranzen der Welt dafür gegeben, wenn jemand *ihr* mal was zuflüstern würde, das sie zum Lachen brachte.

Rektor Kaspar schlug sich tapfer. Geduldig machte er einem hochgradig alerten Elternpaar, das ihn mit atemlosen Fragen zu Schulessen und Zusatzlernangeboten bestürmte, klar, wie gut es wäre, wenn man ihn erst einmal aussprechen lassen würde. »Liebe Eltern, stellen wir erst einmal Ihre Fragen zurück, vielleicht wird sich ja das eine oder andere bereits von selbst klären!«

Grummeln war die Antwort. Es klang, als wären die Resteltern über den kecken Vorstoß der beiden entrüstet – weil sie selber nicht darauf gekommen waren.

Der Rektor war ein älterer Herr, der ein bisschen aussah, wie sich Marie John Lennon mit sechzig Jahren vorgestellt hätte. Gerade als sie sich etwas entspannte und dachte, das würde jetzt doch alles nicht so schlimm, erhob sich eine dürre Dame und trat energisch ans Mikro.

»Oh, Gott, die Rasenfeld!« zischelte es hinter Marie.

»Ja, stimmt. Die ist doch Schulelternbeirätin. Die lässt echt nichts aus, um sich wichtig zu machen.«

»Verdammt, ich dachte, die seien wir jetzt endlich los.«

»Warum ist die denn hier?«

»Ihre Benedicta wird auch hier eingeschult. Aber in der sechsten Klasse ist noch ihre Cheyenne und in der dritten … den Namen habe ich einfach vergessen.«

»Wie viele Kinder hat die denn?«

»Fünf!«

»Fünf? Wer glaubt sie denn, wer sie ist? Ursula von der Leyen? Jemand sollte ihr mal einen Orden verleihen. Die goldene Plazenta oder so.«

Marie drückte sich schnell die Hand auf den Mund, sonst hätte sie laut losgelacht. Zu gerne hätte sie sich umgedreht, aber es schauten sich zu viele Eltern um und zischelten böse über diese Störungen.

Eine der weiblichen Stimmen hinter ihr klang anders als die anderen. Das I war sehr hoch und klar, das O und das A erstaunlich tief. Das H klang wie ein Ch.

Frau Rasenfeld breitete gerade ihre knochigen Arme aus. »Guten Abend, liebe, liebe Eltern unserer schönen Privatschule! Willkommen, liebe Klopstöcker!«, brüllte sie ins Mikro, ihr Gesicht zu einem selbstzufriedenen Lachen verzogen. Wie eine Spinne mit prallgefülltem Einkaufsnetz. Das Publikum starrte die Elternbeauftragte sprachlos an.

»Meine Name (Pause und lautes Luftholen) ist Carola Rasenfeld, und ich bin die Schuleltern-(Pause)-beirätin. Wir sagen SEBlerin. Ich bin da, um Ihnen die Sorgen etwas zu erleichtern, die Sie nun aus gegebenem Anlass, (Pause, leichtes Kopfnicken) dem Schulstart Ihrer Goldstücke, zu recht (Finger in die Höhe streckend) haben!«

»Die hat nicht wirklich *Klopstöcker* gesagt oder?«

»Hat sie.«

»Die Frau hat doch einen Klopstock zu fest auf den Kopf bekommen.«

»Ausgerechnet Klopstock. Der war doch so empfindsam. Wenn der das wüsste.«

Kichern.

»Schscht. Ruhe, ich verstehe ja kaum was!«, zischelte eine Mutter vor Marie erzürnt nach hinten.

»Ruhe? Wieso Ruhe? Wer muss da zuhören? Die Rasenfeld

ist ja NOCH schlimmer als letztes Jahr im Kindergarten! Was genau wird sie uns schon sagen können, außer dass die Schule anfängt! Mehr ist nicht! Alles gut!«

Die Frau, die sich beschwert hatte, schien es zu bedauern, diesen zischelnden Wutanfall ausgelöst zu haben.

Marie platzte fast vor Neugierde, wer da hinter ihr saß.

Vorn am Mikro schien sich Frau Rasenfeld gerade erst richtig warmgeredet zu haben. Alles wirkte sehr professionell, so als mache sie es nicht zum ersten Mal. Sie hatte sogar kleine Kärtchen dabei, auf denen Stichworte standen, die sie nach und nach abarbeitete.

»Sie können mich jederzeit telefonisch erreichen. Nur nicht nach 22 Uhr und am Freitag, Samstag oder Sonntag. Da gehöre ich ganz meiner Familie!«

Marie fragte sich, warum es notwendig war, dass diese Frau fast sechzig Stunden die Woche für Fragen der Eltern bereitstand. Was mochten das bloß für Fragen sein? Und warum fragte man nicht gleich den Lehrer?

»Ich weiß ja, wie das ist, wenn man so eine Last zu tragen hat! Aber ich begleite Sie und sende Ihnen regelmäßig Mails zu den Themenbereichen: Unterricht, Erziehung, Lernangebote, Ausflüge, Events, Diskussionsrunden und sehr, sehr viel mehr!« Das klang definitiv nach Drohung. Frau Rasenfeld hielt ein Blatt hoch, auf dem die Eltern wohl ihre E-Mail-Adressen eintragen sollten. Überall wurden eilfertig Kugelschreiber gezückt. Niemand wollte uninformiert bleiben.